Regina Meißner

Federgold

Federgold

Prinzessin Idalia ist seit ihrer Kindheit Prinz Elric aus dem benachbarten Königreich Syllitist versprochen, und endlich ist der Tag da, an dem sie ihn persönlich treffen wird. Ihre Magd Scarlett soll sie zu ihm begleiten, doch diese hegt ihre eigenen Absichten. Getrieben von dunkler Magie überwältigt sie die Prinzessin und stiehlt deren Identität, um an ihrer statt den Thron zu besteigen. Idalia gibt allerdings nicht kampflos auf und nimmt eine Arbeit als Gänsemagd an. Sie will einen Plan schmieden, um ihr Geburtsrecht zurückzuerlangen. Unerwartete Hilfe erhält sie dabei von Norik, einem rastlosen Wanderer, dessen Geheimnisse bald schon zu Idalias Bürde werden könnten – ganz zu schweigen von dem Gefühlschaos, in das er sie stürzt. Doch je mehr sie über Scarlett in Erfahrung bringen, desto stärker kristallisiert sich heraus, dass die wahre Gefahr nicht in den dunklen Kräften der ehemaligen Magd, sondern vielmehr in den finsteren Wäldern des Reiches lauert. Und den unheilvollen Kreaturen, die dort leben, um jeglichen Vorhaben der Menschen einen Strich durch die Rechnung zu machen.

Die Autorin

Regina Meißner wurde in einer Kleinstadt in Hessen geboren. Als Autorin für Fantasy hat sie bereits viele Romane veröffentlicht.
Regina arbeitet als Social-Media-Managerin. In ihrer Freizeit liebt sie neben dem Schreiben das Lesen, das Reisen und ihren Dackel Frodo.

Regina Meißner

FEDERGOLD

Fantasy

www.sternensand-verlag.ch | info@sternensand-verlag.ch

1. Auflage, Juni 2023

Umschlaggestaltung: Alexander Kopainski
Lektorat: Sternensand Verlag GmbH | Wolma Krefting
Korrektorat: Sternensand Verlag GmbH
Satz: Sternensand Verlag GmbH
Druck und Bindung: Smilkov Print Ltd.

ISBN-13: 978-3-03896-270-0
ISBN-10: 3-03896-270-0

Für all die,

die mit Märchen aufgewachsen sind

und auch heute noch

Trost in einer guten Geschichte suchen.

1

Idalia

Sie war im sicheren Glauben großgeworden, dass nichts für immer war. Dass alles irgendwann endete und das irdische Leben nur eine zeitlich begrenzte Episode darstellte. Idalia wusste, dass ihre Eltern nicht ewig da sein würden, schließlich hatte der frühe Tod ihres Vaters genau das gezeigt.

Und doch hatte sie das Wissen um das Ende immer weit von sich geschoben, in der Hoffnung, der Sensenmann würde sie selbst und alle, die sie liebte, verschonen.

Obwohl Idalia verstand, dass der Tod der sicherste Teil eines jeden Lebens war, hatte sie nicht mit ihm gerechnet. Zumindest nicht so früh.

Die Augen niedergeschlagen auf den Boden gerichtet, die Hände schützend vor der Brust verschränkt, hastete sie durch den Korridor. Der Tag hatte einer unbehaglichen Nacht Platz gemacht, die von einem blassen Mond am Firmament begleitet wurde.

Nur kurz ließ Idalia den Blick nach draußen schweifen, in den herrschaftlichen Schlossgarten und auf die dunklen Tannen, die hinter ihm aufragten.

Ihre Hand ballte sich zur Faust, dabei war es nicht Wut, die sie empfand. Sondern Überforderung.

Vor einer imposanten Tür blieb sie stehen. Schaffte es nicht, am Knauf zu drehen, nicht einmal, anzuklopfen. Denn wenn sie das Zimmer erst betreten hatte, konnte sie die grausame Wahrheit nicht mehr leugnen.

Idalias Kehle war wie zugeschnürt. Obwohl ihr Kleid aus schwerem Samt bestand, fror sie. Als sich eine Hand auf ihre Schulter legte, schreckte sie zusammen.

»Da bist du ja.« Ein Paar moosgrüner Augen schaute sie besorgt an. »Wo hast du dich so lange herumgetrieben?«

Die Prinzessin zog die Schultern hoch, unfähig, etwas zu sagen. Nahm wie durch einen Schleier wahr, wie ihre Amme die Tür öffnete und sie sanft in den Raum schob.

»Es ist Zeit, auf Wiedersehen zu sagen.«

Idalia stolperte in das Zimmer, ehe sie sich hilfesuchend nach Daphne umschaute. *Lass mich nicht allein*, flehten ihre Lippen stumm.

Die Tür wurde hinter ihr geschlossen. Dem Raum, in dem sie sich befand, fehlte die frische Luft. Die Fenster waren mit schweren, roten Vorhängen verdeckt. Eine einzelne Kerze auf dem Nachttisch sorgte für Beleuchtung.

Idalia blieb in sicherer Entfernung zum Bett stehen. Obwohl sie ihre Mutter Dutzende Male in demselben Zustand gesehen hatte, war sie doch nie auf den Anblick vorbereitet.

Die Krankheit hatte eine dürre Kreatur aus der Frau gemacht, die nichts mehr mit jener gemein hatte, die sie, Idalia, großgezogen hatte. Das einst dunkelrote, volle Haar war dünn geworden und binnen weniger Wochen ergraut. Die damals strahlend blauen Augen blickten nur noch dumpf und traurig drein. Das, was Idalia jedoch am meisten Angst bereitete, war der gräuliche Ton der Haut, der jeden Tag etwas mehr von ihrer Lebendigkeit raubte.

Tief in sich spürte sie, dass das Ende nah war. Dass sie das letzte Mal an das Kiefernbett trat, auf dem Teppich davor auf die Knie sank und nach der eiskalten Hand ihrer Mutter griff. Dass es das letzte Mal war, dass sie ihr das spinnwebfeine Haar aus dem Gesicht strich und ihr einen Kuss auf die Stirn hauchte.

Wie sehr wünschte sie sich, dass ihre Mutter noch einmal lächelte!

»Idalia«, sagte die Königin mit brüchiger Stimme. »Mein wunderschönes Kind.«

Mühsam kämpfte die Prinzessin gegen die Tränen an. »Wie geht es dir?«, flüsterte sie.

»Ich habe Frieden gefunden«, erwiderte ihre Mutter schlicht.

»Ich möchte nicht, dass du gehst.« Idalia rückte näher an das Bett heran, drückte die Hand der Königin etwas fester. »Es muss doch eine Möglichkeit geben. Vielleicht können wir einen anderen Doktor fragen …«

Das kleine, aber bestimmte Kopfschütteln ihrer Mutter brachte sie zum Schweigen. »Wir haben alles versucht.«

»Ich werde nicht aufhören zu kämpfen«, erwiderte Idalia entschieden.

»Aber *ich* will nicht mehr kämpfen.« Mühsam richtete sich ihre Mutter auf. »Ich bin bereit für die letzte Reise.«

Idalia schluchzte. »Wie soll ich ohne dich leben?«

»Schau mich an«, bat die Königin. »Ich weiß, dass es nicht leicht wird. Das ist es nie. Aber ich weiß auch, dass du es schaffen kannst. Weil du eine wundervolle, selbstständige junge Frau bist.« Tränen schimmerten in ihren Augen. »Ich würde dich nicht allein lassen, wenn ich mir nicht ganz sicher wäre, dass du ohne mich zurechtkommst.«

»Aber das tue ich nicht«, protestierte Idalia. Ihr Blick war tränenverhangen. Mit letzter Kraft richtete sie sich auf und nahm auf dem Stuhl Platz, den Daphne ihr neben das Bett gestellt hatte.

»Ich habe dich zu mir gerufen, weil ich einige Dinge mit dir besprechen muss, ich …« Ein röchelnder Husten erschütterte den dürren Körper der Königin.

»Du bist jetzt achtzehn Jahre alt«, hauchte sie schließlich. »Es ist Zeit, an deine Zukunft zu denken.«

Idalias Mutter deutete auf das braune Schmuckkästchen auf dem Nachttisch. Es war seit Generationen in der Familie, schon Idalias Großmutter hatte ihre Besitztümer darin verwahrt.

»Darin befindet sich alles, was von Wert ist«, erklärte ihre Mutter. »Juwelen und Schmuck. Ich habe alles für dich aufgehoben, damit dein Auskommen gesichert ist.«

Idalia hob den Deckel des Kästchens an. Ließ ihre Finger über Perlenketten und goldene Armbänder gleiten, ohne irgendetwas zu fühlen. »Was soll ich damit?«

»Sieh es als Geschenk für Prinz Elric an.«

Die Erwähnung seines Namens lichtete Idalias Blick für eine Sekunde.

»Du bist eine erwachsene Frau.« Kraftlos strich ihre Mutter über ihren Unterarm. »Eine Augenweide noch dazu. Prinz Elric wird sich überglücklich schätzen, dich zu seiner Gemahlin zu nehmen.«

»Das heißt, es ist so weit? Ich soll nach Syllitist reisen?«

Ihre Mutter nickte – und trotz all der Trauer und Hoffnungslosigkeit spürte Idalia eine erste, vorsichtige Freude.

»Nimm dir nach meinem Tod so viel Zeit, wie du brauchst. Du sollst dich nicht betrübt auf die Reise begeben. Immerhin heiratest du den Mann, von dem du schon so lange träumst.«

Da war es – *ihr Lächeln*. Für einen Moment verflüchtigte sich der dumpfe Ausdruck ihrer Augen.

Idalia schloss den Deckel des Schmuckkästchens. »Weiß er Bescheid?«

Die Königin nickte. »Wir sind an den Hof herangetreten, als wir wussten, dass ich nicht mehr gesund werden würde. Er kann es kaum erwarten, dich kennenzulernen.«

Prinzessin Idalia ging es nicht anders. Ihr Leben lang wartete sie auf diesen Moment, hatte bloß gehofft, dass er unter glücklicheren Umständen eintreffen würde. Obwohl sie versuchte, Haltung zu bewahren, brach in diesem Moment alles über ihr zusammen. »Ich werde dich so vermissen«, schluchzte sie. Und da niemand sonst im Raum war, der sie für ihre ungefilterten Emotionen rügen konnte, kroch sie zu ihrer Mutter unter die Bettdecke.

»Ich bin unheimlich stolz auf dich«, flüsterte die Königin und legte ihren knochigen Arm um sie. »Du bist genauso geworden, wie ich es mir immer erträumt habe. Ich liebe deinen Großmut, deine Selbstlosigkeit und deine Freundlichkeit.«

Idalia weinte leise vor sich hin. Schon jetzt war der Körper ihrer Mutter kalt und sie fürchtete sich vor dem Moment, in dem auch die letzte Wärme aus ihr weichen würde.

»Ich möchte, dass du Baron mitnimmst«, sagte die Königin.

Überrascht hob Idalia den Kopf. »Baron? Ich habe ihn noch nie geritten.«

»Das macht nichts. Er war mir zeit seines Lebens ein treuer Begleiter und wird auch dich sicher ans Ziel bringen.« Für einen Moment wurde ihr Blick verklärt.

»Nimm dir Zeit, ihn kennenzulernen und dich auf ihn einzustellen. Baron ist ein altes Pferd, nicht mehr ganz so schnell wie vor ein paar Jahren – aber er wird dich nicht enttäuschen.«

»Danke«, murmelte Idalia, weil sie nicht wusste, was sie sonst sagen sollte.

Der Gedanke, den stattlichen Hengst ihrer Mutter zu reiten, bereitete ihr eine Heidenangst, dabei war sie geübt im Umgang mit Pferden. Aber ihre Stute Daniya, mit der sie über Felder und Wiesen preschte, war nicht im Geringsten mit Baron zu vergleichen.

Die Königin drehte sich vorsichtig um, sodass sie ihrer Tochter direkt in die Augen sehen konnte. Sanft strich sie ihr über die Wange, eine Mischung aus Stolz und Reue im Blick.

»Reite nach Syllitist, vereine unsere Königreiche und werde an Prinz Elrics Seite zur glücklichsten Version deiner selbst.«

Idalia senkte den Kopf. »Wie soll ich glücklich werden, wenn du nicht mehr da bist?«

»Was dir jetzt noch unmöglich erscheint, wird mit der Zeit leichter werden. Das verspreche ich dir.« Die Mutter drückte ihre Hand.

»Hast du Angst?«, brach es aus Idalia heraus, dabei war sie immer genau davor zurückgeschreckt. Vor der Frage nach dem *Danach.*

Zu ihrer Überraschung schüttelte die Königin den Kopf. »Ich fühle mich geborgen.« Da war eine tiefe Überzeugung in ihrer Stimme, sodass Idalia ihr glauben wollte.

»Tust du mir einen letzten Gefallen?«, bat die Königin sie. »Zieh die Vorhänge auf. Ich möchte noch einmal den Mond sehen.«

Idalia krabbelte unter der Decke hervor und lief zum Fenster. Mit einem Ruck zog sie die schweren Stoffbahnen beiseite, bis sie freie Sicht auf den Nachthimmel und die blasse Mondsichel hatte.

»Er wird mich für immer an dich erinnern«, murmelte sie, ehe sie sich zu ihrer Mutter umdrehte. Deren Augen waren aufgerissen, das Lächeln auf den Lippen erstarrt.

Eiskalte Panik ergriff von Idalia Besitz, während sie zum Bett hastete und ihre Finger um das Handgelenk der Königin legte. Hektisch suchte sie nach einem Pulsschlag, und als sie keinen fand, presste sie das Ohr auf den Brustkorb ihrer Mutter, in der Hoffnung, dass deren Herz noch schlug.

»Nein, nein, bitte nicht …«, flehte Idalia. Dann versagten ihre Beine den Dienst.

2

Scarlett

Drei Wochen später

Es gab eine Zeit in ihrem Leben, da hatte sie sich vor der Sonne gefürchtet. Vor ihrem Glanz, ihrer Strahlkraft und der Tatsache, dass sie jeden noch so dunklen Ort erhellen konnte. Davor, dass sie Dinge zum Vorschein brachte, die man nicht zeigen wollte und lieber im Verborgenen hielt.

Und auch heute konnte Scarlett dem Lichtspektakel nicht viel abgewinnen, wenngleich es zugegebenermaßen schön anzusehen war. Dennoch sehnte sie sich nach kalten Tagen, nach Abenden, an denen es früh dunkel wurde und die Sonne sich auch am nächsten Morgen nur sporadisch zeigte.

Scarlett ließ sich rücklings ins Moos fallen. Über ihr spannte sich ein wolkenloser blauer Himmel, der jeden am Hofe Ryzunds begeistert hätte, ihr selbst jedoch nur ein müdes Lächeln entlockte. Der Korb neben ihr war mit Pfifferlingen gefüllt. Obwohl sie schon gestern Pilze im Palast abgegeben hatte, war sie heute noch einmal losgezogen.

So undurchdringbar und schaurig der Wald auch manchmal wirkte, er war ihr Zuhause. Der einzige Ort, an dem sie sich wirklich wohlfühlte.

Entschlossen griff sie nach dem Korb und spazierte tiefer ins Dickicht hinein. Auf den breiten Wegen traf man öfter auf Wanderer oder Kutschen, auf Menschen, die sie grüßten und sich im schlimmsten Fall mit ihr unterhalten wollten. Doch je weiter sie in den Wald eindrang, desto leiser wurden die Geräusche der Menschenwelt.

Sie lief an hochgewachsenen Tannen vorbei, stieg über einen Stamm hinweg, für den der letzte Sturm verantwortlich war, und stillte ihren Durst an einer Quelle zwischen Farnen und Büschen. Je näher sie ihrem Ziel kam, desto aufgeregter wurde sie, spürte beinahe so etwas wie Freude.

Scarlett kletterte eine moosbewachsene Anhöhe hinauf, lief dann einen Hügel hinab, bis sie eine versteckte Lichtung erreichte, die die Sonne geheimnisvoll zum Leuchten brachte. In unmittelbarer Nähe einer uralten Eiche, die ihre Wurzeln tief in den Boden grub, befand sich ein Loch im Waldboden.

Scarlett grinste, dann klopfte sie dreimal auf die Erde, die die Öffnung verbarg. Geduldig wartete sie, bis von innen ein Rascheln zu hören war. Kurz darauf kämpfte sich eine schwarze Schnauze durch den Boden, umrahmt von einem dichten Kranz von Schnurrhaaren.

Der Fuchs hatte sie sofort erkannt, dafür reichte ein Hauch ihres Geruchs. Blitzschnell schob er sich durch das enge Loch nach draußen und umkreiste Scarletts Füße wie eine verliebte Katze.

Lachend beugte sie sich zu dem Tier hinab und strich über sein rotbraunes Fell, das nach Erde und Wald roch.

»Nokano«, sprach sie ihn bei dem Namen an, dem sie ihm gegeben hatte. »Ich habe mich den ganzen Tag auf dich gefreut.«

Als der Fuchs mit den Ohren wackelte, wünschte sie sich nicht zum ersten Mal, die Sprache der Tiere verstehen zu können. Doch das war eine Fähigkeit, die ihr niemand mitgegeben hatte und die sie sich nicht beibringen konnte.

Nokano warf sich zu ihren Füßen auf den Rücken und streckte ihr seinen weißen Bauch entgegen. Sie gesellte sich zu ihm, die Beine zum Schneidersitz angezogen. Der Boden war matschig, nass vom Regen der letzten Nacht, doch ihr Kleid brauchte ohnehin eine Wäsche.

Kaum hatte sie Platz genommen, sprang Nokano auf ihren Schoß und ließ sich von ihr hinter den Ohren kraulen. Dass sein Verhalten für einen Fuchs ungewöhnlich war, wusste Scarlett. Vielleicht mochte sie ihn deswegen so gern. Weil seine Spezies ihm vorschrieb, wie er zu sein hatte und er sich dem widersetzte.

Sie griff in den Lederbeutel, der um ihre Hüfte hing, und holte das saftige Stück Fleisch, das sie aus der Schlossküche gestohlen hatte, heraus. Mit Belustigung nahm sie wahr, wie die Augen des Fuchses kreisrund wurden. Verschwörerisch legte Scarlett den Finger an die Lippen. »Kein Wort zu niemandem«, ermahnte sie Nokano. »Wenn das rauskommt, bin ich dran.«

Dann holte sie mit dem rechten Arm aus und ließ den Fleischbrocken über die Lichtung sausen. Nokanos Kopf schoss nach rechts, ehe er laut bellend über die Wiese rannte. Die Muskeln unter seinem Fell waren zum Zerreißen gespannt, seine gesamte Aufmerksamkeit galt der Beute in seinem Maul, die er stolz zurück zu Scarlett trug.

»Lass es dir schmecken«, wollte sie sagen, da hatte Nokano das Fleisch bereits heruntergeschlungen. Erwartungsvoll baute er sich vor ihr auf.

»Tut mir leid, das war alles für heute.« Bedauernd hob sie die Hände. Was den Fuchs nicht davon abhielt, sie unablässig zu umkreisen und seine Schnauze in ihren Lederbeutel zu stecken. Selbst die Pilze beschnüffelte er neugierig, doch seine Faszination dafür hielt nicht lange an.

»Du bist ein Vielfraß, habe ich dir das schon mal gesagt?« Grinsend stupste sie gegen seine feuchte Schnauze. »Sei dankbar, dass du überhaupt was bekommen hast.« Sie zog die Bänder des Lederbeutels zusammen und hängte ihn sich über die Hüfte.

Für einen Moment verlor sich ihr Blick in der scheinbar endlosen Weite der Lichtung. Bis zum Abend dauerte es nicht mehr lange.

Mit der rechten Hand hob sie Nokano an und setzte ihn auf ihren Schoß. Es hatte mehrere Wochen gedauert, um sein Vertrauen zu gewinnen. Neben Geduld hatte Scarlett vor allem eine große Menge Fleisch gebraucht.

Sein Fell war so weich, dass sie am liebsten ihr Gesicht darin vergraben hätte.

»Ich hab dich echt gern«, sagte sie leise, mehr zu sich selbst als zu dem Tier. »Ich freu mich jeden Tag auf dich, und obwohl du immer dasselbe machst, bekomme ich nicht genug von dir.«

Ihre Hand wanderte von seinem Kopf den Rücken hinunter, bis sie seinen buschigen Schwanz erreicht hatte. Nokano stieß ein Geräusch aus, das Scarlett an das Schnurren einer Katze erinnerte. Jedes Mal, wenn er sie aus seinen Kulleraugen ansah, zerbrach irgendetwas in ihr. Schmerzlich wurde sie daran erinnert, dass dies nicht der richtige Weg war. Nicht der Weg, der für sie vorgesehen war.

Ihre Hand erstarrte mitten in der Berührung. Kaum hatte sie aufgehört, ihn zu streicheln, sah Nokano Scarlett vorwurfsvoll an. Ihr Blick verdunkelte sich, das Lächeln auf ihren Lippen erstarb. Wie ferngesteuert griff sie nach dem Gürtel, der um ihre Hüfte hing. Fand die Ledertasche, in der sich ihr Dolch befand.

Scarlett schloss die Augen und atmete tief durch. Sie war viel zu weich geworden. Dieses vermaledeite Fellknäuel hatte sie an der Nase herumgeführt, sie eingelullt mit seinem treuen Blick.

Ihr Herz blutete, als sie den Dolch aus der Halterung zog. Seine Klinge reflektierte das Sonnenlicht.

»Dämliches Tier«, murmelte sie, als der Fuchs keine Anstalten machte, wegzulaufen. Er sah sie allenfalls verwundert an.

Scarlett umklammerte den Dolch fester, nahm ihn in beide Hände, um besseren Halt zu haben. Langsam richtete sie sich auf, visierte Nokano an – und wusste, dass es schnell gehen musste. Denn auf einmal war da eine Getriebenheit im Blick des Fuchses, die ihren Plan vereiteln könnte.

Die Augen zu Schlitzen verengt, ließ Scarlett den Dolch hinabsausen. Nur dass sie nicht das Tier traf, sondern den Waldboden.

Sie schaffte es nicht. Sie war hasserfüllt, aber sie war auch schwach.

Nokano jaulte auf, schien zu verstehen, was Scarlett im Begriff war zu tun. Erschrocken rannte er davon.

»Hau ab!«, schrie sie ihm hinterher. »Wenn du dich noch einmal hier blicken lässt, bist du dran!« Der Dolch fiel ihr aus der Hand, zitternd sank sie auf den Boden und zog die Beine an den Körper. Dort blieb sie mehrere Minuten sitzen, über ihre eigene Unfähigkeit nachdenkend.

Ohne einen Blick zurückzuwerfen, hastete sie anschließend durch den Wald, in der Hoffnung, den Palast vor Sonnenuntergang zu erreichen.

Scarletts Wangen glühten, als die spitzen Türme des Schlosses vor ihr aufragten. Obwohl ihr die Füße wehtaten, wurde sie schneller. Zu oft hatte sie in den letzten Wochen ihre Arbeit vernachlässigt, auf den Ärger wollte sie heute verzichten.

War der Himmel eben noch wolkenlos und strahlend blau gewesen, mutete er nun beinahe lila an. Für einen Moment genoss Scarlett das Spektakel, das sich ihr bot, dann betrat sie den verlassenen Schlossgarten.

Ihre erhitzten Wangen kühlten langsam ab, und sie begann zu frösteln. Kritisch ließ sie den Blick über die graue Fassade des Palasts wandern. Hatte sie als Kind das Schloss aus der Ferne bewundert, kam es ihr nun alt und hässlich vor. Ein Eindruck, der vor allem durch die fleckigen Wände und den wild wuchernden Efeu zustande kam. Sonderlich groß war das Schloss auch nicht, nicht im Entferntesten mit dem in Brahmenien zu vergleichen. Und doch kam Scarlett nicht umhin, den Kopf in den Nacken zu legen und den Blick auf den Balkon ganz oben zu richten. Dorthin, wo die Gemächer von Prinzessin Idalia lagen.

Scarlett umrundete das Gebäude und schlich durch den Dienstboteneingang, der sich versteckt auf der Hinterseite befand. Der Geruch von deftigem Essen wehte ihr entgegen, erinnerte sie daran, dass sie nicht wie vereinbart in der Küche ausgeholfen hatte. Während sie sich in Gedanken eine Ausrede zurechtlegte, zog jemand an ihrem Arm.

Scarlett zuckte zusammen und ärgerte sich gleichzeitig über ihre Reaktion. Nur Schwächlinge erschraken. Wütend hob sie den Blick und sah in das aufgedunsene Gesicht von Daphne, Prinzessin Idalias Amme. Mit vor der Brust verschränkten Armen schaute jene auf Scarlett hinab.

»Wir haben dich in der Küche vermisst«, sagte sie mit einer Stimme, von Vorwürfen getragen.

»Ich habe die Zeit vergessen.« Scarlett zog die Schultern hoch. »Aber ich habe Pilze mitgebracht.« Auffordernd streckte sie der Amme den Korb entgegen, die ihn jedoch nicht weiter zur Kenntnis nahm.

»Ich muss mit dir reden«, erwiderte sie stattdessen.

Daphne führte sie in einen der angrenzenden Räume, die als Gästezimmer genutzt wurden, und schloss die Tür hinter ihnen.

Wurde sie entlassen? Hatte man ihre Verfehlungen der letzten Wochen zusammengezählt und war zu dem Entschluss gekommen, dass sie als Magd untragbar war?

Darauf bedacht, sich nichts von ihrer Nervosität anmerken zu lassen, lehnte sich Scarlett an die Fensterbank und blickte gelangweilt im Raum umher.

Daphne hatte auf dem schlichten Bett Platz genommen und richtete ihre graue Haube. »Ich habe eine Aufgabe für dich.« Sie drehte sich in Scarletts Richtung. »Prinzessin Idalia ist bereit, die Ehe mit Prinz Elric einzugehen. Sie begibt sich übermorgen auf den Weg nach Syllitist und du wirst sie begleiten.« Ihr Tonfall duldete keinen Widerspruch.

Was ohnehin nicht nötig war. Scarlett konnte die Freude, die sich in ihr ausbreitete, kaum kontrollieren. »Wieso ich?«, fragte sie dennoch.

Die Amme neigte den Kopf und klopfte sich Staub von ihrem Kleid. »Du bist die Einzige, die infrage kommt. Inga und Paulena sind in der Küche beschäftigt.«

Scarlett biss sich auf die Lippe, um nicht breit zu grinsen. »Wird mir eine Ehre sein, mit der Prinzessin zu gehen.«

Daphne drückte die Schultern durch. »Wir haben nicht viel Zeit, um dich vorzubereiten, aber du kennst dich gut in den Wäldern aus. Mit Pausen seid ihr etwa vier Tage unterwegs. Prinzessin Idalia wird auf Baron reiten.«

»Bleibe ich in Syllitist? Oder soll ich zurück nach Ryzund, nachdem die Prinzessin dort angekommen ist?«

Daphne schüttelte den Kopf. »Idalia ist fremd am Hofe Prinz Elrics. Sie wünscht sich eine Gesellschafterin. Jemanden, mit dem sie reden kann.«

»Das heißt, ich bleibe dort?«

»Vorerst ja. Wenn Idalia dich nicht mehr braucht, steht es dir frei, zurückzukommen. Für dein leibliches Wohl und eine Unterkunft ist gesorgt.«

Scarlett trat auf das Bett zu, auf dem Daphne saß. Es gefiel ihr, die Amme um mehrere Köpfe zu überragen.

»Ich hoffe, ich langweile mich am Hof nicht«, gab sie zu bedenken. »Kann man in Syllitist überhaupt etwas Spannendes unternehmen?«

»Das ist zweitrangig. Deine Aufgabe besteht darin, die Prinzessin unbeschadet an den Hof zu bringen und ihr in der Phase der Eingewöhnung zu helfen.« Daphne stockte, so als müsste sie ihre Gedanken ordnen. Dann stand sie auf und stellte sich direkt vor Scarlett.

»Idalia hat eine schwere Zeit hinter sich«, beschwor sie die Magd. »Der Tod ihrer Mutter hat sie stark mitgenommen. Sei freundlich zu ihr, sie verdient etwas Wärme.«

Nur mühsam konnte sich Scarlett das Schnauben verkneifen. Wenn Idalia etwas nicht kannte, dann waren es schwere Zeiten. Egal in welcher Situation sie sich befunden hatte, sie musste nie um ihr Leben bangen. Nie Angst haben, an Unterernährung zu sterben oder keinen Schlafplatz für die Nacht zu finden. Sie war mit einem goldenen Löffel im Mund geboren.

Scarlett nickte knapp. »Wir werden miteinander auskommen.«

Daphne musterte sie skeptisch, was sie ihr nicht übelnehmen konnte. In der Dienerschaft galt Scarlett als unbeliebt, unnahbar und unsympathisch. Eigenschaften, auf die sie nicht bewusst hingearbeitet hatte, die sie aber auch nicht störten. Dennoch spürte sie, dass sie überzeugender sein musste.

»Idalia ist ein umgänglicher Mensch. Die Reise mit ihr wird bestimmt angenehm. Ich kenne den Wald in- und auswendig und kann sie sicher nach Syllitist bringen.«

»Kümmere dich gut um sie. Es ist das erste Mal, dass sie ihr Zuhause verlässt – und dann gleich für immer.« Die alten Augen der Amme wurden feucht. Verstohlen wischte sie sich mit dem Kleidärmel über das Gesicht. »Auch wenn ich sie nicht allein großgezogen habe, ist sie wie eine Tochter für mich. Es ist schwer, sie gehen zu lassen.«

»Es ist aber richtig«, erwiderte Scarlett, ehe sie sich ermahnte, etwas mehr Wärme in ihre Stimme zu legen. »Die Heirat mit dem Prinzen ist seit Jahren geplant und Idalia wurde auf die Aufgabe vorbereitet. Ryzund profitiert davon, wenn die beiden Königreiche verbunden werden. Und bis es so weit ist, kümmert sich ihr Cousin Ferdon um das Schloss.«

»Das weiß ich doch.« Daphne schniefte. »Dennoch fühlt es sich an, als würde ich einen Teil von mir verlieren.«

Scarlett hätte der Amme gern gesagt, wie sehr sie sie für ihre Schwäche verachtete. Wie sehr es sie anwiderte, ihre Tränen zu sehen und ihr Leid auf dem Silbertablett serviert zu bekommen. Doch sie riss sich zusammen und wartete geduldig ab, bis die Frau sich gefangen hatte.

»Idalia möchte dich vorab kennenlernen. Ihr seid euch bisher nur im Speisesaal begegnet; sie will wissen, wer du bist, bevor sie mit dir abreist.«

Scarlett setzte ein zuckersüßes Lächeln auf, während ihre Hand wie beiläufig zum Dolch wanderte, den sie unter ihrem Kleid versteckt hatte. »Ich kann es kaum erwarten.«

3

Idalia

Sein Gesicht war als solches schon gar nicht mehr zu erkennen. Das Bild in ihren Händen war an den Ecken abgegriffen, leicht vergilbt und mit einem Fleck in der Mitte, weil sie vor ein paar Jahren Tee darauf verschüttet hatte. Wenn man ehrlich war, konnte man eigentlich nur noch die Augen sehen. Und sein wildes, dunkelbraunes Haar. Doch das machte nichts, denn das waren die beiden Partien, die Idalia am liebsten an ihm mochte. Sie wusste, dass Prinz Elric mittlerweile älter war, dass die Malerei eine jüngere Version von ihm zeigte. Vielleicht war ihm ein Bart gewachsen, der einen Schatten um sein Kinn warf. Vielleicht gab es diesen Schalk in seinem Blick nicht mehr, vielleicht trug er das lockige Haar nun kürzer.

Trotzdem war sich Idalia sicher, dass das leichte Flattern ihres Herzens sich intensivieren würde, wenn sie den Prinzen zum ersten Mal erblickte. Jahrelang hatte sie auf dieses Treffen hingefiebert, und nun war es in wenigen Tagen so weit.

Jedes Mal, wenn sie daran dachte, wurden ihre Hände schweißnass. Sie zweifelte nicht daran, dass ihr Prinz Elric gefallen würde.

Viel mehr fürchtete sie sich davor, dass sie selbst ihm nicht genug war.

Idalia versteckte das Bild unter ihrer Matratze und stellte sich vor den goldumrahmten Spiegel, der inmitten ihres Schlafzimmers stand. Ihr rotblondes Haar lag in leichten Wellen und wurde am Hinterkopf von einer Schleife zusammengehalten. Eine hellblaue Bluse mit weißen Ornamenten endete in einem ausgestellten Rock. Wenn sie den Hals reckte und ihrem Spiegelbild leicht zulächelte, gefiel sie sich. Und auch auf die Männer des Hofes hatte Idalia eine betörende Wirkung. Nur dass es auf die nicht ankam. Sondern auf den zweiundzwanzigjährigen Königssohn aus Syllitist.

Jemand riss die Tür auf. Erst als Daphne den Raum betrat, fiel Idalia ein, dass sie Besuch erwartete.

»Ich hoffe, ich störe nicht.« Keuchend kam die Amme auf sie zu. Ihre grauen Haare waren an den Spitzen nass, bestimmt war sie draußen im Regen gewesen.

»Scarlett ist gekommen, um Euch kennenzulernen.«

Neugierig reckte Idalia den Kopf in Richtung Tür. Draußen auf dem Korridor stand die Magd, die sie ein paar Mal in der Küche gesehen, zu der sie aber nie Kontakt gehabt hatte. Sie schien in ihrem Alter zu sein.

Scarlett hatte lockiges, feuerrotes Haar, das ihr ein wildes, ungebändigtes Aussehen gab. Ihre Augen waren karamellfarben, strahlten Wärme aus, die aber durch den strengen Zug um ihren Mund zunichtegemacht wurde.

»Komm herein«, bat Idalia freundlich, woraufhin die Magd sich in Bewegung setzte.

»Du kannst uns allein lassen«, sagte sie zu Daphne.

Sie bot Scarlett einen Stuhl an und nahm ihr gegenüber Platz. Nicht zum ersten Mal fiel ihr auf, dass die Magd sich nicht an die höfische Ordnung hielt, nach der niedere Angestellte sich in gedeckten Farben kleideten, um nicht aufzufallen. Scarletts Kleid war so rot wie ihr Haar – und am Saum etwas schmutzig.

»Es freut mich sehr, dich kennenzulernen.« Die Prinzessin lächelte. »Und dass du mich auf der Reise begleitest. Ich habe mir sagen lassen, dass niemand den Wald so gut kennt wie du.«

Das Gesicht der Magd blieb regungslos.

»Ich denke, ich muss mich nicht vorstellen«, fuhr Idalia fort, um das Gespräch am Laufen zu halten. »Aber ich würde gern wissen, wer du bist.« Aufmunternd berührte sie leicht das Knie der Magd, woraufhin diese nach hinten rutschte.

»Scarlett.« Ihre Stimme war dunkel, beinahe ein bisschen rau. Sie sah Idalia nicht an, während sie mit ihr sprach. »Ich bin achtzehn und wurde in Ryzund geboren. Meine Eltern waren einfache Leute. Nach ihrem Tod bin ich zu Euch an den Hof gekommen. Dort arbeite ich als Magd, aber das wisst Ihr.« Sie blies sich eine Strähne ihres roten Haares aus dem Gesicht.

»Und wer bist *du?*«, bohrte Idalia weiter. »Was macht dich als Mensch aus? Wofür interessierst du dich?«

Die Magd hob eine Augenbraue. »Was tut das zur Sache?«

»Viel.« Idalia setzte sich aufrechter hin. »Wir werden einige Tage gemeinsam unterwegs sein, und auch danach möchte ich dich als meine Gesellschafterin behalten, wenn es menschlich zwischen uns passt. Dafür muss ich wissen, wer du bist.« Auffordernd schaute sie die Magd an. Als abermals keine Antwort kam, fügte Idalia hinzu: »Ich liebe das Reiten. Ich bin gern stundenlang auf meiner Stute unterwegs. Wenn ich reite, fühle ich mich frei.«

Scarlett beugte sich auf ihrem Stuhl vor. »Ich bin auch gern draußen«, sagte sie dann. »Ich mag es, den Wald zu erkunden und mich um die Tiere zu kümmern.«

Idalia strahlte. »Das klingt fabelhaft. Was kannst du mir über den Weg nach Syllitist erzählen?«

»Ziemlich unwirtliches Gelände. Zumindest im letzten Drittel. Da könnte es mit dem Pferd schwierig werden. Ansonsten sollte nichts passieren, solange wir uns auf den breiten Wegen halten.« Kurz sah Scarlett die Prinzessin an, dann senkte sie den Blick wieder.

»Was geschieht, wenn wir die Wege verlassen?«, erkundigte sich Idalia.

Es dauerte eine Weile, bis die Magd antwortete. Betont langsam richtete sie sich auf und band ihr Haar im Nacken zu einem Zopf zusammen. »Dinge, die eine Prinzessin nicht erleben sollte«, antwortete sie schlicht, doch das, was Idalia wahrhaft irritierte, war das Lächeln auf ihren Lippen.

Ihre Verwirrung abschüttelnd fragte sie: »Wie geht es dir damit, dein Zuhause zu verlassen und in die Fremde zu ziehen? Hast du Familie hier, die du zurücklässt? Freunde?«

Scarlett schüttelte den Kopf. »Ich bin ungebunden. Frei wie ein Vogel.« Sie grinste, als würde sie diesen Umstand nicht bedauern.

»Frei bin ich auch«, erwiderte Idalia. »Aber das bedeutet nicht, dass es mir leichtfällt. Der Tod meiner Mutter ist nicht mal einen Monat her. Neben Daphne war sie meine engste Bezugsperson und meine Amme werde ich auch verlieren, wenn ich gehe.« Ihr Blick glitt zum Fenster. Der Regen dauerte noch immer an. »Seit ich ein Kind war, kenne ich mein Schicksal, und doch fällt es mir schwer, Ryzund zu verlassen.«

»Aber das ist der Gang der Dinge.« Scarlett folgte ihrem Blick. »Frauen verlassen ihre Elternhäuser, um sich an einen Mann zu binden und eine Familie zu gründen.«

»So ist es wohl.« Idalia seufzte. »Außerdem freue ich mich auf den Prinzen. Vielleicht findest du ja auch dein Glück in Syllitist.«

Als Idalia Scarlett ansah, glich deren Gesicht einer starren Maske. »Einen Mann zu finden, hat für mich keine besonders große Dringlichkeit.«

»Wieso nicht?« Idalia wusste, dass sie neugierig klang, aber sie wollte nicht, dass das Gespräch ein vorschnelles Ende fand.

Scarlett griff nach der kleinen Vase, die auf dem Tisch zwischen ihnen stand und strich die Maserung mit dem Finger nach.

»Ich bleibe lieber für mich«, sagte sie nach einem Moment des Schweigens. »Ich habe genug mit mir selbst zu tun, da bleibt keine Zeit für einen Mann.«

»Du bist wirklich interessant, weißt du das?«

Die Magd hielt in der Bewegung inne, ehe sie den Kopf hob. Der Blick, den sie der Prinzessin zuwarf, war irgendwo zwischen Erstaunen und Verwirrung angesiedelt. Für einen Moment sah es aus, als wollte sie etwas sagen, dann erhob sie sich ruckartig.

»Es tut mir leid, Prinzessin, aber meine Pflichten rufen. Ich muss in die Küche, sofern Ihr heute Mittag ein warmes Essen haben wollt.«

Ohne Idalias Antwort abzuwarten, stürmte sie durch das Zimmer und ließ die Tür mit einem lauten Knall ins Schloss fallen.

Als Idalia die Stallungen betrat, war die Sonne lange untergegangen und hatte einem Mond Platz gemacht, der schwaches Licht auf Wiesen und Felder schickte. Kein einziger Stern stand am Firmament, stattdessen tummelten sich dichte Wolken, die unbehaglich anmuteten.

Idalia zog sich die Kapuze ihres Capes tiefer ins Gesicht. Eigentlich hatte sie früher hier sein wollen, doch die Vorbereitungen für die Reise dauerten länger als angenommen. Stunde um Stunde war Daphne durchs Schloss gelaufen, um ihr Gepäck zusammenzusuchen. Obgleich sie sich darauf geeinigt hatten, nur das Wichtigste mitzunehmen und sich nicht zu sehr an materiellen Besitz zu klammern, war doch eine Menge zusammengekommen. Allen voran die Schmuckstücke, die ihre Mutter ihr vor ihrem Tod überlassen hatte.

Idalia atmete den Geruch nach Stroh und Mist ein, während sie sich an den Boxen vorbeischlich, in denen die Pferde untergebracht waren. Ihrer Stute hatte sie gestern schon Lebewohl gesagt. Unter anderen Umständen hätte sie sie mit nach Syllitist genommen, aber Idalia wollte den letzten Wunsch ihrer Mutter erfüllen.

Baron stand in der letzten Box auf der rechten Seite. Idalias Herz klopfte, als sie auf ihn zulief. Mit seinem weißen Fell, der seidigen, beinahe silbernen Mähne und dem dunklen Fleck über den Nüstern war er eines der schönsten Pferde, die sie je gesehen hatte. Was angesichts seines stolzen Alters von achtundzwanzig Jahren erstaunlich war.

»Na, du«, begrüßte sie den hochgewachsenen Hengst und streichelte seinen Hals.

Baron wieherte leise und Idalia wurde schwer ums Herz. Wann immer sie ihn sah, war es ihre Mutter, die sie vor Augen hatte. Die stolze Königin, die mit ihm durch die Wälder geprescht und ihr die Liebe zum Reiten vererbt hatte. Ihre Mutter, deren Haar Winden und Stürmen trotzte, die gefährliche Wege nicht mied und dennoch immer wohlbehalten zu Hause ankam.

Mit Baron unterwegs zu sein, war gleichzeitig ein Fluch und ein Trost. Denn mit ihm würde auch die Erinnerung an ihre Mutter Idalia begleiten.

»Morgen geht es los«, flüsterte sie und strich über die Mähne des Hengstes. »Wir reiten nach Syllitist. Prinz Elric wartet auf mich.« Ihre Stimme wurde leiser. »Verrate es niemandem; aber ich habe Angst. Meine Kehle ist schon den ganzen Tag wie zugeschnürt.«

Baron streckte ihr seinen Kopf entgegen, als wollte er ihr Mut zusprechen.

»Deswegen bin ich froh, dass du dabei bist. Du hast schon so viel gesehen, so viel erlebt.«

Idalia war im Begriff, die Box zu öffnen, um dem Pferd frisches Wasser und etwas zu fressen zu geben, als sich ein Schatten aus der rechten Ecke des Stalls löste. Erschrocken wich sie zurück und griff nach dem Rechen, der an der Wand lehnte.

Aufgrund der diffusen Beleuchtung erkannte Idalia die Gestalt erst, als sie kurz vor ihr zum Stehen kam.

»Zurik.« Ausatmend ließ sie den Rechen los. »Du hast mir eine Heidenangst eingejagt.«

Der Stallbursche setzte seine Kapuze ab und kam noch einen Schritt näher. Sein narbiges Gesicht wurde nur teilweise vom Licht erhellt. »Was macht Ihr hier so spät?«, wollte er wissen. Sein Akzent gab Hinweis darauf, dass er von weit her kam. Wo genau seine Heimat lag, hatte er ihr allerdings nie verraten.

»Ich wollte nach Baron sehen«, erwiderte Idalia. »Er hat eine lange Reise vor sich.«

Zurik warf dem Hengst einen abschätzigen Blick zu. »Dieses Pferd ist ein Wunder«, meinte er. »Es müsste längst tot sein, aber zeigt nicht ein einziges Anzeichen von Schwäche.«

»Mutter hat sich immer gut um ihn gekümmert«, erwiderte Idalia. »Und das möchte ich fortführen.«

Sie rechnete damit, dass Zurik ihr eine gute Reise wünschen und sich entfernen würde. Stattdessen blieb er wie festgewachsen an Ort und Stelle stehen.

Idalia war ihm schon viele Male begegnet und tagsüber wirkte er wie ein gewöhnlicher Mann. Doch jetzt, da die Sonne untergegangen und die Nacht angebrochen war, jagte ihr irgendetwas an ihm einen Schauder über den Rücken. Vielleicht waren es seine hellen Augen, die sie so durchdringend ansahen, als könnten sie auf den Grund ihrer Seele blicken. Oder die dürren Hände, die sich um das Gitter von Barons Box legten.

»Passt auf, wenn Ihr durch den Wald reitet«, sagte er so leise, dass sie ihn kaum verstehen konnte. »Ihr seid im Licht groß geworden. Ihr kennt die Dunkelheit nicht.«

Seine Worte brachten sie zum Frösteln. Entschieden straffte sie die Schultern, um sich ihre Angst nicht anmerken zu lassen. »Du sprichst in Rätseln. Wovor genau soll ich mich in Acht nehmen?«

Zurik biss sich auf die Unterlippe und deutete ein Kopfschütteln an. »Nicht so wichtig«, nuschelte er.

»Doch, es ist wichtig«, sagte Idalia mit Nachdruck und baute sich vor ihm auf. »Du darfst nicht irgendwelche Dinge andeuten und sie dann nicht ausführen.«

Für eine Sekunde begegnete er ihrem kühnen Blick, dann knickte er ein. »Da draußen im Wald gibt es Gefahren. Das Leben in Ryzund ist sicher, aber es stellt nur einen Teil der Welt dar.«

»Sprichst du von den dunklen Wesen?« Idalia legte die Stirn in Falten.

»Ihr habt also von ihnen gehört.«

»Ich habe Schauermärchen über sie gelesen.«

Überrascht sog Idalia die Luft ein, als Zurik nach dem Ärmel ihres Capes griff und sie in eine Ecke zog. »Ich dürfte gar nicht mit Euch darüber reden. Bloß … Der Wald, der Ryzund und Syllitist miteinander verbindet, ist voller dunkler Kreaturen. Sie lassen uns Menschen in Ruhe, wenn wir sie nicht stören. Doch wenn die Grenze erst überschritten ist …«

»Was soll das werden?«

Daphnes entschiedene Stimme hallte durch die Stallungen und ließ Idalia herumwirbeln. Obwohl sie nichts Verbotenes getan hatte, fühlte sie sich ertappt.

Mit energischen Schritten kam die Amme auf sie zu und fasste sie beim Arm. »Du solltest längst im Bett sein. Morgen wird ein anstrengender Tag.«

Idalia entging nicht, wie sie Zurik einen wütenden Blick zuwarf.

Die Prinzessin hatte damit gerechnet, in der Nacht vor ihrer großen Reise nicht schlafen zu können. Doch jetzt fühlte sie sich gestärkt und ausgeruht.

Die Sonne schien sanft in ihr Zimmer, brachte sie dazu, in ihrem Nachtkleid aufzustehen und sich vor das weiß umrahmte Fenster zu stellen. Schon als Kind hatte sie es geliebt, so lange in die Sonne zu schauen, bis sie kurz blind wurde. Als sich ihre Augen an das helle Licht gewöhnt hatten, ließ Idalia ein letztes Mal den Blick schweifen. Über den Schlossgarten mit dem Springbrunnen in der Mitte und dem Rosenfeld auf der rechten Seite, zu den Stallungen, in denen die Pferde untergebracht waren, und der monumentalen Statue, die in der Nähe des Palasteingangs stand und ihren Vater, den ehemaligen König über Ryzund, zeigte. Ferdon, ihr Cousin, war bereits auf dem Weg zum Schloss und würde alles instand halten, bis die beiden Reiche miteinander verbunden waren.

Die Gewissheit, ihre Heimat zum letzten Mal zu sehen, schnürte ihr die Kehle zu. Idalia war nicht gut im Abschiednehmen, auch wenn sie wusste, dass ihr keine andere Wahl blieb.

Deswegen ließ sie sich von ihrer Zofe waschen und ankleiden und das rotblonde Haar zu zwei dicken Zöpfen flechten. Sie ließ sich aus ihrem Zimmer in den Speisesaal führen, wo sie ein leichtes Frühstück zu sich nahm.

Ihr blieben nicht mehr als zehn Minuten Zeit, um sich von den Bediensteten zu verabschieden. Jenen Menschen, die sie schon ihr Leben lang kannte.

Es war nicht vorgesehen, dass Idalia je zurückkehrte. Ein paar enge Vertraute würden ihrer Hochzeit beiwohnen, darüber hinaus war kein Wiedersehen geplant.

Prinzessin Idalia ließ sich in ihren dunkelgrünen Mantel helfen und zog die schwarzen Stiefel an, die auch für unebenes Gelände geeignet waren. Fratis, der Diener, öffnete die Palasttüren, nachdem sie nach unten gegangen war.

Baron wartete gesattelt vor dem Schloss auf sie. Mit etwas Abstand zu ihm stand Scarlett, neben ihr ein hölzerner Karren, beladen mit ihrem Gepäck, der von einem Ochsen gezogen wurde.

Idalia nickte der Magd kurz zu, dann zog sie Daphne, die nach ihr nach draußen getreten war, in eine lange Umarmung.

Da sie die alte Frau schon ihr ganzes Leben kannte, roch sie immer ein bisschen nach Kindheit. Nach unbeschwerten Tagen in der Sonne und Versteckspielen im Palast. Mit Daphne war Leichtigkeit verbunden – und eine Menge Trost.

Idalias Augen füllten sich mit Tränen. »Sag mir, dass alles gut werden wird. Dass es nichts gibt, vor dem ich Angst haben muss.«

Daphne schob sie ein Stück von sich, ehe sie leicht, aber bestimmt den Kopf schüttelte.

»Da draußen gibt es Dinge, vor denen man Angst haben muss«, murmelte sie, »aber du hast die Kraft, ihnen zu begegnen.«

Idalia blinzelte und drückte ihre Amme noch einmal an sich. »Danke für alles, was du für mich getan hast. Ich werde dich vermissen.«

Daphne wischte sich über die Augen. »Auf dich wartet eine wundervolle Zukunft. Ich kann es kaum erwarten, dich im Brautkleid zu sehen.«

4

Scarlett

Prinzessin Idalia war den Umgang mit Pferden gewohnt. Selbst nach mehreren Stunden über Stock und Stein, Felder und Wiesen saß sie fest im Sattel, führte Baron, als hätte sie nie etwas anderes getan. Scarlett kam nicht umhin, sie zu bewundern.

Idalia beklagte sich nicht. Fragte nicht im Fünf-Minuten-Takt, wie lange die Reise noch dauerte oder ob sie rasten konnten. Tatsächlich hatten sie erst eine Pause eingelegt, in der sie etwas Wasser aus der Feldflasche getrunken und einen Apfel gegessen hatte.

Scarlett schwitzte unter der Sonne, die mit voller Kraft auf sie niederschien. Zwar hatte sie ihren Mantel bereits abgelegt, doch half das nur wenig. Es war anstrengend, so lange zu Fuß unterwegs zu sein.

Der Wagen, den der Ochse schnaufend hinter sich herzog, war über und über mit Idalias Gepäck beladen.

Man hatte Scarlett versichert, dass die Prinzessin sich nur auf die wichtigsten Besitztümer beschränkt hatte. Auf jene Gegenstände, die eine emotionale Bedeutung für sie hatten. Wer hätte wissen können, dass ihr das halbe Schloss am Herzen lag?

Grummelnd setzte Scarlett ihren Weg fort.

»Das tut mir wirklich leid.«

Scarlett hob den Blick.

»Ich habe ein schlechtes Gewissen, dass ich reiten kann, während du die ganze Strecke laufen musst. Wenn wir rasten sollen, sag Bescheid.«

»Das wird nicht nötig sein«, erwiderte Scarlett zwischen zusammengebissenen Zähnen.

Wäre ja noch schöner, wenn sie vor der verwöhnten Prinzessin Schwäche zeigte. Stur richtete sie den Blick geradeaus. Die Wiese, auf der sie sich befanden, schien kein Ende zu nehmen und war über und über mit Gänseblümchen bedeckt. Bis zum Wald dauerte es noch einige Stunden. Jedes Mal, wenn der Karren über eine Unebenheit fuhr, wackelten Idalias Besitztümer bedrohlich.

Es war absurd, dass sie nur zu zweit unterwegs waren. Absurd, dass der Hof ihnen keinen Tross Männer zum Schutz mitgegeben hatte. Die Wälder waren nicht ungefährlich, die Reise mehrere Tage lang – und doch vertrauten die Menschen in Ryzund Scarlett genug, dass sie es nicht für nötig hielten, eine weitere Begleitung zu organisieren.

»Lenna hat uns mehr zu essen mitgegeben, als wir je verdrücken können.« Idalia lachte. »Kennst du ihre Honigplätzchen? Normalerweise backt sie die nur an Weihnachten, aber weil heute ein besonderer Tag ist, hat sie eine Ausnahme gemacht.« Idalias Stimme wurde sehnsuchtsvoll. »Sie sind mit einer dicken Schicht Zuckerguss überzogen und zergehen wie Gelee auf der Zunge.«

Scarlett musterte sie schweigend. Nicht zum ersten Mal fragte sie sich, wie es wäre, ein Leben wie Idalia zu haben. Ein Leben, in dem die größte Angst darin bestand, dass das neue Kleid an der Hüfte nicht eng genug anlag oder der Absatz der exquisiten Schuhe abbrach. Bevor die Wut in ihr überhandnehmen konnte, schob sie sie energisch beiseite.

»Wenn wir das Tempo beibehalten, sollten wir den Wald vor Anbruch der Dämmerung erreicht haben. Von dort aus wird der Weg komplizierter.«

»Wie kommt es, dass du dich hier so gut auskennst?«

Scarlett seufzte. Woher kam ihr endloses Interesse an ihrer Person? Warum diese unsägliche Neugier?

Sie richtete den Blick gen Horizont. »Ich bin gern draußen unterwegs«, sagte sie das, was Idalia schon wusste.

»Ich hatte gestern Abend eine seltsame Begegnung mit unserem Stallburschen«, fuhr die Prinzessin fort. Ihre Stirn legte sich in Falten, als müsste sie sich die Details erst in Erinnerung rufen. »Kennst du die dunklen Wesen aus dem Wald?«

Die Frage kam so unerwartet, dass Scarlett stehen blieb. Sie brauchte ein paar Sekunden, um ihre Mimik unter Kontrolle zu bringen, dann bückte sie sich. »Wieso interessiert Ihr euch für die dunklen Dinge?«, fragte sie die Prinzessin, als sie sich wieder in Bewegung gesetzt hatte.

»Das heißt, du kennst sie?« Idalias Gesicht hellte sich auf. Sie ließ Baron über einen umgefallenen Baumstamm springen. Scarlett lotste den Ochsen nach rechts, damit er ihn umgehen konnte.

Die Sonne knallte auf sie hinab, der Schweiß lief ihr in Strömen das Gesicht hinunter. Wieso war es so warm?

»Was kannst du mir über sie erzählen?«

Die Prinzessin ließ nicht locker – und langsam ging sie Scarlett auf die Nerven. Hatte sie nie gelernt, wann es besser war, den Mund zu halten? Oder war sie schlichtweg daran gewöhnt, jeden in den Wahnsinn treiben zu dürfen?

Scarlett nahm einen großen Schluck aus der Feldflasche und tupfte sich den Schweiß mit einem Stück Stoff von der Stirn.

»Ich kann Euch gar nichts über sie erzählen«, beantwortete sie Idalias Frage schließlich. »Und ich wüsste auch nicht, was Euch das zu interessieren hat.«

Über ihren forschen Tonfall hinwegsehend berichtete die Prinzessin: »Ich lebe seit achtzehn Jahren in diesem Königreich und doch habe ich manchmal das Gefühl, dass ich gar nichts über das Land weiß. Geschweige denn über das, was hinter dem Licht lauert.«

Der Ochse hatte sich dazu entschieden, eine Rast einzulegen. Hungrig rupfte er Gras aus der Wiese und kaute geräuschvoll darauf herum. Engerisch zog Scarlett am Seil, das dem Tier um das Maul gespannt war, und trieb es zur Eile an. Ihre Ungeduld wuchs. Sie biss sich auf die Unterlippe und erinnerte sich daran, dass sie nicht mehr lange durchhalten musste. Dass sie lediglich den Schutz der Tannen brauchte, um zur Tat schreiten zu können. So lange würde sie sich noch zusammenreißen.

Mit einem bittersüßen Lächeln auf den Lippen meinte sie: »Wie ich das sehe, gebt Ihr Euch größte Mühe, Euren Untertanen auf Augenhöhe zu begegnen. Das Volk liebt Euch – und in Syllitist wird es den Menschen ebenso gehen.«

Ein überraschter Ausdruck glitt über Idalias Gesicht. »Danke für dein Lob, aber manchmal kommt es mir ganz anders vor.«

Scarlett gab einen abfälligen Laut von sich. »Man ist mit sich selbst immer am kritischsten. Und was die Dunkelheit angeht: Euer Königreich liegt im Licht. Den Menschen geht es gut. Ihr habt nichts zu befürchten.«

Für einen Moment sah es aus, als wollte Idalia etwas entgegnen, doch dann nickte sie nur.

Scarlett begrüßte den Sonnenuntergang wie einen verloren gegangenen Freund. Genoss den Moment, in dem das Licht hinter den Bergen verschwand, der Himmel dunkler wurde und die Dämmerung ihre Umgebung in gedeckte Farben tauchte.

Idalias Rededrang war auf der Hälfte der Strecke versiegt. Sie war müde geworden und befand sich mittlerweile in einem

Zustand, in dem sie sich kaum aufrecht auf dem Pferd hielt. Immer wieder beobachtete Scarlett deren schlanke Statur, die zur Seite glitt, nur um sich im letzten Moment noch zu fangen. Ein Gähnen verließ ihren Mund.

»Ihr habt es beinahe geschafft.« Mit der freien Hand deutete Scarlett auf die Tannen, die sich am Horizont abzeichneten. »Wenn wir den Wald erreicht haben, ist der Weg bis zum ersten Rastplatz nicht mehr weit. Dort baue ich uns den Unterschlupf für die Nacht.«

»Das wird auch höchste Zeit«, entgegnete Idalia. »Sonst verdaut sich mein Magen noch selbst.«

Scarlett hätte ihr gern entgegengeschleudert, dass sie keine Ahnung hatte, was echter Hunger war. Dass sie nicht einen Tag in ihrem Leben mit einem flauen Gefühl im Magen hatte schlafen gehen müssen. Aber es würde ihr nichts bringen, einen Streit anzuzetteln.

Etwas Seltsames geschah mit der Magd, als sie den Schotterweg hinter sich ließen und den Wald betraten, der still und verlassen dalag. Die innere Unruhe, die sie den Weg über begleitet hatte, verschwand und machte einem beruhigenden, beinahe heimeligen Gefühl Platz. Sie atmete tief durch, froh darüber, dass die Hitze des Tages gegangen war und sie einen milden Abend genießen durften.

Der Wald, der die Königreiche Ryzund und Syllitist miteinander verband, war so groß, dass man sich unweigerlich in ihm verlief, wenn man sich nicht auskannte. Früher hatte es einen breiten Weg gegeben, der vor allem von Wanderern und Reisenden genutzt wurde, aber ein Sturm vor einigen Jahren hatte den Wald derart verwüstet, dass selbiger kaum noch zu erkennen war. Es wäre nicht das erste Mal, dass jemand im Unterholz verloren ging, weil er nicht mehr herausfand.

Zumindest war das die offizielle Geschichte.

Scarlett wusste, dass die Gründe für das Verschwinden der Menschen nicht immer so eindeutig waren.

Idalia hatte Mühe, Baron in den Wald zu lotsen. Weil er sich weigerte, stieg sie von seinem Rücken und nahm ihn an den Zügeln. »Alles gut«, flüsterte sie und strich ihm über die Nüstern. »Ich mag die Dunkelheit auch nicht.«

»Wieso nicht?« Scarlett sah zu ihr hinüber und zog am Seil, damit der Ochse, der stehen geblieben war, sich wieder in Bewegung setzte. Er gab ein unzufriendes Schnauben von sich.

»Ist das nicht offensichtlich?« Idalia lachte nervös. »Die Äste der Bäume sehen wie knochige Arme aus, die nach dir greifen wollen.«

Ihr naiver Kommentar entlockte Scarlett ein Grinsen. Dass die Prinzessin keine Ahnung hatte, wunderte sie nicht, trotzdem erfreute sie sich an deren Gutgläubigkeit.

»Ich denke nicht, dass Ihr Euch vor einem Baum fürchten müsst«, erwiderte sie, nicht ohne Abscheu in der Stimme.

Der Weg wurde steiler, was bedeutete, dass der Ochse mehr Kraft aufbringen musste, um den Wagen zu ziehen. Immer, wenn er über einen Stein oder Wurzeln rumpelte, wackelte der Inhalt gefährlich.

»Wo werden wir rasten?« Idalia kam nun, da sie nicht mehr auf Baron saß, ebenfalls langsamer voran.

»Den Hügel hinauf und weiter geradeaus.« Scarlett reckte den Kopf. »Weiter östlich gibt es ein windgeschütztes Plätzchen. Dort habe ich schon öfter übernachtet.«

»Wieso?«

Scarlett seufzte. »Das tut nichts zur Sache«, erwiderte sie, ehe sie den Ochsen an Idalia vorbeilotste, um das Tempo zu bestimmen.

5

Idalia

Vom Reiten tat ihr der Rücken weh. Sie war so steif, dass sie kaum einen Fuß vor den anderen setzen konnte. Im Schneckentempo bewegte sie sich vorwärts, während Scarlett ihr wiederholt vorwurfsvolle Blicke zuwarf.

Idalia seufzte. So hatte sie sich das Ganze nicht vorgestellt. Sie war es gewöhnt, auf ihrer Stute unterwegs zu sein und über Felder zu galoppieren. Doch dauerten ihre Ausflüge meistens nur ein paar Stunden und nicht den ganzen Tag. Hinzu kam, dass Baron sich anders ritt als Daniya.

Obwohl sie kaum vorankam, war Prinzessin Idalia froh, ihre eigenen Füße benutzen zu dürfen. Keuchend folgte sie Scarlett den Hügel hinauf.

Die Übernachtungsstelle, von der die Magd gesprochen hatte, war ein Stück Wiese inmitten des Waldes, gerade groß genug, dass sie nebeneinander Platz fanden und ein Feuer anzünden konnten.

Während Scarlett Pflöcke für die Plane in den Boden rammte und losging, um Holz zu suchen, nahm Idalia ihr Gepäck in

Augenschein. Sie wusste, dass ihre Kleidung zuunterst lag, sehnte sich aber nach etwas Sauberem. Ihr Unterrocksaum war mit Matsch bespritzt; die Bluse durchgeschwitzt. Scarlett hatte von einem Bach in der Nähe gesprochen, aber sie wollte in der Dunkelheit nicht allein losziehen. Sie musste wohl oder übel bis zum Morgen warten.

Um ihren ersten Hunger zu stillen, schnappte sich Idalia zwei von Lennas Plätzchen und knabberte an einer Scheibe Brot.

Müde ließ sie sich auf das dunkelrote Plaid sinken, das auch genug Platz für Scarlett bot. Kurz dachte sie darüber nach, wie es wäre, neben der Magd die Nacht zu verbringen. Weil jene sich im Wald so gut auskannte, hatte sie nichts zu befürchten. Dennoch wurde sie aus Scarletts Verhalten nicht schlau. Sie schien eine grundsätzliche Abneigung gegen sie zu haben, die sie nicht verstand. Aber vielleicht war es genau das, was sie so interessant für sie machte. Idalia war es gewohnt, bewundert und geliebt zu werden.

»Hält die Plane?« Scarlett ließ einen Stapel Holz auf den Boden fallen.

Idalia nickte, dann setzte sie sich auf und begann, das Holz zu schichten. Dass sie keine Ahnung hatte, wie man am besten vorging, entging Scarlett nicht, die ihr die Scheite aus der Hand riss.

Sie fühlte sich nutzlos, als sie die Beine an den Körper zog und der Magd bei der Arbeit zusah.

»Wir können Stockbrot machen«, schlug Idalia vor. »Lenna hat uns eine Schüssel mit Teig mitgegeben. Hier sind sogar Stöcke, die sich eignen.« Sie fasste neben sich.

Scarlett warf einen schnellen Blick auf die Äste. »Die sind giftig. Nehmt die da hinten.« Mit dem Finger deutete sie auf einen Baum weiter entfernt.

Idalia schoss die Röte ins Gesicht, als sie sich in Bewegung setzte. Ihr Wissen über Wald und Natur war schlichtweg nicht vorhanden.

Ehe sie sich wieder zu Scarlett gesellte, machte sie Halt bei Baron, der an einem Baumstamm festgebunden war. Eben hatte Idalia ihm etwas von ihrem Wasser und drei Möhren gegeben. Der Ochse graste in nicht allzu großer Entfernung.

Es beruhigte sie, über Barons Fell zu streicheln und seine spitzen Ohren zu kraulen. So einsam sie sich auch fühlte, mit ihm war ein Teil ihrer Familie hier.

»Meine Mutter wollte unbedingt, dass er mich begleitet«, sagte sie zu Scarlett. »Ich hätte lieber meine Stute genommen, aber im Endeffekt glaube ich, dass es so richtig ist. Baron ist ein unheimlich weises Pferd. Er hat uns gute Dienste erwiesen.«

Scarlett bedachte den Hengst mit einem kurzen Blick. Im schwindenden Tageslicht sahen ihre Augen beinahe schwarz aus. »Gebt mir die Stöcke.«

Idalia setzte sich dicht vor das Feuer, das ihre kalten Hände wärmte. Während sie darauf wartete, dass der Teig gebacken wurde, erhitzte Scarlett Wasser in einem kleinen Teekessel. Es wurde minütlich dunkler und Idalia immer unbehaglicher zumute. Obwohl die Finsternis ihr nie etwas angetan hatte, schien sie eine natürliche Abneigung gegen sie zu haben.

Um möglichst wenig von dem Wald um sich herum sehen zu müssen, wandte sie sich dem Feuer zu. Beobachtete die rotorangen Flammen, die unbändig züngelten und leise zischten.

»Euer Tee, Prinzessin.« Scarlett streckte ihr die Tasse entgegen, in die sie Kräuter gegeben hatte. Sie selbst nahm ebenfalls einige Schlucke aus ihrem Becher.

»Wie lange arbeitest du schon für uns?« Idalia nahm die heiße Tasse zwischen ihre Hände.

»Ich bin mit elf an den Hof gekommen. Das ist jetzt sieben Jahre her.«

Die Prinzessin durchforstete ihr Gehirn nach Erinnerungen, die mit der Magd verbunden waren, aber sie fand keine. Wobei sie sich auch nie ausführlich mit der Dienerschaft beschäftigt hatte.

»Gefällt es dir im Schloss?«, fragte sie weiter.

Scarlett beugte sich vor, um den heißen Teig von ihrem Stock zu ziehen. Ihre Fingernägel waren lang und ungepflegt. »In meiner Position fragt man nicht danach, ob einem das Leben gefällt. Denn selbst wenn es so wäre, würde es keinen Unterschied machen.«

Es war anstrengend, sich mit ihr zu unterhalten. Hätte der Wald ihr nicht solch eine Angst gemacht, hätte Idalia schon längst kapituliert.

»Was wärst du denn gern, wenn du frei entscheiden dürfest?«

Idalia rechnete damit, auch dieses Mal nur eine knappe Antwort zu bekommen. Stattdessen spielte Scarlett mit dem Teig in ihren Händen herum und legte die Stirn in Falten. »Das ist kompliziert«, gestand sie. »Ich habe schon oft darüber nachgedacht, jemand anderes zu sein. Wahrscheinlich tut man das nur, wenn man mit seinem Leben unzufrieden ist. Ich glaube, ich würde verschiedene Dienste und Aufgaben gern mal ausprobieren.«

»Ich auch.«

»Wieso?«

»Weil es manchmal erschreckend langweilig ist, man selbst zu sein.«

Scarlett lachte böse auf. »Das kann nur jemand sagen, der mit mehr Vorrechten aufgewachsen ist, als gut für ihn sind. Arme Menschen können sich Langeweile gar nicht leisten.«

»Das meine ich doch gar nicht.« Idalia presste die Lippen aufeinander. »Ich bin mir meiner Privilegien durchaus bewusst. Aber auch mein Leben ist nicht perfekt. Mein Vater ist gestorben, da war ich erst ein paar Stunden auf der Welt. Und meine Mutter …« Sie brach ab, weil es nicht so aussah, als würde Scarlett ihr zuhören. Die Magd war dabei, die Knoten aus ihren roten Locken zu lösen. Beinahe neidisch schaute Idalia auf das Haar, das so viel dichter und voller als ihr eigenes war.

»Wir sollten schlafen gehen«, sagte Scarlett unvermittelt. »Morgen wird ein anstrengender Tag.«

Ohne Idalias Antwort abzuwarten, trat sie das Feuer aus und griff nach der Decke, die zuunterst im Wagen lag. Es dauerte nur ein paar Minuten, dann war Scarlett eingeschlafen.

6

Scarlett

Mit zu Fäusten geballten Händen lag sie unter der Decke und wartete darauf, dass Idalia endlich einschlief. Sie war davon ausgegangen, dass die Prinzessin erschöpft genug war, um sofort die Augen zu schließen. Stattdessen wälzte sie sich ständig von einer auf die andere Seite. Jedes Mal, wenn ihr Atem gleichmäßiger ging, wuchs die Hoffnung in Scarlett, dass Idalia es endlich ins Traumreich geschafft hatte, doch dann stieß die Prinzessin wieder ein Seufzen aus und wurde unruhig. Dabei hatte sie ihr extra Kräuter in den Tee gegeben, die sie müde machen sollten.

Es trieb sie in den Wahnsinn, dass sie nichts tun konnte. Dass ihre einzige Aufgabe darin bestand, abzuwarten.

Sie drehte sich auf den Rücken, den Blick zum Himmel gerichtet. Durch die viele Zeit, die sie draußen verbracht hatte, war ihr Sehvermögen auch in der Nacht ausgezeichnet.

Die Hände unter der Decke gefaltet lauerte sie auf den Moment, in dem sich Idalia nicht mehr unruhig hin und her bewegte. Dann blieb Scarlett weitere zehn Minuten liegen, ehe sie so leise wie möglich aufstand und zum Karren schlich.

Idalia ging davon aus, dass er von der Dienerschaft gepackt worden war. Was so weit auch stimmte, nur dass Scarlett den Gegenständen in letzter Sekunde etwas hinzugefügt hatte. Obwohl Idalia eben noch auf der Suche nach Essen gewesen war, hatte sie die schwarze Feder, die zwischen zwei ihrer Kleider klemmte, nicht entdeckt.

Darauf bedacht, sie nicht mehr als nötig anzufassen, zog Scarlett die Feder heraus. Sie war bis in die Spitze mit dunkler Magie aufgeladen und würde Idalia in ihre persönliche Hölle schicken.

Ein diebisches Lächeln stahl sich auf Scarletts Lippen. Das Schicksal spielte ihr in die Karten. Sie musste bloß auf den verdammten Gaul aufpassen, der im Gegensatz zum Ochsen noch nicht schlief und sie aus seinen schwarzen Augen unverwandt ansah. Schon als der Hengst noch Idalias Mutter gehört hatte, hatte sie ihn nicht gemocht. Sie hasste es, in seiner Nähe zu sein und fühlte sich ständig von ihm beobachtet.

Doch um ihn ging es nicht.

Mit der Feder in der Hand baute sich Scarlett über der schlafenden Idalia auf. Damit der Zauber seine Wirkung entfalten konnte, musste sie sich ganz auf den Moment konzentrieren. Es fiel ihr schwer, in der Menschenwelt Magie zu wirken, doch Utensilien machten es leichter. Der Wind wehte durch ihr Haar, als sie die Augen schloss und die Formel sprach, die sie mehrmals geübt, aber bis heute nie angewendet hatte.

Scarlett stieg über Idalias schlafenden Körper hinweg, stellte sich links von ihr hin und betrachtete zufrieden, wie sich dunkle Tropfen aus dem Federkiel lösten und einer nach dem anderen Idalias Gesicht trafen. Die Menge würde nicht ausreichen, um sie zu töten, aber sie wäre genug, um sie eine Weile außer Gefecht zu setzen, bis Scarlett über alle Berge war und die verhasste Prinzessin sich im Wald verlaufen und ihr Ende finden würde.

Fürs Erste ging es darum, sie in einen tiefen Schlaf zu versetzen. Und ordentlich leiden zu lassen, sobald sie wach wurde. Genugtuung ergriff von Scarlett Besitz, als sie zusah, wie die Tropfen schwarze Schlieren auf dem ebenmäßigen Gesicht der Prinzessin hinterließen.

»*Kahmalia sundaya*«, murmelte sie – eine einfache Beschwörungsformel, die Idalia den Weg zurück versperrte.

Solange sie der Gewalt der Feder unterlag, würde sie nie nach Ryzund kommen, so sehr sie es auch versuchte. War der Zauber stark genug, würde sie nicht einmal mit der Idee spielen, nach Hause zurückzukehren.

Triumphierend betrachtete Scarlett ihr Werk. Die Feder in ihrer Hand war mittlerweile schlaff und nutzlos, sodass sie sie fallen ließ.

Ein Wiehern durchdrang die Stille. Scarletts Kopf schoss zu Baron herum, der sich auf die Hinterhufe gestellt hatte und sie aus seinen wilden Augen böse ansah.

»Verdammt!« Die Magd war mit schnellen Schritten bei ihm, versuchte verzweifelt, ihn zu beruhigen. Was sich als schwierig erwies, da sie kaum Erfahrung mit Pferden hatte.

Sie schloss die Augen. Konzentrierte sich auf die Macht in ihrem Inneren und spürte sie in ihrer Gänze. Eine tiefe Ruhe breitete sich in ihr aus, die bis in ihre Fingerspitzen strahlte. Als sie ihre Hände auf das weiche Fell des Pferds legte, wusste sie, dass das Gefühl auch auf Baron übergehen würde.

Tatsachlich wurde der Hengst leiser und bewegte sich bald gar nicht mehr.

»Gut so«, flüsterte Scarlett und tätschelte ihm den Kopf. Ein Blick auf Idalia versicherte ihr, dass die Prinzessin tief schlief.

Trotzdem durfte sie keine Zeit verlieren. Aus dem Karren zog sie den braunen Rucksack, den sie gestern Nacht aus einer Dienerkammer gestohlen hatte. Er bot genug Platz für all die Sachen, die sie nach Syllitist mitnehmen wollte.

Bevor sich Scarlett Dingen wie Kleidung oder Essen widmete, suchte sie nach den Juwelen und dem Schmuck, den Idalias Mutter ihrer Tochter hinterlassen hatte. Eine Art Mitgift für den Prinzen von Syllitist.

Ehrfürchtig betrachtete sie die Perlenketten, Armbänder und Edelsteine. Sogar einen Klumpen Gold hatte die Königin besessen.

Wie viel Leid und Hunger man hätte verhindern können, wenn man all diesen Reichtum gegen Nahrung eingetauscht hätte!

Scarlett war darauf bedacht, nichts von der Mitgift im Wald zu lassen. Mehrmals wühlte sie sich durch den Wagen – und jedes Mal, wenn Baron wieder unruhig wurde, ging sie zu ihm und streichelte ihn. Der Ochse schnarchte friedlich auf dem Boden liegend vor sich hin und schien von alldem nichts mitzubekommen.

Erst, als Scarlett sicher war, allen Schmuck gefunden zu haben, befasste sie sich mit dem Rest des Gepäcks.

Idalias Gewänder waren ihr gleichgültig, dennoch wollte sie wenigstens zwei oder drei mitnehmen, um ihre Herkunft zu beweisen. Außerdem genügend Essen für den Weg, der noch vor ihr lag. Ihren Wasservorrat konnte sie an Quellen auffüllen.

Scarlett zog die Bänder des Rucksacks fest zusammen. Damit Idalia so schnell wie möglich das Zeitliche segnete, durfte sie nichts mehr besitzen außer den Kleidern, die sie am Leib trug.

In der Dunkelheit zerrte Scarlett den Wagen durch den Wald. Was leider ziemlichen Lärm verursachte und sie mehrmals panisch nach hinten schauen ließ. Um den Ochsen würde sie sich später kümmern.

Weil es mittlerweile stockdunkel war, sah sie den Weg kaum noch. Äste schlugen ihr ins Gesicht, ihre Nase prallte gegen einen Stamm und sie stolperte über eine Wurzel.

Unbeirrt lief Scarlett weiter, den Hügel hinauf, wo die Bäume des Waldes dichter standen und von dem Pfad nichts mehr zu erkennen war. Sie musste Idalias Besitztümer gut genug verstecken, dass die Prinzessin sie nicht fand. Und auch andere Menschen sollten sie nie wieder zu Gesicht bekommen.

Endlich hatte Scarlett ihr Versteck erreicht: eine Höhle, in der vielleicht einmal ein Bär gelebt hatte, eventuell auch ein Fuchs.

Das Bild von Nokano tauchte kurz in ihren Erinnerungen auf, doch sie schob alles, was mit dem Tier zusammenhing, an den Rand ihres Bewusstseins.

In der Höhle war es feucht; Wasser tropfte von der Decke, die so niedrig war, dass Scarlett den Kopf einziehen musste. Dennoch schob sie den Wagen so weit wie möglich hinein und kehrte erst um, als seine Silhouette von der Dunkelheit verschluckt wurde.

Sie schlich zurück zu Idalia, die noch immer schlief. Kurz dachte Scarlett darüber nach, ihr auch die Decke und die Plane, die über ihr aufgespannt war, zu nehmen, aber sie entschied sich dagegen. Die Wahrscheinlichkeit, dass sie beim Zusammenräumen Lärm machen würde, war zu hoch.

»Sieh es als Gnade an«, zischte sie der verwöhnten Prinzessin zu, dann wandte sie sich dem schlafenden Ochsen zu. Erneut nutzte sie die Kraft in ihrem Inneren, um ihm Ruhe zu schenken, ehe sie ihn weckte. Aus schläfrigen dunkelbraunen Augen sah er sie an. Es dauerte eine Weile, bis er sich dazu bequemt hatte, aufzustehen, dann aber schaffte Scarlett es, ihn durch den Wald zu führen, eine Anhöhe hinauf und tiefer ins Dickicht hinein. Erst als sie sicher war, dass er nicht mehr zurückfinden würde, löste sie den Strick, der um sein Maul gebunden war. Es war ihr gleichgültig, was mit ihm passierte, weswegen sie keinen Blick zurückwarf. Auf der Lichtung schulterte Scarlett den Rucksack und ging auf Baron zu. Sein misstrauischer Blick war auch in der Dunkelheit allgegenwärtig. Ihr behagte es nicht, auf ihm unterwegs zu sein.

»Hör zu«, säuselte sie in sein Ohr. »Du bringst mich sicher nach Syllitist und im Gegenzug werde ich dich danach nie mehr anrühren. Du wirst den besten Stall bekommen, so viel Auslauf, wie du willst und dein Lieblingsfressen. Falls du so was hast.« Sie tätschelte ihn unbeholfen, dann setzte sie ihren linken Fuß in den Steigbügel und wollte sich auf Barons Rücken schwingen.

Es war ein Säuseln, das sie innehalten ließ. Eine leise Melodie, getragen von einer melancholischen Stimme.

Einer Stimme, die sie seit Wochen nicht mehr gehört und von der sie geglaubt hatte, dass es sie gar nicht mehr gab. Dass sie ihren kindlichen Fantasien entwachsen war.

Scarlett schaute zwischen dem weißen Pferd und den dichten Tannen, wo sie die Stimme lokalisierte, hin und her. Vernünftiger wäre es, ihren Zeitplan einzuhalten und Strecke zwischen die schlafende Prinzessin und sich zu bringen.

Schon als sie den Fuß vom Steigbügel genommen und sich von Baron abgewendet hatte, wusste sie, dass sie kein vernünftiger Mensch war. Dass sie ihm – heute wie damals – hilflos ausgeliefert war.

»Gib mir zehn Minuten«, raunte sie dem Hengst zu.

Die Stimme hatte sich als Echo in ihrem Kopf festgesetzt, auch wenn er gerade gar nicht sang. Aber das war nicht nötig. Scarlett trug ihn tief in sich. Dort, wo alle Erinnerungen lauerten.

Wie immer, wenn sie kurz davorstand, ihn zu treffen, schlug ihr Herz schneller. Schweiß bildete sich auf ihren Handflächen, die sie unbedarft an ihrem Mantel abwischte. Gern hätte sie sich noch im spiegelnden Wasser einer Quelle angesehen. Hätte ihr wildes Haar gebändigt und dafür gesorgt, dass ihr Gesicht nicht verräterisch errötete.

Während Scarlett tiefer ins Dickicht eindrang, dachte sie an ihr letztes Treffen zurück. Der Schnee war gerade geschmolzen und hatte einer kalten Frühlingssonne Platz gemacht. Sie erinnerte sich an einen Morgen im März, an dem sie ihr ganzes Leben infrage gestellt hatte. Sie war allein unterwegs gewesen, in der Hoffnung, ihre Gedanken zu ordnen und eine Entscheidung zu treffen.

Nicht zum ersten Mal erkannte Scarlett, dass er ein Gespür für die Feinheiten ihrer Emotionen hatte. Er wusste, wann sie ihn brauchte, obwohl sie nicht mal an ihn gedacht hatte.

Sie zog die Kapuze ihres Mantels tiefer ins Gesicht und wurde schneller.

»Wo bist du?«, rief Scarlett, als sie ihn nicht mehr spürte.

Als Antwort verpasste er ihr eine Gänsehaut.

»Dreh dich um.«

Würde sie sich je an ihn gewöhnen? Daran, dass er urplötzlich auftauchte und jeden ihrer Gedanken besetzte? Wenn sie in seine smaragdgrünen Augen blickte, gab es nichts anders mehr.

Und obwohl sie wusste, wie gefährlich das war, ließ sie sich doch immer wieder auf ihn ein.

Damals, weil sie einen Freund gebraucht hatte. Weil er mit ihr durch die Nacht tanzte und ihr zeigte, dass es mehr gab als das kümmerliche Dasein, das sich ihr Leben nannte.

Heute, weil sie ihr Herz längst an ihn verloren hatte.

Seine Hände fanden ihre, sein Blick verwob sich mit ihrem. Sanft hob er ihr Kinn an, doch er küsste sie nicht, zog sie stattdessen in eine lange Umarmung. Scarlett konnte nichts gegen die Tränen tun, die sich in ihren Augen sammelten. Sie war jemand, der nie viel weinte, doch er riss ihre Mauern jedes Mal ein.

Sie vergrub ihren Kopf in seinem Haar, nahm seinen Duft nach Winterkälte und Moos in sich auf.

»Ich habe dich vermisst«, gestand sie ihm – und sich selbst – ein. »Ich dachte, du kommst nicht mehr.«

Mit gespielter Strenge sah er sie an. »Wie oft habe ich dir gesagt, dass ich nicht gehen werde? Dass ich da bin, wenn du mich brauchst.«

Scarlett biss sich auf die Unterlippe. »Eigentlich habe ich keine Zeit.«

Er zog eine Braue nach oben. »Steckst du schon wieder in Schwierigkeiten?«

»Ich habe alles unter Kontrolle«, protestierte sie.

Das Mondlicht fiel direkt auf sein Gesicht, zeichnete seine Züge weich. Er trug einen dunkelblauen Anzug, der mit goldenen Ornamenten verziert war. Sein braunes Haar schimmerte.

»Wo hast du so lange gesteckt?«, fragte Scarlett, dabei kannte sie die Antwort.

Er hatte nirgendwo gesteckt, weil es ihn nicht gab. Der Edelmann, der mit ihr durch dunkle Zeiten tanzte und dafür sorgte, dass ihr Herz nicht rabenschwarz wurde, war ein Produkt ihrer Fantasie. Erschaffen, als sie so allein war, dass sie begonnen hatte, mit Vögeln und Wolken zu reden.

»Viel wichtiger ist doch, dass ich jetzt hier bin.« Abermals zog er sie an sich heran.

»Ich muss wieder zurück.« Sie warf einen nervösen Blick über ihre Schulter. »Da gibt es etwas, das meine Aufmerksamkeit erfordert.«

Doch er ging nicht auf ihre Einwände ein. Stattdessen breitete er seine Arme aus, als würde er den gesamten Wald einschließen. Er drehte sich einmal um die eigene Achse, seine Lippen kräuselten sich, und noch bevor er zu singen begann, hörte Scarlett den metallischen Klang einer Fidel. Unaufgeregt zu Beginn, wurde die Melodie schnell eindringlicher.

Er verbeugte sich vor ihr und strahlte übers ganze Gesicht, als sie nach seiner Hand griff. Über all die Jahre waren seine Finger gleich geblieben. Während sie gewachsen war, hatte er sich nicht einen Tag verändert. In einer Welt, die schon morgen eine andere sein konnte, genoss Scarlett ihren winzigen Teil Beständigkeit.

Er legte seine Hand um ihre Hüfte, zog sie eng an sich und wiegte sie zu den Klängen der Fidel. Das, was über seine Lippen kam, verstand sie nicht. Wenn er sang, schien er eine andere Sprache zu sprechen. Vielleicht aber war auch ihre Fantasie nicht groß genug, um es zu begreifen.

So oder so.

Es war ihr gleichgültig.

Was zählte, war nur der Moment, in dem sie mit ihm durch den Finsterwald tanzte und sich lebendig fühlte.

7

Idalia

Idalias Kopf fühlte sich an, als hätte man ihn mit einem Hammer bearbeitet. Als sie die Augen öffnete, zitterte sie am ganzen Körper. Desorientiert sah sie sich um, ohne das, was sie vor sich sah, zu verstehen.

Mit einiger Anstrengung setzte sie sich auf: keine gute Idee. Ihr Magen krampfte schmerzhaft, und ihr war so schwindlig, dass sie zurück auf die Decke sank. Kraftlos erbrach sie sich auf den Waldboden.

Wo war sie? Wieso lag sie mitten im Wald auf einem Plaid?

Ihr Kopf schien nicht mehr zu funktionieren.

Wieso war ihr so schlecht? Hatte sie etwas gegessen, das sie nicht vertragen hatte?

Obgleich alles in ihr danach schrie, flach liegen zu bleiben, in der Hoffnung, diese Übelkeit loszuwerden, richtete sie sich auf und zog sich an einem Baumstamm hoch. Ihre Beine schienen nicht mehr dazu geschaffen, ihren Körper zu tragen; abermals sank sie in sich zusammen.

Idalias Kopf glühte, als hätte sie stundenlang in der Sonne verbracht.

Wie ein Kleinkind krabbelte sie über den Waldboden und kam doch nicht voran. Wo zur Hölle war sie? Ihr Gehirn glich einem Vakuum, das sie nicht mit Informationen füllen konnte. Dennoch zwang sie sich dazu, nachzudenken.

Gegen den Stamm einer Fichte gelehnt, atmete sie mehrmals tief durch. Hatte sie ihre Umgebung bis eben nur verschwommen wahrgenommen, konnte sie allmählich besser sehen. Neben dem einfarbigen Plaid erkannte sie eine Feuerstelle. Ein angebissener Apfel lag im Gras, ansonsten wirkte der Platz verwaist.

Idalia rang sich dazu durch, den Blick zum Himmel zu richten, der grau und ungemütlich anmutete. Wahrscheinlich würde es bald regnen. Es musste früher Vormittag sein, woraus sie schloss, dass sie die Nacht im Wald verbracht hatte.

Die Nacht im Wald.

Ihr werdet mehrere Tage unterwegs sein.

Scarlett kennt sich aus.

SCARLETT!

Idalia ruckte so abrupt herum, dass ein Schmerz wie ein Blitz durch ihren Kopf schoss und sie aufstöhnen ließ.

Nach und nach kehrten die Erinnerungen an den gestrigen Tag zurück. Mühsam richtete sie sich auf. Baron war nicht mehr da, ebenso wenig der Ochse und der Wagen mit ihren Besitztümern, und auch von Scarlett fehlte jede Spur.

Eine böse Vorahnung beschlich Idalia, aber sie weigerte sich, schon jetzt vom Schlimmsten auszugehen. Wahrscheinlich war Scarlett vor ihr wach geworden, hatte bereits alle Sachen zusammengepackt und … Baron mitgenommen? Das ergab keinen Sinn.

Mit wackligen Beinen bewegte sich Idalia durch den Wald. Klammerte sich an Baumstämme, um nicht hinzufallen.

Ihr Orientierungssinn war nicht sonderlich ausgeprägt, weswegen sie sich nur grob an den Weg erinnern konnte, den sie gegangen waren. In welcher Richtung Syllitist lag, wusste sie ebenfalls nicht.

Aber Scarlett war doch nicht ohne sie losgezogen? Welchen Nutzen hätte das? Oder war es in der Nacht zu einem Zwischenfall gekommen und Scarlett musste eingreifen? Bestimmt wäre sie bald wieder da.

Auch wenn das nagende Gefühl in ihr etwas anderes sagte, beschloss Idalia, Scarlett vorerst nichts Böses zu unterstellen. Anstelle weiter durch den Wald zu wanken, ging sie zu ihrer Schlafstätte zurück, nahm die Plane ab und faltete die Decke zusammen. Ihr Kopf schwirrte noch immer, als sie auf die Magd wartete.

Nach einer Weile, die sie nicht näher bestimmen konnte, begriff sie, dass Scarlett nicht mehr auftauchen würde. Idalia hatte die Umgebung nach Kampfspuren abgesucht, um einen Überfall auszuschließen, doch der Platz sah friedlich aus. Scarlett schien aus freien Stücken gegangen zu sein und hatte neben ihrem Pferd alles an Verpflegung mitgenommen.

Aber wieso? Welchen Plan verfolgte sie?

Erste Tropfen fielen vom Himmel, verdichteten sich bald und wurden zu einem regelrechten Unwetter. Idalia zog sich die Kapuze ins Gesicht und sah sich verzweifelt nach einem Ort um, an dem sie sich unterstellen konnte, doch die Bäume boten keinen Schutz.

Und überhaupt – war es sinnvoll, sich einen Schlupfwinkel zu suchen? Weiter auf eine Frau zu warten, die ja doch nicht kommen würde?

Ob Scarlett zurück nach Ryzund gegangen war?

Idalia konnte nur schätzen, wie weit es bis nach Syllitist war. Angesichts der Umstände erschien es ihr sicherer, wieder nach

Hause zu gehen. Das unbehagliche Gefühl in ihrem Inneren verschwand trotzdem nicht.

Idalia ließ Decke und Plane zurück und begab sich auf den Weg nach Ryzund, auch wenn sie nur die grobe Richtung kannte.

Ein Blitz zuckte über den wolkenverhangenen Himmel, gefolgt von Donnergrollen, das den Boden unter ihr erbeben ließ. Daphne hatte sie immer davor gewarnt, sich bei Gewitter im Wald aufzuhalten. Bei Regen war es ihr sogar untersagt gewesen, zu reiten.

Fröstelnd schlang Idalia die Arme um ihren Oberkörper. Glücklicherweise hatte ihre Zofe darauf bestanden, dass sie ihren Mantel mitnahm, sonst wäre es jetzt noch kälter.

Ihre Umgebung gab nicht viele Hinweise darauf, wo sie sich befand.

Verzweifelt versuchte sie, sich an den Weg zu erinnern. War sie auch gestern an dem zerfallenen Hochsitz vorbeigekommen? Erkannte sie die moosbewachsene Bank wieder?

Sie hätte besser aufpassen müssen! Panik breitete sich in ihr aus, gegen die sie mit aller Kraft ankämpfte. Wenn sie jetzt durchdrehte, wäre alles verloren.

An einer Weggabelung blieb sie unschlüssig stehen. Weder der eine noch der andere Pfad kam ihr bekannt vor. Sie hätte genauso gut eine Münze werfen können.

Wütend schlug sie sich mit der Hand gegen die Stirn.

Wieso hatte sie Scarlett so blind vertraut? Das hatte sie nun davon.

Idalia ballte die Hände zu Fäusten. Ihre Mutter war eine weise Frau gewesen, die immer gewusst hatte, was zu tun war. Wie hätte sie sich in einer Situation wie dieser verhalten?

Die Königin war oft stundenlang mit Baron im Wald unterwegs gewesen. Idalia erinnerte sich, wie sie mit geröteten Wangen und übervollem Herzen ins Schloss zurückgekommen war.

Sie lebte jene Art von Eigenständigkeit, von der ihre Tochter seit Jahren träumte.

Das Unwetter um sich herum ignorierend schloss Idalia die Augen und horchte in sich hinein. In der Hoffnung, die Stimme ihrer Mutter zu hören. Oder einen Hinweis, welchen Weg sie wählen sollte.

Idalia schreckte zusammen, denn da war wirklich eine Stimme. Nur dass sie nichts mit der verstorbenen Königin zu tun hatte, geschweige denn weiblich klang.

Verwirrt hob sie den Kopf und spitzte die Ohren. Die Stimme stammte nicht aus ihrem Unterbewusstsein, sondern kam aus nächster Nähe.

Aus einem Impuls heraus verließ sie die Weggabelung und stapfte tiefer ins Dickicht hinein. Auch hier hatte der Sturm sein Unwesen getrieben: Äste und Zweige türmten sich, eine Bank war in der Mitte entzweigebrochen.

»Hilfe! HILFE! Ist hier jemand?«

Die Stimme war eindeutig männlich und klang verzweifelt.

Idalia wurde schneller, was bei dem Regen einer Unmöglichkeit gleichkam, weil der Boden rutschig und uneben war.

»Verdammt! Ist hier denn niemand?«

Kurz hielt sie inne, um die Stimme zu lokalisieren. Hoffentlich war das keine Falle – aber sie konnte den Mann schließlich nicht seinem Schicksal überlassen. Wie auch immer selbiges aussah.

Nicht, dass sie einer Räuberbande in die Arme lief! Diese waren zwar seltener geworden, trieben aber immer noch ihr Unwesen im Forst.

»Hallo? Wo bist du?«, rief sie in das Tosen des Regens hinein.

Mühsam kämpfte sie sich weiter voran, bis sie hinter einer Tannenwand eine Wiese erreichte. Und die Stimme auf einmal Konturen, einen Körper und ein Gesicht bekam.

Idalia raffte ihr Kleid, das über den Boden schleifte, und rannte auf den Mann zu, der gefangen in einem Netz an einem Baum hing. Ihn trennten etwa zwei Meter vom Boden; wütend schlug er mit Armen und Beinen aus.

Kurz beobachtete Idalia, wie er sein Gewicht abwechselnd auf die linke und rechte Seite warf, das Netz aber zu stabil war, um ihn freizugeben. Zornig fluchte er vor sich hin. Auf dem Gras unter ihm lagen ein alter Rucksack und ein Stoffberg, der aufgebaut ein Zelt ergeben könnte.

Aus sicherer Entfernung beäugte die Prinzessin den Fremden. Er war noch jung, höchstens ein paar Jahre älter als sie. Seiner Kleidung, einer löchrigen Hose und einem getragenen Leinenhemd, sah sie an, dass er kein reicher Mann war, sondern zum gemeinen Volk gehörte.

»Kann ich dir helfen?«

Als er ihre Stimme hörte, hielt er in der Bewegung inne. Idalia kam auf ihn zugelaufen, bis sie das Netz mit den Händen berühren konnte.

Skeptisch sah der Fremde auf sie hinab. Er hatte hellbraune, überschulterlange Haare, die er im Nacken zu einem Zopf gebunden trug, und einen wachen Blick. Ein Bartschatten lag um sein Kinn.

»Wer … bist du?«, fragte er verwirrt.

»Ich habe dich schreien gehört und dachte, du brauchst Hilfe.«

Verlegene Röte überzog seine Wangen. »Äh … danke, ja … Ich … Frag nicht, wie ich hier gelandet bin.«

»Das hatte ich nicht vor. Wichtiger ist doch, dass du wieder hier rauskommst.«

Der Regen ließ langsam nach, wurde zu einer Hintergrundkulisse, die sie kaum noch wahrnahm.

Der Fremde beugte sich im Netz nach vorn und deutete auf seinen Rucksack. »In der vorderen Tasche steckt mein Dolch.

Normalerweise trage ich ihn bei mir, doch wie der Zufall es wollte …« Er schnaubte unzufrieden.

»Warte kurz.« Idalia löste die Bänder des Rucksacks und holte den Dolch hervor, der ungewöhnlich schwer in ihrer Hand lag. Zu Hause war es ihr verboten, Waffen jeglicher Art auch nur zu berühren.

»Kannst du mich freischneiden?«

Nickend näherte sich Idalia dem Netz und zog den Dolch aus der Scheide. Wie gebannt schaute sie auf seine scharfe Klinge.

»Ich will dich ja nicht hetzen, aber es ist nicht besonders bequem hier drin.«

»Nicht so ungeduldig«, nuschelte Idalia, während sie die Waffe noch immer musterte. Anschließend stellte sie sich auf den Stoffballen, um das Netz zu erreichen, und säbelte nacheinander mehrere Seile durch, bis ein Loch entstand, das groß genug war, sodass der Fremde sich befreien konnte.

Ehe Idalia es sich versah, knallte er wie ein Sack Mehl auf den Boden.

Scharf zog sie die Luft ein. Ein Sturz aus dieser Höhe musste verteufelt wehtun, doch zu ihrer Überraschung rieb sich der Mann nur über den Rücken und sprang schon auf die Beine.

Mit einem erleichterten Lächeln auf den Lippen kam er auf sie zu und streckte ihr die Hand entgegen.

»Danke für deine Hilfe. Ich bin Norik.«

Verwirrt starrte sie auf seine groben, schmutzigen Finger. Über seinen Handrücken zog sich eine blasse Narbe, die bis zu seinem Daumen reichte.

»Ida«, sagte sie dann, unsicher, wie viel sie von ihrer Herkunft verraten sollte. »Geht es dir gut? Du bist ziemlich tief gefallen.« Anstelle ihrer Hand reichte sie ihm den Dolch, den er in der Halterung an seinem Ledergürtel befestigte.

»Ich hab schon Schlimmeres überlebt«, tat er seinen Sturz ab. Das Grinsen auf seinen Lippen verwirrte sie.

»Wie bist du da eigentlich reingekommen?«

»Ich hab doch gesagt, dass du das nicht fragen solltest.« Beschämt senkte Norik den Blick. »Sagen wir es so: Ich war zu neugierig und habe meine Strafe verdient.«

»Und die Person, die die Falle aufgestellt hat – ist sie noch hier?« Idalia kam sich wahnsinnig naiv vor, dass sie sich nicht vorher umgesehen hatte.

»Ich hing verteufelt lange in diesem Netz – von daher denke ich nicht, dass jemand in der Nähe ist.« Er fuhr sich durch seine Haare, die ebenso wie seine Kleidung pitschnass waren. Dann schulterte er seinen Rucksack und griff nach dem Zelt.

»Danke noch mal. In diesem Teil des Waldes sind für gewöhnlich keine Menschen unterwegs.« Ein Funken Neugierde blitzte in seinen hellbraunen Augen auf. »Aber gut, ich muss weiter.« Er hob die freie Hand zum Abschied.

Etwa drei Sekunden sah Idalia ihm hinterher, dann holte sie ihn ein. »Wohin gehst du?«

Norik sah sie von der Seite an. »Wieso möchtest du das wissen?«

Idalia fasste sich ein Herz. »Ich befinde mich in einer ziemlich misslichen Lage. Um ehrlich zu sein, habe ich die Orientierung verloren und weiß nicht, wo ich hinmuss.«

»Wo möchtest du denn hin?«

»Nach Ryzund«, wollte sie sagen, besann sich aber eines Besseren. Zwar könnte sie Daphne erzählen, was passiert war und die nächsten Schritte planen, könnte Männer aussenden, die Scarlett fanden und sie angemessen bestraften. Aber was hatte sie von alldem, wenn ihr Ziel doch ein anderes war?

»Nach Syllitist.«

Für den Bruchteil einer Sekunde flackerte Erkenntnis über Noriks Gesicht. »Dann haben wir dasselbe Ziel.«

8

Scarlett

Sie würde diesen verfluchten Gaul töten, und wenn es das Letzte war, was sie tat. Auf dem Weg zum Königsschloss hatte er sie dreimal abgeworfen und einmal hatte sie sich dabei den Fuß derart verdreht, dass jeder Schritt wehtat.

Wütend trieb sie Baron zur Eile an. Je näher sie der Stadt kamen, desto langsamer schien er zu werden. Hinzu kam, dass er ständig buckelte oder zwischendurch ganz stehen blieb.

»Ich verliere langsam meine Geduld«, zischte sie. »Und du willst nicht wissen, was dann passiert!« Scarlett gab dem Hengst mit der Gerte einen Klaps auf den Hintern, woraufhin er sich protestierend in Bewegung setzte. Weit konnte es nicht mehr sein; den Wald hatten sie vor mehr als einer Stunde hinter sich gelassen.

Das rote Kleid, das Scarlett trug, war ihr mindestens eine Nummer zu groß, aber sie hatte die Bänder am Rücken so eng geschnürt, dass es nicht auffiel. Glücklicherweise war es lang genug, um ihre hässlichen Stiefel zu überdecken. In all der Aufregung hatte sie nicht daran gedacht, Idalia die Schuhe auszuziehen.

Wiederholt korrigierte Scarlett ihre Haltung, sodass sie nicht wie ein nasser Sack auf dem Pferd saß. Idalia hatte königlich und erhaben ausgesehen, und sie selbst wollte vor dem Königspaar keinen schlechten Eindruck machen.

»Los jetzt!«, feuerte sie das Pferd an. »Bring mich in die Stadt und ich will gnädig mit dir sein.« Sie nahm die Zügel in beide Hände, gab das Tempo vor, das der Hengst nur widerwillig annahm, und hielt den Blick stur geradeaus gerichtet.

Der Weg, auf dem sie sich befand, wurde auch von Kutschen genutzt. Es war mitten am Tag, die Sonne stand hoch am Himmel, und ein Wegweiser, an dem sie vorbeikamen, zeigte, dass sie richtig war.

Es war eine gute Entscheidung gewesen, keine Pausen zu machen. Auch wenn sie mittlerweile todmüde war und ihr Körper nach Erholung schrie. Sie würde ausreichend schlafen können, wenn sie erst ihre Gemächer bezogen hatte.

Der Gedanke an ihre Zukunft ließ Scarlett vorsichtig lächeln. Richtig freuen konnte sie sich erst, wenn alles geklappt hatte, aber schon jetzt empfand sie leisen Triumph. Der schwierigste Teil ihrer Reise lag hinter ihr.

Sie hielt den Blick gesenkt, als sie an mehreren Passanten vorbeikam. Bevor sie das Schloss erreicht hatte, wollte sie mit so wenig Menschen wie möglich reden. Sie nahm einen Schluck Wasser aus der Feldflasche, die sie um ihre Hüfte gebunden hatte. Essen hatte sie keins mehr.

Wie es Idalia wohl erging? Sie musste längst bemerkt haben, dass Scarlett nicht mehr da war – und wenn deren grenzenlose Naivität es zuließ, hatte sie eins und eins zusammengezählt.

Wie lange sie wohl durch den Wald irrte? Scarletts Namen rief? Nach ihrem dreckigen Gaul suchte? Oder hatte sie schon aufgegeben und sich zu dem Häufchen Elend zusammengerollt, das sie war?

Scarlett kniff die Lippen zusammen und schüttelte den Kopf. Die verwöhnte Prinzessin war nicht länger ihr Problem.

Obwohl die Magd den Wald, der die beiden Königreiche miteinander verband, gut kannte, war sie nie in Syllitist gewesen. Daher speisten sich ihre Vorstellungen aus dem, was sie gelesen oder gehört hatte. Allein die Hauptstadt war doppelt so groß wie das ganze Königreich Ryzund und wurde aufgrund der Art und Weise, wie das Sonnenlicht auf die Fassaden der Häuser fiel, auch die goldene Stadt genannt. Ein Ort des Friedens und der Ruhe, wo es seit mehreren Jahrzehnten keine Aufstände mehr gegeben hatte. Regiert wurde das Land von einem älteren Königspaar, das vor zweiundzwanzig Jahren einen Sohn, Prinz Elric, bekommen hatte.

Bei ihren Recherchen hatte sich Scarlett vor allem mit dem Aufbau des Landes, dem Regierungssystem und den beiden Monarchen befasst. Prinz Elric interessierte sie weniger, er war nur Mittel zum Zweck.

In der unterirdischen Bibliothek, die Idalias Vater in Ryzund hatte bauen lassen, hatte sie mehrere Bücher gefunden, die sich mit Syllitist beschäftigten. Sie waren versehen mit Malereien und Zeichnungen und zeigten das Land mit seiner goldenen Hauptstadt stets von seiner schönsten Seite.

Doch als Scarlett das erste Mal den Blick auf die sonnenbeschienenen Dächer warf und die Spitze des goldenen Palasts erkannte, wusste sie, dass all diese Bilder nicht an die Realität heranreichten.

Dass Syllitist so schön war, bescherte ihr einen Kloß in der Kehle und ein warmes Gefühl im Bauch. Instinktiv umklammerte sie die Zügel fester.

Der Weg, der in das Herz der Stadt führte, war breit, wirkte wie eine offene Einladung.

Ein runder Platz, auf dem gerade der Markt stattfand, markierte den Mittelpunkt. Menschen huschten geschäftig hin und her, boten Waren an ihren Ständen feil und übertrumpften sich gegenseitig mit ihren Angeboten.

Scarlett ritt durch Einkaufsstraßen, nahm schmucke Geschäfte zur Kenntnis, in denen sie liebend gern Geld ausgegeben hätte, das sie nicht besaß. Ein Hutladen präsentierte seine neuesten Kreationen im Schaufenster, ein anderer warb mit erlesenen Gewändern für den nächsten königlichen Ball.

Ein seltsames Gefühl der Vorfreude breitete sich in Scarlett aus. Sie presste ihre Waden gegen Baron und trieb ihn so zur Eile an. Denn das Schloss, das nicht nur ihr heutiges, sondern das endgültige Ziel markierte, lag in Sichtweite.

Im Gegensatz zu dem Palast in Ryzund war es nicht ebenerdig, sondern auf einem Hügel gebaut worden, was ihm Erhabenheit verlieh. Die Fassade war weiß getüncht, wilde Rosen rankten sich an den Fenstern empor und reichten bis zu einem breiten Balkon, von dem aus man über die ganze Stadt sehen konnte.

Für einen Moment verlor sich Scarlett in Tagträumen. Sah sich selbst im Erker stehen, gekleidet in die feinsten Stoffe, eine goldene Krone auf ihrem Kopf. Sie sah sich über ihr Reich und ihr Volk blicken, die Hand zum Gruß erhoben. Neben ihr ein schmächtiger Mann, blass und unwichtig.

Denn es ging um sie.

Endlich einmal ging es um sie.

Sie trieb Baron den Hügel hinauf. Schon bald hatten sie die steinerne Schlossmauer erreicht, deren Tor von zwei bewaffneten Männern in Rüstung bewacht wurde. Obwohl sie grimmig dreinschauten, fürchtete Scarlett sich nicht vor ihnen. Denn jetzt, da sie angekommen war, nahm sie ihre Rolle als künftige Königin wie selbstverständlich ein.

Wie es der Anstand gebot, wartete sie darauf, dass die Wachen auf sie zukamen. Als Baron unruhig wurde und zu buckeln drohte, zog sie die Zügel stärker an.

»Prinzessin Idalia«, stellte sie sich vor, während in ihr ein Feuerwerk explodierte.

Wie lange hatte sie auf diesen Moment gewartet? Wie lange hatte sie die Prinzessin beobachtet, ihr Verhalten nachgeahmt und die höfische Etikette gelernt?

Sie würde nicht versagen. Sie war vorbereitet.

Voller Genugtuung nahm sie wahr, wie die Männer vor ihr in eine tiefe Verbeugung gingen.

»Prinzessin Idalia aus Ryzund ist eingetroffen«, rief einer von ihnen, woraufhin sich das hölzerne Tor mit den schmiedeeisernen Beschlägen, das in die Mauer eingelassen war, wie von Zauberhand öffnete.

»Ich führe Euch zum Schloss.« Einer der Männer, ein burschikoser Kerl mit Schnurrbart und resolutem Zug um den Mund, griff nach Barons Zügel.

Scarlett hielt die Luft an, doch der Hengst gehorchte aufs Wort und setzte sich in Bewegung.

»Hattet Ihr eine gute Reise?«, fragte der uniformierte Mann.

»Die hatte ich«, erwiderte Scarlett. »Ich bin nur etwas müde.«

»Das Königspaar kann es kaum erwarten, Euch zu treffen.«

Und ich erst, antwortete Scarlett in Gedanken, woraufhin sich ein diebisches Lächeln auf ihre Lippen schlich. Wer hätte gedacht, dass das Ganze so einfach war?

Der Wachmann führte sie mitten durch den Schlossgarten, der sich mehrere Meter in alle Himmelsrichtungen erstreckte. Auch hier blühten Hunderte Rosen – in Farben, die Scarlett noch nie gesehen hatte. Gierig saugte sie all die neuen Eindrücke in sich auf, bis der Wachmann vor einem Beet stehen blieb. Seine Rüstung klapperte, als er sich zu den roten Rosen hinunterbeugte und eine pflückte. Nachdem er die Erde von der Knospe gestrichen hatte, streckte er sie Scarlett entgegen.

»Das ist eine Auruna«, erklärte er. »Unser Wahrzeichen und ganzer Stolz.«

»Was unterscheidet sie von einer gewöhnlichen Rose?« Scarlett nahm die Blume in die Hand. Kaum hatte sie die Blütenblätter berührt, verfärbten sie sich golden. Scharf sog sie die Luft ein. »Wie ist so etwas möglich?«

Der Wachmann lächelte leicht, was seinem wettergegerbten Gesicht etwas Jugendliches verlieh. »Das ist eines der vielen Geheimnisse, die es noch zu lüften gilt. Am Tag, als Prinz Elric geboren wurde, fingen die Rosen an zu blühen. Bis heute sind sie nicht eingegangen und trotzen selbst dem strengsten Winter.«

Aus einem inneren Impuls heraus presste Scarlett die Rose gegen ihr Herz. »Sie ist wunderschön«, hauchte sie.

»Wenn Ihr Euch gut um sie kümmert, wird sie ein langes Leben haben.« Der Wachmann gab Baron ein Zeichen, weiterzugehen. Links und rechts des Weges, der zum Schloss führte, standen Marmorstatuen. Eine sorgsam gestutzte Hecke rahmte den Garten ein.

Scarlett hatte erwartet, nervös zu sein. Schwitzige Hände zu haben. Im schlimmsten Fall sogar ohnmächtig zu werden. Aber tief in ihr drin war eine Sicherheit, die sie vorantrieb. Die ihr gestattete, mutig zu sein.

»Willkommen in Eurem neuen Zuhause.« Der Wachmann machte eine ausholende Geste, als der Palast direkt vor ihnen lag.

Die Tore standen offen, und Scarlett konnte einen ersten Blick hinein erhaschen. Doch ihre Aufmerksamkeit wurde nicht von dem noblen Holzboden oder den schweren, roten Vorhängen gefesselt. Sondern von dem Mann und der Frau, die freundlich lächelnd auf sie zutraten.

Valeria, die Königin über Syllitist, war eine anmutig wirkende Frau, die ihren Mann, König Udan, um einen Kopf überragte. Sie trug eine dunkelblaue Robe, die sich wie eine zweite Haut an ihren Körper schmiegte und Scarlett glauben ließ, dass der nächste Ball unmittelbar bevorstand.

Der König neben ihr wirkte beinahe blass. Sein Kopf war kahl, sein schwarzes Wams saß um den Bauch herum etwas eng. Doch auch sein Lächeln war einladend, und obwohl Scarlett die beiden gerade zum ersten Mal sah, erschienen sie ihr nicht fremd. Neugierig reckte sie den Kopf, schaute hinter das Königspaar, doch von Prinz Elric fehlte jede Spur.

Der Wachmann, der ihr die Rose gereicht hatte, streckte ihr nun seine Hand entgegen, sodass sie vom Pferd steigen konnte.

Sicher verneigte sie sich vor dem Königspaar. »Mein Name ist Idalia«, sagte sie das, was die beiden schon wussten. »Ich bin unendlich froh, Euch endlich kennenzulernen.«

»Ach, lassen wir die Formalitäten!« Der König schüttelte den Kopf, kam auf Scarlett zu und zog sie in eine feste Umarmung.

Einen kurzen Moment konnte sie nicht atmen, dann gewöhnte sie sich an die Wärme des alten Mannes. Sie schaffte es sogar, ihn anzulächeln.

Die Königin verharrte an Ort und Stelle, schien weniger aufdringlich, aber nicht unfreundlich. »Wir sind so gespannt auf dich. Deine Mutter und ich waren gute Freundinnen.«

Scarletts Herz begann verräterisch zu klopfen, und bei dem aufmerksamen Blick, den die Königin ihr zuwarf, wurde ihr unwohl zumute. Suchte sie nach Ähnlichkeiten zwischen ihr und Idalias Mutter? Wusste sie, dass Idalias Haar nicht ganz so rot war wie ihres?

»Ihr Tod hat mich hart getroffen, auch wenn er absehbar war«, fuhr Königin Valeria fort. Ihre Augen hatten eine seltsame Farbe, ein helles Grau, das beinahe weiß anmutete. »Umso schöner, dass sie in dir weiterlebt.«

Die Königin machte einen Schritt auf Scarlett zu und drückte ihre Hand. »Du bist bestimmt müde und hungrig.«

Scarlett wollte zu einer Antwort ansetzen, da fragte die Königin: »Ist der Rucksack alles, was du bei dir trägst? Bist du allein gekommen?«

Sie war auf Fragen wie diese vorbereitet, dennoch konnte sie das mulmige Gefühl in sich nicht beiseiteschieben. Mit gestrafften Schultern sagte sie: »Ich mache mir nichts aus Materiellem. Viel wichtiger ist doch, was ich im Herzen trage. Was nicht bedeutet, dass ich nichts für Euch dabeihabe.« Mit einem lachenden und einem weinenden Auge dachte Scarlett an den Schmuck von Idalias Mutter, den sie am liebsten selbst behalten hätte.

»Einer unserer Diener hat mich begleitet«, fuhr sie dann fort. »Er war mir ein guter Gefährte. An der Grenze zu Syllitist bat ich ihn, mich alleinzulassen. Ich lege großen Wert auf Eigenständigkeit.«

»Ganz wie die Mutter«, erwiderte die Königin schmunzelnd.

»Wer kümmert sich um mein Pferd?«, fragte Scarlett. »Baron ist müde von der Reise.«

»Hinter dem Schloss liegen unsere Stallungen. Dort haben die königlichen Pferde ihren Platz. Für Baron haben wir eine ganz besondere Box reserviert.« Ihr Blick wurde weich. »Ich weiß, wie sehr Königin Evgenia ihn geliebt hat. In ihren Briefen hat sie mir oft von ihm erzählt.«

Mit einer Handbewegung gab der König dem Wachmann, der Scarlett zum Schloss begleitet hatte, zu verstehen, dass er sich des Pferdes annehmen sollte.

Scarlett atmete erleichtert aus, als Baron weggeführt wurde. Hoffentlich fiel es nicht auf, wenn sie in Zukunft nicht allzu viel Zeit mit ihm verbrachte.

Ferra reichte Scarlett nur bis zur Schulter. Sie war ein fünfzehnjähriges, nervtötendes Mädchen, das zu viel sprach und als ihre Gesellschafterin vorgestellt wurde. Obwohl Scarlett auf ihre Fragen nur sporadisch einging und sie teilweise ganz ignorierte, wurde die Kleine nicht müde, unentwegt zu plappern.

»Seit Wochen bereiten wir Eure Gemächer vor, putzen und wienern, in der Hoffnung, dass sie Euch gefallen werden.« Scarletts Rucksack rutschte auf Ferras Rücken gefährlich auf und ab. Die Gesellschafterin hüpfte mehr, als dass sie ging.

»Ich werde Euch morgen eine ausführliche Schlossführung geben. Wusstet Ihr, dass der Palast über dreihundert Jahre alt ist? Jedes Mal, wenn ich durch die Korridore gehe, fühle ich mich wie die Prinzessin eines früheren Jahrhunderts.«

Auf Scarletts Lippen lauerte bereits ein bissiger Kommentar. Nämlich, dass Ferra es mit ihrem törichten Verhalten und den dummen Fragen niemals zu einer Prinzessin bringen würde. Und dass das Königreich dem Untergang geweiht wäre, wenn sie es doch schaffte.

»Ich wollte immer mal nach Ryzund«, fuhr das dunkelhaarige Mädchen fort. »Mein Vater hat mir von dem Königreich erzählt und dass es voller Magie ist.«

Scarlett zog die Augenbrauen hoch. Von welchem Ryzund Ferra auch sprach, es war nicht das, in dem Idalia groß geworden war.

»Schade, dass der König gestorben ist. Er hätte es noch weit gebracht.«

»Noch weit gebracht?« Die Frage war schneller über Scarletts Lippen gepurzelt, als sie sie kontrollieren konnte.

Ferra drehte sich so abrupt zu ihr um, dass ihre geflochtenen Zöpfe hin und her flogen. »Die Königin sagt, dass er ein guter Herrscher war. Schade, dass er getötet wurde.«

Automatisch wurde Scarlett langsamer. Die Halle, in der sie sich befanden, erstreckte sich meterhoch nach oben und mündete in einer Decke, die mit goldenen Rosen bemalt war. Wenn man den Kopf in den Nacken legte, konnte man sich regelrecht in dem Kunstwerk verlieren.

»Wie kommst du darauf, dass er getötet wurde?«, fragte sie.

Ferra sah Scarlett von der Seite an. »Als Ihr geboren wurdet, gab es Unruhen«, erzählte sie, als würde Scarlett das nicht wissen. »Der König ist ihnen zum Opfer gefallen. Wie war es, ohne Vater aufzuwachsen?«

Scarlett schnaubte. »Ich möchte nun wirklich gern auf mein Zimmer. Ich bin müde von der Reise.«

Enttäuscht sah Ferra sie an, nickte aber. »Wir sind fast da.«

Vor einer doppelflügeligen Tür blieb sie stehen. Schon das dunkle Holz hatte etwas Erhabenes, Exquisites.

Ferra plapperte drauflos, aber dieses Mal hörte Scarlett ihr nicht zu. Sie wollte sich voll und ganz auf den Moment konzentrieren, in dem die Gesellschafterin ihr die Türen öffnete und sie ihr Gemach betreten durfte.

Nach einem Leben voller Entbehrungen und Zurückweisungen war dies der erste glückliche Augenblick und sie wollte ihn mit allen Sinnen auskosten.

Dazu gehörte auch, dass sie Ferra freundlich, aber bestimmt des Zimmers verwies und die Tür hinter sich schloss. Erst dann sah sie sich in dem weitläufigen Raum um.

Normalerweise war sie nicht so leicht zu beeindrucken. Machte sich nicht viel aus Luxus und Tamtam. Doch das Zimmer, in dem Scarlett stand, wirkte auf eine Weise auf sie ein, wie sie es nie zuvor erlebt hatte.

Es war nicht nur das frisch bezogene Himmelbett, der Kleiderschrank, in den ihre Garderobe zehnmal passte, oder die breite Fensterfront, die hinaus auf ebenjenen Balkon führte, den sie vom Garten aus gesehen hatte. Es waren auch nicht die filigranen Malereien an den Wänden oder der weiche, fliederfarbene Teppich, über den sie am liebsten barfuß gelaufen wäre.

Es war die Atmosphäre. Das Gefühl, endlich ein Teil des großen Ganzen zu sein. Ihren Platz gefunden zu haben.

Scarlett rieb sich über ihre Unterarme, die vor Gänsehaut kribbelten. Dann versicherte sie sich, dass die Tür wirklich geschlossen war, und ließ sich mit einem Freudenschrei auf das riesige Bett fallen.

9

Idalia

Die Männer in Ryzund waren ihr gegenüber reserviert gewesen, stets auf Etikette und Abstand bedacht. Alle wussten, dass sie als Prinzessin besondere Privilegien genoss. Man war höflich, zuvorkommend, erreichte aber nie eine Ebene, die über Dienstbeflissenheit hinausging.

Vielleicht war Idalia deshalb so gern mit Norik unterwegs. Er nahm kein Blatt vor den Mund, spielte ihr nichts vor und verhielt sich, als kannten sie sich schon ihr Leben lang. Seine teilweise etwas derbe Ausdrucksweise hatte ihr am Anfang Fragezeichen im Blick beschert, mittlerweile gefiel sie ihr.

Idalia wollte sich nichts vormachen: Wahrscheinlich war er nur deswegen so salopp, weil er nicht wusste, wer sie war. Außerhalb von Ryzund kannte sie so gut wie niemand, was daran lag, dass ihr Königreich winzig war und in Staatsgeschäften, die über die Grenzen hinausgingen, nahezu keine Rolle spielte. Was sie in ihrer Kindheit immer gestört hatte, kam ihr nun zugute. Und die Tatsache, dass Norik anscheinend keine Ahnung hatte, wie teuer das Kleid war, das sie trug.

»Siehst du die dunkle Stelle dort hinten?«

Er blieb so abrupt stehen, dass sie fast in ihn hineingerannt wäre. Mit glühenden Wangen richtete sie ihren Blick gen Horizont, wo sich die Umrisse eines weiteren Waldes abzeichneten, der vor der Sonne verborgen lag.

»Was ist damit?« Sie drehte sich zu Norik um.

»Das ist der Ort, an dem die dunklen Geschichten entstehen.«

»Die dunklen Geschichten?«

Norik schulterte seinen Rucksack. »Die waldigen Gefilde rund um Syllitist sind gigantisch. Ich könnte mein ganzes Leben aufbrauchen und würde sie doch nicht durchdringen. Gleiches gilt für den dunklen Teil.«

Idalia wurde hellhörig. »Wohnen dort die dunklen Gestalten?«

Sein schallendes Lachen kränkte sie. »*Dunkle Gestalten?* Wer hat dir denn davon erzählt?«

In einem Anflug von Verlegenheit biss sich Idalia auf die Unterlippe. »Bei uns nennen wir sie so. Die Gestalten auf der dunklen Seite.«

»Hast du sie je gesehen?« Norik blickte sie aufmerksam an.

Die Prinzessin schüttelte den Kopf. »Ich glaube, das hat niemand. Wahrscheinlich ist es ohnehin nur eine Schauergeschichte.« Damit war das Thema für sie abgehakt, Noriks verschlossener Gesichtsausdruck blieb jedoch bestehen.

»Ich fürchte, so machen wir es uns zu leicht«, meinte er nach einer Weile. »Indem wir sagen, dass es die Dunkelheit nicht gibt. Dass die *Gestalten*, wie du sie nennst, nicht existieren. Das führt nur dazu, dass sie uns in einem unbedachten Moment überwältigen.«

»Aber was macht dich so sicher, dass es sie gibt? Bist du ihnen je begegnet?«

Es verging mindestens eine Minute, bis er zu einer Antwort ansetzte. »Die *Kreaturen* der Dunkelheit hinterlassen Spuren, Ida«, erklärte er mit einer Stimme, die einen unheilvollen Klang besaß. »Schau dir diesen Baumstamm an. Man könnte meinen, dass der Sturm ihn entwurzelt hat, aber daran glaube ich nicht. Jedes Mal, wenn auf gewaltsame Art und Weise in die Natur eingegriffen wird, stecken die Kreaturen dahinter.«

»Du lachst über mich, weil ich sie *dunkle Gestalten* nenne und bei dir selbst heißen sie *Kreaturen?*«

Norik runzelte die Stirn. »Ihren echten Namen haben sie mir noch nicht verraten. Ich gehe auch nicht davon aus, dass sie unsere Sprache sprechen. Aber genug davon: Wie geht es deinen Füßen?«

Verwirrt schaute Idalia auf ihre Stiefel hinab, die unter dem langen Kleid kaum sichtbar waren. Sie hatte Norik nicht gesagt, dass ihr mittlerweile jeder Schritt wehtat.

»Ich will dir nicht zu nahetreten, aber du siehst nicht aus, als wärst du regelmäßig in einer solchen Gegend unterwegs.«

»Meinen Füßen geht's gut«, erwiderte sie eisig. »Ich bin durchaus längere Wanderungen gewohnt.«

Idalia wusste nicht einmal, wieso sie ihn anlog. Wollte sie gut vor ihm dastehen? Davon verschwanden die Blasen an ihren Fersen aber auch nicht.

»Ich frage bloß, weil wir noch einen langen Weg vor uns haben und ich einschätzen möchte, wie oft wir rasten müssen.« Norik warf ihr ein aufmunterndes Lächeln zu, das sie friedlicher stimmte.

»Ich komme klar. Wann werden wir Syllitist erreichen?«

Norik richtete den Blick gen Himmel und kniff die Augen zusammen. »Wenn wir das Tempo beibehalten, übermorgen. Erwartet dich jemand?«

»Mehr oder weniger«, murmelte Idalia.

Scarlett blitzte in ihrer Erinnerung auf. Mittlerweile war sie sich sicher, dass die Magd ihre Besitztümer, den Ochsen und Baron gestohlen und sich aus dem Staub gemacht hatte. Mit den Juwelen ihrer Mutter konnte sie sich in der Fremde ein neues Leben aufbauen. Wahrscheinlich würde sie sie nie wiedersehen. Was einerseits gut war, andererseits den Zorn in ihr nicht besänftigte.

»Woran denkst du?«

»Wieso willst du das wissen?«

»Weil da auf einmal eine riesige Gewitterwolke in deinen Augen ist und ich gern ihren Ursprung kennen würde.«

»Das musst du dir eingebildet haben.« Idalia starrte auf den Waldboden. Sie waren stundenlang in dieselbe Richtung gelaufen, alles sah gleich aus. Bloß etwas kälter war es geworden.

»Ich möchte nicht neugierig sein«, startete Norik einen neuen Versuch. »Ich weiß nur gern, mit wem ich unterwegs bin.«

»Machst du das denn öfter? Mädchen in Not im Wald aufgabeln und in die Stadt bringen?«

Der Schalk in seinem Blick machte irgendetwas mit ihr. »Wenn jemand in Not war, dann ja wohl ich. Ohne dich würde ich immer noch in diesem Netz hängen und jämmerlich um Hilfe rufen.«

Idalia grinste. »Jämmerlich trifft es ganz gut.«

»Ich begleiche also nur meine Schuld, indem ich dich nach Syllitist bringe. Und zu deiner Frage: Du bist das erste Mädchen, das ich je in diesen Gefilden getroffen habe. Weswegen ich etwa einhundert Fragen an dich habe. Aber ich werde dich nicht mit ihnen bedrängen.«

»Sehr vorbildlich.« Idalias Lippen kräuselten sich. »Ich wäre jedoch bereit, mich auf eine Abmachung einzulassen.« Sie duckte sich unter einem Ast hinweg. »Antwort gegen Antwort.«

Norik dachte kurz über ihr Angebot nach, dann nickte er. »In Ordnung. Ich fange an.«

Gespannt wartete Idalia auf seine Frage, hin- und hergerissen, wie viel sie ihm verraten durfte.

»Was war der schönste Tag in deinem Leben?«

»Wie bitte?«

»Der schönste Tag in deinem Leben.« Noriks Augen funkelten. »Ich habe festgestellt, dass man einen Menschen am besten kennenlernt, indem man ihn nach den Momenten fragt, die ihn zu dem gemacht haben, was er heute ist.«

Eine Sekunde zu lang sah sie ihn an. Dann räusperte sie sich und meinte: »Das war der Tag, an dem ich meine Stute bekam. Ich wollte schon immer ein Pferd haben, aber es dauerte vierzehn Jahre, bis mir der Wunsch erfüllt wurde.« Der Gedanke an Daniya machte sie schwermütig.

»Wieso ist sie nicht mit dir hier?«, fragte Norik, als hätte er ihre Gedanken gelesen.

Idalia schüttelte den Kopf. »Ich bin an der Reihe.«

»Stets zu Diensten.« Er deutete eine Verbeugung an, die sie schmunzeln ließ.

»Wieso bist du allein im Wald unterwegs?«, fragte sie ihn.

Noriks Blick wurde für den Bruchteil einer Sekunde abwesend. »Ich muss ein Unheil wieder gutmachen.«

»Ein Unheil?«

»Hast du Geschwister?«

Idalia seufzte. »Nein. Und du?«

Er schüttelte den Kopf. »Lieblingsfarbe?«

»In jeder Jahreszeit eine andere. Momentan ist es wahrscheinlich …« Sie ließ den Blick durch den Wald schweifen und blieb an einer fliederfarbenen Blume hängen, die ihren Kopf durch das Moos schob. »Lila«, sagte sie dann. »Wohnst du in Syllitist?«

Norik stapfte zu der kleinen Quelle, die sich rechts von ihnen befand, und füllte seine Feldflasche auf. »Meine Eltern sind in einem winzigen Dorf am Rande Syllitists geboren, das kaum jemand kennt. Dort habe ich meine Kindheit und Teile meiner

Jugend verbracht, aber irgendwann bin ich ihm entwachsen. Und heute? Wohne ich mal hier und mal da. Ich habe keinen festen Platz, aber ich möchte es nicht anders haben.« Er streckte Idalia die Flasche entgegen, aus der sie zaghaft trank.

»Und du? Möchtest du in Syllitist sesshaft werden?«

Idalia wischte sich über die Mundwinkel. »Das ist der Plan. Was hast du in der Stadt zu tun?«

Norik legte die Stirn in Falten. »Um ehrlich zu sein, weiß ich das nicht. Obwohl ich Syllitist nicht sonderlich mag, treibt es mich doch immer wieder dorthin.« Er lachte nervös und band sich die Feldflasche um. »Wenn du nichts dagegen hast, würde ich gern eine Abkürzung nehmen. Dadurch sind wir mindestens drei Stunden eher am Ziel.«

»Wo ist der Haken?«

Norik schmunzelte. »Es geht eine Weile bergauf und wir müssen ein Moor durchqueren.«

»Solange du mich nicht in die Irre führst, ist mir alles recht.«

»Du kannst mir vertrauen.«

Und das tat sie. Das war ja das Komische. Scarletts Verrat war keine vierundzwanzig Stunden her und schon stürzte sie sich ins nächste Abenteuer, indem sie einem fremden Mann durch unwirtliches Gelände folgte. Falls Norik unehrenhafte Absichten hatte, könnte er sie leicht überwältigen. So tief im Wald begegneten sie keiner Menschenseele. Er könnte sie zur Strecke bringen, ohne dass er jemals dafür geradestehen müsste.

Aber eine innere Überzeugung sagte Idalia, dass es nicht so weit kommen würde. Dass sie auf eine sonderbare Art und Weise in seiner Gegenwart sicher war.

Norik verließ den Pfad, dem sie mehrere Stunden gefolgt waren, und schob sich zwischen zwei Büschen hindurch. »Manche Wege entstehen erst dadurch, dass man sie geht«, sagte er.

Zögernd folgte Idalia ihm. Sie betraten einen Teil des Waldes, in dem die Tannen so dicht beieinanderstanden, dass sie das Sonnenlicht vollkommen verschluckten.

Ein Rascheln im Gebüsch ließ Idalia aufhorchen. Als ein Eichhörnchen einen Baum hochkletterte, ärgerte sie sich über ihre Schreckhaftigkeit.

»Wenn du wirklich auf dem Weg nach Syllitist bist … und dein Zuhause in Ryzund ist … Wieso hast du nichts bei dir? Nichts zu essen, kein Gepäck?«

Idalias Hände ballten sich zu Fäusten. »Um es kurz zu fassen: Ich hatte all die Dinge dabei. Sogar ein Pferd, das mich trug. Aber durch einen Zwischenfall … gehört mir jetzt nichts mehr außer meiner Kleidung am Leib.«

Fragen tummelten sich in Noriks Miene.

»Als was arbeitest du?«, nutzte Idalia die Gesprächspause. »Wenn du kein Zuhause hast, muss deine Arbeit etwas Besonderes sein.«

»Lass uns hier kurz rasten.« Norik steuerte einen breiten Stamm an, auf dem sie nebeneinander Platz nahmen. Die Rinde war vom Regen noch etwas feucht.

Idalia versuchte sich nicht anmerken zu lassen, wie dankbar sie über die Pause war. Am liebsten hätte sie sich die Stiefel von den Füßen gerissen.

»Meine Eltern haben in einer Backstube gearbeitet und wollten, dass ich in ihre Fußstapfen trete, aber ich weiß nicht mal, wie man einen Hefeteig herstellt.« Er seufzte. »Und wirklich Lust darauf, jeden Tag vor Sonnenaufgang aufzustehen, hatte ich auch nicht. Weswegen ich irgendwann einfach losgezogen bin, um mir etwas zu suchen. Ich glaube, ich bin immer noch auf der Suche.«

»Aber wovon lebst du dann? Mit was verdienst du dein Geld?«

»Streng genommen bin ich mit dem Fragestellen dran, aber ich will mal nicht so sein.« Norik verschränkte die Arme vor der

Brust. »Ich habe dem, was ich tue, nie eine Bezeichnung gegeben, weil es dafür zu vielseitig ist. Ich würde mich als Helfer bezeichnen.«

»Klingt armselig.« Idalia presste sich die Hand vor den Mund. »Das wollte ich nicht sagen.«

»Oh doch, das wolltest du.« Norik hob mahnend den Zeigefinger. »Und du hast es genauso gemeint. Was ich dir nicht übelnehmen kann.« Er machte eine bedeutsame Pause. »Sagen wir es so: Ich gehe mit offenen Augen durch die Welt. Ich bin davon überzeugt, dass jeder Mensch bei irgendetwas Hilfe braucht. Und da ich ein Mann mit vielen, außergewöhnlichen Talenten bin …«, er sah Idalia vielsagend an, »kann ich in den meisten Fällen die Hilfe, die gebraucht wird, leisten.«

»Was sind das für Hilfeleistungen?« Idalia setzte sich quer auf den Stamm, sodass sie sie sich an einen Baum dahinter lehnen konnte. Sie war mittlerweile so müde, dass ihre Lider immer wieder zufielen.

»Unterschiedlich. Manchmal kaufe ich für eine alte Frau ein, die nicht mehr selbst das Haus verlassen kann. Oder ich helfe bei der Ernte. Ich kann mich auch um Gärten kümmern … oder um kleine Kinder. Wobei das ziemlich anstrengend und definitiv nicht meine liebste Beschäftigung ist. Oft bin ich auch einfach nur da … und höre zu.«

»Das ist manchmal wichtiger, als man denkt«, erwiderte Idalia leise. »Moment mal! Bin ich auch eine von denen, die deine Hilfeleistungen erhalten?«

»Kommt drauf an, was du mir bezahlen würdest.«

»Ich habe kein Geld bei mir.«

»Ich spreche nicht von Geld.«

Norik betrachtete sie auf eine Art und Weise, die ihr weiche Knie bescherte und sie gleichzeitig das Fürchten lehrte. Das hier war nicht richtig. Sie war dabei, ihr Ziel aus den Augen zu verlieren.

Mit einem Räuspern stand Idalia auf und klopfte sich Erde vom Kleid. »Ich habe genug gerastet. Lass uns weitergehen.«

Norik klaubte seine Sachen zusammen, drehte sich einmal um die eigene Achse, um sich zu orientieren und nickte. »Hier lang.«

Schweigend folgte Idalia ihm und versuchte, nicht an ihre geschwollenen Füße zu denken. Wenn sie auf den Zehenspitzen lief, war es nicht ganz so schmerzhaft.

»Du bist übrigens dran«, sagte sie, als die Stille zwischen ihnen unangenehm wurde.

Norik drehte sich zu ihr um und musterte sie einen Moment. Er strich sich über das Kinn. »Was würdest du tun, wenn niemand zusehen würde?«

Idalia schob die Lippe vor. »Was ist das denn für eine Frage?«

Sie freute sich, als das Funkeln in seine Augen zurückkehrte. »Eine, auf die ich eine Antwort haben möchte.«

»Es gibt nichts, was ich nur im Verborgenen zeigen würde.«

»Keine geheimen Leidenschaften?« Norik zwinkerte ihr zu.

»Nicht dass ich wüsste.«

»Erstaunlich«, meinte er.

»Wer sind die wichtigsten Menschen in deinem Leben?«, wollte Idalia wissen.

Sie gingen an einer Höhle vorbei, die mit schweren Steinen zugeschüttet war. Der Weg wurde zunehmend steiler, und obwohl sich die Sonne in der Tiefe des Waldes nicht zeigte, begann Idalia zu schwitzen.

Erst als die Stille ohrenbetäubend wurde, bemerkte sie, dass Norik ihre Frage nicht beantwortet hatte. Sie wollte gerade nachhaken, da drehte er sich zu ihr um. Norik legte sich den Zeigefinger vor die Lippen; sein ganzer Körper war angespannt.

»Was ist los?«, hauchte Idalia.

Anstelle einer Antwort trat Norik nach rechts und spähte angestrengt in die Ferne. Als er Idalia wieder ansah, war sein Mund ein einziger Strich.

»Wir müssen hier weg«, gab er ihr zu verstehen. »Und zwar schnell!«

»Was … was meinst du?«, wollte sie sagen, da hatte er bereits nach ihrer Hand gegriffen.

Idalia wusste nicht, wie ihr geschah, als sie von Norik den Berg hinuntergezogen wurde. Sein Atem ging schwer und unregelmäßig, und er war so schnell unterwegs, dass sie mehr stolperte als wirklich zu gehen.

»Was ist los?«, rief sie, unsicher, ob ihre Stimme ihr laut schlagendes Herz übertönen konnte.

»Es ist jemand hier«, presste Norik hervor.

Unbarmherzig riss er an ihrer Hand, aber dieses Mal wurde sie von selbst schneller. Das Gefühl, dass etwas hinter ihr her war, versetzte sie in den Überlebensmodus.

Waren da Schritte hinter ihr? Panisch blickte sie zurück.

»Schau dich nicht um!« Noriks Stimme trug eine Schärfe, die nicht zu seinem sonst so sonnigen Gemüt passte. »Beeil dich!«

In letzter Sekunde duckte Idalia sich unter einem Ast hinweg, der ihr sonst ins Gesicht geschlagen wäre. Rasselnd holte sie Atem. »Vor wem laufen wir davon?«, verlangte sie zu wissen. *Und wie lange mussten sie noch laufen?*

Ihre rechte Seite stach, ihre wunden Füße protestierten.

Als Norik plötzlich die Richtung änderte und nach rechts abbog, verlor sie seine Hand.

Idalia stolperte nach vorn, konnte ihren Sturz nicht mehr abfangen und schrammte mit den Ellbogen über den Waldboden. Ein Schmerzensschrei verließ ihre Lippen, und sie wusste, dass sie aufstehen musste. Denn wenn sie liegen blieb, stellte sie eine leichte Beute für *wen auch immer* dar.

»Verdammt! Ida!«, hörte sie Norik noch rufen.

Mühsam richtete sie sich auf. Ihr Fuß hatte sich beim Sturz seltsam verdreht, sodass sie ihn kaum belasten konnte. Leise fluchte sie vor sich hin, dann sah sie sich im Wald um. Von Norik fehlte jede Spur.

Hatte er sie alleingelassen? War er weitergelaufen?

Um Orientierung bemüht, humpelte sie los. Ihr ganzer Körper schrie vor Schmerzen und sie hatte keine Ahnung, wohin der Weg sie führte.

Da berührte Norik ihre Schulter. Erleichtert atmete sie aus.

»Ich werde gleich wieder schneller«, beteuerte Idalia. »Ich muss nur kurz …«

Als sie den Kopf hob, erstarrte sie. Das nackte Grauen ergriff von ihr Besitz.

Tote Augen.

Schwarzer Schatten.

10

Scarlett

»Du bist sogar noch hübscher, als deine Mutter dich beschrieben hat!« Euphorisch klatschte die Königin in die Hände, ehe sie auf Scarlett zueilte und sie bei der Hand nahm. »Du hast ihr wunderschönes rotes Haar geerbt!« Mit ungeschickten Bewegungen strich sie Scarlett eine Strähne hinters Ohr.

»Vielen Dank«, erwiderte die Magd dienstbeflissen. »Ferra hat geschickte Hände und das Beste aus mir herausgeholt.« Demütig senkte sie den Blick.

»Ferra ist wundervoll. Ein bisschen vorlaut manchmal, aber sie weiß, was sie tut«, schwärmte Königin Valeria. »Und was für ein wunderbares Kleid sie ausgewählt hat! Das dunkle Blau harmoniert ausgezeichnet mit der Farbe deiner Iris!«

Scarlett bemühte sich um ein Lächeln, während sie innerlich die Augen verdrehte. Aber noch musste sie einen guten Eindruck machen; dies war erst ihr zweiter Tag am Hof.

Königin Valeria führte sie in einen großzügig geschnittenen Raum, der mit einem Holzboden in warmen Farben ausgelegt war.

Wie alle Zimmer im Schloss verfügte er über hohe Wände und eine Decke voller Malereien. Im Zentrum des Zimmers stand eine lange Tafel, die für zwei Personen gedeckt war. Beim Anblick des Essens, das von frischen Brötchen über Süßspeisen bis hin zu Obst und Gemüse reichte, lief Scarlett das Wasser im Mund zusammen. Nie zuvor hatte sie an so einer Tafel speisen dürfen.

»König Udan bittet, ihn zu entschuldigen. Er ist wegen Regierungsgeschäften in Kalumnija und wird erst in einigen Tagen wiederkommen.« Scarlett setzte sich auf einen der Stühle, darauf bedacht, dass das Kleid keine Falten warf. Dann nahm die Königin ihr gegenüber Platz und klatschte zweimal in die Hände, woraufhin sich die goldenen Türen öffneten.

Ein dünner, braunhaariger Mann in Uniform betrat den Speisesaal, ein Tablett in der rechten Hand. Voller Ehrerbietung verneigte er sich erst vor der Königin, dann vor Scarlett, eher er beiden eine Tasse Tee einschenkte.

»Diesen Tee gibt es nur in Syllitist«, erklärte die Königin, während Scarlett die rosafarbene Flüssigkeit zur Kenntnis nahm, die einen süßlichen Duft verströmte.

»Er wird aus den Blättern unserer Frühlingsrosen gewonnen und muss mehrere Tage ruhen, bevor er genossen werden darf.«

Nachdem sich der Diener entfernt hatte, griff Scarlett nach dem Henkel der weiß-silbernen Tasse und nahm einen ersten Schluck. »Verdammt!«, zischte sie verärgert, als die Flüssigkeit ihre Lippen verbrannte. »Ähm … ich meine natürlich … es ist sehr heiß«, murmelte sie und tupfte ihre Lippen mit einer Stoffserviette ab.

»Lass ihn noch ein bisschen stehen. Sein Aroma wird dann stärker. Was möchtest du essen?«

Obwohl Scarlett wenig auf höfische Etikette gab, kam es ihr falsch vor, von einer Königin bedient zu werden, weswegen sie ihren Teller selbst belud.

Neben einem Vollkornbrötchen entschied sie sich für eine Pfirsichhälfte, ein Mandelhörnchen und zwei der Plätzchen, die Lennas Honigkeksen verdächtig ähnlich sahen.

»Wie hast du geschlafen? Ist mit deinen Gemächern alles in Ordnung?«

»Es war ganz wunderbar«, beteuerte sie. »Ich fühle mich wie neugeboren.«

Königin Valeria strahlte. Obwohl sie jenseits der vierzig sein musste, wirkte sie jung und unverbraucht. »Das freut mich! Falls dir irgendetwas fehlt, wird sich meine Dienerschaft darum kümmern. Dieses Schloss ist nun dein Zuhause, es soll dir an nichts fehlen.«

Scarlett schnitt ihr Brötchen in zwei gleich große Hälften und bestrich beide mit Butter. Der Geschmack des frischen Teigs ließ sie seufzen.

»Ferra wird dir heute die Stadt zeigen. Syllitist ist ein großes Land; es wird dauern, bis du es wirklich kennst, doch zumindest die Hauptstadt solltest du dir genauer ansehen. Außerdem werden wir einen Boten nach Ryzund schicken, mit der Kunde, dass du gut angekommen bist.«

Scarlett hielt im Kauen inne. »Einen Boten?«, hakte sie nach. »Das ist nicht nötig.«

»Oh, aber das verlangt der gute Ton. Udan und ich sind seit Jahren mit dem Königshaus eng verbunden, und auch wenn deine Mutter nicht mehr lebt, werden sich sicher viele Menschen fragen, ob du es sicher zu uns geschafft hast.«

»Dann … lasst mich den Brief schreiben. Ich wollte mich sowieso … bei meiner Amme melden«, murmelte Scarlett, während sie nervös am Stoff ihres Kleides zupfte.

»Eine schöne Idee. Ich lasse dir Pergament, eine Feder und Tinte auf dein Zimmer liefern, dann kannst du gleich loslegen. Und zur Hochzeit siehst du deine alten Freunde alle wieder.«

Scarletts Lächeln erstarb. Als sie ihren Plan ausgetüftelt hatte, hatte sie noch nicht bis zur Hochzeit denken wollen. Zu unwahrscheinlich erschien es ihr, dass sie es tatsächlich so weit schaffen würde.

»Ich kann es kaum erwarten«, sagte sie dennoch und lächelte verkrampft. »Wann lerne ich Prinz Elric kennen?« Ein Teil von ihr war davon ausgegangen, mit ihm zu frühstücken, doch die Tafel war nur für zwei gedeckt.

»Mein Sohn ist unterwegs.« Die Königin verzog den Mund. »Bevor du urteilst, lass es mich erklären: Elric wollte früh in die Fußstapfen seines Vaters treten, weswegen er schon jetzt einen Teil seiner Arbeit übernimmt. Derzeit befindet er sich in Brahmenien, um mit dem Königspaar zu verhandeln.«

»Zu verhandeln?« Vorsichtig nahm Scarlett einen Schluck des mittlerweile abgekühlten Rosentees.

»Ach, was weiß ich schon!« Königin Valeria winkte ab. »Von Regierungsgeschäften haben wir Frauen doch keine Ahnung!« Ihr Lachen klang aufgesetzt. »Du musst lediglich wissen, dass Elric in den nächsten Tagen nach Hause kommt und dann nur noch Augen für dich hat.«

»Er freut sich also auf mich?«, fragte Scarlett vorsichtig und biss in den Pfirsich. Fruchtsaft lief ihr die Mundwinkel hinab.

»Selbstverständlich freut er sich auf dich. Und das schon sein ganzes Leben lang.«

»Was … erhofft er sich von mir? Wir kennen uns … noch nicht, also …«

Empört schüttelte die Königin den Kopf. »So würde ich das nicht sagen. Denk an die vielen Briefe, die ihr euch geschrieben habt! Prinz Elric hat jeden einzelnen davon aufgehoben.«

Briefe?

Scarlett wurde heiß und kalt.

»Dennoch kann man einen Menschen erst richtig kennen, wenn man ihn getroffen hat«, antwortete sie vage. Sie rutschte mit dem Stuhl näher an den Tisch heran. »Was für ein Mensch ist Prinz Elric? Wie sollte seine zukünftige Frau sein?«

Königin Valeria nahm einen Schluck ihres Tees. Ihr Blick wurde melancholisch. »Ich will mich nicht selbst beweihräuchern, aber ich habe Elric zu einem Mann erzogen, den ich selbst geheiratet hätte. Seine Seele ist sanft, sein Herz verständnisvoll. Er ist bereit, Verantwortung zu übernehmen und wurde bestens auf seine Rolle als künftiger König vorbereitet. Die Frau an seiner Seite hat das beste Los auf der Welt gezogen, denn sie muss sich um nichts kümmern.«

»Wie meinst du das?«

»Prinz Elric wird Syllitist regieren und dir alle Wünsche von den Augen ablesen. Wir wissen beide, wie schwierig es für das schwache Geschlecht ist, Dinge wie Politik oder Finanzen zu verstehen. Darum musst du dich nicht sorgen. Während dein Ehemann alle politischen Belange übernimmt, darfst du zu Hause bleiben, dich mit deiner Zofe vergnügen, malen, spazieren gehen, lesen oder sticken. Und dich natürlich irgendwann um eure Kinder kümmern.« Königin Valeria zwinkerte ihr zu.

»Das klingt ja furchtbar!« Bevor Scarlett über ihre Worte nachdenken konnte, hatten sie bereits ihren Mund verlassen.

»Wie bitte?«

»Furchtbar … schön. So schön, dass ich es mir kaum vorstellen kann. Das heißt, Prinz Elric möchte eine Frau, die sich ihm unterordnet und still bleibt?«

»So ist es. So haben wir ihn erzogen.«

Mistkerl.

»Nur für den Fall, dass sein Verhalten der Frau nicht genug wäre, wie würde er darauf reagieren?« Scarlett zerdrückte einen Honigkeks in ihrer Hand.

Sie wusste nicht, ob sie angesichts des verwirrten Gesichtsausdrucks der Königin lachen oder weinen sollte. »Wieso sollte es der Frau nicht genug sein? Sie hat doch alles, wonach ihr Herz verlangt.«

Scarlett atmete tief durch. Langsam verstand sie, mit welcher Art von Mensch sie es zu tun hatte.

Um ihren Worten mehr Wirkung zu verleihen, setzte sie sich aufrecht hin. »In den letzten Jahren hat sich einiges in der Adelsgesellschaft verändert«, sagte sie. »Brahmenien hat mit Estelle eine Königin gefunden, die politisch aktiv ist und große Entscheidungen allein trifft. Ihr Mann Ayden steht ihr zur Seite, aber es ist Estelle, die regiert. Und auch in Kalumnija …«

»Aber solch eine Entwicklung ist doch nicht gut zu heißen«, ging Königin Valeria ihr wirsch dazwischen. Auf ihrer Stirn hatte sich eine Zornesfalte gebildet, die sie Jahre älter machte. »Ich möchte das Chaos, in das diese Welt gestürzt wird, nicht erleben, wenn auf einmal Frauen an der Macht sind.« Sie ließ ein ersticktes Lachen hören.

»Du bist doch selbst Königin.« Scarlett bemühte sich um einen ausgeglichenen Tonfall, auch wenn die Wut bereits in ihr loderte. »Stört es dich gar nicht, nichts entscheiden zu dürfen? Hast du nicht auch eine Meinung? Eine Stimme, die du nutzen möchtest?« Sie hatte sich so in Rage geredet, dass sich ihre Wangen röteten.

Königin Valeria seufzte. »Das sind Dinge, mit denen ich mich nicht befassen möchte. Ich kenne meinen Platz und die Aufgaben, die mit ihm verbunden sind. Das hat mir immer gereicht – und es macht mich glücklich.« Andächtig faltete sie die Hände in ihrem Schoß.

»Männer haben mehr Erfahrung, wenn es darum geht, ein Königreich zu regieren, das stimmt schon. Aber das liegt meiner Ansicht nach nur daran, dass Frauen nie die Möglichkeit gegeben wurde, Selbiges zu tun. Was uns jedoch nicht automatisch schlechter macht. Man sollte unsere Fähigkeiten nicht kleinreden«, meinte Scarlett.

Die Falte auf Königin Valerias Stirn wurde tiefer. Wahrscheinlich wäre es besser, das Gespräch zu beenden.

Vielleicht machte Scarlett die Königin so wütend, dass sie sie mit Schimpf und Schande zurück nach Ryzund schickte. Das würde im Umkehrschluss aber bedeuten, dass ihr Sohn keine Braut mehr hatte. Und da es Prinzessinnen nicht an jeder Ecke gab, beschloss Scarlett, mutig zu sein.

Sie beugte sich über den Tisch und sah Königin Valeria fest in die Augen. »Mein Leben lang muss ich mir schon anhören, dass ich dies oder jenes nicht kann, weil ich eine Frau bin. Dass mir nur aufgrund meines Geschlechts bestimmte Fertigkeiten und Kniffe fehlen. Dass ich niemals so intelligent wie ein Mann sein kann.« Sie presste die Lippen aufeinander. »Ich bin es müde, diesen Vorurteilen wieder und wieder begegnen zu müssen.«

»Vorurteilen?« Pikiert trank Königin Valeria ihren Tee leer. »Das sind Tatsachen, Idalia.«

»Ich möchte die Macht nicht an mich reißen«, stellte Scarlett klar, auch wenn sie in Wahrheit nichts dagegen hätte. »Ich wünsche mir eine ausgeglichene Partnerschaft, in der Prinz Elric und ich über alles reden können. Nicht nur über Gefühle oder das Malen – auch über Politisches. Ich möchte dieses Königreich kennenlernen und wissen, wie man es regiert.«

Ein Teil von ihr wollte zurückrudern, als der Zorn der Königin sie mit voller Wucht traf.

»Prinzessin Idalia, ich muss doch sehr bitten!« Die Stimme der Königin bebte. »Ich kann mir nicht vorstellen, dass deine Mutter dich wirklich so erzogen hat. Ryzund ist ein Königreich, in dem Tradition und das Weitergeben alter Werte großgeschrieben werden.

Ich weiß nicht, woher du diese verstörenden Ideen hast, aber sie haben hier keinen Platz.« Sie atmete durch die Nase aus. »Vielleicht brauchst du Zeit, dich an die hiesigen Gepflogenheiten zu gewöhnen, doch mit dieser Einstellung wirst du es nicht weit bringen. Das Volk wird niemals eine Frau als Regentin akzeptieren. Die alleinige Vorstellung …« Sie atmete scharf ein. »Prinz Elric wird dir zeigen, worauf es ankommt. Ich für meinen Teil werde so tun, als hätte dieses Gespräch zwischen uns nie stattgefunden.«

Schwungvoll stand die Königin vom Tisch auf und stolzierte zur Tür. Scarlett schaute ihr noch hinterher, als sie gar nicht mehr zu sehen war.

Mach dich auf was gefasst, Elric.

11

Idalia

Grobe, schwarze Hände griffen nach ihr. Eiskalter Atem wehte ihr ins Gesicht, drohte sie zu verschlingen. Wollte sie zu dem machen, wovor sie sich am meisten fürchtete. Verschlang ihre Gestalt, ihre Identität – aber nicht ihr Gefühl. Da war Dunkelheit. Da war Schwärze. Und ein Schrei, der es endlich über ihre Lippen schaffte.

»Ganz ruhig! Es ist alles gut. Es ist vorbei!« Jemand drückte sie zurück auf den Boden, hielt ihre Schultern so fest, dass sie sich nicht mehr bewegen konnte. Sie schrie lauter, doch ihr Körper war wie gelähmt. Was passierte hier?

Hitze umfing sie. Funken stoben auf ihre Haut, bis sich das Feuer in ihrer Kehle festsetzte. Der Schrei erstarb, als sich etwas auf ihren Mund legte.

In Todesangst riss sie die Augen auf.

»Bitte schrei nicht mehr. Wir sind in Sicherheit, aber wir müssen es ja nicht drauf ankommen lassen.« Ganz langsam löste Norik seine Hand von ihrem Mund.

Idalia japste nach Luft. Ruckartig schoss sie nach oben, aber ein Stechen in ihrer Brust ließ sie zurück auf den Waldboden sinken.

»Was … was … ist … passiert? Wo … bin ich?« Ihre Stimme war nur ein schwacher Widerhall. Verzweifelt schlang sie die Hände um ihre Kehle, in der Hoffnung, den Schmerz so in den Griff zu bekommen.

Noriks Augen verengten sich zu Schlitzen. »Ich hatte gehofft, dass du noch ein bisschen schläfst. Das Schlimmste hast du hinter dir, aber es wird noch eine Weile wehtun.«

»Bitte … ich will mich aufsetzen.«

»Das ist keine gute Idee. Du brauchst Ruhe.«

Mit letzter Kraft schüttelte Idalia den Kopf, was Norik ein Seufzen entlockte. Aus dem Augenwinkel sah sie, wie er sich hinter ihr positionierte und seine Arme um ihre Achseln schlang. Die bloße Berührung schoss Blitze durch ihren Körper, die sie für einen Moment blind machten.

»Wir lassen es besser.«

»Nein, ich schaffe das«, erwiderte sie trotzig, während sie sich vor Schmerzen wand.

Irgendwie schaffte es Norik, sie in eine sitzende Position zu bringen. Idalia lehnte sich mit dem Rücken gegen einen Baumstamm und atmete tief ein und aus. Ihre Sicht war noch immer verschwommen, aber erste Konturen konnte sie erkennen: Da war ein Lagerfeuer vor ihr, das orangerote Flammen in den Himmel schickte. Ein graues Zelt weiter hinten. Eine Wolldecke, auf der sie saß.

Und Norik direkt vor ihr.

Idalia blinzelte so lange, bis sie wieder klar sehen konnte.

»Du schaust mich an, als würde ich gleich sterben.«

»Bis vor ein paar Stunden war das auch meine größte Angst. Aber du hast es geschafft.« Sanft berührte er ihre Schulter. Selbst das tat weh.

Idalia biss die Zähne zusammen. »Hast du … Wasser?«, fragte sie. Ihre Kehle war so trocken wie die Wüsten in Brahmenien.

Norik reichte ihr die Feldflasche, aus der sie gierig trank. Auch wenn jeder Schluck sich anfühlte, als würde etwas in ihr zerreißen.

»Wie spät ist es?« Um sie herum war es stockdunkel, das Feuer die einzige Lichtquelle.

»Kurz nach Mitternacht. Du hast über einen Tag lang geschlafen.«

»Über einen Tag?« Idalias Augen wurden groß. »Aber … ich muss doch nach Syllitist. Ich bin schon viel zu spät!« Närrisch, wie sie war, stand sie auf, nur um kurz darauf in sich zusammenzusacken.

Bevor sie auf dem Boden aufkommen konnte, hatte Norik seine Arme um ihre Hüfte geschlungen. Eine Note seines erdigen Dufts wehte zu ihr herüber und gab ihr Anlass, sich nicht mit ihren Schmerzen zu beschäftigen.

Verwirrt blinzelte Idalia und ließ zu, dass er sie abermals in eine sitzende Position brachte.

»Syllitist ist dein kleinstes Problem«, sagte er streng. »Du musst erst mal wieder gesund werden.«

Gesund werden.

Tote Augen.

Idalia erschauderte. »Was ist passiert?«

Norik schüttelte den Kopf. »Versuch zu schlafen.«

»Auf keinen Fall!« Ihre Stimme klang nicht halb so entschlossen, wie sie sich fühlte. »Sag mir endlich, was passiert ist! Ich … da ist irgendeine Erinnerung, auf die ich nicht zugreifen kann.« Sie verbarg den Kopf in ihren Händen.

»Du wirst dich schon bald an alles erinnern können«, meinte Norik. Mit einem Stöckchen stocherte er im Feuer herum. Sein Gesichtsausdruck war so verschlossen, dass Idalia aus ihm nicht schlau wurde. »Aber glaub mir: Es wird nicht schön. Unwissenheit ist manchmal ein Segen.«

»Weißt du, was auch ein Segen ist? Wenn Menschen nicht in Rätseln sprechen.«

Als er nicht reagierte, rutschte Idalia ein Stück auf ihn zu. Ignorierte die Tatsache, dass ihr Rücken entsetzlich brannte. Vor dem Feuer blieb sie sitzen und berührte Noriks Hand.

Erschrocken zuckte er zurück, ehe er sie mit einer Mischung aus Neugierde und Überforderung ansah.

»Ich bin erwachsen. Und ich habe ein Recht, zu erfahren, was mit mir passiert ist. Es ist nicht an dir, zu entscheiden, ob ich es ertrage.«

»Du klingst wie meine Mutter«, beschwerte er sich und warf den Stock in die Flammen. Das Feuer zischte verheißungsvoll in der stillen Nacht. »Na schön.« Norik schlang die Arme um seine angezogenen Beine. »Woran kannst du dich erinnern?«

»Wie gesagt – an gar nichts.«

»Auch nicht an ein Gefühl?«

Idalia runzelte die Stirn, während sie in sich hineinhorchte. »Ich hatte Angst«, erkannte sie schließlich. »Und da … war etwas Dunkles, das mich angeschaut hat.« Sie schüttelte sich. »Wir waren im Wald unterwegs und du hast etwas gesehen … Dann mussten wir weglaufen und … ich glaube, ich bin hingefallen.« Sie strich sich über ihre Stirn, suchte nach Erinnerungen, die nicht mehr da waren.

»Ich dachte, du wärst hinter mir«, vervollständigte Norik ihre Erzählungen. »Ich habe deine Schritte gehört, aber auf einmal war da nichts mehr. Ich habe mich umgedreht und es gesehen. Nur dass es da schon zu spät war.«

»Was war zu spät?« Sie rückte noch ein Stück an ihn heran.

Als Norik nicht weitersprach, legte sie ihre Hand auf seinen Oberschenkel. Dieses Mal zuckte er nicht zusammen, stattdessen starrte er einen schier endlosen Moment auf sein Bein.

»Die *Kreaturen* waren da.«

Ein einziger Satz, der ihr eine dicke Gänsehaut bescherte.

Tote Augen.

Schwarzer Schatten.

»Hast du sie gesehen?«, hauchte sie.

»Man kann sie nicht sehen«, erwiderte Norik mit eiskalter Stimme. »Zumindest nicht in der menschlichen Welt. Wenn sie die Grenze überschreiten, sind sie körperlose Gestalten, die man eher erahnen kann, als dass man sie wirklich zu Gesicht bekommt. Sie sind wie Rauch, wie Asche. Über die Jahre habe ich gelernt, sie aufzuspüren, sie anhand ihres Geräusches zu erkennen. Wenn die Kreaturen in der Nähe sind, liegt ein Flüstern in der Luft. Der Wind wird stärker.«

»Ich glaube, ich erinnere mich an das Flüstern.« Idalias Stimme war so leise, dass sie sich nicht sicher war, ob Norik sie überhaupt hörte. »Aber ich habe nicht verstanden, was sie mir gesagt haben. Was haben sie mit mir gemacht, Norik?«

Obwohl sie Angst vor der Antwort hatte, musste sie ihm die Frage stellen. Auch wenn das dazu führte, dass seine Miene noch verschlossener wurde und sein Blick sich im Feuer verlor.

»Die Welt, in der wir leben, ist zweigeteilt. Es gibt den menschlichen Bereich, in dem du großgeworden bist und den du zu verstehen gelernt hast. Aber er ist nur ein Abschnitt des Ganzen. Die *Kreaturen* bleiben normalerweise auf ihrer Seite, allerdings gibt es Tage, an denen sie herüberkommen können. Ich weiß nicht, woran das liegt. Du wurdest heute von einer *Kreatur* berührt.«

»Und was bedeutet das?«

»Dass die Dunkelheit dich bekommen hätte, wenn ich nicht eingeschritten wäre.«

»Ich habe keine Ahnung, wovon du sprichst.« Wut mischte sich in ihre Angst.

»Wenn eine *Kreatur* dich lange genug berührt, kann sie dich in ihr dunkles Reich ziehen. Was dort passiert, weiß niemand.«

»Und was hast du getan?«

Norik ließ sich mit seiner Antwort Zeit. Der Widerschein des Feuers zuckte über sein wettergegerbtes Gesicht. »Das Einzige, was in dieser Situation einen Sinn ergeben hat. Ich habe mich auf dich geworfen und dich gegen die *Kreaturen* abgeschirmt.«

»Das bedeutet aber, dass sie an meiner Stelle dich erwischt haben müssen«, schlussfolgerte Idalia, während sie verzweifelt versuchte, das Bild zu vertreiben, das sich in ihre Gedanken geschlichen hatte.

Norik verkehrte zwar nicht in ihren Kreisen, dennoch empfand sie ihn als attraktiv. Ein bisschen rau vielleicht, aber er hatte etwas an sich, das ihr gefiel. Weswegen sie scheu den Blick senkte und wartete, bis ihre Wangen nicht mehr glühten.

»Sagen wir es so: Sie haben mich gekriegt. Viele Male davor, aber ich konnte ihnen immer wieder entkommen.«

»Und wieso? Was hast du, das ich nicht habe?«

Noriks Blick verlor sich im Dunkel der Nacht. Er schaute an Idalia vorbei, sodass sie sein Profil betrachten konnte. Seine Haare lockten sich über der Stirn, was seine grobe Art zum Teil abmilderte.

»Wir hatten Glück. Die Angriffe der Kreaturen dauern meistens nicht lang. Als ich dich losgelassen hatte, war niemand mehr da.«

Idalia hoffte auf weitere Details, stattdessen schob Norik die Stoffplane des Zeltes beiseite. »Es wird kalt heute Nacht«, erklärte er. »Du wirst hier drinnen schlafen.«

»Und du?«

»Das Feuer brennt noch eine Weile. Ich komm klar.«

Idalia verstand, dass er nicht länger reden wollte. Doch das Thema, das für ihn abgeschlossen schien, bekam in ihren Gedanken gerade erst Substanz.

Norik war ein faszinierender Mann mit einer interessanten Geschichte. Und das, was ihre Mutter ihr immer unterstellt hatte, stimmte: Idalia war neugierig.

Sie konnte es kaum erwarten, all seine Geheimnisse zu ergründen.

Als sie die Augen aufschlug, war es bereits hell. Müde reckte sie ihre Glieder und setzte sich auf. Ihr Rücken tat noch immer weh, aber der Schmerz war auf ein erträgliches Maß zurückgegangen.

Sie krabbelte auf den Ausgang des Zelts zu. Das Sonnenlicht war so hell, dass es sie blendete. Mehrmals blinzelte sie, dann setzte sie sich neben einen Baum und griff nach der Feldflasche.

Irritiert nahm sie zur Kenntnis, dass Norik noch schlief. Angesichts der Tageszeit war sie davon ausgegangen, dass er bereits alles gepackt hatte und aufbruchbereit war. Stattdessen lag er auf der Decke neben der Feuerstelle und schnarchte leise vor sich hin.

Darauf bedacht, so wenig Lärm wie möglich zu machen, zog sich Idalia an einem der Bäume hoch und atmete den Schmerz in ihrem Rücken weg. Neugierig musterte sie Norik, der im Schlaf seine Hände zu Fäusten geballt hatte. Seine Augen bewegten sich unter den geschlossenen Lidern hin und her – vielleicht träumte er.

Weil sie nicht vorhatte, ihn zu wecken, setzte sie sich neben ihn auf den Boden. Weit genug weg, dass sie ihn nicht zufällig berührte, nah genug, um seine schlafende Gestalt beobachten zu können.

Das Hemd, das er trug, war bis zum Bauch hochgerutscht und brachte einen Streifen seiner Haut zum Vorschein.

Idalia legte den Kopf schief, als sie eine schwarze Stelle ausmachte, die wie verbrannt aussah. Instinktiv rutschte sie näher an ihn heran, ihre Hand schwebte schon über seinem Oberkörper.

»Verdammte Scheiße, hast du mich erschreckt!« Norik sah sie aus kreisrunden Augen an und setzte sich hektisch auf. »Wie lange lungerst du hier schon rum?«

»Nicht mal fünf Minuten. Norik, was … was hast du da?«

Sie deutete auf den schwarzen Fleck, der noch immer zu sehen war.

»Gar nichts«, entgegnete er knapp, während er in Höchstgeschwindigkeit sein Hemd herunterzog und aufstand. »Schön zu sehen, dass es dir besser geht. Können wir weiterziehen?«

»Warum willst du mir nicht sagen, was das ist?«

»Weil es nichts zur Sache tut. Wie geht es deinem Rücken?«

Idalia seufzte. »Besser. Aber ich habe mir gestern den Fuß verstaucht und kann noch nicht so gut laufen.«

Norik sah sie unentschlossen an.

»Was nicht bedeutet, dass ich dich aufhalten will. Wenn du in Syllitist erwartet wirst, kannst du ohne mich gehen.« Idalia hob beide Hände.

»Ist das dein Ernst?« Norik kam zurück zu ihr auf die Decke. Seine Haare waren vom Schlaf verstrubbelt. »Du glaubst doch nicht, dass ich diese Odyssee mit dir und den *Kreaturen* hinter mich bringe, nur damit ich dich dann verletzt im Wald zurücklasse? So herzlos bin ich nicht.«

Idalia lächelte in sich hinein. »Ich fürchte, dann musst du noch ein bisschen auf mich warten.«

»Oder wir machen es wie gestern.«

»Wie gestern?«

Seine Augen blitzten. »Na, was denkst du denn, wie du hierhergekommen bist?«

Tatsächlich hatte sie darüber schon gerätselt, den Gedanken aber nicht zu Ende gebracht. Weil das unweigerlich bedeuten würde, dass sie sich mit *ihm* auseinandersetzen müsste.

»Will ich das wirklich wissen?«, fragte sie daher, was ihn zum Grinsen brachte.

Norik rutschte auf sie zu. Sein Finger schwebte über ihrer Wange, als wollte er darüberstreichen. Dann aber räusperte er sich. »Ich habe nichts Unanständiges mit dir gemacht. Ich habe dich nur hierhergetragen.«

Während sie noch damit beschäftigt war, einen Grund für die Gänsehaut auf ihren Armen zu finden, sagte Norik: »Du bist so leicht wie eine Feder. Wenn es drauf ankommt, trage ich dich bis nach Syllitist.«

»Das ... wäre nicht angemessen.«

»Nicht angemessen?« Er lachte. »Also soll ich dich lieber mit verletztem Fuß hinter mir herhinken lassen? Bei dem Tempo brauchen wir mehrere Tage, und bis der Fuß verheilt ist, kann es Wochen dauern.«

»Du musst ja nicht gleich alles so negativ sehen«, beschwerte Idalia sich.

Entschieden stand sie auf und ging ein paar Schritte. Jedes Mal, wenn sie den verstauchten Fuß belastete, hätte sie vor Schmerzen aufschreien können.

»Zu Hause haben wir eine Salbe gegen so etwas.« Entmutigt ließ sie sich zurück auf die Decke sinken.

»Ich bin mir sicher, diese Salbe gibt es auch in Syllitist. Aber dafür müssen wir erst mal dorthin kommen.«

Die Prinzessin legte den Kopf und in den Nacken und seufzte. Was blieb ihr anderes übrig? Ohne Noriks Hilfe würde sie es so schnell nicht in die Stadt schaffen. Und auch mit ihm hatte sie schon wertvolle Zeit verloren.

Sicherlich fragte sich Prinz Elric bereits, wo sie blieb. Vielleicht dachte er sogar, dass sie es sich anders überlegt hatte und nicht mehr kommen wollte.

»Na schön.« Idalia nickte zweimal, um sich selbst zu überzeugen. »Bring mich nach Syllitist. Ich werde dich reich belohnen.«

Norik schob die Augenbrauen zusammen. »Ich hab dir doch schon gesagt, dass du keiner meiner Fälle bist.«

»Dennoch. Ich möchte dich für deine Hilfe bezahlen. Ohne dich wäre ich entweder im Wald verloren gegangen oder der dunklen Gefahr zum Opfer gefallen. Beides keine besonders schönen Aussichten.«

»Mir kommt es eher so vor, als hätten wir uns gegenseitig gerettet.« Das Lächeln auf seinen Lippen brachte sein ganzes Gesicht zum Strahlen.

Verzeih mir, Mutter. Die Königin hätte die Hände über dem Kopf zusammengeschlagen, wenn sie wüsste, was Idalia im Begriff war, zu tun. Eine Prinzessin, die auf dem Rücken eines einfachen Mannes in ihr neues Königreich getragen wurde. Gut, dass es zumindest im Wald keine Schaulustigen gab.

Mit wachsender Nervosität beobachtete sie, wie Norik das Zelt abbaute, die Feuerstelle austrat und alle Utensilien in seinem Rucksack verstaute. Zuletzt füllte er die Flasche mit Quellwasser auf und streckte Idalia ein Stoffbündel entgegen.

»Was ist das?«, fragte sie, als sie schon dabei war, es auszupacken.

»Ich hätte uns gern etwas gejagt, aber ich wollte dich nicht alleinlassen. Iss das Brot, du musst hungrig sein. Im Rucksack habe ich noch ein paar Äpfel, wenn es nicht reicht.«

Jetzt, da sie das Essen direkt vor sich hatte, machte sich ihr Magen bemerkbar. Sie konnte sich an ihre letzte Mahlzeit nicht erinnern. Dankbar biss sie in das Brot, das zwar knochenhart war, ihr aber wie eine Köstlichkeit vorkam.

»Wann willst du mir eigentlich die Wahrheit sagen?«

Idalia hob den Kopf. »Die Wahrheit?«

»Wer du wirklich bist. Dein Kleid muss ein halbes Vermögen gekostet haben, deine Manieren sind tadellos und du sorgst dich ständig darum, *was andere Leute denken könnten.*«

»Ich habe dir doch bereits gesagt, dass …« Sie verstummte. Norik hatte sie vor dem Tod bewahrt. Sie an einen sicheren Ort gebracht, sie mit Essen versorgt und sich um sie gekümmert. Er würde sie bis nach Syllitist tragen. Er hatte die Wahrheit verdient.

Idalia straffte die Schultern und richtete ihr Kleid. »Ich bin Prinzessin Idalia aus Ryzund.«

Wenn er überrascht war, ließ er es sich zumindest nicht anmerken. Stattdessen nickte er nur. »Und was führt dich in die goldene Stadt?«

»Die Liebe«, verriet sie ihm ihr letztes großes Geheimnis. »Ich bin Prinz Elric versprochen.«

Norik schwieg lange. Dann knotete er die Bänder seines Rucksacks zusammen. »Nach allem, was wir erlebt haben, wird es mir schwerfallen, dich wie eine Prinzessin zu behandeln.«

Idalia atmete erleichtert aus. »Das musst du nicht. Ich fände es eher seltsam, wenn du damit anfangen würdest. Dieser Wald … und alles, was in ihm passiert ist, soll ein Teil unserer Geschichte bleiben, aber nicht nach außen dringen. Wenn ich in Syllitist bin, beginnt mein neues Leben.«

Bildete sie es sich ein, oder war da Traurigkeit in seinem Gesicht zu erkennen? Und wieso nahm es sie so mit, ihn betrübt zu sehen?

»Kannst du dir den umhängen?« Norik warf ihr den Rucksack zu, in den er das Zelt gestopft hatte.

»Stell dich dort auf den Stamm. Von da aus kann ich dich hochheben.«

Selbst für die drei Meter brauchte Idalia eine halbe Ewigkeit. Norik ging vor ihr in die Hocke, sodass sie ihre Beine um seine Hüfte und ihre Hände um seine Schultern schlingen konnte.

Wacklig stand er auf, und sie bekam sofort ein schlechtes Gewissen, weil er sie nun stundenlang tragen musste. Doch sein Griff war fest, seine Schritte nach einer Zeit der Gewöhnung sicher.

»Kennst du ihn – Prinz Elric?«, versuchte Idalia an das Gespräch anzuknüpfen.

»Ein Mann wie ich hat für gewöhnlich nichts mit dem Adel zu schaffen.«

»Es sei denn, es handelt sich um Prinzessinnen, die in Wäldern verloren gehen.« Idalia kicherte, doch ihr Witz blieb unerwidert.

Norik packte sie fester, schlug den breiten Pfad in westlicher Richtung ein und hüllte sich in Schweigen.

Die Stimmung, die sich zwischen ihnen ausbreitete, war plötzlich unangenehm und voller unausgesprochener Worte. Idalia versuchte ein paar Mal, ein Gespräch anzufangen, doch Norik zeigte wenig Interesse. Weswegen sie beschloss, seine Gegenwart so gut wie möglich auszublenden.

Denn sie war endlich wieder auf dem richtigen Weg. Syllitist lag in greifbarer Nähe – und damit auch ihre Zukunft. Der Beginn ihres neuen Lebens.

Sie schloss die Augen und dachte an Prinz Elric. Sicherlich machte er sich schon Sorgen.

Halt durch, mein Liebster. Ich bin auf dem Weg zu dir.

12

Scarlett

Sie hatte ihr den Schlaftrunk nicht geben wollen. Aber Ferra wusste nicht, wann es genug war, und hatte auch, nachdem Scarlett sie mehrfach in deren Kammer verwiesen hatte, nicht mit dem Plappern aufgehört. Und das, obwohl die Sonne lange untergegangen war.

Ihr eigener Tee stand unberührt auf der Fensterbank. Ferra hatte ihren komplett ausgetrunken, sodass sie vor dem Morgengrauen kein Auge öffnen würde. Wie eine Leiche lag sie vor dem Kleiderschrank, das Buch, in dem sie geblättert hatte, aufgeschlagen neben sich.

Glücklicherweise besaß Scarlett einen Schlüssel zu ihrem Schlafzimmer, sodass sie abschließen konnte und niemand die Zofe bemerken würde. Für sie selbst war es höchste Zeit, das Schloss zu verlassen.

Da es in Syllitist so gut wie nie zu Verbrechen kam, wurde der Palast nur sporadisch bewacht. Mittlerweile waren die meisten schlafen gegangen.

Vom Balkon aus sah Scarlett kein einziges Licht mehr. Dennoch zog sie die Kapuze ihres Mantels so tief wie möglich ins Gesicht und hielt den Blick gesenkt, als sie durch die nächtlichen Flure huschte. Sie lief Dutzende Treppenstufen hinab, bis sie endlich den Dienstboteneingang erreicht hatte, durch den sie verschwinden wollte. Als sie sich Minuten später im Schlossgarten wiederfand, der still und einsam dalag, kam ihr ihre Flucht beinahe lächerlich leicht vor.

Scarlett blies die Kerze in ihrer Hand aus. Hier im Garten gab es Fackeln, die ihr den Weg zum Wald wiesen. Je näher sie den schattenwerfenden Bäumen kam, desto besser ging es ihr.

Obwohl sie bald über ein Königreich regieren würde, war sie ein Kind des Waldes. Ihr Herz schlug in einem anderen Rhythmus, sobald sie Zuflucht zwischen Gehölzen und Büschen gefunden hatte.

Und wie frisch die Luft war! Gierig atmete Scarlett ein, ehe sie einen letzten Blick über ihre Schulter zurück zum Schloss warf.

Wenn alles gutging, könnte sie es heute Nacht beenden. Könnte ihre Vergangenheit und die Fesseln, die sie noch immer hielten, auflösen und in eine unbeschadete Zukunft gehen. Wenn sie erst Königin über Syllitist war, bräuchte sie ihre schwarzen Fähigkeiten nicht mehr.

Sie wusste, was es bedeutete, ein Teil des Waldes zu werden. Wusste, wie sie ihre Schritte setzen und ihren Atem regulieren musste. Früher hatte sie es geliebt, in der Anonymität der Natur verloren zu gehen, ein Teil von ihr zu werden und nicht mehr aufzufallen. Heute war ihre Mission eine andere.

Heute wollte sie *Auf Wiedersehen* sagen.

Scarletts Hand wanderte zu der goldenen Taschenuhr, die um ihren Hals hing. Dieses Schmuckstück war das einzig Wertvolle, das sie je besessen hatte – materiell wie emotional.

Vielleicht war es an der Zeit, es seinem wahren Besitzer zurückzugeben. Sie konnte nicht sicher sein, dass er da war – aber er hatte ihr gesagt, dass sie ihn finden würde, wenn sie ihn brauchte.

Bevor die Schwermut sie überwältigen konnte, kroch Scarlett tiefer in das Dickicht hinein. Hier war die Nacht noch schwärzer und undurchdringlicher; die Luft so kalt wie im Winter.

Es dauerte nicht lange, bis sie seine Stimme hörte, wenngleich sie nur einem schwachen Nachhall glich.

Das, was sie bis in die Fingerspitzen spürte, waren seine Arme, die sich um ihre Taille schlossen. Die ihre Hüfte in Bewegung brachten, sie durch den Wald führten, bis hin zu einer vom Mondlicht beschienenen Lichtung. Ein Wasserfall glitzerte im kalten Licht, vor ihm eine Reihe von Steinen, die über einen Bach führten.

»Ich habe nicht mit dir gerechnet«, gestand er. Seine Finger waren kühl, die Lippen blau angelaufen. Es war das erste Mal, dass er eine Reaktion auf die Temperaturen zeigte, das erste Mal, dass er beinahe wie ein Mensch wirkte.

Nur dass er das nie war und nie sein würde.

Das durfte sie nicht vergessen.

»Warte!« Sie klang atemlos. Er hatte sie bereits zum Wasser gezogen, wollte mit ihr auf den leuchtenden Steinen tanzen. Aber Scarlett ließ seine Hand los. »Ich bin nicht gekommen, um Zeit mit dir zu verbringen.«

Seine dunklen Augenbrauen zogen sich zusammen. »Weshalb sonst solltest du kommen?« Abwartend verschränkte er die Arme vor der Brust und Scarlett kam nicht umhin, ihn anzustarren.

Es war lächerlich, seine Schönheit zu bewundern, war sie doch ihrer eigenen Fantasie entsprungen. Hatte sie doch dafür gesorgt, dass er genauso aussah, wie er ihr gefiel.

Dennoch nahm sie sich einen Moment Zeit, um ihn in Augenschein zu nehmen. Sein dunkelbraunes, wild gelocktes Haar, das ihm in die Stirn fiel. Seine vollen, sinnlichen Lippen, die einen bestimmten Schwung zeigten. Die Haut, so makellos wie Marmor.

Unfassbar grüne Augen.

Die sie in diesem Moment so intensiv anschauten, als würden sie Scarletts Worte kennen, bevor sie sie ausgesprochen hatte.

»Das ist unser letztes Treffen.« Sie fühlte sich nicht halb so sicher, wie sie wollte. Ihre Stimme bebte, ihre zitternde Hand suchte nach etwas, an dem sie sich festhalten konnte. »Ich bin gekommen, um dir Lebwohl zu sagen.«

Abwartend sah er sie an, dann schüttelte er den Kopf. »Es tut mir leid, aber ich glaube dir nicht.«

»Wieso nicht?«

»Weil du noch nicht bereit bist, dich von mir zu lösen. Du hast mich dein Leben lang mitgetragen, wieso sollte es jetzt vorbei sein?«

Da sein Blick sie überwältigte, senkte sie den Kopf. Trat ein paar Schritte von ihm zurück, um Abstand zu nehmen. Verbunden mit seinem makellosen Aussehen war eine Aura, die sie wie durch Zauberhand an ihn band.

»Du hast mir durch die schwerste Zeit meines Lebens geholfen und dafür bin ich dir dankbar.« Scarlett räusperte sich. »Aber ich bin erwachsen geworden. Ich bin nicht mehr das kleine, traurige Kind, das einen Freund braucht.«

Sein Gesicht war eine starre Maske, sodass sie unmöglich sagen konnte, ob er wütend war oder sich nicht viel aus ihrer Entscheidung machte. Das Mondlicht wurde von den goldenen Ornamenten auf seiner roten Uniform reflektiert. Als Scarlett ihn sich ausgemalt hatte, war er ihr in Dunkelblau erschienen. Doch je mehr Zeit verging, desto mehr veränderte er sich. Ohne, dass sie darauf Einfluss hatte.

Er machte einen Schritt auf sie zu, reckte das Kinn. »Du lässt mich zurück?«

»Ich lasse dich zurück. Weil du deinen Zweck erfüllt hast und ich nach vorn schauen muss.«

»Aber was ist da? Was ist da *vorn*?« Mit dem Zeigefinger deutete er auf einen Ort, den es gar nicht gab. »Wie sieht dieses Leben aus, nach dem du dich so sehr sehnst?«

Dafür, dass er ein Produkt ihrer Fantasie war, erwies er sich als überraschend hartnäckig. Oder war es nur ihr Herz, das noch nicht loslassen wollte?

Auch wenn sie wusste, dass es keine gute Idee war, griff sie nach seinen Händen und führte sie an ihre Brust. »Ich werde Königin. So, wie es die ganze Zeit hätte sein sollen.«

War das ein Schnauben, das seinen Mund verließ? Abscheu sammelte sich in seiner Miene. »Eine Königin? Wo soll denn dein Reich liegen?«

»Hör auf damit!« Sie presste die Lippen aufeinander. »Mach dich nicht über mich lustig, das steht dir nicht zu. Ich habe alles gesagt, was du wissen musst.«

Besitzergreifend umfasste er mit einer Hand ihren Hals, zog sie so nah an sich heran, dass ihre Lippen sich beinahe berührten.

Nie zuvor hatte er sie geküsst. Würde es heute so weit sein? Scarlett spürte, dass sie es sich wünschte. Weswegen sie sich aus seinem Griff löste und nach hinten glitt.

»Wir dürfen das nicht mehr«, stellte sie klar. »Ich bin einem anderen versprochen.«

»Du machst es dir sehr leicht.« Er stemmte die Hände in die Hüften. »Es wird nicht lange dauern, bis du merkst, dass es nicht funktioniert. Dass du schon zu tief drin bist.«

»Was soll nicht funktionieren?«

Er strich sich über den Nacken, sah mehr durch sie hindurch, als dass er sie anschaute. »Mich zu vergessen. Und überhaupt … sind wir noch nicht quitt.«

»Ich schulde dir nichts. Du warst einer der vielen Freunde, die ich mir ausgedacht habe, als ich in der Dunkelheit heranwuchs und niemanden hatte.«

»Aber wie kommt es …«, er fuhr durch ihr rotes Haar, seine Berührung so zart wie die einer Libelle, »… dass ich noch immer hier bin, während alle anderen gegangen sind? Dass ich als Einziger geblieben bin? Scarlett …«

Jedes Mal, wenn er sie beim Namen nannte, taumelte sie. Da lag etwas in seiner Stimme verborgen, das sie bis heute nicht verstanden hatte.

»Jeder hat einen Schwachpunkt. Auch wenn du vorgibst, stark zu sein und dir nichts aus Gefühlen zu machen, bin ich für immer dein wunder Punkt. Und es wird eine Zeit kommen, in der ich dich brauche.«

Sie wollte den Kopf schütteln, ihm widersprechen, aber dann hörte sie die sanften Klänge einer Fidel, die den Waldboden zum Vibrieren brachten und die Luft um sie herum auflud.

»Tanz noch einmal mit mir.«

Die Bitte war kaum über seinen Mund gekommen, da hatte sie bereits nach seiner behandschuhten Hand gegriffen. Scarlett ließ zu, dass er sie nah an sich zog und sie sich so tief in die Augen sahen, dass sie dieselbe Luft atmeten. Sein Blick ruhte auf ihr, besonnen, verlässlich und elektrisierend.

Er wirbelte sie durch die Nacht, wiegte sie in seinen Armen, drehte sie von sich weg, nur um sich ihr mit schnellen Schritten wieder zu nähern.

Bald hatten sie den Wasserfall erreicht, sprangen von Stein zu Stein, geküsst vom Licht des Mondes.

»Du wirst es bereuen«, raunte er ihr ins Ohr und setzte zum nächsten Sprung an.

Nur dass er dieses Mal ihre Hand losließ. Und als sie den Blick hob, war da ein dunkler Sternenhimmel über und eiskaltes Wasser unter ihr.

13

Idalia

Auch die längste Reise war irgendwann vorbei. Das wusste Idalia, als sie die ersten Dächer der goldenen Stadt sah und es keine Wegweiser mehr gab, die nach Syllitist zeigten.

Anfangs war es ihr unangenehm gewesen, von Norik getragen zu werden. Ihren eigenen Körper so eng an seinem zu spüren. Seinen Duft zu riechen, mit seinen Beinen voranzukommen.

Jetzt, da er sie einige Meter vor der Stadt absetzte, kam sie sich einsam vor. Auf einmal war sie wieder auf sich selbst gestellt. Immerhin hatte sich ihr Fuß ein bisschen erholt, auch wenn er immer noch wehtat, wenn sie auftrat.

Norik streckte den Rücken durch und wandte sein Gesicht der Sonne zu. »Wenn du dich beeilst, bist du noch vor Anbruch der Dunkelheit da.«

Idalia nickte. »Zeigst du mir den Weg zum Schloss?«

»Siehst du den spitzen Turm mit der hellgrünen Flagge?« Er deutete auf ein imposantes Gebäude, das auf einem Hügel lag und bei dem es sich zweifelsohne um den Palast handelte. »Du musst bloß diesem Weg folgen, dann kannst du es nicht verfehlen.«

»Das schaffe ich.« Idalia reichte Norik seinen Rucksack. Einen Augenblick sahen sie sich schweigend an.

»Danke, dass du mich hierhergebracht hast. Ich würde es gern wiedergutmachen, aber …«

Norik hob beide Hände. »Darüber haben wir schon gesprochen. Ich möchte keine Bezahlung und auch sonst keine Gefälligkeiten.«

»Na schön.« Sie nestelte an den Knöpfen ihres Mantels herum und verlagerte ihr Gewicht vom einen Bein aufs andere. »Wo musst du hin?«

»Ich nehme den anderen Weg in die Stadt«, verriet er ihr das, was sie schon befürchtet hatte.

»Alles klar. Dann … sollten wir uns voneinander verabschieden.«

Als er keine Anstalten machte, sich ihr zu nähern, nahm Idalia all ihren Mut zusammen, stellte sich auf die Zehenspitzen und schloss Norik in eine Umarmung. Sein Körper war stark und fest – und als er die Geste erwiderte, fühlte sie sich für einen Moment geborgen.

»Danke für alles«, wiederholte sie. »Ich werde es nie vergessen.«

Norik strich ihr mit dem Daumen über die Wange, so als müsste er sich ihr Gesicht einprägen. »Danke für diese Reise«, sagte er dann. »Sie war etwas ganz Besonderes.«

»Sehen wir uns mal wieder?« Es war die Hoffnung, die aus ihr sprach, nicht die Vernunft.

»Ich würde nicht darauf warten. Ich bleibe nur ein paar Tage in Syllitist, dann mache ich mich wieder auf den Weg.«

Idalia kämpfte gegen den Stich der Enttäuschung an, der sich in ihr ausbreitete. »Mach's gut, Norik.«

Er löste sich von ihr und hob die Hand zum Abschied.

Sie hatte versucht, den Schmutz von ihrem Kleid zu bekommen und die Haare zu einer Frisur zu legen, die nicht verriet, dass sie gerade das Abenteuer ihres Lebens hinter sich hatte. Aber egal, wie oft sie sich auch durch die Strähnen ging, nichts konnte die Zeit, die sie im Wald verbracht hatte, verbergen.

Idalia hoffte einfach, dass das Königspaar Verständnis für ihren Aufzug hatte. Und dass sie als Erstes nicht gerade Prinz Elric in die Arme lief.

Ihr Fuß war noch immer geschwollen, aber sie kämpfte tapfer gegen den Schmerz an. Ihrem Rücken ging es deutlich besser; sie war froh, dass der Angriff der Kreatur keine schwerwiegenden Folgen nach sich gezogen hatte.

Je näher sie dem herrschaftlichen Gebäude mit der weißen Fassade und den spitzen Türmen kam, desto deutlicher wurde ihr bewusst, dass sie es tatsächlich geschafft hatte: Sie war in Syllitist. Hatte allen Widrigkeiten getrotzt und ihr Ziel gefunden.

Ihre Mutter wäre stolz auf sie.

Prinzessin Idalia war mit fünf Jahren schon einmal in Syllitist gewesen, aber sie konnte sich an nichts mehr erinnern. Erzählungen zufolge hatten Gespräche zwischen ihrer Mutter und dem Königspaar stattgefunden, die ihre Zukunft mit Prinz Elric betrafen. Das war nun dreizehn Jahre her. Sie hatte nicht damit gerechnet, bei ihrem zweiten Besuch in der goldenen Stadt ohne Pferd und Gefolge unterwegs zu sein, mit einem Kleid, das als solches gar nicht mehr zu erkennen war, mit einem verletzten Fuß und Haaren, die sich kaum bändigen ließen.

Der Palast war von einer steinernen Mauer umgeben, die Eindringlinge fernhielt. Das große Holztor stand einen Spalt offen. Fast, als würde man sie bereits erwarten.

Die Prinzessin spazierte durch eine Grünanlage, die die fantasievollsten Blumen präsentierte. Marmorstatuen säumten ihren Weg, der direkt vor den Eingangspforten des Schlosses endete.

Nervosität ergriff von ihr Besitz, die sich in schwitzigen Händen und einem schneller schlagenden Herz zeigte.

Unweit des Schlosseingangs kniete eine dunkelhaarige Frau in beigefarbenem Kleid und rupfte Unkraut aus einem der Beete.

Da sie die einzige Menschenseele weit und breit war, trat Idalia auf sie zu und räusperte sich. »Entschuldigt.«

Die Frau hielt in der Bewegung inne und sah zu Idalia hoch. Weil die Sonne sie blendete, schirmte sie ihre Augen mit der Hand ab.

»Ich bin Prinzessin Idalia aus Ryzund. Wo finde ich König Udan und Königin Valeria?«

Die dunkelhaarige Frau stand auf und klopfte sich die Erde vom Kleid. »Prinzessin Idalia?«, wiederholte sie. »Die ist doch vor ein paar Tagen schon angekommen.«

»Das … das kann nicht sein. Meine Reise hat sich etwas verzögert. Ich war länger im Wald unterwegs und …«

»Das sieht man.« Abschätzig musterte die Gärtnerin Idalia von oben bis unten. »Falls du nach einer Dienstbotenstelle suchst, kannst du dich bei Gundaf melden.«

Perplex schüttele Idalia den Kopf. »Ich … bin hier, um Prinz Elric zu heiraten. Ich wurde ihm versprochen und …«

»Pass auf, was du sagst. Für manche Kreise gilt das als Hochverrat.« Mit ungehaltener Miene kam die Frau einen Schritt auf sie zu. »Und jetzt sieh zu, dass du Land gewinnst. Königin Valeria hat Besseres zu tun, als sich mit Betrügern wie dir herumzuärgern.«

Idalia fühlte sich so vor den Kopf gestoßen, dass sie wie erstarrt stehen blieb.

»Da geht's lang.« Die Gärtnerin wies ihr den Weg durch das Tor, und weil sie Idalia nicht aus den Augen ließ, lief die Prinzessin langsam los.

Doch kaum hatte sie die Mauer erreicht, drehte sie sich noch einmal nach der Frau um, die ihr nicht mehr hinterher sah, sondern sich wieder dem Beet widmete.

Idalia spürte, dass dies ihre einzige Chance war. Sie raffte ihr Kleid und rannte, auch wenn ihr verletzter Fuß bei jedem Schritt aufschrie, direkt auf die offenen Pforten des Schlosses zu.

»Halt! Was soll das?«

Die Gärtnerin war auf sie aufmerksam geworden, doch Idalia hielt nicht an. Immer zwei Stufen auf einmal nehmend hastete sie die Treppe hoch, die in das erste Stockwerk führte.

»Wachen!«, rief die Gärtnerin. »Ein Eindringling!«

Das Blut rauschte in Idalias Ohren. Sie wurde taub für alles andere als ihren eigenen, viel zu schnellen Herzschlag. Blindlings lief sie einen Flur entlang, bis sie erneut eine Treppe nach oben nahm. Sie traute sich nicht, über die Schulter zu blicken, wusste nicht, ob die Frau ihr noch immer auf den Fersen war.

Oben angekommen riss Idalia an der ersten Tür, die sie fand und die glücklicherweise nicht verschlossen war. Nach Luft japsend stolperte sie in ein Zimmer, drehte den Schlüssel im Schloss und sank erleichtert auf den Boden.

Schweiß hatte sich auf ihrer Stirn gesammelt, ihre Kehle war wie ausgetrocknet. Idalia genehmigte sich ein paar Augenblicke, um Luft zu holen. Dann spitzte sie die Ohren, aber auf dem Korridor war nichts zu hören.

»Was zur Hölle machst du hier?«

Die Stimme drang ihr durch Mark und Bein. Ängstlich hob Idalia den Kopf.

Scarlett hatte sich wie ein Racheengel vor ihr aufgebaut, die Arme vor der Brust verschränkt, ein zornverzerrter Ausdruck auf ihrem Gesicht. Sie trug ein Kleid, das Idalia nie zuvor an ihr gesehen hatte, war es doch viel zu fein für eine gewöhnliche Magd. Um ihr Handgelenk lag eines der Perlenarmbänder, das ihre Mutter ihr überlassen hatte.

»Du …!« Idalia sprang auf, rannte mit pochendem Fuß auf Scarlett zu und traf sie mit beiden Händen an der Brust.

Nicht vorbereitet auf den Angriff stolperte Scarlett zurück, verlor das Gleichgewicht und landete auf dem Boden.

»Wie kannst du es wagen? Was machst du hier überhaupt?«

Blitzschnell hatte Scarlett sich aufgerichtet und Abstand zwischen sie gebracht. »Wachen!«, schrie sie. »Hilfe!«

»Was … ich verstehe nicht …« Idalia näherte sich ihr, aber die Magd wich ihr geschickt aus, rannte auf die Tür zu und drehte den Schlüssel im Schloss.

»Hilfe! Mich hat eine Wahnsinnige überfallen!«

»Wahnsinnige?« Idalia rauschte auf sie zu. Am liebsten hätte sie ihr das Armband ihrer Mutter vom Arm gerissen. »Wer ist hier die Wahnsinnige? Du hast mich im Wald alleingelassen, mir mein Pferd und all meine Besitztümer gestohlen und bezeichnest *mich* als wahnsinnig? Was tust du überhaupt hier? Und was ist das für ein Kleid?«

In Zeitlupentempo drehte sich Scarlett zu ihr um. Auf ihren Lippen breitete sich ein diabolisches Lächeln aus.

»Dieses Kleid war für mich bestimmt. Niemand außer mir wird es je tragen. Es steht mir, findest du nicht?« Sie drehte sich einmal um die eigene Achse, wodurch sich der schwere, dunkelgrüne Stoff bauschte. »Falls du noch immer nicht eins und eins zusammengezählt hast …« Scarlett drängte Idalia gegen die Wand. »Du sprichst mit deiner zukünftigen Königin.«

»Königin?«, spie Idalia ihr entgegen. Fassungslosigkeit tobte in ihr, die alsbald von etwas anderem abgelöst wurde: dem Gefühl des Verstehens. »Das ist nicht dein Ernst.«

»Verneige dich vor deiner Herrin!«, befahl Scarlett, und als Idalia nicht gehorchte, packte sie ihren Unterarm und drehte ihn ihr auf den Rücken.

Idalia schrie vor Schmerz auf. Dann hörte sie Schritte auf dem Korridor.

In der Hoffnung, dass dieses schreckliche Missverständnis aufgeklärt werden würde, hob sie den Kopf. Zwei uniformierte Männer rannten auf sie zu, die Gesichter zu wütenden Fratzen verzogen.

»Ihr könnt sie loslassen, Prinzessin Idalia«, sagte der eine.

Nur langsam lockerte Scarlett ihren Griff. Wütend stieß sie Idalia von sich, die gegen einen der Wachmänner prallte.

»Geht es Euch gut?«

Scarlett schnaubte. »Ja. Aber nur, weil ich gelernt habe, auf mich selbst aufzupassen. Was seid ihr für unfähige Männer? Sie hätte mich fast umgebracht!«

»Ich habe nichts gemacht!«, ereiferte sich Idalia. Die Flamme des Verrats an ihr brannte lichterloh in ihrem Herzen. »Ich muss sofort mit dem Königspaar sprechen.«

»Wenn du so weitermachst, wirst du gleich mit deinem Henker reden«, zischte Scarlett. An die beiden Wachen gewandt sagte sie: »Ich kenne dieses kleine Biest. Es ist mit mir in Ryzund großgeworden und war schon immer neidisch auf meine Stellung und meinen Reichtum. Ich hätte damit rechnen sollen, dass sie hier aufkreuzt und alles durcheinanderbringt.«

»Ich … sie lügt!« Anklagend deutete Idalia auf Scarlett. Der Wachmann hielt sie so fest, dass sie sich kaum bewegen konnte. »Ich bin Prinzessin Idalia aus Ryzund! Die hier war meine Magd!«

Scarlett lachte falsch. »Nur ein dummes Bauernmädchen kann so reden! Schafft sie hier weg und seht zu, dass sie das Land verlässt!« Blitze zuckten in ihren Augen.

»ICH WILL SOFORT ZUM KÖNIG!«, schrie Idalia. Tränen rannen ihre Wangen hinab, nie zuvor hatte sie sich so hilflos gefühlt.

Ihre Worte ignorierend zerrte der Wachmann sie den Korridor entlang. »Du kannst froh sein, dass du hier lebend rauskommst.«

»Ihr dürft dieser Betrügerin nicht glauben!«, wetterte sie. »Sie war mit mir unterwegs nach Syllitist und hat mir im Wald alles gestohlen. Sogar mein Pferd hat sie mir genommen!«

Mit schreckgeweiteten Augen sah sie von einem der Männer zum anderen, aber jene verzogen keine Miene.

Gewaltsam wurde sie die Treppe heruntergeschleift, bis sie sich im Eingangsbereich des Schlosses wiederfand. Scarlett thronte hinter dem Geländer über ihr, die Haltung erhaben, das Gesicht siegessicher.

»Sorgt dafür, dass sie mich nie mehr belästigt. Ich lasse sie laufen, aber sie darf dieses Schloss nicht mehr betreten!«

»Ganz wie Ihr es wollt, Eure Hoheit«, erwiderte der Wachmann, der Idalia im Klammergriff hielt. Der andere öffnete die Palasttüren.

»Noch etwas.« Elfengleich ging Scarlett die Treppe hinunter. Das pompöse Kleid schmiegte sich wie eine zweite Haut an ihre schlanke Taille. »Ihr kennt den Hengst, auf dem ich hergekommen bin? Den alten weißen?« Sie wartete die Antwort der Wachen nicht ab. »Auf dem Weg nach Syllitist hat er mich mehrmals abgeworfen. Er war wild und ungezogen. So habe ich ihn nie erlebt. Jetzt weiß ich, wer dahintersteckt.«

Idalia wusste, dass Scarlett die Schuld auf sie schieben würde. Womit sie nicht rechnete, war das Urteil, das über ihre Lippen kam. »Sie hat ihn verhext! Schon in Ryzund war sie der dunklen Magie zugewandt und hat sie eingesetzt, um das Pferd zu verzaubern. Sodass ich es nicht sicher hierherschaffe!«

»Was redest du da?«, blaffte Idalia ihr entgegen. »Das ergibt doch …« Grob legte der Wachmann ihr seine Hand vor den Mund.

»Hexerei?«, flüsterte der andere.

Idalia ballte die Hände zu Fäusten. Obwohl Syllitist eine moderne Stadt war, die sich offen gegenüber anderen Ländern und fremden Kulturen zeigte, waren immer noch viele Bewohner dem Aberglauben verfallen. An der Art und Weise, wie der Wachmann die Augen aufriss und sein Gesicht alle Farbe verlor, erkannte sie, dass er einer von ihnen war.

»Ich wollte ganz sicher gehen, aber heute Morgen im Stall hat Baron mich angegriffen. Seine Augen … waren rot und er ist auf mich zugestürmt, kaum dass er mich gesehen hat.« Hilflos spielte Scarlett an ihren Fingern herum. Idalia verachtete sie für die falschen Tränen, die deren Wangen hinabliefen. »Es wird mir das Herz brechen, wenn er nicht mehr da ist, aber ich glaube, es ist für alle das Beste.«

Wie bitte?

Was?

Das … durfte nicht sein.

Idalia spürte, wie die Beine unter ihr nachgeben wollten, aber sie kämpfte dagegen an.

»Hoheit, wenn schwarze Magie im Spiel ist, dürfen wir nicht zimperlich sein. Sie hat schon ganze Städte ins Verderben gestürzt!« Der Wachmann, der sie nicht festhielt, näherte sich der Magd.

Scarlett schniefte. »Ich weiß. Deswegen habe ich eine Entscheidung getroffen, auch wenn sie mir alles abverlangen wird. Das Pferd muss sterben … sofort.«

Ein klitzekleines Lächeln zeigte sich auf ihren Mundwinkeln, das allein Idalia galt.

»Ich hoffe, dass dir das eine Lehre ist!«, spie sie in Richtung der Prinzessin. »Jahrelang hat mich dieses Pferd begleitet. Es wird mir das Herz brechen, ihn gehen zu sehen!«

Lügnerin!

Verräterin!

Stöhnend wand sich Idalia im Griff des Wachmannes, schrie gegen die Hand vor ihrem Mund, übervoll mit Hass und Wut.

»Macht es sofort!«, ordnete Scarlett an. »Und lasst ihn nicht allzu lange leiden. Er hat es nicht verdient.« Mit dem Handrücken wischte sie sich über ihr Gesicht.

»Euer Wunsch sei uns Befehl.« Der Wachmann verbeugte sich. Die Prinzessin schrie noch immer, doch erst, als sie in die Finger des Mannes biss, löste sich sein Griff.

»Das kannst du nicht tun, Scarlett!«, brüllte sie. »Baron hat nichts getan, er ist unschuldig.«

»Das stimmt.« Betont langsam ging sie auf Idalia zu. »Und hättest du ihn nicht verhext, könnte er in Würde altern.« In Richtung der Wachen sagte sie: »Schlagt ihm den Kopf ab und hängt ihn als Mahnung an das Stadttor.«

Der Wachmann machte Anstalten, das Schloss zu verlassen, da hielt Scarlett ihn auf.

»Ich bin ein Freund der Gerechtigkeit«, sagte sie. »Dadurch, dass ich die Verräterin laufen lasse, beweise ich ein großes Herz. Aber ich möchte, dass ihr bewusstwird, was sie getan hat. Damit es nie wieder passiert.«

Eine schreckliche Vorahnung machte sich in Idalia breit, obwohl ein Teil von ihr nicht glauben konnte, dass Scarlett *so* grausam war. Selbst in ihr musste es doch einen Funken Gutes geben.

»Ich will, dass sie zusieht. Dass sie dabei ist, wenn das Leben aus meinem geliebten Baron weicht. Ihr ist es verboten, die Augen zu schließen.«

Als ihre Mutter starb, hatte Idalia gedacht, an dem Schmerz zu zerbrechen.

Doch die Königin hatte ihr Leben friedlich beendet. Sie war nach langer Krankheit in das Reich der Toten übergegangen und ruhig eingeschlafen.

Baron würde man den Kopf abschlagen.

Und sie wäre dabei.

Ihre Beine trugen sie nicht mehr. Auf halbem Weg zu den Stallungen hatte der Wachmann sie zu Boden gerungen und nach ihrem Handgelenk gegriffen. Wie einen Getreidesack zerrte er sie hinter sich her.

Idalia wimmerte vor Schmerz. Sie hatte keinerlei Kontrolle mehr über die Situation, fühlte sich wie ein Spielball, der hin und hergeworfen wurde.

»Aufhören!«, wollte sie rufen, aber ihre Kehle war wie zugeschnürt.

Sie schloss die Augen, versuchte das, was mit ihr passierte, in die hinterste Ecke ihres Bewusstseins zu schieben, aber spätestens, als sie fallen gelassen wurde und der Geruch nach nassem Heu und Kot sich um sie herum ausbreitete, konnte sie die Situation nicht mehr leugnen.

Mühsam richtete Idalia sich auf. Man hatte sie in einen Stall gebracht, in dem mindestens zehn Pferde standen. Sie musste nicht nach Baron Ausschau halten, der Wachmann hatte ihn bereits aus seiner Box geholt. Panik stand in seinen weisen Augen, als wüsste er, was auf ihn zukam.

»Habt ihr kein Herz?«, wimmerte Idalia. »Er ist ein gewöhnliches Pferd! Ich habe ihn weder verhext noch ihm sonst etwas angetan! Die falsche Prinzessin lügt! Sie hat meinen Platz eingenommen, um an die Macht zu kommen …« Eine schallende Ohrfeige brachte ihre Haut zum Platzen. Blut rann ihre Wange hinab. Am liebsten hätte sie kapituliert.

Aber das durfte sie nicht. Weil es hier nicht um sie ging, sondern um Baron. Das Pferd ihrer Mutter. Ihren besten Freund. Er hatte es nicht verdient.

Der Schlag auf ihre Wange ließ sie kaum noch scharf sehen, dennoch stand Idalia auf. Um nicht zusammenzusacken, hielt sie sich an den Gitterstäben einer Box fest.

»Ich flehe euch an«, wimmerte sie. »Gebt mir das Pferd und ich verspreche, ich werde dieses Land verlassen und nie wiederkommen. Bitte … lasst ihn leben!«

Sie wusste nicht, was schlimmer war: von den Wachen geschlagen zu werden oder die eiskalte Ignoranz, die sie ihr jetzt entgegenbrachten.

Die Prinzessin nutzte den unbemerkten Moment, um auf Baron zuzurennen und ihre Hände um seinen Hals zu schlingen. Heiße Tränen rannen ihre Wangen hinab.

Es musste doch etwas geben, das sie tun konnte!

»Weg mit dir!« Einer der Männer schubste sie so hart, dass sie rücklings auf den Boden fiel.

Doch in dem Ausnahmezustand, in dem sie sich befand, spürte sie den Schmerz nur dumpf. Sekunden später war sie wieder auf den Beinen, lief abermals auf das Pferd zu, das nervös wieherte und unruhig auf der Stelle tänzelte.

Von hinten schlang einer der Wachmänner seinen Arm um ihren Hals, drückte so fest zu, dass die Luft aus ihren Lungen gepresst wurde. »Hol die Axt!«, bellte er seinem Kollegen entgegen.

Wie in Trance sah Idalia, wie der kleinere der Wachmänner in einem angrenzenden Raum verschwand.

Kurz darauf kam er mit etwas zurück, das Idalia an eine Axt erinnerte, nur dass sie mindestens fünfmal so lang war und über eine gigantische Schneide verfügte.

Das hier war nicht real.

Das durfte nicht sein.

»Jetzt schau dir an, was du zu verantworten hast!« Der Wachmann trat mit seinem Knie in ihren Rücken, sodass sie vornüber kippte.

»Bitte«, krächzte sie – ein letzter, kläglicher Versuch, etwas zu verhindern, das längst nicht mehr aufzuhalten war.

Mit grimmiger Miene stapfte der Wachmann auf das Pferd zu, die Axt bedrohlich in seinen Händen.

Baron presste die Kiefer zusammen. Sein ganzer Körper war in Alarmbereitschaft; er wieherte panisch.

Als die Axt auf seinen Hals niedersauste, spürte Idalia den Schlag, als hätte er ihren eigenen Körper getroffen. Das Pferd schrie in Todesqualen.

War dem Wachmann das, was er tat, so egal? Hatte er kein Mitgefühl?

Idalia öffnete den Mund zu einem Schrei, aber nicht ein Ton verließ ihre Lippen. Kraftlos streckte sie die Arme nach Baron aus, dabei wusste sie, dass es längst zu spät war.

Der Kopf war vom Rumpf getrennt, lag auf dem feuchten Heu am Boden. Um ihn herum bildete sich eine Blutlache. Sekunden später sackte Barons Körper in sich zusammen.

14

Scarlett

Der Todeskampf des Pferdes war bis in ihre Gemächer zu hören. Scarletts Beine zitterten, sie schaffte es nicht, sich vom Anblick der Stallungen zu lösen.

Es ist deine Schuld, zischte ihr eine Stimme zu, die sich schon lange nicht mehr gemeldet hatte. *Deine Schuld, dass jemand sterben musste, der nichts getan hat.*

Scarlett schlug sich die Hände vors Gesicht, stieß einen lautlosen Schrei aus und raufte ihre Haare. Überfordert trat sie gegen das hölzerne Regal, wollte die Bücher am liebsten zerfetzen.

Aber sie durfte nicht die Fassung verlieren.

Ihre Atmung ging hektisch, als sie sich vor den Spiegel stellte. Die Wangen verräterisch gerötet, steckte sie ihre Locken neu hoch und richtete den Kragen des Kleides. Vielleicht fand sie in dem goldenen Kästchen auf dem Schminktisch etwas, mit dem sie die nervösen Flecken auf ihren Wangen überdecken könnte. Es würde nicht mehr lange dauern, bis Königin Valeria von einem ihrer Besuchstermine aus der Stadt zurückkam. Dann durfte ihr kein Fehler unterlaufen.

Sie hatte nicht mit Idalias Aufkreuzen gerechnet. War sich sicher gewesen, dass sie in den Wäldern ihr Ende gefunden hatte.

Wer hatte ihr den Weg nach Syllitist gezeigt? Das Dummchen war doch nicht in der Lage, sich auf eigene Faust zu orientieren. Scarlett konnte nur hoffen, ihr genug Angst eingejagt zu haben, sodass sie sich nie wieder hier blicken ließ.

Barons Todesschreie gingen ihr durch Mark und Bein, gruben sich in den letzten lebendigen Teil ihres Herzens. Sie war abscheulich. Tief in sich drin wusste sie das. Aber welche Wahl blieb ihr schon?

Vielleicht war es gar nicht verkehrt, wenn sie weinte. Wenn sie durcheinander und aufgelöst aussah. Immerhin musste sie ihre Rolle überzeugend spielen.

Scarlett trat hinaus auf den Balkon, der vom Licht der Abendsonne beleuchtet wurde. Ihre Finger krallten sich um das Geländer, als die beiden Wachen die Stallungen verließen, den blutigen Kopf des Hengstes wie eine Trophäe in der Hand.

Scarlett biss sich so fest auf die Lippe, bis Schmerz sie durchzuckte. Welcher Teufel hatte sie geritten, als sie befahl, die Männer sollten den Schädel des Tieres ans Stadttor hängen? Das war selbst für sie eine Nummer zu groß.

Doch es war zu spät, zurückzurudern.

Tapfer blieb sie an der Brüstung stehen, bis Königin Valeria und ihre Gesellschafterin Tanaya im Schlossgarten auftauchten.

Weil Scarlett nicht Gefahr laufen wollte, dass ihr jemand zuvorkam, verließ sie ihr Schlafzimmer, rannte die Treppen hinab und fing die beiden am Schlosseingang ab. Königin Valerias Gesicht, zunächst entspannt und leichtherzig, verdunkelte sich, als sie Scarlett sah.

»Was ist geschehen?« Mit schnellen Schritten trat sie auf sie zu und griff nach ihren Händen.

»Ich wurde überfallen«, sagte sie mit stockender Stimme, woraufhin Valeria scharf die Luft einzog.

Schnell führte sie Scarlett in einen Raum, der vom unteren Korridor abging und den sie nie zuvor betreten hatte. Untypisch für die anderen Zimmer im Schloss war er von geringer Größe und mit einem Sofa ausgestattet.

»Setz dich!« Königin Valeria deutete auf die Chaiselongue und nahm Scarlett gegenüber in einem grauen Ohrensessel Platz. Ihre Miene war angespannt. »Nun erzähl mir genau, was passiert ist.«

Scarlett holte tief Luft, ehe sie ihre verweinten Augen mit einem Stofftaschentuch trocken tupfte. »Eine meiner alten Mägde hat mich aufgesucht. Sie ist seit Jahren eifersüchtig auf mich und hat schon damals in Ryzund versucht, mir zu schaden.«

Königin Valeria schlug sich die Hand vor den Mund.

»Ich habe mehrmals versucht, mit ihr zu reden, aber sie ist voller Hass. Sie wollte immer das haben, was mir zusteht und hat nicht aufgegeben.«

»Sie ist dir den ganzen Weg gefolgt – bis zum Schloss?«

Schniefend zog Scarlett die Schultern hoch. »Ich weiß nicht, wie lange sie schon nach mir gesucht hat. Aber sie hat sich an meinem Pferd vergangen. Baron war schon auf der Reise hierher wie ausgewechselt. Ich glaube, sie hat ihn verhext.«

Die Erwähnung von Zauberei trieb einen Anflug von Panik in das Gesicht der Königin. Mit leiser Genugtuung beobachtete Scarlett, wie deren Hände zu zittern begannen und sie sich an der Lehne des Sessels festhalten musste. »Ich dulde keine Magie in meinem Land«, brachte sie gepresst hervor.

»Das verstehe ich. Deswegen habe ich Obej und Maurin den Befehl gegeben, das Pferd hinzurichten. Nicht auszudenken, was es sonst noch getan hätte.«

»Das ist gut. Das war genau richtig.« Königin Valeria nickte aufgeregt mehrmals hintereinander. »Und die Magd?«

»Wurde mit Schimpf und Schande vom Hof gejagt. Sie wird es nicht mehr wagen, zurückzukommen.«

»Du weißt, dass wir für solche Fälle …«, Königin Valeria beugte sich zu Scarlett vor, »… die Möglichkeit haben, Menschen dauerhaft verschwinden zu lassen.« Sie schlang bedeutungsvoll beide Hände um ihren Hals.

Scarlett schauderte. »Das weiß ich. Aber mein Herz ist zu weich für ein solches Ende.«

Valeria drückte Scarletts Hand. »Deswegen bist du auch die Richtige für meinen Sohn.«

Scarlett atmete tief durch. »Wann werde ich ihn endlich kennenlernen? Seine Gegenwart würde mir nach dem heutigen Vorfall guttun.«

Das Gesicht der Königin erhellte sich. »Ich bin zuversichtlich, dass er spätestens morgen Abend eintreffen wird.«

Scarlett strahlte. »Ich kann es kaum erwarten.«

»Ferra wird dich auf das Gespräch mit ihm vorbereiten. Immerhin willst du doch einen guten Eindruck machen.«

Das Lachen der Königin war so ansteckend, dass Scarlett ebenfalls die Lippen zu einem Lächeln verzog. Innerlich war sie erleichtert, dass sie Elrics Mutter richtig eingeschätzt hatte: Die Auseinandersetzung von vor einigen Tagen war vergessen. Jetzt hatten sie ein gemeinsames Ziel vor Augen.

15

Idalia

Nach dem Tod ihrer Mutter hatte Idalia gedacht, zu wissen, wie sich Trauer anfühlte. Wie es war, mit einer zugeschnürten Kehle aufzuwachen und alles wie durch einen Nebel voll Schmerz wahrzunehmen.

Doch das mit Baron war anders. Intensiver. Härter. Erbarmungsloser. Der bloße Gedanke an seinen toten Blick brachte sie dazu, sich zu übergeben. Am liebsten hätte sie sich im Schlossgarten zu einer Kugel zusammengerollt und sich ihrem Elend hingegeben.

Doch das würde ihren eigenen Tod bedeuten. Scarlett beobachtete sie, sie spürte ihren brennenden Blick vom Balkon herunter. Wenn die Magd in der Lage war, das Pferd ihrer Mutter brutal zu ermorden, würde sie über kurz oder lang auch nicht vor ihr Halt machen. Und so sehr Idalia aufgeben wollte, wusste sie doch, dass sie kämpfen musste. Wenngleich das im Moment nur bedeutete, wieder auf die Beine zu kommen, das Schloss – und am besten die gesamte verfluchte Stadt zu verlassen.

Wie hatte sich ihr Leben binnen kurzer Zeit so stark ändern können? Das, was Scarlett getan hatte, erschien ihr auch jetzt noch so surreal, dass sie es kaum glauben wollte.

Idalia trieb sich zur Eile an, obwohl ihr verstauchter Fuß ihr das Vorankommen erschwerte. Mit zusammengebissenen Zähnen passierte sie das Tor, konnte aber erst aufatmen, als der Palast wie eine diffuse Silhouette hinter ihr lag.

Das war der Moment, in dem die Tränen kamen. Unaufhaltsam rannen sie ihre Wangen hinab und zeigten ihr, dass sie trotz der ganzen Taubheit, die sie spürte, noch Gefühle hatte.

Wie ferngesteuert schleppte sie sich weiter voran. Setzte einen Fuß vor den anderen, ohne die Aussicht auf ein Ziel. Sie konnte nicht zurück in den Palast. Und ihr Zuhause lag mehrere Tagesritte entfernt. Doch wenn sie ehrlich zu sich war, wollte sie gar nicht nach Ryzund. Die Schmach, die Scarletts Tat ihr bereitet hatte, war zu groß. Sie hatte sich ihren Rang von einer gewöhnlichen Magd stehlen lassen und musste hilflos dabei zusehen, wie sie ein Königreich an sich riss, das ihr nicht zustand.

Es dämmerte bereits; die Farben des Himmels machten ihr die Aussichtslosigkeit ihres Schicksals nur deutlicher. Wo sollte sie heute Nacht schlafen? Sie hatte kein Geld, um in einer Herberge einzukehren und wollte gewiss nicht bei zwielichtigen Gestalten unterkommen.

Wenigstens war es Sommer. Sie würde die Nacht schon überstehen, aber was wäre morgen? Idalia raufte sich die Haare, wütend über ihre eigene Unfähigkeit. Hätte sie etwas anders machen können? War die Situation, in der sie sich befand, ihre eigene Schuld?

Sie setzte sich auf die nächstbeste Bank, zog die Beine an den Körper und schlang die Arme um ihre Knie. Ein Schluchzen ließ ihre Brust erzittern.

Mutter, vergib mir! Ich konnte ihn nicht retten.

Es war die Verzweiflung in seinen Augen gewesen, die sie beinahe umgebracht hatte. Er wusste, was auf ihn zukam und hatte ihr einen letzten Blick zugeworfen, in der Hoffnung, dass sie ihm half.

Verzeih mir, Baron.

Sie hätte das Pferd ihrer Mutter niemals annehmen dürfen. Sie verdiente es nicht.

»Ein guter Freund von mir hat mal gesagt, dass man sich, während man weint, in Wahrheit nur auf die nächste Schlacht vorbereitet.«

Idalia hob den tränenverschleierten Blick. »Norik?«, hauchte sie. »Was machst du hier?«

Er hockte sich vor sie, sodass sie auf Augenhöhe waren. »Sagen wir es so: Ich habe manchmal einen siebten Sinn für gewisse Dinge. Ich war gerade in der Stadt angekommen, als mir klar wurde, dass ich umkehren sollte.«

Idalia schniefte.

»Du musst mir nicht sagen, was passiert ist.« Sanft zog Norik sie an sich, strich mit seinen groben Händen über ihren Rücken und hielt sie so fest, dass die ganzen Teile ihrer Seele, die eben auseinandergefallen waren, sich langsam wieder zusammenfügten.

Sie vergrub ihren Kopf an seiner Schulter und weinte sein Hemd nass. Er hatte sie schon in so vielen jämmerlichen Zuständen gesehen, da fühlte sich das hier nicht mal unangenehm an.

Es fühlte sich überhaupt nicht unangenehm an.

Über ihren verwirrenden Gedanken schüttelte sie den Kopf, klammerte sich aber weiter an Norik. Er war der Freund, den sie gerade so sehr brauchte. Und auch wenn er ihr nicht helfen konnte, war seine Gegenwart ein Trost für sie.

»Ich habe versagt«, flüsterte sie. »Es ist alles vorbei.« Mit dem Handrücken wischte sie sich über die Augen, dann drückte sie Norik sanft von sich.

»Darf ich?« Er griff nach ihrer Hand, setzte sich zu ihr auf die Bank und zog ihren Kopf auf seinen Schoß. Zärtlich streichelte er ihren Arm, und Idalia schaffte es, sich fallen zu lassen.

»Danke, dass du gekommen bist«, hauchte sie. »Ich weiß nicht, was …«

»Wir bekommen das hin«, versprach er ihr etwas, das er unmöglich halten konnte. Doch in dem Zustand, in dem sie sich befand, wollte sie es glauben.

»Es wird langsam zur Gewohnheit, dass ich dich trage«, scherzte er und schlang die Arme um sie. Zunächst hatte Idalia gegen seinen Vorschlag angekämpft, aber in Wahrheit war sie zu müde, um sich Gedanken um Etikette und Anstand zu machen. Außerdem tat es gut, ihren Fuß zu entlasten.

»Ich habe noch ein bisschen Geld von meinem letzten Auftrag übrig. Davon besorge ich uns eine Unterkunft für die Nacht.«

Idalia wollte protestieren, entschied sich aber dagegen. Sein Vorschlag war unter den gegebenen Umständen gar nicht schlecht.

»Wenn der Albtraum hier vorbei ist, zahle ich dir alles zurück. Doppelt und dreifach«, versicherte sie ihm.

Um das Gleichgewicht nicht zu verlieren, legte sie ihre Arme um seinen Oberkörper.

»Wenn du erst etwas gegessen und eine Mütze voll Schlaf bekommen hast, sieht die Welt schon ganz anders aus.«

Idalia seufzte. »Meine Probleme lassen sich leider nicht durch eine Suppe lösen.«

»Wer spricht denn hier von einer Suppe?« Norik spie das Wort regelrecht aus. »Ich rede von *richtigem* Essen. Gutes, schwarzes Brot mit Ei und Käse. Wenn wir Glück haben, hat Gustaf noch etwas übrig.« Vielleicht war es die Aussicht auf eine Mahlzeit, die ihn schneller werden ließ.

Als die ersten Dächer der Stadt sich in der herannahenden Finsternis zeigten, setzte Norik Idalia ab. Ihre Tränen waren versiegt, auch wenn die Ereignisse ihr weiterhin schwer auf der Brust lagen. Dennoch fühlte sie sich nicht mehr ganz so jämmerlich wie vor etwa einer Stunde.

»Da vorn ist das Wirtshaus«, sagte Norik, als sie den Marktplatz erreicht hatten.

»Ich glaube kaum, dass ich in diesem Aufzug essen gehen sollte.« Zweifelnd sah Idalia an ihrem Kleid herunter, das nicht nur schmutzig war, sondern auch nicht mehr sonderlich gut roch. »Ich muss mich dringend waschen und …«

»Glaub mir, der Großteil der Menschen, die dort drin sitzen, sehen nicht halb so fein aus wie du. Außerdem ist es doch nur von Vorteil, wenn man dir deine Herkunft nicht sofort an der Nasenspitze ansieht, oder?«

Idalia nickte zögerlich. Norik stand bereits vor dem Wirtshaus, das sich unauffällig in eine Reihe von Steinhäusern einfügte. Ein Holzschild, auf dem Idalia einen Kochlöffel und ein Bett erkannte, zeigte den Zweck des Gebäudes.

»Kommst du?«

Die Prinzessin atmete tief durch, ehe sie durch die Tür trat, die Norik für sie offen hielt.

Nie zuvor war sie in einer Schenke gewesen und hatte bisher auch nie das Bedürfnis dazu verspürt. Ihre Amme hatte ihr diese Orte immer als unsauber und unschicklich verkauft.

In der Tat war Idalia eingeschüchtert, als laute Musik und das Grölen Dutzender Männer an ihr Ohr drangen. In der Luft lag der Geruch nach Rauch und Fleisch. Gern hätte sie nach Noriks Hand gegriffen, um ihn im Gedränge nicht zu verlieren, aber das wäre *wirklich* unschicklich gewesen. Deswegen folgte sie ihm bis zum einzigen freien Tisch am Fenster.

»Setz dich schon mal hin, ich hole uns was«, gab Norik ihr zu verstehen und wartete, bis Idalia auf der rustikalen Holzbank Platz genommen hatte.

Schüchtern hob sie den Blick – nur um in die Augen eines alten Mannes zu schauen, der sie von oben bis unten musterte und sich anschließend genüsslich über die Lippen leckte. Ekel breitete sich in ihr aus, während sie peinlich berührt aus dem Fenster schaute.

Obwohl Norik nur ein paar Minuten weg war, kam ihr die Zeit wie eine Ewigkeit vor. An einem Ort wie diesem fühlte sie sich nicht wohl, es war zu voll, zu laut, zu stickig – und die Musik, die von einem betrunkenen Flötenspieler kam, der auf Höhe des Tresens seine Kreationen zum Besten gab, klang schief und unmelodisch.

Als sie Norik in der Menge ausmachte, fiel ihr ein Stein vom Herzen. Breit grinsend stellte er die beiden Krüge, die er in der Hand hielt, auf dem Tisch ab.

»Ein Bier für mich«, erklärte er, »und einen Apfelsaft für dich, da ich mir nicht sicher war, ob du Alkohol magst.«

Froh, etwas zu tun zu haben, nahm Idalia einen großen Schluck aus dem Krug und wischte sich anschließend über die Lippen. Erst jetzt merkte sie, dass sie kurz vor dem Verdursten gestanden hatte.

»Unser Essen kommt gleich.« Er nahm ihr gegenüber Platz. »Hier ist einiges los und Gustaf hat alle Hände voll zu tun. Aber er konnte uns noch zwei Portionen reservieren.« Er nahm einen Schluck von seinem Bier und drückte die Schultern durch. Man sah ihm die Anstrengung der letzten Stunden an.

»Wie geht es dir?«, riss er Idalia aus ihren Gedanken.

Sie presste die Lippen aufeinander. »Mein Kopf ist voll und ich habe keine Ahnung, wie es weitergehen soll.«

»Willst du mir verraten, was vorgefallen ist?« Sein Blick war aufmerksam und sanft.

»Ich glaube nicht, dass das ein Thema für ein Gasthaus ist. Ich will nicht, dass die falschen Leute etwas davon mitbekommen.«

»Dann lass uns erst essen und später auf dem Zimmer reden.«

»Du hast uns eine Übernachtungsmöglichkeit organisiert?« Obwohl er genau das eben in Aussicht gestellt hatte, trieb ihr seine Fürsorglichkeit die Tränen in die Augen. Wahrscheinlich, weil dieser Tag schon so lang und ereignisreich war und sie emotional überfordert. »Danke dir.«

»Keine Ursache. Und was es auch ist, ich bin mir sicher, dass wir eine Lösung finden.«

Idalia wollte sagen, dass er nicht so optimistisch daherreden würde, wenn er die ganze Geschichte kannte, da tauchte ein gut genährter Mann mit Halbglatze und buschigen Augenbrauen an ihrem Tisch auf.

»Zweimal Essen für hungrige Mäuler«, sagte er freundlich und stellte zwei Holzteller auf den Tisch. »Rührei mit einer Scheibe Brot und Wurzelgemüse. Ihr habt Glück, das ist das Letzte, was ich dahatte.«

»Danke, Gustaf. Du rettest uns den Tag.« Norik klopfte ihm auf die Schulter. Der Wirt war kaum verschwunden, da hatte er schon vom Brot abgebissen.

»So etwas habe ich nie zuvor gegessen.« Zögernd blickte Idalia auf ihren Teller. Ihr Magen grummelte, dennoch scheute sie sich davor, nach der Gabel zu greifen.

»Dann hast du was verpasst. Klar, es ist nicht so schön hergerichtet wie die Speisen, die du am königlichen Hof bekommst, aber der Geschmack macht das wieder wett.«

Er nahm einen Schluck von seinem Bier und verschlang das Ei in Windeseile.

Das Essen roch deftig und frisch. Je länger es vor ihr stand, desto größer wurde Idalias Appetit, bis sie schließlich eine erste Portion

Ei und Gemüse auf das Brot lud. Sie musste ihre Zähne tief im Teig versenken, um abbeißen zu können. Die Backwaren in Ryzund waren nicht so hart gewesen, dafür besaß das Brot hier einen unverwechselbaren herben Geschmack.

»Auch wenn ich Städten für gewöhnlich nicht viel abgewinnen kann, komme ich gern für eine warme Mahlzeit zu Gustaf. Er ist ein kleines Stück Heimat in einer Welt, in der ich mich dazu entschieden habe, keine Wurzeln zu schlagen.«

»Wieso nicht?« Sie legte den Kopf schief.

Norik sah sie unschlüssig an, als wäre er sich selbst nicht sicher, was er antworten sollte. »Mein Leben lang fühle ich mich getrieben. So als müsste ich raus, mehr sehen, mehr erleben. Als wäre es Gift für mich, zu lange an einem Ort zu bleiben.«

»Ich glaube, ich bin da ganz anders.« Idalia nahm eine Gabel voll Gemüse. »Mich hätte es nicht gestört, in Ryzund zu bleiben. Weil es mir dort gefallen hat und ich mich wohlgefühlt habe. Ich glaube … genau das möchte ich im Leben haben: einen Ort, an den ich zurückkehren kann, wenn es mal schwierig wird.« Noch bevor sie zu Ende gesprochen hatte, seufzte sie.

»Die Sache mit Elric …« Norik rutschte auf der Bank hin und her. »Wann wurde dir gesagt, dass du ihn heiraten sollst? Ich gehe davon aus, dass es eine geplante Ehe ist?«

Idalia nickte. »Ich weiß es, seit ich ein Kind war. Prinz Elric ist vier Jahre älter als ich und unser beider Eltern sind freundschaftlich verbunden. Es war also nicht weiter verwunderlich, dass wir einander versprochen waren, bevor ich laufen konnte.«

»Das muss schrecklich für dich sein.«

Überrascht hob Idalia den Blick. »Schrecklich? Nein, gar nicht. Mir hat die Vorstellung, einmal an einen Prinzen verheiratet zu werden, immer gefallen. Je älter ich wurde, desto besser fand ich es. Diese Welt kann manchmal ganz schön einschüchternd sein, und einen klaren Plan vor Augen zu haben, hat mir geholfen, mich zu orientieren.«

Der Gedanke an den Prinzen wärmte ihr Herz. Vielleicht war ja doch noch nicht alles verloren. Vielleicht würde Elric die falsche Prinzessin entlarven. Schade, dass sie ihn am Schloss nicht gesehen hatte.

»Und du?«, lenkte sie das Gespräch auf Norik. »Gibt es eine Frau, der du dein Herz versprochen hast?«

Er verschluckte sich an seinem Bier und begann so heftig zu husten, dass sein Gesicht rot anlief. Als er wieder atmen konnte, wischte er sich mit dem Handrücken über den Mund. »Keine Frau«, versicherte er. »Und auch keine Pläne, mein Junggesellendasein in Kürze zu beenden.«

»Weil du noch nicht die Richtige gefunden hast?«, mutmaßte Idalia.

Norik schloss die Hände um den Bierkrug. »Kann man etwas finden, wenn man gar nicht auf der Suche danach ist? Im Moment haben für mich andere Dinge Vorrang.«

Idalia wollte nachhaken, aber Noriks verschlossener Gesichtsausdruck hinderte sie daran. Beinahe finster starrte er auf seinen Teller, der nur noch zu einem Drittel gefüllt war.

»Ich hol uns noch was zu trinken«, sagte er schließlich, griff nach ihrem halb vollen Krug und quetschte sich an der Theke zwischen zwei Männer.

Nachdenklich sah Idalia ihm hinterher. Zu Hause in Ryzund war es den Gesellschafterinnen und auch den hochwohlgeborenen Männern immer darum gegangen, sich möglichst früh zu binden. Eine gute Partie zu machen und selbst eine zu sein. Weswegen sie ihre eigene Zukunft auch immer auf ein Leben mit Elric beschränkt hatte.

War das am Ende vielleicht zu wenig?

16

Scarlett

Zeit ihres Lebens war Scarlett mit den unterschiedlichsten Gefühlen konfrontiert worden: Wut, Neid, Hass, Abgelehntsein, Trauer. Ihr war die ganze Palette negativer Empfindungen bekannt und sie wusste damit umzugehen. Sie hatte gelernt, dass *sie* die Gefühle beherrschte und nicht die Gefühle sie.

Doch womit sie kaum Erfahrung hatte, war Nervosität. Aufregung, Anspannung – der Zustand, der die Handflächen schwitzig machte und das Herz schneller schlagen ließ.

Nervosität war etwas für Schwächlinge.

Und doch fühlte sie sich genau so, als sie vor dem großen, goldumrahmten Spiegel stand und ihre schlanke Silhouette im Silberglas betrachtete. Ferra hatte sie in ein dunkelrotes Kleid gesteckt, das eng am Oberkörper anlag und nach unten weit ausgestellt war. Ihre Haare waren hochgesteckt, was ihr Gesicht optisch schmaler erscheinen ließ.

Scarlett konnte nicht leugnen, dass ihr das, was sie im Spiegel sah, gefiel. Von der einstigen Magd war nicht mehr viel übrig geblieben, sie trug jetzt Anmut und Eleganz zur Schau.

»Seid Ihr so weit?«, fragte Ferra nicht zum ersten Mal, aber jetzt schaffte Scarlett es zu nicken. Schnell wischte sie ihre feuchten Hände am Stoff des Kleides ab.

Sie wusste, dass es für ihre Nervosität keinen Grund gab, hatte sie doch schon unzählige Menschen kennengelernt. Im Endeffekt waren alle gleich. Da machte ein Prinz keinen Unterschied. Und dennoch hatte sie Ferra eben bis ins kleinste Detail erzählen lassen, welche Art von Mensch Prinz Elric war, was ihm gefiel und wie man sich ihm gegenüber am besten verhalten sollte.

Eigentlich wäre es ihr egal gewesen. Es kümmerte sie nicht, ob der Prinz sie liebte oder hasste. Aber damit aus den beiden wirklich ein Paar und aus ihr die künftige Königin von Syllitist wurde, mussten sie zumindest miteinander auskommen. Auch wenn die Ehe als solche geplant war, würde der Prinz sie sicherlich nicht zu seiner Frau nehmen, wenn sie sich ganz und gar unangemessen verhielt.

Ihre Schritte hallten von den Wänden wider, als sie hinter Ferra den Korridor entlangeilte, die Wendeltreppe nach unten nahm und schwer atmend vor den Türen des Speisesaals stehen blieb.

Der Mann, der vor dem Raum stand, kam ihr vage bekannt vor, ganz zuordnen konnte sie ihn aber nicht. Dienstbeflissen verbeugte er sich und öffnete die Tür. Neugierig lugte sie in den Speisesaal.

»Ist Prinz Elric noch nicht da?«

»Der Prinz wird Euch bald Gesellschaft leisten«, antwortete der Wachmann, ohne sie anzusehen.

Ferra schob Scarlett in den Saal. Sie hörte, wie die Türen hinter ihr geschlossen wurden. Dann war sie ganz allein mit der gigantischen Tafel, die für drei Personen gedeckt war. Sie entschied sich dagegen, Platz zu nehmen, sondern spazierte im weitläufigen Raum umher, bis sie vor dem Fenster innehielt, das einen Blick über den westlichen Teil des Schlossgartens bot.

Als sie sich auf ihre Rolle vorbereitet hatte, hatte sie sich nur geringfügig mit dem Prinzen beschäftigt. Zwar kannte sie das zerschlissene Porträt, das Idalia immer mit sich herumtrug, aber sonderlich viel wusste sie nicht über ihn, weil er ihr wie eine Nebensache erschienen war. Sie hatte genug damit zu tun, die höfischen Gepflogenheiten zu lernen und die hiesige Etikette zu verinnerlichen.

An einer Wand hingen unzählige Bilder. Bislang hatte sie keine Muße gehabt, sich mit ihnen zu befassen, doch jetzt, da sie ohnehin warten musste, betrachtete sie die Gemälde genauer, die hauptsächlich den König und seine Frau zeigten. Von Prinz Elric, und das war ihr schon früher aufgefallen, gab es nahezu keine Malereien. Und wenn er doch mal auf einer zu sehen war, stand er kaum erkennbar im Hintergrund.

Was die ganze Sache umso spannender machte, da Scarlett nicht wusste, was sie erwartete. Und ihre Nervosität noch weiter zunehmen ließ, als die schweren Türen erneut geöffnet wurden.

Im letzten Moment schaffte sie es, sich gerade hinzustellen, da fiel ihr Blick auf König Udan und Königin Valeria, die den Saal in Zweisamkeit betraten.

Aus einem kindlichen Impuls heraus wollte Scarlett sich auf die Zehenspitzen stellen, um sehen zu können, wer hinter ihnen ging, aber sie durfte nicht aus ihrer Rolle fallen. Weswegen sie auf die beiden Monarchen zutrat und vor ihnen knickste.

Erst als die Tür geschlossen wurde und Königin und König ihre Plätze an der Tafel eingenommen hatten, zog Scarlett verwirrt die Augenbrauen zusammen. Sie hatte nicht damit gerechnet, dass das erste Treffen zwischen dem Prinzen und ihr in Anwesenheit seiner Eltern stattfinden sollte, und wenn sie ehrlich war, gefiel es ihr ganz und gar nicht.

»Wo bleibt Prinz Elric?«, platzte es aus ihr heraus.

Ihr entging nicht, wie die Königin ihrem Mann einen bedeutungsschweren Blick zuwarf und anschließend die Hände im Schoß faltete. Der König räusperte sich angespannt. Mit einer Geste gab er Scarlett zu verstehen, sich ebenfalls zu setzen.

»Du siehst bildhübsch aus«, eröffnete Königin Valeria das Gespräch mit einer Bemerkung, über die Scarlett großmütig hinwegsah.

»Wann kommt Prinz Elric?«, wiederholte sie ungehalten.

»Es tut mir sehr leid, Idalia«, schaltete sich König Udan ein. Er mahlte mit den Kiefern. »Unser Sohn ist verhindert. Du wirst ihn heute nicht treffen.«

Scarlett, die schon zu einer Erwiderung angesetzt hatte, schloss ihren Mund.

Er kam nicht? Sie hatte sich den ganzen Tag verrückt gemacht – und dann kam er nicht?

Wut flammte in ihr auf, doch sie besaß genug Selbstkontrolle, um sich nicht von ihr verschlingen zu lassen.

»Wo ist er denn?«, fragte sie, um Ruhe bemüht.

»Du musst verstehen«, begann die Königin. Ihre ganze Haltung wirkte verkrampft. »Elric ist jetzt zweiundzwanzig Jahre alt, aber in ihm steckt immer noch ein Kind. Er nimmt es mit der Pünktlichkeit und Terminen nicht so genau.« Ihre Lippen kräuselten sich verärgert.

»Wir hatten einen Boten ausgesandt, der Prinz Elrics Aufenthaltsort herausfinden sollte.« König Udan wischte sich über die Stirn. »Unser Sohn weilt derzeit in Avena und wollte auf dem Rückweg einen Freund in Brahmenien aufsuchen.«

»Aber … was bedeutet das?« Scarlett sah von ihm zu seiner Frau.

»Wir haben unserem Sohn ausrichten lassen, dass wir ungehalten über sein unreifes Verhalten sind und ihn angemessen bestrafen, wenn er zurückkommt.« Ein unstetes Zucken glitt über

Königin Valerias Gesicht. »Wir können uns nur tausendfach bei dir entschuldigen, Idalia. Die Situation muss untragbar für dich sein.«

Das war sie. Aber nicht, weil Scarlett sich so nach dem adligen Spinner verzehrte, sondern weil sie endlich heiraten und ihr Land regieren wollte. Kurz nach der Hochzeit würden sich Valeria und Udan zur Ruhe setzen, wodurch die Krone an Elric und sie überging. Jeder Tag, den sie hier verharren musste, ohne dass etwas Nennenswertes geschah, war ein Tag mehr, der Idalia half, sich an ihr zu rächen.

»Wann wird er hier sein?«, presste sie zwischen zusammengebissenen Zähnen hervor.

König Udan zog die Schultern hoch. »So genau kann das wohl niemand sagen. Aber Elric hat versprochen, spätestens am Tag der Verkündigung hier zu sein.«

»Der Tag der Verkündigung?«, wiederholte Scarlett.

»Das ist der Tag, an dem Prinz Elric und du euch dem Volk als glückliches Paar zeigt«, erklärte ihr Königin Valeria das, was sie ohnehin schon wusste.

»Aber soll dieser Tag …«, im Geiste überschlug sie die Zeitspanne, »nicht erst in zwei Wochen sein? Was mache ich so lange hier?« Sie wusste ja jetzt schon kaum, mit was sie ihre Stunden füllen sollte, so langweilig war das Leben am Hofe.

»Wir werden dafür sorgen, dass die Zeit wie im Flug vergeht«, versprach die Königin. »Udan kann dir das Land zeigen. Wenn du eine Freizeitbeschäftigung hast, der du besonders gern nachgehst, besorgen wir dir alles, was du dafür brauchst.« Sie lächelte angestrengt.

Scarlett blies sich eine Strähne aus dem Gesicht, die sich aus der Hochsteckfrisur gelöst hatte. Sie war sicher nicht hier, um sich mit irgendwelchen dummen Aktivitäten die Zeit zu vertreiben!

»Wir sind untröstlich«, fuhr die Königin fort und streckte ihre Hände über dem Tisch aus. Scarlett ergriff sie nicht. »Dafür versprechen wir dir, dass es umso schöner wird, wenn ihr erst vereint seid. Ich kann verstehen, dass du keine Geduld mehr hast, weil du schon so lange auf ihn wartest. Deswegen haben Udan und ich uns etwas Besonderes überlegt.« Der Blick, den sie ihrem Mann zuwarf, war voller Vorfreude.

Das dicke Polster des Stuhls knarzte, als König Udan sich erhob und auf das kleine, weiße Schränkchen zuging, das unweit der Fenster stand. Aus einer Schublade holte er einen Stapel Pergamentpapier, eine Feder und Tinte.

Lächelnd trat er auf Scarlett zu. »Wir haben uns gedacht, dass es dir gefallen würde, Elric einen Brief zu schreiben«, sagte er. »Unser Bote stellt sicher, dass er so schnell wie möglich bei unserem Sohn ankommt, und Elric wird dir unverzüglich antworten. Er hat noch einmal betont, wie sehr er sich auf dich freut.«

Scarlett wollte ablehnen, aber ihr fiel ein, wie viel Idalia immer von Elric gesprochen hatte. Wie sehr sie der Hochzeit und der gemeinsamen Zeit entgegenfieberte. Sie würde eine solche Gelegenheit niemals ablehnen, weswegen Scarlett zähneknirschend nach dem Pergamentpapier griff.

»Was für eine schöne Idee«, murmelte sie, tunkte die Feder in das Tintenfässchen und überlegte fieberhaft, was sie einem Mann schreiben konnte, für den sie sich nicht im Geringsten interessierte.

Hinzu kam, dass Königin Valeria sie mit Argusaugen beobachtete.

Entschieden legte Scarlett die Feder beiseite. »Ich brauche Zeit. Ich muss meine Gedanken ordnen.«

»Aber natürlich.« Die Königin nickte. »Leg den Brief einfach zu den anderen in die große Halle. Unser Bote kümmert sich darum.«

Sie war im Begriff, aufzustehen, als Scarlett die Bilder an der Wand einfielen.

»Wieso ist Prinz Elric auf den Gemälden so selten zu sehen?«, fragte sie geradeheraus. »Ich habe Dutzende Bilder von euch gesehen, aber Prinz Elric …«

»Das liegt daran, dass du dieses Schloss noch immer nicht ganz kennst«, erwiderte König Udan. »Wird höchste Zeit, dich herumzuführen. Allein in unseren Gemächern stehen bestimmt zwanzig Bilder unseres Sohnes.«

»Soll ich dir eines bringen?«, bot sich Königin Valeria an – und Scarlett, die sich erneut in Idalia hineinfühlte, nickte. »Das wäre wunderbar. Ich habe nur ein einziges von ihm und das ist mittlerweile so abgegriffen, dass ich ihn kaum mehr erkenne. Außerdem war er da fast noch ein Kind.«

Die Königin nickte. »Ich bin gleich wieder zurück.« Sie eilte aus dem Raum.

König Udan setzte sich auf den freien Platz neben Scarlett. »Das mit deiner Mutter tut mir noch immer leid«, wechselte er abrupt das Thema. Auf seine Stirn hatte sich eine tiefe Falte gegraben. »Woran ist sie eigentlich gestorben?«

Scarlett senkte den Blick, sodass er ihr Gesicht nicht sehen konnte. »Mutter war kein gesunder Mensch. Sie ist mit einem schwachen Herzen auf die Welt gekommen, was sie immer wieder beeinträchtigt hat. Mit den Jahren wurde es schlimmer, weswegen jede Krankheit sie hart getroffen hat. Aber es war die Schwindsucht, die sie letztlich getötet hat.« Scarlett täuschte ein Schluchzen vor, und als der König ihr eine Hand auf die Schulter legte, wusste sie, dass es ihr gelungen war.

»Du musst dich schrecklich allein gefühlt haben, als sie gestorben ist. Meine Frau und ich werden alles dafür tun, dass du hier niemals einsam bist.«

Scarlett hob den Blick und lächelte dankbar. »Ich fühle mich schon jetzt zu Hause.«

Die Tür wurde aufgerissen und Königin Valeria betrat den Saal. Auf ihren Wangen hatte sich eine sanfte Röte ausgebreitet, in der Hand hielt sie einen Bilderrahmen.

»Das ist das Einzige, was ich auf die Schnelle finden konnte«, sagte sie zu Scarlett, obwohl ihr Mann eben noch betont hatte, dass das Schlafzimmer voller Bilder von Elric war.

Scarlett nahm ihr den Rahmen aus der Hand. Ihr war gleichgültig, wie der Prinz mittlerweile aussah, weil er sowieso nur Mittel zum Zweck war. Doch als sie einen Blick auf sein Gesicht warf, stockte ihr der Atem.

17

Idalia

Anfangs hatte sie die kleinen und großen Herausforderungen für einen schlechten Scherz gehalten. Mittlerweile ging sie davon aus, dass das Schicksal sich gegen sie verschworen hatte, denn natürlich gab es in dem Wirtshaus nur noch eine freie Kammer für die Nacht.

Zwar hatte Norik angeboten, auf dem Boden zu schlafen und ihr das Strohlager zu überlassen, dennoch war ihr nicht wohl dabei, auf engstem Raum mit ihm zusammen die Nacht zu verbringen. Vor allem, weil sie noch immer das schmutzige Kleid trug. Was allerdings angesichts des Drecks in dieser Kammer kaum einen Unterschied machte.

Es roch abgestanden und modrig, über den Boden krochen Schaben und Kellerasseln.

Idalia kämpfte gegen den Ekel an.

Gustaf hatte ihnen eine Holzschüssel mit warmem Wasser und einem Schwamm organisiert, sodass sie sich immerhin notdürftig waschen konnte.

Obwohl Idalia müde war und am liebsten sofort schlafen wollte, hatte sie Norik erzählt, was vorgefallen war. Es tat gut, sich mit jemandem auszutauschen, selbst wenn er ihr nicht helfen konnte. Sein Vorschlag, zurück nach Ryzund zu kehren und dort um Hilfe zu bitten, kam für Idalia nicht infrage. Sie wollte ihr eigenes Scheitern den anderen nicht auf einem Silbertablett servieren. Vor allem die Hofdamen hatten oft an ihren Fähigkeiten gezweifelt – und diese Geschichte würde ihnen nur neuen Zündstoff geben.

Idalia wusste nicht, wie es weitergehen sollte, aber sie war froh, die Nacht nicht unter freiem Himmel verbringen zu müssen. Müde legte sie sich auf das Strohlager und spürte den harten Boden unter ihrem Rücken. Erst seit sie unterwegs war, hatte sie den Komfort im Schloss in Ryzund zu schätzen gelernt.

Voll beladen betrat Norik den Raum, mehrere Schichten Tuch auf seinen Händen balancierend.

»Was ist das?« Idalia war zu erschöpft, um ihm zu Hilfe zu eilen.

Norik legte den Stoff, bei dem es sich um Kleider handelte, auf dem Boden ab. »Überraschung«, sagte er schließlich.

»Hast du eine Schneiderei überfallen?«

»Nicht ganz«, erwiderte er grinsend.

Nebeneinander breitete er die Kleider auf dem Holzboden aus. Sie zeichneten sich durch schlichte Schnitte und unauffällige Farben aus. Gewänder, wie sie Frauen trugen, die in ärmlichen Verhältnissen lebten und sich nichts aus Mode machten.

»Ich habe nachgedacht.« Norik nahm neben Idalia auf dem Bett Platz. Kurz streifte sein Knie ihren Oberschenkel. »Du wirst eine Weile in Syllitist bleiben und brauchst Kleider.«

»Wie meinst du das?« Idalia sah ihn aufmerksam an.

»Du willst nicht nach Ryzund zurück, was ich verstehe. Aber das beutet zwangläufig, dass wir uns überlegen müssen, wie es hier weitergeht. Diese Magd hat dir den Thron gestohlen. Das darfst du nicht einfach so hinnehmen.«

»Aber … was kann ich schon ausrichten?« Idalia legte den Kopf in die Hände. »Die Geschichte ist doch längst geschrieben.«

»Das sehe ich nicht so.« Norik stand auf und drehte unruhige Runden in der Kammer. »Was wir brauchen, ist Zeit. Zeit, in der wir uns einen guten Plan überlegen und du Scarlett ausspionieren kannst. Bis wir wissen, wie wir am besten gegen sie vorgehen.«

»Wir?«

Norik nickte. »Das hier ist schon lange nicht mehr nur dein Abenteuer.« Er strich sich über den Bart, der die letzten Tage dichter gewachsen war. »Und irgendein Teil von mir will dir helfen.«

»Das ist sehr freundlich, aber …«

Er hob die Hand. »Ich kenne ein paar wichtige Leute in Syllitist. Menschen, denen ich geholfen habe und die mir in schwierigen Zeiten zur Seite stehen würden. Von Paula, der Bäckerin, habe ich diese Kleider bekommen. Ihre Tochter ist gestorben und bislang hat sie es nicht übers Herz gebracht, ihre Besitztümer abzugeben.« Norik betrachtete die Stoffe eine Weile schweigend. »Vielleicht sind sie dir um die Hüfte etwas weit, aber es sollte gehen.«

»Nur … was soll ich denn in diesen Kleidern anstellen?«

»Ich weiß natürlich, dass sie nicht deiner üblichen Garderobe entsprechen, …«

»Darum geht es doch gar nicht.« Idalia krabbelte vom Stroh und gesellte sich zu Norik, der sich auf den Boden gesetzt hatte. »Du sollst nicht denken, dass ich mich zu fein fühle, so etwas anzuziehen. Ich bin dankbar für alles, was du für mich tust. Aber … was bringen mir die Kleider? Soll ich mich als Magd ausgeben und Scarlett beschatten?«

»Der Gedanke ist mir auch schon gekommen, aber das wäre zu auffällig. Außerdem wird man dich nicht mehr in die Nähe des Palasts lassen. Du musst hier in der Stadt bleiben und einer Arbeit nachgehen. Du brauchst etwas, um dein Auskommen zu sichern, damit du Zeit hast, mehr Informationen über Scarlett zu sammeln. Außerdem sollten wir dringend einen Boten nach Ryzund schicken, damit jemand kommt, der bestätigt, wer du wirklich bist.«

»Ich weiß nicht, ob das ausreicht. Scarlett hat mich im Wald vergiftet, hat eventuell eine Verbindung zur dunklen Seite und …« Idalia presste die Lippen aufeinander. »Spätestens, wenn die Hochzeit zwischen Prinz Elric und ihr stattfindet, wird sie sowieso auffliegen. Es sei denn, aus Ryzund wird niemand eingeladen.«

»Ich glaube nicht, dass sie den Prinzen so schnell heiraten wird«, merkte Norik an.

Idalia hob die Augenbrauen. »Und warum nicht? Ich bin ihm versprochen, seit ich ein kleines Kind war, da wird das Ganze nicht lange auf sich warten lassen.«

»Wie auch immer.« Norik nestelte am Kragen eines Kleides herum. »Ich halte es dennoch für das Sinnvollste, wenn du erst einmal hierbleibst und wir gemeinsam einen Plan aushecken.«

»Und wo soll ich arbeiten? Ich habe nicht besonders viele Talente.« Die Aussicht, sich unter die Menschen der bürgerlichen Welt zu mischen, behagte Idalia nicht. Weniger, weil sie sich selbst als etwas Besseres empfand, sondern weil sie mit den Menschen aus Syllitist bislang kaum zu tun gehabt hatte. »Wenn ich ehrlich bin, sehe ich mich auch nicht in einem Gasthaus.«

Norik grinste. »Magst du Gänse?«

»Gänse? Sie haben mir nie besonders gut geschmeckt.«

»Doch nicht zum Essen, du Dummerchen.« Er lachte schallend. »Als Tiere.«

»Worauf willst du hinaus?«

»Ich habe mich eben in der Stadt ein bisschen umgesehen. Claas, der frühere Gänsehüter, wurde mit Schimpf und Schande aus Syllitist gejagt, weil er betrunken unter einem Baum gelegen hat, während ein Fuchs sich ein paar der Vögel geholt hat. Schlecht für die Gänse, gut für dich.«

Idalia setzte sich aufrechter hin. »Ich soll Gänse hüten? Ich weiß gar nichts über diese Tiere.«

»Du weißt zumindest, dass sie dir nicht schmecken, was schon mal eine großartige Voraussetzung ist, weil Teja nicht noch mehr tote Tiere verkraften kann.«

Spielerisch boxte Idalia Norik in die Seite. »Ehrlich jetzt. Was macht so ein Gänsehüter überhaupt?«

»Na ja, du lässt die Gänse morgens auf die Wiese, bewachst sie den Tag über und bringst sie abends in den Stall zurück. Nicht besonders herausfordernd.«

»Und dafür würde ich Geld bekommen?«

Norik neigte den Kopf. »Ich bin mir nicht sicher, ob Teja wirklich Geld für dich hat. Dafür aber eine Kammer zum Schlafen und genug zu essen.«

Die Prinzessin schloss die Augen. Versuchte, sich ihr künftiges Leben als Gänsemagd vorzustellen.

War sie solch einer Aufgabe gewachsen? Würde sie mit den Tieren umgehen können?

»Na, was meinst du?« Ein Grinsen spielte um Noriks Mundwinkel.

»Es kommt auf einen Versuch an.«

Begeistert klatschte er in die Hände. »Wunderbar! Dann werde ich Teja gleich morgen früh mit dir bekanntmachen. Aber jetzt solltest du schlafen, es war ein langer Tag.«

»Du hast ja keine Ahnung, wie lang.« Idalia hielt sich die Hand vor den Mund, um ein Gähnen zu unterdrücken. Draußen war es längst dunkel geworden, die dicke weiße Kerze auf dem Tisch die einzige Lichtquelle.

Obwohl Idalia mehrere Tage mit Norik unterwegs gewesen war, hatte sie ihn nie so intensiv wahrgenommen wie in dieser Nacht.

Was vielleicht daran lag, dass sie ausnahmsweise nicht verletzt oder bewusstlos war. Und dass sie trotz der bleiernen Müdigkeit, die ihren Körper befiel, nicht einschlafen konnte. Unruhig wälzte sie sich von einer Seite auf die andere, während sie seinem gleichmäßigen Atem lauschte.

Er lag in weniger als einem Meter Entfernung auf dem Flickenteppich. Obwohl sie das nicht tun sollte, beobachtete sie ihn. Sah, wie sich seine Brust hob und senkte. Wie die eine Strähne seines hellbraunen Haars ihm ins Auge fiel. Wie seine Hände sich wiederholt zu Fäusten ballten.

Träumte er schlecht? Oder erlebte er im Schlaf erneut die Ereignisse des Tages?

Als sie auch nach mehreren Stunden nicht zur Ruhe kam, verließ Idalia das Strohlager und ging auf leisen Sohlen zum Fenster. Ein blasser Mond stand am Himmel, umgeben von einer Handvoll Sterne.

Mutter, dachte sie. *Du fehlst mir. Was soll ich nur tun?*

So sehr Idalia auf eine Antwort hoffte, der Himmel blieb stumm.

18

Scarlett

»Das Bad ist hergerichtet.« Ferra knickste, aber Scarlett nahm ihr diese Unterwürfigkeit nicht länger ab. Dafür war sie viel zu oft frech und vorlaut.

Sie ließ sich von der Zofe in das mit braunen Kacheln ausgelegte Badehaus führen, das sich in einem Anbau des Schlosses befand. In der Mitte des Raumes stand eine hölzerne Wanne, die Dampfwolken heißen Wassers in die Luft schickte. Es duftete leicht nach Rosen.

»Ich helfe Euch aus den Kleidern.«

Scarlett wollte protestieren, aber Ferra hatte die Bänder ihres Oberteils so schnell entknotet, dass sie nicht eingreifen konnte. Mit routinierten Bewegungen zog sie ihr die Korsage aus.

»Herrin, was ist das denn?«, schrie sie so laut, dass Scarlett am liebsten herumgefahren wäre und ihr eine Ohrfeige verpasst hätte.

»Musst du so plärren?«, herrschte sie das Mädchen an.

»Euer Rücken.« Ferra hatte sich die Hand vor den Mund geschlagen. »Er ist voller … Striemen. Woher …«

»Das geht dich gar nichts an! Und jetzt lass mich allein!« Sie legte genug Strenge in ihre Stimme, sodass die Zofe sich aus dem Badehaus entfernte.

Erst als die Tür ins Schloss gefallen war, konnte Scarlett aufatmen. Schnell entledigte sie sich ihrer übrigen Kleidung und stieg in das angenehm warme Wasser. Seufzend schloss sie die Augen, versuchte sich zu entspannen, aber sie kannte sich selbst gut genug, um zu wissen, dass das nicht ohne Weiteres möglich sein würde.

Nicht nach seinem Brief.

Nicht nach seinen unzähligen Briefen.

Geliebte Idalia,

rezitierte sie die Wörter, die sie auswendig kannte.

Mein Herz ist kummerschwer, weil ich nicht bei dir sein kann. Die Vorstellung, dass du in meinem Schloss wohnst und ich in Avena weile, macht es schlimmer. Ich hoffe, dass du mir verzeihen kannst! Dafür wird es umso schöner, wenn ich erst wieder am Hof bin. Ich denke pausenlos an dich. Gib mich nicht auf,

dein Elric

Wütend klatschte Scarlett auf das Wasser, das über den Wannenrand schwappte und sich in einer Lache auf dem Boden ausbreitete. Mit angehaltenem Atem tauchte sie unter.

Ich bin froh, dass wir eine Möglichkeit gefunden haben, uns auszutauschen, während du so weit weg bist. Deine Briefe machen die Entfernung zwischen uns leichter. Jedes Mal, wenn ich etwas von dir lese, ist es, als wärst du hier bei mir. Als könnte ich dein Haar riechen und dein Lachen hören. Wie oft habe ich mich gefragt, wie es klingt! Und ob deine Augen wirklich so strahlen wie in meiner Vorstellung. Ich kann es kaum erwarten, dein Mann zu werden.

»Und ich kann es kaum erwarten, dass diese Posse ein Ende nimmt«, murmelte Scarlett, als sie wieder aufgetaucht war. Zornig wusch sie ihren Körper und ihre Haare.

Sie fühlte sich wie in einem Käfig. Er war golden und groß, aber er blieb ein Käfig, weil er sie gefangen hielt.

Mehrmals am Tag erhielt sie Briefe von Elric, und als wäre das nicht schon verdächtig genug, waren sie in einem derart schnulzigen Ton geschrieben, dass sie ihn keinem Mann unter der Sonne zugetraut hätte. Wer schwafelte denn so – wenn nicht eine Königin, die zu wenig zu tun hatte und krampfhaft versuchte, eine Lüge aufrechtzuerhalten?

Doch jedes Mal, wenn sie Valeria und Udan auf Elric ansprach, wurde sie mit der Ausrede abgespeist, dass er bald eintreffen würde – spätestens zur offiziellen Zeremonie.

Scarlett hasste es, für dumm verkauft zu werden! Was bei Idalia vielleicht funktioniert hätte, machte sie nur aggressiv. Sie war sich sicher: Elric hatte nicht einen dieser Briefe geschrieben.

Die Uhr schlug Mitternacht, der rabenschwarze Himmel wurde nur von einem milchig erscheinenden Mond erhellt, als Scarlett erneut in die Wälder ging. Nicht aber, um *ihn* zu besuchen, denn mit seiner Existenz hatte sie abgeschlossen, sondern um den Ort aufzusuchen, an dem ihr Grauen zu wachsen begann.

Sie brauchte Informationen. Benötigte Magie, die längst versiegt war. Auch wenn sie vor Kurzem noch darüber nachgedacht hatte, sie ganz abzulegen. Doch warum auf Macht verzichten, die ihr so kinderleicht zustand?

Mit wallendem Mantel huschte sie durch den Wald, ließ sich von ihrer Intuition leiten, die über die Jahre so erstarkt war, dass sie sie nur selten trog. Egal, wo ihr Ziel lag, Scarlett fand es.

Sie wusste, dass die magische Grenze durch den gesamten Wald verlief und sie bloß eine Stelle erreichen musste, an der sie durchlässig war. Als ein Wesen, das in beiden Welten wandelte, fiel es ihr nicht schwer, hinüberzuwechseln. Die Narben an ihrem

Rücken begannen zu kribbeln; eine eiskalte Hand legte sich um ihren Hals, als sie die Grenze überschritt. Der Himmel über ihr zog sich zusammen, schwere Wolken kündigten ein Gewitter an.

Scarlett presste die Lippen aufeinander, ignorierte das Flüstern der Bäume, die Warnrufe des Windes. Unbeirrt ging sie weiter, musste tiefer in das Herz der Dunkelheit eindringen, um das zu bekommen, was sie wollte.

Du bist zurückgekehrt.

Ertappt drehte sich Scarlett einmal in alle Richtungen, ehe sie die schwebende Gestalt ausfindig machte, die sie umkreiste. Am Anfang hatte sie die Wesen nicht erkennen können, doch je länger sie bei ihnen lebte, ihre Gepflogenheiten, Sitten und Bräuche lernte, desto sichtbarer wurden sie für sie.

Was nicht bedeutete, dass es angenehm war, sich bei ihnen aufzuhalten. Auch heute zitterte Scarlett noch, als das gesichtslose Wesen um sie herumflog.

Wie ein schwarzer Vorhang.

Friedhofsgestalten.

Mit gerecktem Kinn ging Scarlett an dem *Finsteren* vorbei. Sie durfte sich nicht kleinkriegen lassen, und vor allem nicht vergessen, weswegen sie hier war. Doch der eisige Wind, den sie gespürt hatte, verschwand nicht.

Wo willst du hin?

Sie hatte keine Lust, mit ihnen zu reden, würden sie sie doch sowieso nur auslachen. Weil ihre Sprache nicht wie die ihre war. Weil sie anders roch, anders ging und nie eine von ihnen sein würde, auch wenn sie den Großteil ihres Lebens in der Finsternis verbracht hatte.

Scarlett vergrub ihre Hände in den Manteltaschen und lief schneller. Die Gestalt zischte ihr noch etwas zu, aber sie konnte es nicht mehr hören.

Mit jedem Schritt wurde sie etwas ruhiger, auch wenn es bedeutete, dass sie tiefer in verbotenes Terrain eindrang. Wenn sie Glück hatte, fand sie eine Quelle, an der die schwarzen Wesen nicht nisteten.

Ein Kribbeln durchlief ihren Körper, wie immer, wenn sie kurz davor war, Magie zu wirken. Was ihr in der Menschenwelt fast unmöglich erschien, kam ihr hier natürlich vor. Dabei hatte es Jahre gedauert, sicher im Umgang mit Zauberei zu werden. Und sie wurde schwächer, wenn sie nicht regelmäßig übte.

»Was hast du hier zu suchen, Tochter des Unheils?«

Scarlett erstarrte in der Bewegung, dann wandte sie den Blick nach oben. Eine Gänsehaut schlich sich auf ihre Arme, reflexartig stolperte sie zurück. Dabei wusste sie, dass es nichts brachte, davonzulaufen. Nicht, wenn der König *der Finsteren* erst seine Augen auf sie gerichtet hatte.

Pflichtbewusst verneigte sie sich vor ihm, auch wenn jede Faser ihres Körpers sich dagegen sträubte. Erinnerungen schossen wie Blitze durch ihren Kopf, die die Narben auf ihrem Rücken lichterloh in Flammen setzten.

Er kam auf sie zu – das wusste sie, obwohl sie es nicht sah. Die Erde erzitterte unter seiner Wucht, dabei wog er nicht mehr als eine Feder. Vielleicht war es seine Aura, die den Wald zum Beben brachte.

Und ihr Herz zum Stillstehen.

»Ich wusste, dass du wiederkommen würdest.« Seine Stimme war dunkel und melodisch, aber Scarlett hatte sie oft genug vernommen, um den bedrohlichen Unterton zu bemerken, der in den Worten mitschwang. Er verwendete absichtlich ihre Sprache, um seine Macht zu demonstrieren. Um zu zeigen, wie viele Menschen er schon getötet hatte, um ihnen selbst immer ähnlicher zu werden.

Die Berührung auf ihrer Schulter war nur ein Hauch und wog doch so schwer wie eine Bleikugel.

»Sieh mich an«, forderte er sie sanft, aber streng auf.

Scarlett hob den Blick, während ihre Hände nach etwas suchten, woran sie sich festhalten konnten. Sein Körper war genauso durchscheinend wie der der anderen *Finsteren*, ein schwarzes, substanzloses Flatterkleid, durch das sie hindurchgreifen konnte. Aber sein Gesicht, die immer schwarzen Augen, mit denen er sie fixierte, waren auch in der dunklen Welt überraschend menschlich.

Genauso wie seine Berührungen.

Seine vermaledeiten, verfluchten Berührungen, die ihr über die Jahre so viel Schmerzen zugefügt hatten.

»Ich bin nicht gekommen, um zu bleiben«, verkündete Scarlett entschieden. Es hatte eine ganze Weile gedauert, gegen den König der *Finsteren* die Stimme zu erheben. »Ich brauche eine Antwort.«

»Eine Antwort.« Er lachte. »Was du brauchst, ist dein Zuhause.«

»Zuhause.« Sie spie ihm das Wort vor die nicht vorhandenen Füße. »Als ob ihr mich hier jemals willkommen geheißen hättet.«

»Aber ist das Zuhause nicht der Ort, an dem man aufwächst? Und haben wir uns nicht jahrelang gut um dich gekümmert? Du könntest, jetzt, da du in der Welt der Menschen bist, uns all das zurückzahlen, was wir dir gegeben haben.«

Scarlett verkniff sich eine Erwiderung. Sie wusste genau, worin die Motivation der *Finsteren* bestand: Sie wollten ihre Macht ausweiten und die menschliche Welt einnehmen. Auf dass die Erde wieder ein rabenschwarzer Ort wurde – so, wie sie es vor vielen tausend Jahren gewesen war.

Stoisch sah sie an ihm vorbei. »Ich brauche die Antwort einer Zauberquelle. Meine magischen Substanzen sind aufgebraucht, ich war zu lange in der Menschenwelt.«

»Wenigstens das siehst du ein.« Er flog um sie herum, ohne sie aus den Augen zu lassen. Ein fratzengleiches Lächeln breitete sich auf seinem Gesicht aus. »Schluck das.« Auf Scarletts Handfläche erschien eine weiße Perle. »Deine Gedanken müssen klar sein, wenn du die Quelle befragst.«

Sie schloss ihre Hand um die Perle und nickte verbissen.

Ohne ein Wort des Abschieds ging sie am König vorbei, doch ein Surren in der Luft verdeutlichte ihr, dass er ihr folgte. Damit er nicht nach ihr greifen konnte, lief sie weiter rechts, den Blick starr geradeaus gerichtet, in der Hoffnung, eine Quelle früh genug erspähen zu können.

»Du wirst uns nie loswerden«, säuselte er. »Du hast zu viel von dir bei uns gelassen. In der Menschenwelt bist du nicht komplett, dein Zuhause ist hier.«

Nur weil sie begriffen hatte, dass eine Diskussion mit ihm aussichtslos war, hielt sie den Mund.

Ihre Miene erhellte sich, als sie nicht weit vor sich ein Gewässer ausmachte.

Er war vor ihr an der Quelle, flog so dicht über sie hinweg, dass das Wasser schwarz wurde. »Du musst nicht zurück. Du kannst eine von uns werden.«

»Eine von euch«, schnaubte sie. »Genau das kann ich nicht. Und du weißt das. Jahrelang habt ihr mir das Leben zur Hölle gemacht, und jetzt, da ich nichts mehr mit euch zu tun haben will, bemüht ihr euch um mich? Ihr seid erbärmlich!«

Die schwarze Gestalt kicherte.

Scarlett war im Begriff, die Perle zu schlucken, als sie abermals eine Berührung an ihrer Schulter spürte, die durch ihren ganzen Körper strahlte. Die Narben auf ihrem Rücken begannen zu glühen und lösten ein Feuer in ihr aus, das sie kaum ertrug.

»NIMM DEINE FINGER VON MIR!«, schrie sie.

Seine Antwort war ein weiteres, abgrundtiefes Lachen. Plötzlich war sein Gesicht dem ihren so nah, dass Scarlett seinen abgestandenen Atem riechen konnte. Er drängte sie nach hinten, bis sie den Stamm eines Baumes in ihrem Rücken spürte.

Schweiß brach ihr aus, aber sie wollte den Blick nicht senken. Wollte seiner Fratze mit Kühnheit begegnen.

Denn eigentlich hatte sie längst mit ihm abgeschlossen. Er besaß nicht mehr dieselbe Macht über sie.

Leider musste sie in diesem Moment erkennen, dass sie aber auch nicht immun gegen ihn war.

Schwarze Krallen strichen über ihr Gesicht, ritzten ihre Haut auf, bis sie warmes Blut spürte.

Scarlett schluckte schwer, dann riss sie sich von ihm los, stolperte zur Quelle und würgte die Perle herunter.

Während des magischen Rituals hatte er keine Macht über sie.

Sie atmete tief durch, als sie sich auf das Wasser unter sich konzentrierte, das nicht länger schwarz, sondern durchscheinend war.

Sie hatte ganz vergessen, wie bitter die Perle schmeckte! Dass man sie noch tagelang danach auf der Zunge spürte. Den Ekel unterdrückend besann sie sich auf das Gewässer und wartete auf den Moment, in dem es sich vor ihren Augen auflöste. Kraftlos sank sie nach vorn, ihre Knie prallten auf den erdigen Grund. Eine sanfte Melodie setzte sich in ihrem Ohr fest.

Ein Ort ohne Licht. Kein Lachen. Keine Freude. Kein Sonnenschein. Das Grab der Finsternis.

Lange gegangen. Sein Name nur sichtbar in ewigen Steinen.

Schmerz. Kummer. Verlust.

Die Augen geschlossen vor der Wahrheit.

So viel Dunkelheit. Sieht es so aus?

Das Ende.

Scarlett riss die Augen auf, ergriffen von einer Furcht, die sie am ganzen Körper zittern ließ. Ihre Lippen bebten, ihr wurde abwechselnd heiß und kalt.

Sie musste zurück in die Vision finden. Das magische Ritual war noch nicht vollendet. Es gab mehr zu sehen.

Aber als sie die Augen schloss und versuchte, einen Ort zu erreichen, der schon alle Türen für sie geschlossen hatte, sah sie nur das, was ohnehin vor ihr lag.

Idalia. Ihr hässliches, dummes Grinsen.

Die vermaledeite Königin, die endlich im Sterben lag.

Ein Land, gekleidet in Schwarz.

Und hinter all dem Schmerz:

seine sanften Augen.

19

Idalia

Zwei Wochen später

Den Weg, den sie mit den Gänsen gehen musste, kannte sie längst auswendig. Nachdem sie die Tiere bei Teja abgeholt und gezählt hatte, war sie etwa eine halbe Stunde in der Stadt unterwegs, ehe sie Wiesen und Felder erreichte. Dieser Teil der Stecke gefiel ihr am besten.

Wäre da nicht die Stelle, die Stadt und Natur miteinander verband. Das steinerne Tor, unter welchem sie unweigerlich durchlaufen musste.

Sie hätte es mit gesenktem Blick getan, aber sobald sie in seiner Nähe war, war es unmöglich, ihn zu ignorieren. Ihn nicht zu hören. Zu spüren.

Jedes Mal, wenn das Tor in Sichtweite kam, brach Idalia der Schweiß aus. Krampfhaft versuchte sie, sich auf die aufgeregt schnatternden Gänse zu konzentrieren. Ihre weißen Bürzel waren stolz in die Höhe gereckt, die Plattfüße trommelten über den Boden.

Prinzessin, hast du mich schon vergessen?

Seine Stimme drang ihr durch Mark und Bein. Ließ sie an Ort und Stelle verharren und trieb ihr die Tränen in die Augen.

Die Gänse blieben ebenfalls stehen und sahen sich verwirrt um. Mit bangem Herzen richtete Idalia den Blick nach oben. Auf das monumentale Tor, von dem aus Baron auf sie hinuntersah.

Idalia konnte nur mutmaßen, wie man seinen Kopf dort oben befestigt hatte. Wie es möglich war, dass er noch immer lebendig aussah, obwohl sein Körper längst der Überwelt angehörte. Und wieso es sich so anfühlte, als würde er mit ihr sprechen.

Wenn deine Mutter das sehen könnte.

Das Herz im Leib tät ihr zerspringen.

Verstohlen wischte sich Idalia die Tränen aus den Augenwinkeln. Sie wollte nicht weinen – vor allem, da Trauer nicht die vorrangige Emotion war, die sie empfand. Es war die Wut, die ihr Herz in einen Klumpen aus Stein verwandelte.

»Geht weiter«, herrschte sie die Gänse an und schaffte es endlich, den Blick vom Pferdeschädel abzuwenden.

Sie scheuchte die Vögel über den Schotterweg, das Kornblumenfeld, bis sie die weitläufige Wiese erreicht hatten, auf der sie den Tag verbringen würden. Die Tiere kannten sich hier gut aus und blieben stets in der Nähe. Ein Fluss versorgte sie mit Wasser.

Alles in allem waren die Tiere herrlich anspruchslos, und Idalia hatte sich so schnell an die neue Aufgabe gewöhnt, dass sie ihr leicht von der Hand ging. Sie kannte die Namen der zehn Gänse und wusste, dass jede ihren eigenen, unverwechselbaren Charakter besaß. Am Anfang hätte sie genau das für unmöglich gehalten, denn optisch glich ein Tier dem anderen.

Bis auf die schwarze Gans, die ein Stück kleiner war und sich nie richtig in die Gruppe eingefügt hatte. Es war kein Zufall, dass Idalia zu ihr als Erstes Kontakt aufgenommen hatte. Denn sie kannte das Gefühl, fehl am Platz zu sein. Sich in einer Welt bewegen zu müssen, die ihr noch vor wenigen Wochen weit weg erschien und in die sie einfach nicht hineinpasste. Auch wenn sich ein Teil von ihr an diese neue Realität gewöhnt hatte.

Die Prinzessin warf die Tasche mit der Wegzehrung ins Gras und ließ sich auf die sonnenbeschienene Wiese sinken; hinter ihr ein Baum, der Schatten spendete und an dessen Stamm sie sich lehnte.

Nachdenklich betrachtete sie das einfache, beige Kleid, in dem sie seltsam farblos aussah. Von ihrer einstigen Anmut war nicht mehr viel übrig geblieben. Das sah Idalia jeden Morgen, wenn sie sich vor den Spiegel stellte und die einfachen Gewänder anzog, die ihr Teja zur Verfügung gestellt hatte. Sie war eine großmütige und gutherzige Frau, der sie viel zu verdanken hatte.

Und doch konnte sich Idalia nicht vorstellen, länger als nötig hierzubleiben.

Die Gänse, das stundenlange Hüten, die einfache Kammer, in der sie schlief – all das war nicht ihr Leben. Nicht das, wofür sie bestimmt war und auf was sie sich vorbereitet hatte.

Seufzend legte Idalia den Kopf in den Nacken, als sich ein Schatten in ihr Sichtfeld schob.

»Ich wusste doch, dass ich dich hier finde.«

Sie erkannte ihn an seinem Grinsen, das so breit war, dass es sein Gesicht nahezu sprengte. Elegant ließ er sich neben sie fallen. Der Strohhut saß etwas schief auf seinem Kopf, das Hemd war falsch zugeknöpft.

Idalia schmunzelte. »Wieder nichts zu tun?«

»Du doch offenbar auch nicht«, erwiderte der Junge keck. »Bist du schon lange hier?«

Sie schüttelte den Kopf. »Gerade erst gekommen. Willst du etwas essen?«

Junecks Grinsen wurde, sofern möglich, noch breiter. Er hatte mehr Sommersprossen, als auf zwei Wangen passten. »Du kannst Gedanken lesen.« Juneck hatte Idalia vor einer Woche geholfen, eine weggelaufene Gans einzufangen und besuchte sie seitdem jeden Tag.

»Dann schauen wir mal, was Teja mir heute eingepackt hat.« Idalia beugte sich nach vorn, um einen Blick in die Ledertasche zu werfen. Mit gespieltem Ernst runzelte sie die Stirn. »Sieht so aus, als würdest du leer ausgehen.«

Juneck riss die Augen auf. »Deswegen habe ich den weiten Weg auf mich genommen?«

»Tja, man kann nicht immer Glück haben.« Idalia machte Anstalten, die Tasche wieder zu verschließen.

»Ich glaub dir kein Wort.« Triumphierend hielt Juneck einen Apfel in die Höhe. Es knackte, als er in die Frucht biss, und Saft lief ihm die Mundwinkel hinab. Kurz darauf hatte er auch das in Stoff geschlagene Brot gefunden. Glücklich legte er sich auf den Rücken, seine Beute fest umschlungen.

Idalia lachte, als eine der Gänse schnatternd auf Juneck zulief und versuchte, ihm das Brot aus der Hand zu reißen.

»Mistvieh!«, schimpfte er und wedelte so wild mit den Fingern, dass sich der Vogel kreischend entfernte. »Heute habe ich übrigens nur bis Mittag Zeit«, informierte er Idalia.

»Das kann ich mir kaum vorstellen.« Sie schaute von oben auf ihn herab. »Welcher wichtige Termin hält dich davon ab, den Tag mit mir in der Sonne zu verbringen?«

Unter einem Ächzen richtete der Junge sich auf. Sein roter Lockenschopf war voller Grashalme. »Heute wird uns die neue Prinzessin gezeigt.«

»Die neue Prinzessin?« Idalias Herz schlug schneller, aber sie mahnte sich zur Ruhe. »Wieso das denn?«

Juneck biss in das Brot, das Teja mit Kräutern und Käse belegt hatte. »Sie ist schon ein paar Wochen hier, aber hat sich bisher bedeckt gehalten. Heute stellt sie sich endlich dem Volk vor. Und ich sehe mal wieder den Prinzen.«

»Prinz Elric?«, fragte Idalia.

Kauend nickte Juneck. »Für einen Prinzen ist er ganz in Ordnung. Hat mir mal eine Tonmurmel geschenkt, als ich klein war.«

»Wo findet die Zeremonie statt?« Idalias Hände krallten sich in den Stoff ihres Kleides.

»Kennst du das Haupthaus auf dem Marktplatz? Das mit dem großen Balkon?«

Idalia nickte.

»Dort oben werden sie stehen.«

»Und wann?«

»Ich dachte, du interessierst dich nicht für solche Dinge.« Mit der Neugier eines Kindes sah Juneck sie an.

Idalia zuckte mit den Schultern. »Ich bin Bürgerin dieses Landes und sollte doch wissen, wer über mich herrscht, oder?«

»Stimmt wohl. Sie zeigen sich eine Stunde nach der Mittagszeit.«

Nachdenklich ließ Idalia den Blick über die Schar der Gänse schweifen. Für gewöhnlich hütete sie die Tiere, bis die Sonne unterging, aber niemand hatte ihr verboten, sie zwischendurch auf einen Ausflug in die Stadt mitzunehmen. Wenn sie sich im Hintergrund hielt, würde sie nicht auffallen …

»Worüber denkst du nach?« Juneck wischte sich Brotkrümel aus den Mundwinkeln.

»Ich würde auch gern zur Zermonie, müsste die Gänse aber mitnehmen. Glaubst du, du könntest sie gemeinsam mit mir in der Stadt hüten?«

»Aber klar.« Er strahlte. »Mit den Viechern werde ich schon fertig.«

»Danke.«

Idalia pflückte einen Löwenzahn und rupfte die Blütenblätter einzeln aus. In all den Tagen, die sie nun schon bei Teja wohnte und die Gänse hütete, war sie keinen Schritt weitergekommen. Eine Tatsache, die ihr die Schamesröte ins Gesicht trieb. Sie hasste es, so untätig zu sein.

Zum Schloss traute sie sich nicht und ihre Rückkehr nach Ryzund käme dem Eingeständnis ihrer eigenen Unfähigkeit gleich. Obwohl niemand Idalia je direkt darauf angesprochen hatte, wusste sie, dass die Menschen am Hof sie für untauglich hielten. Dass sie in ihr nur ein reiches Mädchen sahen, das mit Privilegien auf die Welt gekommen war, die es nie verdient hatte. Dass sie allein nie etwas schaffen würde.

Idalia hatte gehofft, dass ihr eine Lösung einfallen würde, wenn sie erst einen klaren Kopf bekam, aber Scarlett schien unerreichbar für sie. Genauso wie Norik, der Syllitist schon am Tag nach ihrer gemeinsamen Übernachtung verlassen hatte und seiner Wege gegangen war. Sie wollte ihm sein Verhalten nicht übel nehmen, denn er war ein freier Mann und nicht für sie verantwortlich, dennoch hatte seine Entscheidung sie verletzt. Vor allem, nachdem er ihr versichert hatte, dass ihr Schicksal nun auch sein Abenteuer war.

Zwar hatte er ihr versprochen, zurückzukommen, aber wie viel war sein Wort wert?

»Du denkst bestimmt wieder an den Wanderer.«

Idalia zuckte zusammen. Juneck saß nun direkt neben ihr.

»Wie kommst du darauf?«

»Weil sich dein Gesicht dann immer so komisch verzieht. Und du aussiehst, als hättest du schlechte Laune.«

»Was habe ich dir über Norik erzählt?«, erinnerte sie ihn.

»Viel zu wenig.« Juneck richtete seinen Hut. Keck grinste er sie an. »Du magst ihn, was?«

»Ich will nicht über ihn reden.« Idalia stand so schwungvoll auf, dass sie sich den Kopf an einem dicken Ast stieß, der über ihr hing. Schmerzend rieb sie sich den Schädel, dann ging sie zu den vier Gänsen, die sich auf Höhe des Flusses aufhielten.

Anfangs hatte sie befürchtet, die Tiere nicht unter Kontrolle zu bekommen. Beim ersten Mal waren sie laut und unruhig gewesen, hatten sie nicht als ihre neue Hüterin akzeptiert. Mit Tejas Hilfe war es Idalia gelungen, das Vertrauen der Tiere zu gewinnen.

Perla, die schwarze Gans, watschelte auf sie zu. Idalia grinste, als sie wie eine verliebte Katze um ihre Beine strich und den Hals reckte. Gedankenverloren kraulte sie deren Gefieder, als sich eine Feder löste und auf den Boden segelte. Sie war nicht schwarz wie die anderen, sondern schimmerte im Sonnenlicht golden.

Neugierig nahm sie die filigrane Feder in die Hand, strich über den Kiel und spürte auf einmal ein Rucken, das durch ihren Körper ging. Der Himmel verdunkelte sich binnen Sekunden und dicke Regentropfen prasselten auf die Wiese.

»Verflixt! Wir müssen die Gänse zusammentreiben!« Idalia sprang hoch, sah sich nach den Tieren um, doch von ihnen fehlte jede Spur.

Ebenso von Juneck – der Platz neben ihr war verwaist. Während sie sich noch zu orientieren versuchte, riss der Boden mit einem infernalischen Kreischen unter ihr auf.

Idalia ruderte mit den Armen in der Luft, glaubte zu fallen, landete jedoch vor einem Gebäude, das ihr vage bekannt vorkam, sie aber erst auf den zweiten Blick als das Königsschloss in Ryzund ausmachte.

Schreie drangen an ihr Ohr, ließen sie erzittern. Es klang, als litte jemand schreckliche Schmerzen. Idalia richtete sich auf und hastete durch den Schlossgarten, der vor ihr lag, hin zur Palasttür.

Abermals vibrierte der Boden unter ihr. Wegen der starken Aufwallungen konnte sie nicht mehr klar sehen. Schemen tanzten vor ihren Augen, die erst nach und nach ein zusammenhängendes Bild ergaben.

Und dann erkannte sie sie: die Königin von Ryzund, die in den Wehen lag. Ihre Mutter, die dabei war, ein Kind auf die Welt zu bringen.

Schweißtropfen standen auf ihrer Stirn, während sie kraftlos die Hand des Königs umklammerte.

»Du hast es fast geschafft«, sprach er ihr Mut zu. »Bald werden wir unser Kind kennenlernen.«

Die Hebamme, eine ältere Frau in grauem Kleid und mit kreisrunder Brille, nickte der Königin aufmunternd zu.

»Mutter.« Idalia hastete zum Bett, in dem die Gebärende lag. Sie wollte sie in den Arm nehmen, überglücklich darüber, dass sie sie endlich wiedersehen konnte, aber das Bild verschwamm vor ihren Augen.

Erneut gab der Boden unter ihr nach, riss sie mit sich und beförderte sie in den großen Saal, in dem sie öfter Gäste empfangen hatten. Ihre Mutter, offensichtlich nicht mehr oder noch nicht schwanger, lehnte mit dem Rücken an der Fensterbank. Eine steile Falte hatte sich in ihre Stirn gegraben, die dem Mann galt, der eindringlich auf sie einredete.

»Manchmal muss man einen ungewöhnlichen Weg gehen, um ans Ziel zu kommen. Wir haben alles versucht. Das ist unsere letzte Chance.« Der König senkte den Kopf. Seine Schultern waren eingefallen, die Krone lag neben ihm auf einem runden Holztisch, als hätte er bereits kapituliert.

»Mir ist nicht wohl bei der Sache. Sollten wir es nicht weiter auf natürlichem Weg probieren?« Sie wollte nach seiner Hand greifen, aber er entzog sie ihr.

»Wandranka hat bereits vielen Paaren geholfen, die in einer ähnlichen Lage waren«, setzte er sich über die Worte seiner Frau hinweg. »Vielleicht fällt ihr etwas ein, an das wir noch nicht gedacht haben. Es schadet nicht, sie hinzuzuziehen.«

»Ich fürchte mich vor dem, was man sich über sie erzählt.« Die Königin trat auf ihren Mann zu. Ihre roten Haare fielen offen über ihre Schultern; ein Bild, das Idalia nicht oft zu Gesicht bekommen hatte. »Sie steht mit den dunklen Gestalten im Bunde.«

»Dunkle Gestalten!« Der König spie ihr die Worte regelrecht entgegen. »Du verbringst zu viel Zeit bei den Klatschweibern.« Er seufzte, dann legte er seine Hand auf ihre Schulter. »Wünschst du dir nicht auch ein Kind? Einen kleinen Menschen, der in deinem Leib heranwächst und den wir über alles lieben? Willst du nicht auch, dass das Lachen eines Kleinkinds durch diese leeren Räume hallt?«

»Ich wünsche mir nichts mehr als das«, gestand die Königin. »Aber jeder Wunsch kommt mit einem Preis, Tycholt.«

»Ein Preis, den ich bereit bin zu bezahlen, wenn wir endlich eine Familie gründen können. Hab keine Angst.« Dieses Mal war er derjenige, der nach ihrer Hand griff und sie leicht drückte. »Ich werde dich beschützen. Dich und das kleine Wesen, das schon bald in dir wächst.«

Ein vorsichtiges Lächeln legte sich auf die Lippen seiner Gemahlin. »Du wirst der beste Vater der Welt werden. Ich kann es kaum erwarten zu sehen, wie du unser Kind großziehst und ihm alles Wichtige über unser Reich beibringst.«

König Tycholt strahlte, was die Falten auf seinen Wangen nicht ganz so tief wirken ließ. »Und ich kann es kaum erwarten, dich als Mutter zu erleben. Ich bin mir sicher, dass du für diese Aufgabe geboren wurdest.« Seine Hand landete in ihrem dichten Haar. Er zog die Königin für einen zärtlichen Kuss an sich.

»Na schön«, sagte sie, nachdem er sich von ihr gelöst hatte. »Versuchen wir es.«

»Ich dachte schon, du wärst tot.«

Die Sonne blendete, als Idalia sich aufsetzte. Verwirrt sah sie sich auf der Wiese um und begegnete Junecks besorgtem Gesicht.

»Aber dafür siehst du zu lebendig aus.«

»Was … was ist passiert?« Ihr Kopf tat weh und in ihrem Magen hatte sich ein flaues Gefühl breitgemacht. »Wo sind die Gänse?«

»Die haben sich erschreckt, als du einfach so zusammengesackt bist, und warten jetzt da hinten.« Mit dem Finger zeigte er auf den großen Baum, unter dem sich die Tiere scharten.

»Ich bin zusammengesackt?«, wiederholte Idalia. »*Wie ist das passiert? Die Feder!*«, kam ihr plötzlich der Gedanke.

»Perla hat eine Feder verloren. Sie sah anders aus – war beinahe golden«, erklärte sie dem Jungen aufgeregt.

Sie sah sich nach der schwarzen Gans um, konnte sie auf die Schnelle aber nicht entdecken.

»Ich habe die Feder angefasst«, erinnerte sich Idalia. »Und dann … habe ich auf einmal meine Eltern gesehen. Und das Schloss in Ryzund. Ich war wirklich da! Kannst du dir das vorstellen?«

»Was für ein Schloss? Wovon redest du?«

Schnell schüttelte Idalia den Kopf. »Vergiss es einfach. Hilfst du mir auf?«

Der Junge zog sie von der Wiese hoch. »Wenn du noch zur Zeremonie willst, sollten wir uns beeilen.«

20

Scarlett

»Der Prinz ist da! Prinz Elric ist an den Hof zurückgekehrt!«

Scarlett ließ die Kette, die Idalias Mutter gehört hatte, vor Schreck fallen. Das Band riss, die Perlen rollten über den Holzboden.

Ferra stieß die Tür auf. Ihre Wangen waren gerötet, als sie nach Scarletts Hand griff. »Er hat sein Versprechen gehalten. Genau, wie er es in seinen Briefen geschrieben hat. Spätestens am Tag der Zeremonie wollte er da sein. Ich bin ja so aufgeregt!« Sie ließ Scarlett los und drehte sich einmal um die eigene Achse. Ein überschwänglicher Freudentanz, geboren aus kindlicher Euphorie.

»Kommt er hierher?«, fragte Scarlett, während sie die Neuigkeit verdaute. Sie hatte schon lange nicht mehr an eine Rückkehr des Prinzen geglaubt, hatte zwischenzeitlich seine ganze Existenz infrage gestellt.

»Die Königin möchte, dass du ihn erst auf dem Balkon siehst. Er wird einige Minuten nach dir auftauchen. Das macht es spannender.«

»Spannender?« Scarlett verstaute die heruntergefallenen Perlen in ihrem Schmuckkasten.

»Weil das Volk so direkt sehen kann, wie du auf ihn reagierst.« Ferra strahlte.

Sie sollte also besser gut auf ihn reagieren.

»Jetzt komm!« Das Mädchen zupfte an ihrem weißen Kleiderärmel. Ihr haftete heute ein sonderbares Parfüm an, mit dem sie es etwas übertrieben hatte. Scarlett rümpfte die Nase, dann zog sie ihre schwarzen Schuhe über und griff nach einer dünnen Jacke, die mit ihrem grünen Kleid harmonierte.

Ferra führte sie aus dem Zimmer, den Gang entlang, bis zu der breiten Fensterfront, hinter der sich ein Balkon befand und vor der König Udan und Königin Valeria auf sie warteten.

Umständlich knickste sie und tupfte sich den Schweiß von der Stirn.

»Prinz Elric ist da?«, sprach sie das an, was sich auf dem Gesicht der Königin bereits widerspiegelte. Die Getriebenheit war aus ihrem Blick gewichen, stattdessen kamen ihre Augen sanft daher.

»Mein Sohn hält, was er verspricht.« Stolz sprach aus der Stimme des Königs.

»Und wo ist er?« Scarlett sah sich um.

»Er wird sich gleich zu dir gesellen. Zunächst werde ich dich dem Volk ankündigen.« Königin Valeria ging auf die breiten Fenstertüren zu, die nach draußen führten.

Das Geschrei der Menschen drang Scarlett entgegen. Wie viele wohl gekommen waren? Was würden sie von ihr halten?

König Udan schenkte ihr einen aufmunternden Blick. »Du wirst es lieben, wenn du erst draußen stehst«, sagte er. »Das ist für mich auch nach all den Jahren noch der schönste Teil. Sich dem Volk zu zeigen, seine Liebe und tiefe Ergebenheit zu spüren. Ich bin süchtig nach diesem Gefühl.«

Das, was Königin Valeria sagte, ging im Geschrei der Menge unter. Scarlett wusste nicht, wie ihr geschah, als Ferra sie durch die offene Tür schob.

Und dann stand sie mitten auf dem Balkon, der ihr im ersten Moment riesig vorkam. Scarlett blickte auf ein Meer von Menschen, aus Männern, Frauen, Kindern, Jungen und Alten. Sie alle starrten sie gebannt an – und wurden augenblicklich mucksmäuschenstill.

Hilflos sah Scarlett in Richtung der Königin.

»Begrüßt eure neue Prinzessin!«, rief sie dem Volk entgegen. »Prinzessin Idalia!«

Scarlett trat einen Schritt auf die Brüstung zu. Das Herz hämmerte gegen ihre Rippen, als sie in Hunderte gespannte Gesichter schaute. Was sollte sie ihnen erzählen? Sie hatte von alldem doch keine Ahnung.

Der unsichere Teil in ihr wollte nach der Oberhand greifen. Wollte sie kleinhalten und ihr ins Ohr flüstern, dass das eine Nummer zu groß für sie war.

Aber Scarlett atmete tief durch, stützte sich mit den Händen auf der Brüstung ab und lächelte. »Ich habe mich so darauf gefreut, euch endlich alle kennenzulernen«, sagte sie. »Ich bin Prinz Elric versprochen, seit ich denken kann, und es hat nie einen anderen Mann für mich gegeben. Vor ein paar Wochen habe ich mein Zuhause in Ryzund verlassen und mich in die Ferne gewagt.« Sie hielt einen Moment inne, weil ihre Atmung hektisch wurde. »Es war ungewohnt für mich, aufregend und beängstigend, aber ich weiß, dass ich das Richtige getan habe. Dass ich endlich dort bin, wo ich hingehöre.«

Ihre letzten Worte gingen im Jubelgeschrei der Menge unter. Menschen applaudierten, tanzten, freuten sich. Ein Junge warf ihr eine Kusshand zu.

»Lang lebe Prinzessin Idalia«, rief ein Mann über den Lärm der Anwesenden hinweg. Eine Parole, die von den anderen wiederholt wurde und Scarlett eine Gänsehaut bescherte. Sie war machtlos gegen die Tränen, die ihr in die Augen stiegen. Gegen das Flattern ihres Herzens und das warme Gefühl, das sich in ihrem Magen ausbreitete.

Das Volk liebte sie. Das Volk rief ihr zu, das Volk feierte sie, das Volk respektierte sie.

Und Scarlett, die ihr Leben lang nur Ablehnung erfahren hatte und sich allein durch die dunkelsten Zeiten hatte kämpfen müssen, konnte ihr Glück nicht fassen.

Königin Valeria trat von hinten an sie heran.

»Ihr werdet heute nicht nur Prinzessin Idalia sehen«, wandte sie sich an das Volk. Sie trug ein Kleid in dunklem Violett, das mit schwarzen Bändern zusammengehalten wurde.

Aus den Augenwinkeln sah Scarlett, wie sich ein geheimnisvolles Lächeln auf ihre Lippen legte.

»Mein Sohn, Prinz Elric, ist von seinen Reisen heimgekehrt. Prinzessin Idalia wird ihm gleich zum ersten Mal Auge in Auge gegenüberstehen.«

Während die Menge jubelte, schritt Königin Valeria durch die Fenstertüren.

Für eine Weile blieb Scarlett allein auf dem Balkon zurück. Neugierig ließ sie den Blick über die Menge gleiten. Bislang hatte sie sich für die Menschen, über die sie herrschen würde, nicht interessiert, aber irgendetwas in ihr wollte wissen, wer sie waren und wofür sie brannten.

»Lang lebe Prinzessin Idalia!«, grölte das Volk. »Lang lebe Prinzessin Idalia!« Eine Gruppe Frauen hatte angefangen zu tanzen, ein Mann weiter rechts spielte Mundharmonika. Die Stimmung war ausgelassen. Deswegen verstand Scarlett auch nicht, wieso sie zu zittern begann, als sich eine Hand auf ihre Schulter legte.

Sie wusste instinktiv, dass sie dem Prinzen gehörte. Seine Berührung war fest, aber nicht so, dass sie von ihr niedergedrückt wurde. Eher so, als würde sie ihr eine Richtung, eine hoffnungsvolle Aussicht geben.

Mit angehaltenem Atem drehte sich Scarlett zu ihm um. Seine untere Gesichtshälfte war von einem schwarzen Tuch bedeckt, sodass sie nur ein Paar moosgrüne Augen erkennen konnte. Sein Haar war rabenschwarz und lockte sich leicht.

Verwirrt trat Scarlett einen Schritt zurück.

Wieso kann ich dein Gesicht nicht sehen?, wollte sie den Prinzen fragen, da hatte dieser bereits den Zeigefinger vor die Stelle des Tuchs gelegt, hinter der sich sein Mund befand. Entschlossen griff er nach ihrer Hand, hob sie hoch und wandte sich dem Volk zu.

»Prinz Elric und Prinzessin Idalia«, rief Valeria, die sich zu den beiden auf den Balkon gesellt hatte. »Lang lebe der Prinz! Lang lebe die Prinzessin!«

Während das Volk die Parole schreiend wiederholte, musterte Scarlett Prinz Elric von der Seite. Er war etwa einen halben Kopf größer als sie und trug einen dunkelblauen Anzug, der zur extravaganten Mode des Königshauses passte. Seine Schultern waren kräftig, wenn auch nicht zu breit; seine Füße steckten in hochglänzenden Stiefeln, die mit roten Bändern geschnürt waren, was seiner Ausstrahlung eine feminine Note verlieh.

»Wo hast du so lange gesteckt?«, fragte Scarlett ihn, doch Prinz Elrics Blick war stur auf die Menge gerichtet. Obgleich seine Hand weiterhin ihre umschloss, schien er sie nicht wahrzunehmen.

Scarlett räusperte sich – ein misslungener Versuch, auf sich aufmerksam zu machen. Dann beobachtete sie das Volk, das wie entzückt von ihnen schien, obwohl es kaum etwas vom Prinzen zu sehen bekam. Aber wahrscheinlich nahmen die Untertanen alles begeistert auf, was von Königin Valeria in die Menge gerufen wurde.

Die Königin.

Sie umkrallte die Brüstung so fest, dass die Knöchel ihrer Hände weiß hervortraten. Der Zug um ihren Mund war angestrengt, ihre ganze Haltung seltsam verkrampft.

Irgendetwas ging hier vor sich.

Irgendetwas war hier falsch.

Mit bemühtem Lächeln ertrug Scarlett die Zeremonie, dann wartete sie ab, bis Königin Valeria sich von den Menschen verabschiedet hatte. Die Fenstertüren schlossen sich hinter Prinz Elric und ihr, König Udan seufzte erleichtert – und Scarlett passte nur für den Bruchteil einer Sekunde nicht auf.

Ihre Hand wurde losgelassen; der Platz neben ihr war leer.

»Wo … wo«, stammelte sie, da hatte sich Königin Valerias Hand bereits um ihre Hüfte gelegt.

»Prinz Elric braucht jetzt etwas Ruhe. Seine Reise war beschwerlich«, gab sie zu verstehen.

Scarletts Blick wanderte unruhig durch die Halle. Es gab nur eine Richtung, in die der Prinz verschwunden sein konnte, weswegen sie ihr Kleid raffte und loslief. Irgendetwas stimmte hier nicht, und sie würde herausfinden, was es war.

»Idalia!«, donnerte König Udans Stimme ihr hinterher, aber sie blieb nicht stehen.

Bald hatte sie die Treppe erreicht, die nach unten führte. Immer zwei Stufen auf einmal nehmend hastete sie hinunter und sah aus dem Augenwinkel eine Tür ins Schloss fallen.

Im Bewusstsein, dass ihr nicht viel Zeit blieb, riss Scarlett am Knauf und stürzte in ein Zimmer, das mit einfachem Holzboden ausgelegt war und an eine Dienstbotenkammer erinnerte. Erst als sie die Tür hinter sich abgeschlossen hatte, wagte sie, Luft zu holen.

Sie wusste nicht, was sie erwartete, als sie sich umdrehte.

Mit einem Mann, der sich die Perücke vom Kopf riss und seine Verkleidung ablegte, rechnete sie nicht.

»Du bist nicht Prinz Elric«, fasste sie das Offensichtliche zusammen.

Zwar kannte sie den Mann, der vor ihr stand, nicht, aber er war mindestens zehn Jahre älter als der Prinz und wies durch den Schnurrbart und das Doppelkinn wenig Ähnlichkeit mit ihm auf. Gerade schlüpfte er in eine einfache, ausgebeulte Hose, die ihn als jemanden aus der Unterschicht kennzeichnete.

»Was soll dieses Schauspiel?« Scarlett trat an ihn heran. »Wo ist Prinz Elric?«

Der Mann hob abwehrend die Hände und wich nach hinten aus. »Ich habe nichts mit der Sache zu tun«, sagte er, und Scarlett begriff, wieso er eben nicht gesprochen hatte: Er klang fremdländisch und war schwer zu verstehen.

»Idalia! Lass uns rein!«

Der Moment, in dem Königin Valerias Stimme erklang, war auch der Moment, in dem der falsche Prinz zum offenen Fenster hinauskletterte. Scarlett überlegte, ob sie ihn aufhalten sollte, aber wahrscheinlich konnte er ihr ihre Fragen am wenigsten beantworten.

Grimmig öffnete sie die Tür und baute sich mit vor der Brust verschränkten Armen vor Valeria und Udan auf.

»Was. Ist. Hier. Los?« Ihre Stimme duldete keinen Widerspruch, weshalb Scarlett umso wütender wurde, als die Königin sich erneut in Ausreden flüchtete.

»Ich will endlich die Wahrheit wissen! Ihr verkauft mich für dumm, aber das lasse ich nicht mehr mit mir machen!«

König Udan betrat den Raum und schloss erst die Tür, dann das Fenster. Als er die Vorhänge zuzog und Scarlett bat, auf einem der Holzschemel Platz zu nehmen, hoffte sie, endlich die Wahrheit zu erfahren.

»Udan, was machst du da?« Königin Valerias Stimme klang erstickt, beinahe panisch. »Der Prinz … Prinz Elric muss sich ausruhen, er …«

»… ist gerade durchs Fenster nach draußen geflüchtet«, vervollständigte Scarlett ihren Satz.

»Es ist an der Zeit.« König Udan nickte seiner Frau zu. »Wir müssen ihr die Wahrheit sagen.«

»Die Wahrheit?« Valeria lachte hysterisch. »Was für eine Wahrheit? Unser Sohn wird sich doch wenigstens mal ausruhen dürfen …«

»UNSER SOHN IST NICHT HIER!« Udans Augen blitzten, sodass Valeria unter seinem Blick ganz klein wurde und sich auf die Holzpritsche, die an der Wand stand, sinken ließ. »Und ich habe weder die Lust noch die Kraft, diese Lüge weiter aufrechtzuerhalten.« Er nahm neben seiner Gemahlin Platz und vergrub den Kopf zwischen seinen Händen.

»Die Sache ist folgende …« König Udan suchte Scarletts Blick. »Unser Sohn wird nicht kommen. Nicht heute, nicht morgen und wahrscheinlich gar nicht mehr. Weil es ihn nicht mehr gibt.«

Eine eiskalte Hand legte sich um Scarletts Hals. »Er ist tot?«, hauchte sie, was die Königin mit einem entschiedenen Kopfschütteln verneinte.

»Er ist ganz und gar nicht tot. Wir … wissen einfach nicht, wo er sich gerade aufhält. Es ist schon eine Weile her, dass wir ihn das letzte Mal gesehen haben. Aber ich bin mir sicher, dass er spätestens nächste Woche …«

»Valeria.« Der König warf seiner Frau einen strengen Blick zu. »Denk an das, was wir besprochen haben.«

Valeria nickte zerknirscht. »Erzähl du es ihr.«

König Udan beugte sich vor, die Hände wie zum Gebet gefaltet. »Es ist nun fast ein halbes Jahr her, seit wir unseren Sohn zum letzten Mal sahen. Sechs Monate, in denen wir fast wahnsinnig geworden sind und alles darangesetzt haben, ihn ausfindig zu machen. Bislang fehlt jede Spur von ihm.« Ein Seufzen begleitete seine Worte. »Elric war viel in den Wäldern zwischen Syllitist und Ryzund unterwegs. Er hatte schon immer eine Faszination für die Natur und wollte ihre Geheimnisse ergründen. Von einem seiner Ausflüge ist er nie zurückgekehrt.«

»Und ... was bedeutet das?« Scarlett spielte nervös an ihrem Armreif.

»Dass wir ihn schrecklich vermissen«, schluchzte Königin Valeria. »Und das Leben ohne ihn so einsam ist.«

»Es bedeutet vor allem, dass wir uns an die Tatsache gewöhnen müssen, dass unser Sohn tot ist«, sprach König Udan etwas aus, das seine Frau dazu brachte, hektisch nach Luft zu schnappen.

»Mit jedem Tag, der vergeht, wird es unwahrscheinlicher, dass Elric nach Hause kommt. Die Wälder sind tief und voller Gefahren. Vielleicht wurde er ...«

Überwältigt.

Getötet.

Gefoltert.

In die Dunkelheit gezogen.

Scarlett hätte die Liste ewig weiterführen können. Stattdessen besann sie sich auf eine andere Frage: »Was bedeutet das für mich?«

»Uns tut es schrecklich leid«, beteuerte Königin Valeria. »Bitte sei uns nicht böse. Wir haben lange darüber nachgedacht, ob wir deinen Hof informieren sollten, entschieden uns aber dagegen. Einfach, weil ich immer noch Hoffnung habe, dass mein kleiner Junge eines Tages zurückkommt.« Der Rest ihrer Worte ging in haltlosem Schluchzen unter.

»Warum dieses Versteckspiel?«, fragte Scarlett den König. »Warum präsentiert ihr dem Volk einen Mann, der sich als Elric ausgibt? Seine Verkleidung war nicht mal gut.«

Udan nickte, als hätte er diese Frage erwartet. »Wir möchten die Gerüchte in den Reihen der Menschen kleinhalten. Bislang haben wir Prinz Elric nicht offiziell für tot erklärt, weswegen das Volk von all dem nichts weiß. Wir haben ihnen gesagt, dass unser Sohn viel auf Reisen ist und sich deswegen nur selten zeigt. Hinzu kommt, dass er auch früher schon gern für sich war und kein Mann der Öffentlichkeit ist. Dabei soll es bleiben und ich möchte auch dich, Idalia, bitten, die Kunde nicht an die einfachen Leute weiterzutragen.«

»Meine Lippen sind versiegelt«, erwiderte Scarlett, schaffte es aber nicht, den sarkastischen Unterton aus ihrer Stimme zu bannen.

»Die Menschen, die für uns arbeiten, die seit Jahren treu in unseren Diensten stehen, wissen natürlich Bescheid«, knüpfte König Udan an. »Es wäre unmöglich, unser Leben im Schloss mit ihnen zu teilen und sie anzulügen. Doch sie sind zur Verschwiegenheit verpflichtet und wissen, dass die Konsequenzen furchtbar sind, wenn sie doch etwas ausplaudern.«

»Wie soll es für mich jetzt weitergehen?«

König Udans Blick wanderte zu den schweren, braunen Vorhängen, die den Raum abdunkelten. »Wir verstehen, dass das für dich eine zutiefst enttäuschende Situation ist. Nicht nur, weil dein Herz schon so lange für unseren Sohn schlägt, sondern auch, weil du gekommen bist, um Königin eines Reiches zu werden.«

Die Anspannung in Scarlett wuchs. Tausend Gedanken schwirrten in ihrem Kopf umher. Und weil sie nicht genau wusste, was sie sagen sollte, beschloss sie, mutig zu sein: »Ich bin erst seit wenigen Wochen hier und doch ist mir das Land ans Herz gewachsen. Das Land, sein Volk und vor allem ihr beide. Mein Herz ist kummerschwer, dass ich den Prinzen noch nicht gesehen habe, aber ich wäre bereit, seinen Platz einzunehmen.« Auf den schockierten Blick Königin Valerias hin sagte sie: »Natürlich nicht als euer Sohn. Aber ich habe schon früh bei den Regierungsgeschäften meines Vaters zugesehen und viele Erfahrungen gesammelt. Es würde mich mit großem Stolz erfüllen, auch ohne Prinz Elric Königin dieses Landes zu werden.«

Als sie den Blick hob, rechnete sie mit Gegenwind. Doch König Udan meinte nur: »Genau so habe ich dich eingeschätzt und ich freue mich über dein fortschrittliches Denken. Und dennoch … wird es so nicht funktionieren.«

»Wieso nicht?«

»Weil der Tod des Prinzen eindeutig nachgewiesen sein muss, bevor jemand anderes an seiner Stelle herrschen darf. Was praktisch bedeutet, dass seine sterblichen Überreste gefunden werden müssen.«

Königin Valeria schluchzte erstickt.

»Und wie soll ich das schaffen?«, ereiferte sich Scarlett.

»Das weiß ich nicht«, erwiderte der König aufrichtig. Seine grauen Augen blickten traurig drein. »Aber so sind die Regeln seit Jahrhunderten.« Er war im Begriff, aufzustehen.

»Wie viele Tage soll ich hier noch fristen, bevor es vorangeht? Welchen Wert hat meine Existenz, wenn …«

»Ich bin mir sicher, dass er wiederkommt«, murmelte Königin Valeria vor sich hin, aber Scarlett hatte erkannt, dass sie in einer Welt lebte, die mit der Wirklichkeit nichts zu tun hatte.

Wenn sich Prinz Elric wirklich in den Wäldern aufgehalten hatte, war es nur ein kleiner Sprung bis auf die dunkle Seite. Und von dort kam niemand zurück.

Es sei denn, man war ein neugeborenes Kind, das auch das dunkelste Herz erweichte.

21

Idalia

Ein Teil von ihr spielte mit dem Gedanken, aufzugeben. Scarlett gewinnen zu lassen. Sie gab als neue Königin ein gutes Bild ab, wurde von den Untertanen gefeiert und fügte sich problemlos in eine Rolle, die nie für sie vorgesehen war.

Es wäre leichter, Scarlett den Sieg zu lassen und ihr eigenes neues Leben als Gänsemagd zu akzeptieren. Aber der richtige war nicht immer der leichte Weg. Das hatte ihre Mutter ihr immer wieder eingebläut, als wüsste sie, dass es Situationen geben würde, in denen sie diese Wahrheit brauchte. Und Idalia wollte kämpfen.

Auch wenn das bedeutete, dass sie nach der Dämmerung ihre Kammer verlassen und sich auf den Weg zum Schloss begeben musste.

In den letzten Tagen hatte sie Scarlett beschatten lassen. In Juneck steckten mehr Fähigkeiten als zunächst angenommen, und gegen eine Mahlzeit am Tag hatte er einen guten Spion abgegeben.

Idalia wusste jetzt, dass Scarlett nahezu jede Nacht den Palast verließ und sich in den Wald flüchtete. Was sie dort machte, konnte Juneck nicht herausfinden. Das musste sie selbst tun.

Vielleicht war es naiv, vielleicht kühn – aber Idalia wusste nicht, was sie sonst machen sollte. Sie musste endlich ergründen, welches Geheimnis Scarlett verbarg.

Die Nacht war pechschwarz. Nicht ein einziger Stern stand am Himmel. Idalia fror in dem dünnen Mantel, den sie trug. Die Schuhe waren ihr zwei Nummern zu groß, sie rutschte mit jedem Schritt nach vorn.

Wie ein dunkles Omen ragte der Palast von Syllitist vor ihr auf. Jenes Schloss, mit dem sie zeit ihres Lebens so viel Gutes verbunden hatte und das nun zu ihrem persönlichen Albtraum geworden war.

Idalia schaffte es nicht, in Richtung der Stallungen zu schauen. Zu lebendig war die Erinnerung an Scarletts Gräueltat, die sie an Baron verübt hatte.

Bevor die Wut sie überwältigen konnte, lief sie weiter. Fand im Dunkel der Nacht den Dienstboteneingang und versteckte sich hinter einem Teil der Hecke, die den Schlossgarten umgab. Angestrengt linste sie durch die Lücken des Blattwerks.

Als sich eine kleine Gestalt im Cape durch die Tür nach draußen stahl, war Idalia erleichtert und stand gleichzeitig unter Spannung.

Leise trat sie zwei Schritte zurück, sodass Scarlett nicht auf sie aufmerksam wurde. Sie war schnell unterwegs, ihr Schatten rauschte an ihr vorbei. Idalia zählte im Kopf bis zwanzig, ehe sie die Verfolgung aufnahm. Sie durfte nicht auffallen, das Schloss und seine Bediensteten waren zu nah.

Der Moment, in dem sie hinter Scarlett im Wald verschwand, ließ sie schaudern. Schon tagsüber war er ihr nicht geheuer, aber in der Nacht wirkten die Äste der Bäume wie knochige Finger, die nach ihr griffen. Hinzu kam, dass sie aufpassen musste, wohin sie ihre Füße setzte. Jedes Geräusch könnte sie verraten.

Eine Weile hastete Idalia hinter Scarlett her. Je länger sie sich im Wald aufhielt, desto mehr konnte sie erkennen.

Wohin war die Magd unterwegs? Was suchte sie an einem Ort wie diesem?

Der Schrei einer Eule ließ Idalia zusammenfahren. Auch Scarlett blieb stehen, und als sie sich umdrehte, erstarrte Idalia zu Eis. Sie wagte es nicht zu atmen, bis Scarlett sich wieder in Bewegung setzte.

Ihr Weg führte steil bergauf, weiter nach Osten, bis sie eine weitläufige Lichtung erreichte, an deren Ende sich ein Wasserfall befand, der silbern schimmerte.

Ein seltsames Licht schien Scarlett zu umgeben, als sie auf das Gewässer zulief, über flache Steine sprang und sich einmal um die eigene Achse drehte.

Was sollte das?

Idalia versteckte sich hinter dem Stamm einer dicken Eiche, die meterhoch in den Himmel ragte. Mit angehaltenem Atem beobachtete sie, wie Scarlett etwas in die Nacht rief, das sie nicht verstand. Sie entledigte sich ihres Mantels, rief noch einmal, doch als nichts geschah, sank sie auf der Wiese in sich zusammen.

Verwundert legte Idalia den Kopf schief. Scarletts Gesicht war dem Gras zugewandt; ihr Körper bebte. Was zunächst nach einem magischen Ritual aussah, entpuppte sich als etwas zutiefst Menschliches.

Nervös näherte sich Idalia der weinenden Scarlett. Wie festgefroren blieb sie vor ihr stehen, traute sich dann aber doch, die Hand auf ihren Rücken zu legen.

Wie vom Blitz getroffen schrak Scarlett zusammen und sprang so hastig auf, dass Idalia das Gleichgewicht verlor und nach hinten taumelte. Panik stand der Magd ins Gesicht geschrieben, Tränen glitzerten in ihren Augen, die sie energisch wegwischte.

Als Scarlett Idalia erkannte, gefror ihr Blick. Von jetzt auf gleich wurde ihre Miene hart.

»Du bist mir gefolgt«, zischte sie. »Wie kannst du es wagen?«

Idalia atmete tief durch, dann machte sie einen Schritt auf Scarlett zu, die jedoch die Distanz zwischen ihnen sofort wieder vergrößerte. Auf Höhe des Wasserfalls blieb sie stehen, die Hände in die Hüften gestemmt.

»Wenn du verschwindest, tu ich so, als hätte ich dich nie gesehen«, gab sie der Prinzessin eine letzte Chance. »Wenn du bleibst, wirst du meinen Zorn spüren.«

Zorn? Das hatte eben noch ganz anders ausgesehen. Vielleicht ging Idalia deswegen erneut auf sie zu. Vielleicht hatte sie deswegen keine Angst, verzaubert zu werden. »Ich muss mit dir reden, Scarlett.«

Die Magd lachte hysterisch. Ihr rotes Haar ergoss sich wie ein Wasserfall ihren Rücken hinab und reflektierte das seltsame Licht, das auf der Lichtung herrschte.

»Ich habe dir gar nichts zu sagen.«

»Aber ich muss mit dir reden. Bitte.« Kurz vor dem Gewässer blieb Idalia stehen.

Scarletts Blick war unnachgiebig auf sie gerichtet, sodass sie kurz davor war, ihren zu senken. Doch diese Genugtuung wollte sie ihr nicht geben.

»Was machst du überhaupt noch hier? Hast du immer noch nicht verstanden, dass du unerwünscht bist? Wen muss ich noch alles töten, damit …«

Beschwichtigend hob Idalia beide Hände. »Ich möchte reden, Scarlett. Mehr nicht.« Sie nahm all ihren Mut zusammen und setzte sich auf einen der breiten Steine, die den Wasserfall säumten.

»Wer begleitet dich?« Scarlett setzte sich nicht zu ihr, aber wechselte ihre Position, sodass sie jetzt vor Idalia stand.

Drohend baute sie sich vor ihr auf, doch Idalia schwor sich, sie als das zu sehen, was sie wirklich war: eine von Eifersucht zerfressene Person.

Eine Magd, die ihr den Rang gestohlen, ihr aber in dem Moment nichts antun konnte. Mehr oder weniger entschieden reckte sie das Kinn.

»Ich bin allein hier«, sagte sie dann. »Und ich habe nicht vor, dich zu verraten oder …«

»Du hast nicht vor, mich zu verraten?« Scarlett hielt sich vor Lachen den Bauch. »Wieso solltest du mich *nicht* verraten? Schließlich habe ich dir alles genommen, was dir etwas wert war.«

Idalia war im Begriff zu nicken, dann aber besann sie sich anders. »Die Dinge, die wirklich wichtig sind, kannst du mir nicht nehmen. Denn die trage ich tief in mir. Wer ich bin. Was ich fühle. Was mich ausmacht.«

»Was bist du schon noch wert, wenn die Krone nicht mehr auf deinem Kopf sitzt?« Scarlett schnaubte abfällig.

»Und wieso ist es dir so wichtig, dass sie auf deinem Kopf sitzt?«

»Weil sie dort hingehört.«

»Wieso so plötzlich? Jahrelang hatte ich nichts mit dir zu tun und auf einmal …« Idalia schüttelte den Kopf. Eisernes Schweigen schlug ihr entgegen, und als sie zu Scarlett aufsah, wirkte diese seltsam abwesend. »Ich kann dir Juwelen und Geld geben, wenn es …«

»Darum geht es mir nicht«, fiel Scarlett ihr ins Wort. »Darum ist es mir nie gegangen.«

»Worum dann? Ist es der Prinz?«

»Der Prinz.« Die Stimme der Magd klang erbittert. »Wie gut, dass ich mich nie um ihn geschert habe. Er ist tot.«

»Tot?« Idalia riss die Augen auf. »Was … wie meinst du das?« Sie erhob sich.

»Oh, entsetzt dich das?« Scarlett machte eine abfällige Handbewegung. »Solche schrecklichen Dinge gibt es ein deiner perfekten Welt nicht, was? Prinz Elric wurde seit Monaten nicht mehr gesehen.«

»Und der Mann, der neben dir auf dem Balkon stand? Ihr habt euch dem Volk präsentiert.«

»Du warst da?« Scarletts braune Augen verengten sich zu Schlitzen. »Wieso stellst du mir dauernd nach?«

»Was ist mit Prinz Elric?«, verlangte Idalia zu wissen.

»All das hat dich nicht mehr zu kümmern. Das ist jetzt mein Problem. Also hau endlich ab.«

»Wieso hast du eben geweint?«

Ein Ruck ging durch Scarletts Körper. Idalia konnte regelrecht dabei zusehen, wie sie sich versteifte. »Ich weine nie«, gab sie ihr zu verstehen. »Du siehst nur das, was du sehen willst.«

»Was ist mit Prinz Elric?«, wiederholte Idalia ihre Frage. Sie wusste selbst nicht, woher sie den Mut nahm. Eigentlich bereitete Scarletts Erscheinung ihr nämlich eine Heidenangst. Wie eine Amazone stand sie vor ihr, das lockige Haar wehte gespenstisch im Wind.

»Du tust gut daran, endlich zu verschwinden!«

»Ich will Antworten, Scarlett.«

»Du wirst diese Sache aber nicht mit einem Gespräch aus der Welt schaffen.« Die Magd kam so nah auf sie zu, dass die beiden nur noch ein Lufthauch voneinander trennte.

Idalia schluckte schwer. Hätte sie eine Waffe mitnehmen sollen?

»Ich werde nicht aufgeben«, flüsterte sie.

Sie war auf Scarletts Lachen vorbereitet. Umso überraschter nahm sie wahr, wie sich die Magd auf einmal hektisch auf der Wiese umsah. Sie machte ein paar Schritte nach hinten, ihr Kopf ruckte herum – und Idalia konnte beobachten, wie die Farbe aus deren Gesicht wich.

»Was ist los?«, raunte Idalia, da war Scarlett schon wieder bei ihr. Sie griff so fest nach ihrem Arm, dass sich ihre langen Fingernägel schmerzhaft in die Haut der Prinzessin bohrten.

»Hau ab!«, zischte sie ihr zu, und Idalia wusste instinktiv, dass es sich dieses Mal nicht nur um eine Aufforderung, sondern einen Befehl handelte.

Scarlett stieß Idalia von sich, eine Dringlichkeit in ihrem Blick, die der Prinzessin neu war.

»Bleib nicht stehen, bis der Wald hinter dir liegt«, sagte sie noch, dann rannte sie selbst los.

Ein Surren lag in der Luft. Von jetzt auf gleich änderte sich die Temperatur. Es wurde schneidend kalt; eine böse Vorahnung ergriff von Idalia Besitz.

Schnellen Schrittes verließ sie die Lichtung und hastete durch den finsteren Wald. Wie Scarlett es ihr aufgetragen hatte, hielt sie erst an, als sie den Schlossgarten erreicht hatte.

Idalia beugte sich vor, die Hände auf die Oberschenkel gestützt, und holte Luft. Vor was war sie gerade davongelaufen? Und wieso hatte Scarlett sie gewarnt?

Das Gefühl, verfolgt zu werden, begleitete Idalia auch auf dem Weg in die Stadt. Es ebbte allmählich ab, als sie Tejas Hütte zwischen den Steinhäusern ausmachte und es verschwand, sobald sie sich in ihre Kammer gerettet hatte.

Es war zugig und kalt hier drin, aber das kümmerte die Prinzessin nicht. Wenn sie sich nur tief genug unter die Decke verkroch und die Augen schloss, würde sie schon Schlaf finden. Und dennoch ließ das ungute Gefühl nicht von ihr ab, als sie auf der Holzpritsche lag. Was auch immer im Wald gewesen war – vielleicht befand sich Scarlett ebenfalls in Gefahr.

Idalia wusste nicht, wieso sie das kümmerte. Sollte sie nicht froh sein, wenn der anderen etwas zustieß?

Wenn sie von einem Wolf angefallen, von einem Bären zerrissen wurde? Dann würde sich das größte Problem ihres Lebens in Luft auflösen.

Sie schüttelte den Kopf. So war sie nicht. Gleich, was Scarlett ihr angetan hatte, der helle Teil in ihr wünschte ihr nichts Böses. Vielleicht, weil ihre Mutter ihr eingebläut hatte, dass niemand nur schwarz oder weiß war, sondern es auf die Grauschattierungen ankam, die dazwischenlagen.

Idalia drehte sich auf die Seite, sodass sie aus dem Fenster schauen konnte. Vorhänge gab es keine, aber die Nacht war auch so dunkel genug, dass sie nicht viel erkannte. Bloß ein paar Schatten, die aus der Finsternis aufragten.

Und eine goldene Feder, die im Fensterrahmen steckte …

Mit klopfendem Herzen stand Idalia auf. Traute ihren Augen kaum, als sie die filigrane Feder in die Hand nahm und an die schwarze Gans dachte.

Wie war es möglich, dass …?

»Es war ein riesiger Fehler. Ich habe dich gewarnt, aber du wolltest ja nicht hören!« Die Schreie der Königin hallten von den Schlosswänden wider. »Du musstest ja wieder deinen Kopf durchsetzen!«

»Nun beruhige dich doch!« Nervös lief der König im Saal auf und ab. Schweißtropfen perlten von seiner Stirn; er stolperte beinahe über sein langes Nachtgewand.

»Ich will sie nicht anfassen! Ich ekle mich vor ihr!« Die Königin näherte sich der hölzernen Wiege nur langsam. Schwefelgeruch lag in der Luft, schwarze Schwaden waberten über dem Kinderbett.

Wütend ging die Königin auf ihren Mann zu. Stieß ihn so fest gegen die Brust, dass er zu taumeln begann. Im letzten Moment hielt er sich an einem der Schränke fest. »Was hast du getan?«, schrie sie. »Was hast du nur angerichtet?« Tränen des Zorns funkelten in ihren Augen.

Widerstandslos hob der König beide Hände. »Ich … es tut mir leid.«

Drohend baute sie sich vor ihm auf. Die Tatsache, dass er ihr nur bis zur Schulter reichte, kam ihr jetzt zugute. »Bring es wieder in Ordnung!«

22

Scarlett

König Udan hatte Syllitist verlassen, um mit Brahmenien über eine politische Frage zu verhandeln. Scarlett wusste nicht, wann er wiederkommen würde, weswegen sie beschlossen hatte, nicht auf ihn zu warten. Was die Sache komplizierter als nötig machte, denn seine Frau war ihr keine Hilfe.

Wann immer sie mit der Königin über Prinz Elric und den Tag, an dem er verschwand, reden wollte, flüchtete jene sich in Ausreden und eine Welt, die es nicht gab. Scarlett konnte nicht mehr zählen, wie oft sie beteuert hatte, dass Elric bald wieder da sein würde.

Valeria war nicht mehr in der Lage, zwischen Wahrheit und Traumwelt zu unterscheiden. Und dass Scarlett sich auf die Suche nach Prinz Elric begeben wollte, tat sie jedes Mal mit einem hektischen Kopfschütteln ab.

Ferra war ebenso wenig hilfreich. Trug sie ihr Herz sonst auf der Zunge, hüllte sie sich in Schweigen, wenn es um den Prinzen ging. Gleiches galt für den Rest der Dienerschaft.

Scarlett wurde immer unzufriedener, doch aufgeben kam für sie nicht infrage. Nicht, solange eine uralte Regel existierte, die ihr das Regieren ohne Mann an ihrer Seite untersagte. Wenn Prinz Elric der Preis für ein Leben als Königin war, würde sie ihn zahlen.

Ungeduldig wartete Scarlett, bis Königin Valeria sich auf ihrem täglichen Spaziergang befand. Da ihre eigene Zofe krank war, wurde sie heute von Ferra begleitet, was bedeutete, dass Scarlett eine kostbare Stunde zur freien Verfügung hatte. Denn was auch immer sie in diesem Schloss tat, sie fühlte sich stets beobachtet.

Vom Balkon aus sah sie, wie Königin Valeria und Ferra den Schlossgarten hinter sich ließen. Dann stürmte sie aus ihrem Zimmer, den Korridor entlang, bis zur letzten Tür auf der rechten Seite. Scarlett wusste, wo sich das Schlafgemach des Königspaars befand. Sie fand sich in einem weitläufigen Raum wieder, der von einem Doppelbett mit Baldachin aus rotem Brokat dominiert wurde. Der Geruch nach Moschus hing in der Luft, der sie an König Udan erinnerte.

Zielsicher ging Scarlett auf den rustikalen Sekretär zu, auf dem einige Papiere lagen. Irgendwo hier musste es einen Hinweis auf den Prinzen geben. Einen Brief vielleicht. Oder ein Bild. Scarlett wusste selbst nicht, wonach genau sie suchte, als sie die Schubladen des Sekretärs aufzog und ihren Inhalt inspizierte. Kein Mensch verschwand einfach so. Jeder hinterließ Spuren, die nur gefunden werden mussten.

Ein Gemälde von König Udan und seiner Frau in der Hand haltend hielt sie plötzlich inne.

Suchte sie überhaupt am richtigen Ort? Wenn das Schloss einst das Zuhause des Prinzen gewesen war, wäre es da nicht sinnvoller, seine Gemächer unter die Lupe zu nehmen? Bloß … wo befanden sie sich?

Scarlett legte die Schriftstücke zurück, in der Hoffnung, nichts durcheinandergebracht zu haben, und schloss die Tür hinter sich. Sie ging nicht davon aus, dass ihr einer der Bediensteten verraten würde, wo Prinz Elrics Zimmer lagen, weswegen sie sich selbst auf die Suche begab.

Obwohl sich die Königsfamilie auf drei Menschen beschränkte, war der Palast bedeutend größer als der in Ryzund, und schon nach wenigen Zimmern verging Scarlett die Lust.

Seufzend nahm sie auf der mit rotem Stoff überzogenen Bank Platz, die vor einer Fensterfront in der Eingangshalle stand und starrte in den Schlossgarten hinaus. Es war ein trüber Tag, der Himmel sah nach Regen aus. Hoffentlich kam die Königin nicht früher als geplant zurück.

Denn dann müsste Scarlett wieder einen ganzen Tag warten, bis sie erneut die Chance bekam, im Palast herumzuspionieren. Weswegen sie sich ein Herz fasste und weitersuchte, zunächst die Etage durchkämmte, auf der sie sich befand und anschließend das obere Stockwerk. Einige der Zimmer waren verschlossen – vielleicht gehörten sie Prinz Elric? Auf den Dienstbotentrakt verzichtete sie, den hatte sie oft genug gesehen, wenn sie sich um Mitternacht hinausschlich.

Die Erinnerung an ihren letzten Ausflug in den Wald trieb ihr die Gänsehaut auf die Arme. Sie hatte vor Idalia Schwäche gezeigt. Und als die Dunkelheit sich über sie erhob, hatte sie die Prinzessin aus dem Wald gescheucht.

Schon zum dritten Mal war Scarlett eine Möglichkeit geschenkt worden, Idalia zu töten. Wie damals im Wald, als sie allein mit ihr unterwegs gewesen war. Oder als sie ihr unterstellt hatte, Baron verhext zu haben.

Es wäre ein Leichtes gewesen, den Gebieter der Nacht auf sie zu hetzen. Er hätte sie mit Haut und Haaren verschlungen.

Aber in dem Moment, in dem das Sirren in der Luft gelegen und die *Finsteren* sich angekündigt hatten, hatte Scarlett vernunftwidrig gehandelt.

War es Dummheit? Naivität? Oder war sie am Ende gar nicht so abscheulich, wie sie immer dachte? Sie musste aufpassen, dass sie nicht vollkommen verweichlichte. In Ryzund war es leichter gewesen, ihrer Linie treu zu bleiben. Hier wurde sie ständig mit Situationen konfrontiert, die sie überforderten.

»Was macht Ihr hier?«

Scarlett ließ den Bilderrahmen, den sie in den Händen gehalten hatte, fallen und drehte sich zur Tür um.

Eine alte Frau mit krausem grauem Haar und Gehstock, die sie nie zuvor gesehen hatte, musterte sie skeptisch. »Habt ihr Euch verlaufen?«

Schnell hob Scarlett den Bilderrahmen auf und stellte ihn zurück auf die Fensterbank. Sie befand sich in einem der zwei Säle, in denen Gäste empfangen wurden.

»Ich wollte sowieso gerade gehen«, murmelte sie und schob sich an der Frau vorbei, die so unvermittelt nach ihrem Arm griff, dass Scarlett scharf die Luft einzog. Ihr Griff war unangenehm fest, die Fingernägel so lang wie Klauen.

»Lass mich gefälligst los!« Scarlett riss an ihrem Arm, doch die Alte blieb beharrlich.

Ihre Augen waren von einem unnatürlichen Blau, das sie Jahre jünger machte, als die Falten auf ihrem Gesicht vermuten ließen.

»Da ist etwas Schwarzes in Euch«, flüsterte die Frau. Ihr Atem roch übel und faulig.

»Wenn du mich nicht sofort loslässt, rufe ich die Wachen«, drohte Scarlett der Alten, die ihr nur bis zur Schulter reichte.

Doch die lachte bloß. »Du willst mich doch gar nicht loswerden. Du brauchst mich.«

Endlich ließ sie ihren Arm los – und nicht nur das: Für den Bruchteil einer Sekunde veränderte sich ihr Gesicht, wurde jünger, bis … Scarlett presste sich die Hand vor den Mund, ehe sie zurücktaumelte und blinzelte. Als sie den Blick wieder auf die Frau richtete, sah jene aus wie zuvor.

Demonstrativ schloss die Alte die Tür. Auf ihren Stock gestützt, ging sie bis zum Sofa, auf das sie sich fallen ließ. Auch wenn es Scarlett widerstrebte, setzte sie sich zu ihr.

»Spuck's aus«, sagte Scarlett, um das ungute Gefühl in sich zu vertreiben. Wie gebannt starrte sie auf das Gesicht der Frau, doch es veränderte sich nicht mehr.

Die Alte drückte ihren Rücken durch, der vernehmbar knackte.

»Du suchst den Prinzen. Hier wirst du ihn nicht finden.«

»Meinst du?«, murmelte Scarlett. »Und wo soll ich stattdessen nach ihm suchen?«

»Manche Menschen können nicht mehr gefunden werden. Zumindest nicht, solange sie es nicht wollen.« Mit zitternder Hand fuhr sich die Unbekannte durch das schüttere Haar. »Aber es gibt eine Person, die dir helfen kann.«

Scarlett war hin und hergerissen zwischen Misstrauen und Neugierde. Sie hatte diese Frau nie zuvor am Hof gesehen. Ihr Kleid war am Saum eingerissen und auf Brusthöhe voller Flecken. Hatte sie sich verbotenerweise ins Schloss geschlichen? Und wieso tauchte sie gerade jetzt auf, da Scarlett nach dem Prinzen suchte?

»Was weißt du über Prinz Elric?«

»Er war Euch nicht unähnlich. Da gibt es etwas, das euch verbindet.«

Scarlett runzelte die Stirn.

»Die Faszination für das, was nicht sein darf. Dir wurde sie in die Wiege gelegt, ihm wurde sie beigebracht. Und wenn man sich einmal verliebt hat, kommt man nur schwer davon los, was?«

»Ich habe keine Ahnung, wovon du sprichst«, log Scarlett. Abwartend verschränkte sie die Arme vor der Brust.

»Norik«, sagte sie dann. »Das ist der Name, den du brauchst.«

»Norik?«

Die Alte nickte. »Er war dabei, als das Unheil entstanden ist.«

»Und wer soll das sein?« Scarlett sah sie ungeduldig an.

Lange sagte die alte Frau gar nichts. Stattdessen starrte sie aus dem Fenster, als würden im Schlossgarten die Antworten warten, die sie selbst nicht fand. »Er ist auf dem Weg hierher«, meinte sie schließlich.

»Auf dem Weg ins Schloss?«

»Oh nein.« Um die Mundwinkel der Alten zuckte es. »Hier ist er nicht mehr erwünscht. Und das weiß er. Dennoch kann er Syllitist nicht verlassen. Zumindest nicht für immer. Es gibt noch etwas für ihn zu tun.«

»Du sprichst in Rätseln, weißt du das?« Scarlett musste sich beherrschen, um die Alte nicht anzuschreien. »Wo finde ich ihn?«

»Das kann ich dir nicht sagen.«

»Und was soll ich dann tun?«

»Dich entscheiden, Scarlett. Dich ein für alle Mal entscheiden.«

»Was weißt du schon …« Scarlett erhob sich, aber ein plötzlich auftretender Schwindel ließ sie schwanken.

In letzter Sekunde konnte sie sich an der Wand abstützen. Da war es wieder – das Gesicht, das sie immer nur aus der Ferne gesehen hatte und das sie jetzt auf seltsame Art und Weise anlächelte.

Die Königin von Ryzund. Idalias Mutter.

Eine Sekunde später war die Vision vorüber, doch Scarlett war noch immer schwindlig. Um Haltung bemüht fragte sie: »Wie sieht dieser Norik aus? Kannst du ihn mir beschreiben?«

Das Kopfschütteln der alten Frau trieb sie in den Wahnsinn. Am liebsten hätte sie auf den Hacken kehrtgemacht und den Raum verlassen, aber irgendetwas hielt sie hier.

Unter einem Ächzen stand die Frau vom Sofa auf und ging auf Scarlett zu. Ihr graues spinnwebdünnes Haar war zu einem Dutt frisiert, aus dem Dutzende Strähnen fielen.

»Schließ die Augen«, forderte sie Scarlett auf, und auch wenn es ihr widerstrebte, der Alten zu vertrauen, kam sie deren Befehl nach. »Ich werde dir nicht sagen, wie Norik aussieht«, sagte sie mit knarziger Stimme. »Aber ich kann es dir zeigen.«

23

Idalia

Juneck lag mit Fieber im Bett, weswegen Idalia die Gänse allein hütete. Was ihr anfangs wie eine Wohltat vorgekommen war, setzte ihr mit jedem Tag, den sie einsam auf der Wiese verbrachte, mehr zu. Sie hatte niemanden, mit dem sie reden konnte. Niemanden, der sich mit ihr die Zeit vertrieb und dafür sorgte, dass die Tage nicht so lang wurden.

Und vor allem hatte sie niemanden, der sie auf andere Gedanken brachte, nachdem sie an Baron vorbeigelaufen war und in seine viel zu lebendigen Augen geblickt hatte.

Sie wollte sich nicht eingestehen, dass sie einsam war. Zu schmerzlich wäre die Erkenntnis, versagt zu haben.

Gedankenverloren schaute sie auf die Gänse, die über die Wiese liefen, die Köpfe in den Himmel reckten und ihren Durst am Bach stillten.

Wenn sie die Augen schloss und das Schnattern der Tiere ausblendete, sah sie Elric vor sich. Den Prinzen, der nicht in Syllitist war. In den letzten Tagen hatte sie einige Menschen in der Stadt gefragt, die geschlossen auf jenen Mann verwiesen, der mit Scarlett auf dem Balkon aufgetaucht war. Niemand schien etwas über seinen wahren Verbleib zu wissen. Vielleicht hatte Scarlett sie ja auch angelogen.

Idalia schob alle negativen Gedanken beiseite und konzentrierte sich auf Elric. Auf das Bild, das sie von ihm hatte. Sein lockiges, dunkles Haar. Das Lächeln, das Grübchen auf seine Wangen zauberte.

Und als sie die Augen öffnete, stand er auf einmal vor ihr. Schaute sie mit einer Mischung aus Überraschung und Zugewandtheit an. Sein Bart war dichter geworden, die Haare hingen ihm ungezähmt in die Stirn. Aber das Grinsen war das gleiche.

Er stand vor ihr – und doch war es nicht Elric.

Aber er stellte dasselbe mit ihrem Herzen an.

Und obwohl Idalia wusste, dass es dumm und gefährlich war und nirgendwohin führte, stand sie auf, lief auf ihn zu und schloss ihn so fest in ihre Arme, dass ihr Herz verräterisch hüpfte.

»Ich habe dich vermisst«, flüsterte sie Norik ins Ohr. »Ich hatte Angst, dass du gar nicht mehr wiederkommst.«

Er roch herb und verwegen – ein bisschen nach Wald, ein bisschen nach Freiheit.

Norik vergrub seine Hände in ihrem Haar. Einen Moment verharrten sie schweigend, dann sagte er: »So schnell wirst du mich nicht los.«

Räuspernd löste sie sich von ihm.

Ingo, ein besonders vorlauter Gänserich, watschelte aufgeregt schnatternd auf ihn zu. Norik bückte sich, um ihn zu streicheln, was in einem aufgeregten Fauchen endete.

Idalia kicherte. »Er ist neugierig, will aber nicht angefasst werden.« Sie führte Norik zu ihrem Platz unter der Eiche. Auf die Frage, was sich seit seit ihrem letzten Treffen geändert hatte, sagte

Idalia: »Mir geht es den Umständen entsprechend gut. Aber ich komme einfach nicht voran, gleich, was ich tue.«

Nachdenklich strich sie mit den Fingern über das Gras, das durch die Sonne warm geworden war.

»Was weißt du über Prinz Elric?«, fragte sie ihn schließlich. Zwar hatten sie in Grundzügen schon über den Prinzen gesprochen, nicht aber, seit aus dessen Existenz ein Mysterium geworden war.

»Wieso interessiert dich das?« Norik runzelte die Stirn.

»Man munkelt, dass er schon lange nicht mehr in Syllitist gesehen wurde. Dass er sein Zuhause verlassen hat.«

»Und auf solche Gerüchte gibst du etwas?« Der Blick, den Norik ihr zuwarf, hatte etwas Verurteilendes.

»Nein. Aber ich denke, dass es gut ist, wenn ich weiß, wo er ist. Und wieso er gegangen ist. Hast du jemals mit ihm gesprochen?«

Stöhnend lehnte Norik sich gegen den Stamm und schloss die Augen. Sonnenlicht fiel auf seine Züge, zeichnete seine verkniffene Miene weich. »Ich bin ein einfacher Mann, was soll ich mit einem Prinzen zu tun haben? Er ist gewiss ein feiner Pinkel, der zu …«

»He!« Idalia gab ihm einen Klaps gegen die Hüfte. »Der feine Pinkel ist immer noch mein Zukünftiger.«

Glaubte sie überhaupt noch daran? In diesem Moment war sie sich nicht mehr so sicher.

»Kannst du mir gar nichts über ihn erzählen?«, drängte sie ihn.

Norik drehte sich ihr zu. »Was willst du denn wissen? Ich kann dir nicht mehr berichten als die Leute aus der Stadt. Tut mir leid. Mir geht derzeit einfach viel im Kopf herum.« Er rückte ein Stück von ihr weg.

»Willst du mit mir darüber reden?«

Idalia rechnete nicht damit, dass er sich ihr anvertrauen würde. Umso überraschter war sie, als er zu erzählen begann.

»Gibt es etwas in deinem Leben, das du bereust?«

»So einiges. Dass ich Scarlett vertraut habe. Dass ich in dieser Nacht im Wald eingeschlafen bin und sie mich überwältigen konnte.«

»Und … abgesehen davon?«

Die Prinzessin presste die Lippen aufeinander. Ihr Leben in Ryzund war ruhig verlaufen, beinahe ereignislos. Sie hatte sich um nichts sorgen, hatte keine Entscheidungen treffen müssen, mit denen sie sich schwertat.

»Kann man Dinge bereuen, die man nicht getan hat?«, fragte sie mehr sich selbst als Norik. »Ich bin behütet aufgewachsen, habe mein Zuhause nie als Käfig verstanden, aber vielleicht war es genau das. Vielleicht hätte ich ausbrechen …«

Sein Kopfschütteln hielt sie davon ab, weiterzusprechen. »So etwas meine ich nicht. Eher … ein Unheil, das du angerichtet hast. Obwohl du gute Absichten hattest.«

Welche Wahrheit versteckte sich hinter seinen hellbraunen Augen? Welches Gewitter tobte hinter seiner Stirn?

»Ich glaube nicht, dass …« Idalia hielt inne, als sie sah, dass Perla, die schwarze Gans, sich von den anderen löste und auf sie zuwatschelte.

»Nicht schon wieder«, murmelte sie, da konnte sie die goldene Feder bereits sehen.

»Ich komme zurück«, sagte sie noch zu Norik, ehe sie nach der Feder griff und die Welt sich vor ihren Augen auflöste.

»Nimm es mit! Ich will es nicht bei mir haben!« Die Stimme der Königin klang schrill. In einer abwehrenden Geste hatte sie die Arme von sich gestreckt. Wie ein böses Omen stand die Wiege zwischen ihr und ihrem Mann, der sich ihr nur mit zögerlichen Schritten näherte.

»Geh zu dieser Hexe und zeig ihr, was sie angerichtet hat! Das ist nicht mein Kind! Das wird niemals mein Kind sein!« Ihre Augen waren vor

Schreck geweitet, ihre Haut so blass, dass jegliches Leben aus ihrem Körper gewichen schien.

»Das passiert, wenn man sich mit der Dunkelheit einlässt.«

»Alles wird gut«, beteuerte der König, aber es klang nicht so, als würde er es wirklich glauben. Er beugte sich über die Wiege und hob das schreiende Neugeborene heraus, das in weiße Laken gewickelt war.

Wirkte es nur so, oder wagte er es nicht, dem Kind ins Gesicht zu sehen?

»Raus hier!«, donnerte die Königin. Ehe sie ihn erreicht hatte, war er mit dem Säugling nach draußen gestürmt.

In einem Anflug von Panik sah er das Kind an, das seine Frau zur Welt gebracht hatte. Das Kind, um dessen Körper schwarze Schlieren waberten und das tote, dunkle Augen hatte.

Seine Hände zittern so sehr, dass er das Bündel beinahe fallen ließ. Wünschte er sich vielleicht, genau das zu tun? Um das Unheil loszuwerden?

Der König über Ryzund hastete durch die pechschwarze Nacht, hinein in einen tiefen Wald, eine Anhöhe hinauf, bis er sich zwischen zwei Birken hindurchschob. Wahrscheinlich suchte er das Haus der Hexe. Wie vom Donner gerührt blieb er auf einmal stehen. Die Brücke, die vor ihm lag, war in der Mitte durchgebrochen, so als hätte ein Blitz sie zweigeteilt. Ein wilder Fluss tobte zu seinen Füßen, die Strömung war so heftig, dass sie jedem Wanderer das Hinüberkommen verwehrte.

»Wandranka!«, rief er in die Nacht hinein, kaum in der Lage, die Schreie seines Kindes zu übertrumpfen. »Sieh dir an, was du angerichtet hast!«

Scheinbar orientierungslos sah er sich in der Finsternis um. Das Licht des Mondes reichte nicht aus, um etwas zu sehen.

Das Neugeborene in seinem Arm schrie aus Leibeskräften. Zum zweiten Mal in dieser Nacht beging der König den Fehler und sah ihm ins Gesicht.

Seine Tochter hatte sich aus dem Leinentuch gekämpft – mit einer Kraft, die die eines Neugeborenen überstieg. Der König warf einen Blick auf den kleinen Körper und den schwarzen Halbmond, der sich oberhalb seiner Brust abzeichnete.

Er sackte vornüber, das Kind rutschte ihm aus der Hand, fiel schreiend auf den erdigen Boden.

Als der König eine Stunde später den Wald verließ, war er allein.

Unsanft wurde Idalia zurück auf die Wiese geschleudert. Ihr Kopf schlug gegen den Baumstamm und ein Schmerzensschrei kam über ihre Lippen.

»Was zur Hölle war das?« Norik beugte sich über sie. »Wie geht es dir? Was … was ist da passiert?«

Mit seiner Hilfe gelang es der Prinzessin, sich aufzurichten. Sie rieb sich den schmerzenden Kopf und atmete tief durch, bis sie nicht mehr verschwommen sah.

Von Perla fehlte jede Spur, die Feder hatte sich in nichts aufgelöst.

Idalias Herz schlug unregelmäßig, ein feiner Schweißfilm bildete sich auf ihrer Stirn. Obwohl sie wieder auf der Wiese und damit in Sicherheit war, geisterte die Erinnerung durch ihren Kopf.

Was war da geschehen? Welche grausame Version ihrer Geburt hatte sie sich ansehen müssen?

Schutzsuchend schlang sie die Arme um ihren Oberkörper und kämpfte gegen die Tränen an, als sie Noriks Hand auf ihrem Rücken spürte.

»Ganz ruhig. Atme. Du bist hier sicher.«

Idalia, die sich ihren Gefühlen nicht hingeben wollte, nickte tapfer. Mit dem Handrücken wischte sie sich die Tränen aus den Augen und setzte sich aufrecht.

»Was ist geschehen?«, wiederholte Norik. »Bist du ohnmächtig geworden?«

Idalia schüttelte den Kopf. Wie sollte sie ihm das Ganze erklären? Sie verstand es ja selbst nicht. »Es sind die Federn«, sagte sie schließlich. »Ich glaube, dass sie mir etwas zeigen wollen, was ich noch nicht verstehe.«

24

Scarlett

Mittlerweile hatte sie Übung darin, sich nachts davonzuschleichen. Nur dass ihr Weg heute nicht in den Wald, sondern in die Stadt führte.

Valeria hatte sie den ganzen Tag über aufgehalten und sie in unglaubhafte Gespräche über ihren Sohn verwickelt, sodass Scarlett erst jetzt, da die Königin endlich schlief, Zeit hatte, sich auf die Suche zu begeben. Auf die Suche nach Norik, den ihr die geheimnisvolle Alte gezeigt und dessen Gesicht sie auf ein Stück Papier gemalt hatte. Es war nicht perfekt, dennoch hoffte sie, dass es reichen würde, um ihn ausfindig zu machen. Sofern er sich überhaupt in Syllitist aufhielt.

Die Nacht war still, das Klackern ihrer Absätze das einzige Geräusch. Sie beeilte sich, in die Stadt zu kommen. Hoffte, dass sie zumindest in einem Gasthaus noch Menschen antreffen würde.

Als die ersten Häuser der Stadt vor ihr auftauchten, wurde sie langsamer. Hier und da brannte eine Fackel, davon abgesehen lag die Hauptstadt in Dunkelheit vor ihr.

Scarlett zog sich die Mütze tiefer ins Gesicht. Das Volk kannte sie mittlerweile, waren sie doch alle da gewesen, als sie sich auf dem Rathausbalkon präsentiert hatte. Deswegen konnte sie nur hoffen, dass ihre Verkleidung, die aus einer braunen Kurzhaarperücke, einer ausgebeulten Hose und einer alten Tunika, die sie dem Stallburschen aus dem Schrank gestohlen hatte, bestand, ausreichen würde. Die Tatsache, dass sie ohnehin kein Gesicht hatte, das in Erinnerung blieb, kam ihr zugute. Und sie konnte wie die einfachen Leute reden, immerhin hatte sie Jahre unter ihnen gelebt.

Scarlett lief durch die verlassenen Gassen, bis Stimmengewirr an ihr Ohr drang. In einem der Holzhäuser brannte Licht, und als sie näher kam, erkannte sie einige Männer, die sich vor dem Gebäude aufhielten, lachten und grölten. Bierkrüge in den Händen, feierten sie die Nacht.

Scarlett bemühte sich um einen männlichen Gang, machte möglichst große Schritte und versuchte, sich nicht zu schnell fortzubewegen. Schließlich wollte sie wie jemand aussehen, der nach einem langen Arbeitstag Lust auf ein bisschen Spaß in guter Gesellschaft hatte.

Sie hob die Hand zum Gruß, als sie an den Männern vorbeiging und atmete tief durch, bevor sie die Tür zum Wirtshaus öffnete.

So ausgestorben die Stadt wirkte, so lebhaft ging es hier drinnen zu. Der Geruch nach frisch gekochtem Essen lag in der Luft, ein Spielmann sorgte mit seiner Laute für musikalische Unterhaltung, und nicht einer der Tische war frei.

Mit Müh und Not fand Scarlett einen Platz am Schanktisch, wo sie sich mit verstellter Stimme ein Bier bestellte. Als Mann würde sie nicht durchgehen, aber einen Jungen, der sich an der Schwelle zum Erwachsenenalter befand, konnte sie imitieren. Dann machte es auch nichts, wenn ihre Bewegungen etwas linkisch waren.

Neben ihr saß ein bärtiger Kerl, der mit grimmiger Miene auf den Tisch starrte. Auf dem Holzteller vor ihm befanden sich Reste eines Fleischgerichts.

»He!« Scarlett rutschte näher an ihn heran. Er roch nach Schweiß und harter Arbeit. »Ich such jemanden.«

»Ich nicht«, erwiderte er knapp.

»Er heißt Norik«, fuhr sie fort. »Sagt dir das was?«

»Seh ich so aus?« Er schenkte ihr einen vernichtenden Blick. »Bist du nicht ein bisschen zu jung hierfür? Du siehst aus, als würdest du noch in die Windeln machen!« Lachend schlug er mit der Hand auf die Holzplatte, woraufhin Scarlett sich ihren Bierkrug schnappte, aufstand und zu einem der Tische ging.

Sie begrüßte die vier Männer, die ihre Bierkrüge aneinanderschlugen. Nacheinander hoben sie den Blick.

»Wir sind schon komplett«, brummte ein älteres Exemplar mit großer Nase und Doppelkinn.

»Ich such einen Freund von mir.« Scarlett quetschte sich zu ihnen auf die Bank. »Bin neu in die Stadt gekommen und glaube, dass er hier ist. Er heißt Norik.«

In keinem der Gesichter zeigte sich eine Regung.

»Nie gehört«, sagte ein Mann in dunkelbraunem Wams.

»Schade.«

»Wie sieht er denn aus?«, erkundigte sich der Dritte aus der Runde.

Aus ihrer Hosentasche zog Scarlett die Zeichnung und legte sie in die Mitte des Tisches. Neugierig beugten sich die Männer darüber, einer so schwungvoll, dass sein Bierkrug bedenklich schwankte.

»Meine Güte, jetzt wird der Kerl schon offiziell gesucht.«

Scarlett hob den Kopf und blickte in ein dunkelblaues Augenpaar, das zu einem braunhaarigen jungen Mann gehörte. »Er hat zwar einiges ausgefressen, aber dass man jetzt schon Bilder von ihm malt, um ihn ausfindig zu machen, ist selbst für Norik eine Spur zu heftig.«

»Du kennst ihn?« In der Aufregung vergaß Scarlett, ihre Stimme zu verändern, weswegen sie sich schnell räusperte. »Ich meine … Du kennst ihn?«, fragte sie erneut.

Der Mann musterte sie für den Bruchteil einer Sekunde argwöhnisch, dann zuckte er die Schultern. »Er taucht immer mal wieder hier auf. Auch wenn er es nicht lassen kann zu betonen, wie *furchtbar* er die Stadt findet.« Er verdrehte die Augen.

»Das heißt … er wohnt nicht hier?«

»Norik wohnt nirgendwo. Will keine Verantwortung für sein Leben übernehmen. Wenn du mich fragst, hat er einfach Angst.«

»Weißt du, wo ich ihn finden kann?«, fragte Scarlett ungeduldig.

Der Braunhaarige stützte sich auf der Tischplatte ab und deutete auf die Tür. »Er schläft bei Marlen, wenn er hier ist.«

»Und … wer ist Marlen? Ich bin nicht von hier.«

»Das sieht man auf zehn Schritte Entfernung. Was ist das überhaupt für eine komische Mütze?« Mit einer schwungvollen Handbewegung fegte er ihr über den Kopf. Scarlett schaffte es gerade noch, die Mütze festzuhalten.

»Wo finde ich Marlen?«, wiederholte sie hartnäckig.

»Um diese Zeit wahrscheinlich im Bett.« Der Mann grinste und offenbarte zwei Reihen gelber Zähne. »Den Weg runter. Es ist das rote Haus an der Ecke mit dem Schwan an der Tür. Du kannst es nicht verfehlen.«

»Danke.« Ohne ihm noch einen Blick zu schenken, schob Scarlett sich an ihm vorbei Richtung Ausgang.

Gierig sog sie die frische Nachtluft ein. Wie stickig es in dem Gasthaus gewesen war, wurde ihr jetzt erst bewusst. Ebenso wie die Tatsache, dass sie Noriks Bild auf dem Tisch vergessen und ihr Bier nicht bezahlt hatte.

Aber wenn alles gutging, müsste sie diese Schenke sowieso nicht mehr betreten.

Sie beeilte sich, zu dem Haus zu kommen, das der Mann ihr beschrieben hatte, und fand es in weniger als fünf Minuten. Obwohl kein Licht hinter den Fenstern brannte, klopfte sie gegen die Tür – und wiederholte es nachdrücklicher, als nichts geschah. Seufzend trommelte sie dann gegen den Fensterladen.

Nachdenklich ließ sie den Blick schweifen, bis sie in einem Beet im Vorgarten einen handlichen Stein entdeckte. Ohne weiter zu überlegen, nahm Scarlett ihn in die Hand, holte aus, um ihn gegen die Tür zu schmettern und fand sich kurz darauf einer schreienden Frau gegenüber.

»Hilfe! Einbrecher! HILFE!«, brüllte sie über die Straße, während sie die Tür, die sie gerade geöffnet hatte, wieder schließen wollte.

Doch Scarlett klemmte ihren Fuß in den Spalt, auch wenn sie vor Schmerz aufschrie, als die Tür auf ihn zusauste.

»HILFE! HILFE!« Die Frau trug ein langes Nachthemd, das ihre Leibesfülle nur schlecht verdecken konnte. Panik stand in ihr teigiges Gesicht geschrieben.

»Beruhig dich!« Demonstrativ ließ Scarlett den Stein fallen und hob beide Hände. »Ich komme mit friedlichen Absichten.« Vorsichtshalber sah sie sich auf der Straße um, doch niemand war auf die Schreie der Frau aufmerksam geworden.

Jetzt, da Marlen sich beruhigt hatte, stremmte sie die Hände in die Hüften. »Was willst du hier? Weißt du eigentlich, wie spät es ist?«

»Es tut mir leid, dass ich so spät noch geklopft habe«, sagte Scarlett mit tiefer Stimme. »Ich habe eine lange Reise hinter mir und ich …«

»Ist alles in Ordnung?«

Scarlett hörte Schritte. Kurz darauf streckte ein junger Mann seinen Kopf aus der Tür.

Für den Bruchteil einer Sekunde hatte sie ihre Mimik nicht unter Kontrolle, sodass ein kleines Lächeln von ihren Lippen purzelte. Das war ja einfacher als gedacht. Und er sah wirklich genauso aus, wie die gruselige Frau im Schloss ihn ihr gezeigt hatte.

»Norik«, erkannte sie, woraufhin sich sein Gesicht fragend verzog.

»Wer bist du?« Er schob die dicke Frau zur Seite und baute sich vor ihr auf.

Scarlett war sich unsicher, ob ihre Verkleidung einer so ausführlichen Musterung standhalten würde. Vorsichtshalber zupfte sie ihre Perücke zurecht und richtete die Mütze.

»Ich muss unbedingt mit dir reden«, eröffnete sie ihm. »Es … geht um deine Mutter.« Scarlett ballte die Hände zu Fäusten, und entspannte sich erst wieder, als Norik aus dem Haus trat.

»Was weißt du von meiner Mutter?«

»Lass uns ein Stück gehen«, schlug sie vor.

Widerwillig setzte sich Norik in Bewegung.

»Ich bin gleich wieder da«, versicherte er der Frau im Nachthemd, die Scarlett noch immer verwirrt betrachtete.

»Was willst du?«, fragte Norik sie, da hatten sie das Haus gerade erst hinter sich gelassen.

Scarlett kannte sich in der Stadt noch immer zu schlecht aus, als dass sie einen Ort gewusst hätte, an dem sie ungestört reden konnten.

Was sie fand, war eine verlassene Bank neben einem stillgelegten Brunnen. Auffordernd klopfte sie auf den freien Platz neben sich und wartete, bis Norik sich gesetzt hatte. Sein Gesicht war von Skepsis gezeichnet, er hatte die Augenbrauen so fest zusammengezogen, dass nahezu kein Abstand mehr zwischen ihnen war.

»Du bist kein Mann«, erkannte er.

»Und du anscheinend nicht ganz so dumm, wie ich dachte.«

»Wer bist du? Und was willst du von mir?«

»Ich brauche Antworten«, erwiderte Scarlett schlicht. Norik setzte zu einer Erwiderung an, aber sie kam ihm zuvor. »Du hattest Kontakt zum Prinzen.«

Für einen kurzen Moment zeichnete sich Erschrecken auf seinem Gesicht ab.

»Vielleicht weißt du, dass der Prinz seit einigen Monaten nicht mehr im Schloss war. Der König und die Königin haben nicht die geringste Ahnung, was mit ihm passiert ist, aber dein Name ...«

»Wer hat dir meinen Namen genannt?« Die Ader auf seiner Stirn pochte verräterisch.

»Sag mir einfach, wo der Prinz ist.«

Abwartend verschränkte er die Arme vor der Brust. »Wieso sollte ich einem dahergelaufenen Mädchen Informationen über Prinz Elric zukommen lassen? Ich kenne dich nicht mal.«

Scarlett seufzte. Ein Teil von ihr hatte gehofft, diese Karte nicht ziehen zu müssen, aber sie wollte nicht noch länger ihre Zeit verschwenden.

Mit einer schwungvollen Bewegung stand sie auf, riss sich die Mütze vom Kopf und ließ die Perücke fallen. Sie fuhr sich durch das rote, lockige Haar und stieg aus dem Umhang. Scarlett gab Norik einen Moment, um sie zu erkennen, doch als er sie weiterhin nur verwirrt anstarrte, verdrehte sie die Augen.

»Prinzessin Idalia aus Ryzund«, stellte sie sich vor und deutete eine Verbeugung an, auch wenn er derjenige war, der vor ihr knien müsste.

Norik legte den Kopf schief.

»Bist du schwer von Begriff?« Scarlett stemmte die Hände in die Hüften. »Oder hat die Kunde dich noch nicht erreicht? Ich bin Prinzessin Idalia aus Ryzund. Deine künftige Königin.« Stolz reckte Scarlett das Kinn und nahm mit zunehmender Verwunderung wahr, wie sich Noriks Miene verdunkelte.

»Idalia«, spie er ihr den falschen Namen vor die Füße. »Du bist nicht Prinzessin Idalia.« Er stand vor der Bank auf und kam ihr so nah, dass sie seinen Atem riechen konnte. »Die Lüge lauert in deinen Augen.«

Überrumpelt trat Scarlett einen Schritt zurück. »Wage es nicht, mir noch einmal so nah zu kommen«, zischte sie.

»Damit machst du es uns sehr leicht, *Scarlett.*«

Sie erstarrte. Fühlte auf einmal ihre Beine nicht mehr und begann zu schwanken. Panik flutete ihren Körper, während sie fieberhaft überlegte, woher Norik ihren echten Namen kannte.

»Du bist nicht die wahre Prinzessin.« Mit erhobenem Zeigefinger fuchtelte er vor ihrem Gesicht herum. »Du hast Idalia im Wald überwältigt und ihren Platz gestohlen.«

Während Scarlett innerlich strauchelte, ließ sie sich äußerlich nichts anmerken. »Du weißt, dass das Hochverrat ist. Und dass ich dich dafür einen Kopf kürzer machen kann.«

»So, wie du Idalias Pferd getötet hast? Mehr kannst du nicht? Sobald sich dir jemand in den Weg stellt, bringst du ihn um?«

Scarlett lachte kalt. »Du scheinst mich ja gut zu kennen.« Sie presste die Lippen aufeinander. »Was hast du mit Prinz Elric zu tun? Weißt du, wo er sich aufhält? Ich muss ihn finden.«

»Ich werde dir ganz sicher nichts sagen!«

»So?« Scarlett trat einen Schritt auf ihn zu. Wollte auf keinen Fall den Eindruck erwecken, wehrlos zu sein. Auch wenn er sie körperlich leicht bezwingen könnte und sie in der Menschenwelt kaum in der Lage für Magie war. »Ich kenne deinen Namen und dein Gesicht. Ein Befehl von mir und König Udans Wachen nehmen sich deiner an.«

Norik lachte. »Ich fürchte den Tod nicht mehr.« Torheit sprach aus seiner Miene, aber da war auch ein Mut, den sie bewunderte. Und der sie dazu veranlasste, noch einen Schritt auf ihn zuzumachen.

»Ich werde mich auf die Suche nach dem Prinzen begeben. Und dafür brauche ich deine Hilfe.«

»Nur dass es keinen einzigen guten Grund gibt, wieso ich dir helfen sollte. Aber Hunderte, dich an Ort und Stelle zu überwältigen.« Etwas blitzte in seinen Augen auf.

»Denk nicht mal dran.« Scarlett schnippte mit dem Finger, zog ihre Hand von links nach rechts und drehte sich einmal um die eigene Achse.

Was ihr bei den *Finsteren* leicht von der Hand ging, glich hier einem Kraftakt. Schwarzer Rauch umhüllte ihre Gestalt, aber er war durchlässig und versiegte innerhalb weniger Sekunden. Betreten blickte sie auf den Boden, in der Sicherheit, dass sie sich blamiert hatte.

»Was war das – eine misslungene Zirkusvorführung?«

Scarlett schnaubte. »Über kurz oder lang wirst du gegen die Dunkelheit in mir nicht ankommen.« Weil er sich so sicher fühlte, schoss Scarlett auf ihn zu, drängte ihn dicht gegen die Brunnenwand, bis er sich nicht mehr bewegen konnte. »Du wirst tun, was ich dir sage, ist das klar?« Sie schnippte noch einmal, aber der Rauch blieb aus.

Sie war ihm so nah, dass sie seinen Atem auf ihrer Haut spüren konnte. So nah, dass sie seine Angst, die er trotz ihres missglückten Versuchs empfand, roch.

Scarlett verengte die Augen zu Schlitzen. »Knie vor deiner Königin«, zischte sie ihm zu.

Für den Bruchteil einer Sekunde weiteten sich seine Pupillen, dann schloss er seine Hand so fest um ihren Hals, dass sie keuchte.

Norik legte sein gesamtes Gewicht in den Schwung, mit dem er sie herumwirbelte, sodass Scarlett gegen die steinerne Brunnenmauer prallte. Blitzschnell fixierte Norik ihre Hände.

»Auch wenn nur reines blaues Blut durch deine Adern flösse, würde ich nicht vor dir niederknien.« In seinen Augen flackerte es gefährlich. »Jetzt wirst du auf *mich* hören, Betrügerin.«

25

Idalia

Idalia schreckte schweißgebadet aus dem Schlaf hoch. Ein Poltern drang an ihre Ohren, das in ihrer Brust widerhallte. Ängstlich sah sie sich in ihrer Kammer um und griff nach der Öllampe, die sie mit klammen Fingern anzündete. Mit dem Licht in der Hand verließ sie ihr Bett, ging barfuß über den hölzernen Boden zu den Fensterläden, von denen das Geräusch herrührte.

Im Begriff, den Riegel zur Seite zu schieben, hielt Idalia inne. Sie hatte von Männern gehört, die des Nachts durch Städte zogen und hilflose Frauen ausraubten.

Aber sie hatten nicht Noriks Stimme.

»Nun mach schon auf!«, rief er.

Resigniert sah sie an sich hinab. Sie trug nicht mehr als ein Nachtkleid, das ihr noch dazu mehrere Nummern zu groß war und dringend gewaschen werden müsste. Ihre Haare waren ein einziges Durcheinander und wie tief die Ringe unter ihren Augen lagen, wollte sie gar nicht erst wissen.

»Mir ist es egal, wie du aussiehst, aber mach auf!«

Seufzend schob sie den Riegel beiseite und öffnete die Fensterläden mit einer Hand. Sie musste die Öllampe hochhalten, um in der Dunkelheit überhaupt etwas erkennen zu können. Als sich Noriks Umriss vor ihr abzeichnete, der eine Gestalt im Klammergriff hielt, stockte ihr der Atem.

Auch im fahlen Licht erkannte sie sie sofort: Ihr rotes Haar wehte verräterisch um ihr Gesicht, das vor Zorn verzogen war. Ein Stoffknebel steckte in ihrem Mund, hinderte sie am Schreien. Ihre Hände waren gefesselt. Scarlett wand sich in Noriks Griff.

»Bist du von allen guten Geistern verlassen?«, zischte Idalia. »Wenn dich jemand sieht, wirst du hingerichtet!«

»Sie ist mir geradezu in die Arme gelaufen«, hielt er dagegen. »So eine Chance bekommen wir nie mehr.«

»Was hast du mit ihr vor?« Ihre eigene Stimme klang in der Stille der Nacht unangenehm laut.

Idalia stellte sich dichter an den Fensterrahmen. Aus Scarletts Augen schossen Blitze, die abwechselnd ihr und Norik galten.

»Das besprechen wir drin. Lässt du mich rein?«

»Norik, wenn uns jemand sieht …«

»Ist dir nicht bewusst, wie viel Macht ich hier in der Hand halte? Wir kommen endlich voran! Aber jetzt mach endlich die Tür auf, oder willst du, dass ich festgenommen werde?« Hektisch sah er sich um.

»Na schön.« Bevor Idalia ihre Kammer verließ, griff sie nach dem übergroßen dunkelblauen Schlafrock, den sie von Teja geliehen hatte und der zumindest ihr liederliches Nachtkleid bedecken würde.

Auf leisen Sohlen schlich sie durch den schmalen Flur. Zwar schlief Teja normalerweise wie eine Tote, aber sie musste es ja nicht darauf ankommen lassen.

Ihre Finger waren klamm, als sie den Schlüssel im Schloss umdrehte und nach draußen spähte. Mit der tobenden Scarlett im Schlepptau erreichte Norik die Haustür.

Idalia legte den Zeigefinger vor ihre Lippen, dann gab sie den beiden den Weg frei und deutete anschließend in Richtung ihrer Kammer. Nachdem sie die Tür verriegelt hatte, folgte sie den zweien mit rasendem Herzen in ihr Zimmer.

Jedes noch so kleine Geräusch erschien ihr ohrenbetäubend. Panisch schloss Idalia ab und stellte die Öllampe auf den Holztisch neben einen Krug mit Wasser. Norik hielt Scarlett weiterhin im Klammergriff. Blut tropfte von deren Wange. War es zu einem Kampf gekommen?

Zaudernd setzte sich Idalia auf ihr Bett, die Beine an den Körper gezogen.

Scarlett biss in das Tuch, das in ihrem Mund steckte, gab Klagelaute von sich und wurde nicht müde, in alle Richtungen auszuschlagen.

»Was ist, wenn sie uns verzaubert?«, flüsterte Idalia, woraufhin Norik den Kopf schüttelte.

»Sie hat gerade eben eindrucksvoll bewiesen, dass sie das nicht kann.« Mit stockender Stimme erzählte er, was vorgefallen und wie sie in seine Gewalt gekommen war.

Idalia spitzte die Ohren. Waren da Schritte auf dem Flur? Sie wollte sich nicht ausmalen, was passieren würde, wenn Teja sie hier drinnen fand. Erst gestern hatte die Frau ihr von der neuen Prinzessin vorgeschwärmt.

»Und was machen wir jetzt?«

Norik zog die Schulterm hoch. »Ich dachte, das könntest du mir beantworten.«

»Ich … woher …« Idalia lachte nervös. »Du tauchst mitten in der Nacht bei mir auf …«

»Sei froh, dass wir endlich vorankommen.« Norik stieß Scarlett unsanft auf den Boden.

»Sie will Prinz Elric suchen?«, fasste Idalia das zusammen, was sie verstanden hatte. »Aber wieso ist sie dann zu dir gekommen? Du hast mir gesagt, dass du den Prinzen nicht kennst.«

Nur für einen winzigen Moment wich Norik ihrem Blick aus. »Ich war dir gegenüber nicht ganz ehrlich«, sagte er dann.

»Was meinst du damit?«

»Eventuell hatte ich … hier und da doch Berührungspunkte mit dem Prinzen.«

»*Eventuell … hier und da* … was heißt das?«

Als er schuldbewusst den Blick senkte, beschlich Idalia eine Vorahnung.

»Du kennst ihn also«, hakte sie nach. »Obwohl du mir mehrfach versichert hast, dass das nicht der Fall ist.«

»Hör zu, das Ganze ist kompliziert …«

»Das ist mir egal. Du hast mich angelogen!«

Scarlett stieß ein Geräusch aus, das an ein Lachen erinnerte. Idalia warf ihr einen bösen Blick zu.

»Er war mein bester Freund«, platzte Norik schließlich mit der Wahrheit heraus. »Und es bricht mir das Herz, ihn verloren zu haben.« Schmerz zuckte über seine Züge, roh und echt.

Idalia schluckte.

»Ich war der Letzte, der ihn gesehen hat. Der Letzte, der mit ihm Umgang hatte. Das muss Scarlett irgendwie herausgefunden haben, auch wenn ich nicht weiß, wie. Deswegen ist sie zu mir gekommen. Weil sie dachte, ich wüsste, wo sich Prinz Elric aufhält.«

»Weißt du es denn?«, fragte Idalia ihn mit all der Zurückhaltung, die sie aufbringen konnte.

Norik schüttelte den Kopf. »Ich glaube nicht, dass er noch lebt. Ich weiß auch nicht, wieso sie ihn finden will. Wenn es ihr nur um die Krone geht, ist sie ohne ihn besser dran. Ganz davon abgesehen, dass er sich niemals für sie entscheiden würde.«

Idalia machte einen Schritt auf die beiden zu. Blendete Noriks Anwesenheit aus und konzentrierte sich voll und ganz auf die Magd. Deren Handgelenke wiesen rote Striemen von den Fesseln auf. Sie trug eine Hose und eine weite Tunika, die ihr etwas Maskulines, beinahe Burschikoses, verliehen. In sicherem Abstand zu ihr kniete sie sich auf den Boden, sodass sie auf Augenhöhe mit ihr war.

»Ich will mit ihr reden«, verkündete sie. »Beziehungsweise …will ich, dass *sie* redet.«

»Auf keinen Fall.« Norik schüttelte heftig den Kopf. »Sie wird losschreien, wenn ich ihr den Knebel aus dem Mund nehme.«

»Hast du nichts dabei, um sie gefügig zu machen?« Idalias Blick schweifte über Noriks Kleidung, doch er schien keine Waffe bei sich zu tragen.

»Tut mir leid, dass ich nicht mit einem Dolch ins Bett gegangen bin.«

»Dann droh ihr eben Gewalt an. So oder so – ich will endlich ihre Geschichte hören.«

Jetzt, da Scarlett gefesselt dalag und ihr nichts anderes antun konnte, als sie finster anzustarren, hatte Idalia keine Angst mehr vor ihr.

Norik schaute sie eine Weile abwägend an, dann seufzte er. Umständlich kniete er sich zu Scarlett auf den Boden und packte sie bei den Haaren.

»Hör zu«, bläute er ihr ein. »Wenn du auch nur einen Mucks von dir gibst, schlag ich dich bewusstlos. Und zwar so fest, dass du dir wünschst, nie den Mund aufgemacht zu haben.«

Seine Stimme war streng und duldete keinen Widerspruch. Dennoch nickte Scarlett erst, als er sie am Schlafittchen nahm.

»Lös du den Knebel«, sagte Norik an Idalia gewandt. »So kann ich sie festhalten.«

Etwas in Idalia wollte protestieren, aber da sie wusste, dass Norik recht hatte, überwand sie ihre Scheu. Sie rutschte so dicht an Scarlett heran, bis sie sie riechen konnte – eine sonderbare Mischung aus blumigem Parfüm und Wald. Mit bebenden Fingern löste sie den Knoten und zog ihr den Knebel aus dem Mund.

»Wag es nicht«, zischte Norik, als sich Scarletts Lippen öffneten. Er drängte sie gegen eine Kleidertruhe und baute sich bedrohlich vor ihr auf. »Du antwortest nur, wenn du gefragt wirst. Du gehst auf Idalias Fragen ein und verrätst ihr alles, was sie wissen will. Verstanden?«

Scarlett reckte ihren Hals, der gefährlich knackte. Mit Abscheu sah sie Idalia an. Die Prinzessin hasste sich dafür, wie schnell sie den Blick senkte. Doch in Scarletts Augen lag etwas, dem sie nicht begegnen konnte. Weil es ihr auf eine erschreckende Art und Weise bekannt vorkam.

»Was weißt du über Prinz Elric? Wo ist er?«

Scarlett lachte freudlos auf. »Ich weiß nicht, wo der vermaledeite Prinz ist. Wüsste ich es, wäre ich gewiss nicht auf die Hilfe von diesem Bauerntrampel angewiesen.«

Ohne auf Scarletts beißende Bemerkung einzugehen, fragte Idalia: »Wieso willst du ihn finden?«

Scarlett zog die Beine an den Körper. Ihre Hose war auf Kniehöhe aufgerissen. »Weil es ein verdammtes Gesetz gibt, das es mir verbietet, Königin zu werden, wenn er nicht an meiner Seite ist oder zumindest sein Tod nachgewiesen wird. Valeria und Udan sind altmodisch und werden so schnell nichts an dieser Regel ändern. Ich bin mir nicht mal sicher, ob sie es könnten.«

Idalia holte tief Luft, dann wechselte sie einen schnellen Blick mit Norik. »Warum soll Norik dir helfen?«

»Weil er der Letzte ist, der mit dem Prinzen zu schaffen hatte. Wer weiß, vielleicht hat er ihn ja sogar umgebracht.« Ein boshaftes Funkeln erschien in ihren Augen, das perfekt mit dem teuflischen Lächeln harmonierte, das sich auf ihre Lippen legte.

Idalia wartete darauf, dass Norik etwas sagte, aber er hüllte sich in Schweigen.

»Hätte ich gewusst, dass er mit dir unter einer Decke steckt, hätte ich ihn gewiss nicht gesucht. Ich bin doch nicht blöd.«

»Und doch bist du direkt in die Falle getappt«, brummte Norik.

»Ich konnte ja nicht wissen, dass Idalia ihr Bett mit einem dahergelaufenen Dieb teilt.«

Das klatschende Geräusch ertönte, bevor Idalia begriff, was geschah. Das Nächste, was sie sah, war hellrotes Blut, das Scarletts Nase hinabrann und auf den Boden tropfte.

»Du bist ganz schön erbärmlich, dass du eine Frau schlägst«, zischte jene in Noriks Richtung, zeigte aber nicht das kleinste Anzeichen von Schmerz.

»Du bist keine Frau«, zischte Norik. »Du bist eine Hexe – nicht mehr.«

Scarlett lachte so laut, dass ihre Stimme gespenstisch von den Wänden widerhallte. Aus einem Reflex heraus presste Idalia ihr die Hand vor den Mund, zog sie aber gleich wieder weg, als hätte sie sich verbrannt.

»Was ist jetzt?«

Um Fassung ringend sah Idalia Norik an. »Ich will den Grund wissen«, sagte sie dann in Scarletts Richtung. »Warum das alles? Ich glaube nicht, dass du nur neidisch auf mich bist, da muss mehr dahinterstecken.«

Für eine beunruhigend lange Zeit sagte Scarlett gar nichts. »Ich habe es dir doch bereits verraten: Weil ich endlich das bekommen will, was mir zusteht.«

»Dir steht gar nichts zu«, wollte Norik wahrscheinlich sagen, aber Idalia unterbrach ihn mit hoch erhobener Hand.

»Warum steht es dir zu?«

Während sie die falsche Prinzessin ansah, schien die Luft um sie herum sich zu verdichten. Die Stimmung änderte sich, und obwohl Idalia diejenige war, die die Kontrolle über Scarlett hatte, schienen sie in diesem Moment die Rollen zu tauschen.

»Du weißt es, Idalia«, sagte sie ruhig. »Die Federn haben es dir doch längst gezeigt.«

»Die Federn?« Idalias Magen verkrampfte sich. »Die kamen von dir?«

»Oh, nein. Zumindest nicht freiwillig. Ich hätte einiges darangesetzt, dass sie dich nicht sofort erreichen, aber dafür war der Zauberspruch nicht mächtig genug. Das Gesetz des Gleichgewichts sagt, dass jeder Spruch einen Gegenzauber hat, weshalb sich meine Feder vervielfältigt und dich gefunden hat. Ich habe es schon im Wald gemerkt, aber da war es bereits zu spät.« Mit den gefesselten Händen wischte sie sich über die Nase. Sie musste höllisch wehtun; das Blut hörte gar nicht mehr auf zu fließen.

»Was hat es mit den Federn auf sich?«, fragte Idalia, die nicht alles verstanden hatte. »Welche Aufgabe haben sie?«

»Sie zeigen das, was im Verborgenen lag. Und eigentlich dachte ich, dass du was wissen solltest.« Als Idalia nichts sagte, fuhr Scarlett fort. »Das größte Geheimnis deines Lebens hat dir wohl nie jemand verraten, *Prinzessin.*« Das letzte Wort spie sie regelrecht aus, als wäre es ein nasser Klumpen, der vor Idalias Füßen landete.

»Was haben die Federn dir gezeigt?«, verlangte Scarlett zu wissen.

Unsicher sah Idalia von ihr zu Norik. War sie im Begriff, in eine Falle zu tappen? Spielte die Magd wieder nur mit ihr?

»Was hast du gesehen?«, wiederholte Scarlett mit Nachdruck.

»Die Nacht meiner Geburt«, presste Idalia schließlich hervor. »Und auch das, was davor gewesen ist. Dass meine Mutter nicht schwanger werden konnte und mein Vater die Hilfe einer … magischen Frau in Anspruch genommen hat. In der Nacht meiner Geburt ist etwas passiert, aber … ich verstehe es selbst nicht richtig.«

Bevor sie den Blick abwenden konnte, sagte Scarlett: »Ich glaube schon, dass du es verstehst. Du musst dich nur darauf einlassen.«

Alles in Idalia sträubte sich dagegen, an das zu denken, was die Feder ihr offenbart hatte. Bisher hatte sie es an den Rand ihres Bewusstseins gedrängt – vielleicht aus Selbstschutz, vielleicht weil sie zu große Angst hatte, sich wirklich damit zu beschäftigen.

Jetzt aber zwang Scarlett sie dazu, genau das zu tun.

»Mein Vater hat die magische Frau gesucht, sie aber nicht gefunden. Er hat mich getragen, ich war nur ein paar Stunden alt …«

»So, warst du das?«

Wie konnte es sein, dass Scarlett gefesselt vor ihr lag und doch die Situation kontrollierte? Im Licht der Öllampe wirkten ihre Augen schwarz wie die Nacht.

»Der König hat einen folgenschweren Fehler begangen, Idalia«, zischte sie. »Niemand kommt ungestraft davon, wenn er sich mit der dunklen Seite verbündet.«

»Das hat er nicht getan, er hat nur …«

»… eine düstere Frau um einen starken Spruch gebeten, genau. Das hat er. Dass das nicht gutgehen würde, hätte er wissen müssen, aber er war zu naiv, um Dinge zu hinterfragen, die glasklar vor ihm lagen.« Scarletts blutige Lippen verzogen sich zu einem Lächeln. »Ich würde ja sagen, dass es in der Familie liegt, aber ich will bei der Wahrheit bleiben.«

Idalia erstarrte. »Was sagst du da?«

»Die Nacht deiner angeblichen Geburt hat die Dunkelheit nach Ryzund gebracht. Und auch wenn du das Land immer als hellen Platz ohne Gefahren kennengelernt hast, muss ich dir sagen, dass der Schrecken im Untergrund lauert. Dass er die ganze Zeit da war und nur darauf gewartet hat, zuzuschlagen. In der Nacht, in der die Prinzessin geboren wurde, kam der Schatten nach Ryzund. Er hat das neugeborene Kind gekennzeichnet, weswegen der Vater es in Todesangst zu der Frau bringen wollte, die er dafür verantwortlich hielt. Bloß, dass er sie nicht mehr fand. Dafür aber die Grenze ins Reich der *Finsteren,* die sich durch ihren Zauberspruch geöffnet hatte.«

Idalia war, als würde die Temperatur im Raum um mehrere Grad fallen. Sie zog den Schlafrock enger um ihren Körper.

»Der König war so verzweifelt, dass er nicht mehr klar denken konnte. Er wollte das Unheil, das er angerichtet hatte, unbedingt wiedergutmachen. Gleichzeitig hatte er Angst vor diesem Neugeborenen in seinen Armen. Er wusste, dass etwas Schwarzes in der Kinderseele steckte, etwas, vor dem er sich in Acht nehmen musste.«

»Weswegen er das Kind im Wald ausgesetzt hat«, vollendete Idalia. Sie hatte keinen Schimmer, warum sie sich auf einmal so sicher war. Dinge, die sich bisher im Diffusen bewegt hatten, lagen nun taghell vor ihr.

Ein Anflug von Überraschung huschte über Scarletts Züge, dann nickte sie.

»Er hat das Kind ausgesetzt. Ein Säugling, kaum ein paar Stunden alt, völlig auf sich allein gestellt. Dann ist der Feigling zurück in die Stadt gerannt. In eine Stadt, die dunkel und voller Schatten war.«

»Woher … weißt du das? Du warst wohl kaum selbst dabei?«

Das Lächeln auf Scarletts Lippen wurde breiter; eine Antwort bekam Idalia nicht. »Eine Bauersfrau hatte ein paar Tage zuvor ihre erste Tochter bekommen. Ein gesundes, starkes Mädchen. Ihr Glück schien komplett. Bis der König ihr Haus betrat.«

Idalia rieb sich über die Unterarme, auf denen sich eine Gänsehaut ausgebreitet hatte.

Erst als sie den Kopf hob, merkte sie, dass Norik näher an sie herangerückt war. Seine Anwesenheit tröstete sie, aber bewahrte sie nicht vor dem, was auf Scarletts Lippen lauerte.

»Ein Mann in Not ist zu den schlimmsten Gräueltaten fähig. Ein Blaublüter stellt da keine Ausnahme dar. Denn erst die Situationen, in denen wir verzweifelt sind, bringen unseren wahren Charakter zum Vorschein.« Sie setzte sich aufrechter hin. »Der König hatte soeben sein Kind im Wald ausgesetzt und wusste nicht, wie er es seiner Frau gestehen sollte. Da sah er dieses Neugeborene in der Wiege – unverbraucht und voller Licht –, sodass er nicht widerstehen konnte.«

»Das … würde mein Vater niemals tun«, presste Idalia mühsam hervor.

»Ich kenne deinen Vater nicht«, antwortete Scarlett schlicht. »Aber der König hat das Kind gestohlen und seinen Wachen befohlen, sowohl die Mutter als auch den Vater zu töten. Mehr Familie hatte das Kind nicht, weswegen der Tausch niemals auffallen würde. Bis heute.«

Idalia öffnete den Mund zu einer Erwiderung, schaffte es aber nicht, etwas zu sagen. In ihrer Kehle hatte sich ein gigantischer Kloß festgesetzt. Sie bekam kaum mit, wie Norik nach ihrer Hand griff.

»Wenn das stimmt«, sagte er mit rauer Stimme. »Dann …«

Scarlett lachte höhnisch. »… dann bedeutet es, dass du gerade eine Königin geschlagen hast, ganz richtig.«

»Das … kann unmöglich die Wahrheit sein. Wieso sollten wir dir glauben?« Norik ließ Idalias Hand los und verschränkte die Arme vor der Brust.

»Weil ihr nur den hellen Teil der Welt kennt, der euch fortwährend belügt und euch einen Ort vorgaukelt, den es nicht gibt. Das Kind, das in der Nacht geboren wurde, als der Schatten nach Ryzund kam, war ich. Der König hat mich im Wald ausgesetzt und mich damit an die *Finsteren* übergeben, bei denen ich aufgewachsen bin. Ich selbst habe die Wahrheit über meine Existenz erst Jahre später erfahren.«

Idalia war, als würde man ihr den Boden unter den Füßen wegreißen. Als würde sie fallen, ohne dass es da etwas gab, auf dem sie landen konnte. Sie krallte ihre Finger in den rauen Stoff des Morgenrocks.

»Wieso sollten wir dir glauben?«, wiederholte Norik. Verachtung lag in seinem Blick.

»Das … schwarze Mal«, fiel Idalia siedend heiß ein. »Die Feder hat mir gezeigt, dass das Baby ein schwarzes Mal oberhalb der Brust hatte. Es sah wie ein Halbmond aus.«

Gleichzeitig schauten Idalia und Norik Scarlett an.

»Meine Hände«, erinnerte sie die beiden. »Wie soll ich mich mit gefesselten Händen entblößen?«

»Das ist eine Falle«, rief Norik, bevor Idalia zur Tat schreiten konnte.

Er baute sich vor Scarlett auf, fasste ihr Oberteil grob an und riss es in der Mitte entzwei. Rosa Haut kam zum Vorschein, die für eine Frau, die zeit ihres Lebens körperlichen Arbeiten hatte nachgehen müssen, fast übernatürlich makellos aussah.

Wäre da nicht das schwarze, mondförmige Zeichen, das dem aus Idalias Visionen eins zu eins glich.

Zum ersten Mal sah sie Scarlett *wirklich* an. Das volle, karmesinrote Haar, das so viel dichter als ihr eigenes war. Der Schwung ihrer Lippen, die hohen Wangenknochen. Der resolute Blick, der aus Augen kam, die denen ihrer Mutter so ähnlich waren …

Idalia verschlug es die Sprache.

26

Scarlett

In Gedanken war sie den Moment wohl schon Hunderte Male durchgegangen. Hatte sich Idalias Reaktion ausgemalt und das Gefühl des Triumphs, das durch ihre Adern tobte. In Wahrheit triumphierte sie nur äußerlich. In Wahrheit hatte sich eine Schlucht in ihr gebildet.

Ihre Nase tat verteufelt weh; der Blutverlust machte sie schwindlig. Sie durfte auf keinen Fall das Bewusstsein verlieren.

Idalia blickte stoisch auf den Boden, und Scarlett wusste instinktiv, dass sie weinte.

Hatte sie die ganze Zeit nichts geahnt? Sich in ihrer Kindheit nicht irgendwann einmal fehl am Platz gefühlt und ihre Existenz hinterfragt?

»Ich bin gekommen, um mir das zu nehmen, was mir seit meiner Geburt zusteht, ich aber nie bekommen habe«, fuhr Scarlett fort. »Ich habe kein Problem mit dir, Idalia. Du bist mir so gleichgültig, wie ein Mensch mir nur gleichgültig sein kann. Aber ich werde gegen alle kämpfen, die sich mir in den Weg stellen.«

Idalia schluchzte. Norik legte ihr linkisch den Arm um die Schultern. Es war offensichtlich, dass der Idiot sie liebte, doch auch das würde ihm nichts nützen, denn Idalia hatte von Anfang an nur Augen für Prinz Elric gehabt. Für einen Mann, der jetzt unerreichbar für sie war.

Weil Scarlett kein Bedürfnis verspürte, sich Idalias Leid anzuschauen, richtete sie das Wort an Norik. »Ich muss Elric finden, damit ich regieren kann. Du bist der Letzte, der ihm begegnet ist. Ich brauche deine Antworten. Erzähl mir alles, was du über ihn weißt.«

»Das werde ich mit Sicherheit nicht«, ereiferte er sich. »Auch wenn du ...«

Überraschenderweise war es Idalia, die ihn aufhielt. Aus unendlich traurigen Augen sah sie ihn an. »Ich will die Wahrheit wissen. Sie steht mir zu.«

Norik seufzte. Ein Schleier legte sich vor seine Augen. »Elric und ich sind oft in die Wälder gegangen. Das Leben bei Hof hat ihn gelangweilt. Er wollte mehr von der Welt sehen, wollte ihre Geheimnisse ergründen. Vielleicht war es die Hoffnung auf eine andere Wirklichkeit, die ihn von seinem königlichen Leben ablenkte.« Er räusperte sich. »Menschen fühlen sich von der Dunkelheit angezogen. Von allem, was im Schatten liegt und geheimnisvoll anmutet. Ich weiß selbst nicht, wieso das so ist, aber alle Dinge, die wir nicht sofort verstehen, üben einen besonderen Reiz auf uns aus.«

Scarlett lachte böse auf. »Wenn einer von euch auch nur eine Ahnung davon gehabt hätte, was ein Leben auf der dunklen Seite wirklich bedeutet, hättet ihr um eure langweilige Existenz gebettelt. Nur wer mit einem goldenen Löffel im Mund auf die Welt gekommen ist, kann sich solch törichte Gedanken erlauben.«

»Die Freundschaft zwischen Elric und mir ist schnell tiefer geworden. Jedes Mal, wenn ich in Syllitist war, sind wir in die Wälder gezogen. Elric sprach viel von den *Kreaturen der Nacht*. Er hatte in einem Buch über sie gelesen …«

Abschätzig schürzte Scarlett die Lippen. Im letzten Moment konnte sie sich einen bissigen Kommentar verkneifen.

»In den Wäldern zwischen Syllitist und Ryzund ist schon so viel Seltsames geschehen. Menschen sind verschwunden und nie wiedergekommen …«

»Weswegen ihr dachtet, dass es eine großartige Idee ist, dem auf den Grund zu gehen.« Scarlett blies sich eine Strähne ihres Feuerhaares aus dem Gesicht.

»Was ich nie verstanden habe«, meldete sich Idalia zu Wort. Ihre Stimme klang unsicher und rau. »Welches Ziel haben die *Kreaturen*, die *Finsteren* oder wie auch immer sie heißen? Wieso wollen sie unbedingt in unsere Welt übersiedeln und Schrecken verbreiten?«

»Das wollen sie gar nicht«, stellte Scarlett klar. »Das haben sie nie gewollt. Um die Beweggründe der *Finsteren* zu verstehen, muss man sich an den Anfang aller Zeiten zurückbegeben. Damals war die Welt ein dunkler Ort ohne Freude. Bevölkert von den *Finsteren*, die über alles Leben herrschten. Das war viele Jahre, bevor die Menschen kamen, immer mehr wurden und die Dunkelheit vertrieben. Eine Zeit lang sah es so aus, als ob sie die *Finsteren* mit ihrem Lachen, ihrer Sonne und ihrer Zuversicht vollständig ausrotten würden, aber Licht kann nur leben, wenn es auch den Schatten gibt.« Scarletts Blick verlor sich im Nichts. »Es liegt in der Natur der *Finsteren*, sich das zurückzuholen, was sie einst besessen haben. Mit jedem Menschen, den sie töten, werden sie stärker. Mit jedem Menschen, den sie in ihr finsteres Reich locken, wächst ihre Macht.« Sie wollte noch etwas hinzufügen, entschied sich aber dagegen. Stattdessen sah sie Norik an.

»Wie gesagt, Elric und ich waren fasziniert. Von allem Rätselhaften«, fuhr er fort. »Er mehr als ich – und das war letztlich sein Fehler. Er … muss im Grauen etwas gefunden haben, das ihn so sehr berührt hat, dass er nicht mehr davon losgekommen ist. Auch ohne mich ist er immer öfter in den Wald gezogen, hat geforscht und mir in Briefen davon berichtet. Ich bat ihn, nicht ganz so tief zu graben. Es kam mir sicherer vor, wenn wir gemeinsam unterwegs waren.« Er schluckte schwer. »Und dennoch habe ich ihn verloren, als ich bei ihm war. Ich … konnte ihn nicht mehr retten. Die *Kreaturen* …« Er brach ab und schien den Tränen so nahe, dass es Scarlett schauderte.

»Was ist passiert?«, fragte Idalia tonlos. »Haben sie ihn bekommen?«

»Es kam zu einem Angriff«, berichtete Norik mit stockender Stimme. »Ich … war nicht schnell genug. Nicht stark genug.« Wiederholt schüttelte er den Kopf.

»Das heißt, er ist tot?« Idalias Stimme zitterte.

Norik nickte. »Er kann das Ganze nicht überlebt haben. So sehr ich es mir auch wünsche. Monatelang habe ich gegen diesen Wunsch angekämpft und auch heute suche ich – bewusst oder unbewusst – immer noch nach ihm.«

»Aber hast du ihn sterben sehen?« Idalia rückte näher an ihn heran – und stellte genau die Fragen, die Scarlett auf der Zunge lauerten.

»Das habe ich nicht.«

»Dann gibt es noch Hoffnung.«

»Das glaube ich nicht. Du warst nicht dabei, als sich die Schwärze …«

»Wenn du ihn nicht hast sterben sehen, gibt es Hoffnung!«, ereiferte sich Idalia. Beinahe so, als würde sich am Wahrheitsgehalt ihrer Worte etwas ändern, wenn sie nur besonders energisch sprach.

Dafür, dass sie eben bei jedem noch so kleinen Geräusch zusammengezuckt war, verhielt sie sich nun ziemlich resolut.

Scarlett beobachtete, wie die beiden eine Weile miteinander diskutierten. Auch wenn sie die genauen Umstände nicht kannte, war es unwahrscheinlich, dass der Prinz überlebt haben konnte. Niemand war gegen die Dunkelheit gefeit, und die Tatsache, dass *sie* selbst immer noch lebte, lag ausschließlich daran, dass sie als Neugeborene auf die finstere Seite gewechselt und als ein Teil von ihr großgezogen worden war. Es sei denn … Ihre Gedanken stockten, als sich in ihr ein Erinnerungsfenster öffnete.

Auf einmal war Scarlett wieder fünf Jahre alt und so klein, dass ihre Beine den Boden kaum berührten, wenn sie auf einem Baumstamm saß. Ihr Blick war bang, aber nicht ohne Neugier. Da war ein Mann gewesen – ein *Mensch*, direkt in ihren Gefilden. Sie hatten ihn gefangen genommen und …

Sie schüttelte die Erinnerung ab und sah Idalia und Norik an. »Fürst Moran II«, murmelte sie vor sich hin. »Sagt euch der Name etwas?«

Auf Noriks Stirn zeigte sich eine tiefe Falte, ehe er den Kopf schüttelte.

»Der verschwundene Adlige aus Avena?«, wusste Idalia besser Bescheid.

»Richtig. Ich … kann mich auf den Vorfall nicht mehr genau besinnen, weil ich damals zu klein war. Doch als Moran in das Reich der Dunklen gekommen ist, habe ich zum ersten Mal gelernt, dass es den *Finsteren* nicht nur darum geht, Menschen zu töten. Sie können … weitaus grausamere Dinge tun.«

Idalia hing wie gebannt an Scarletts Lippen.

»Als ich erst wenige Jahre bei den *Finsteren* war, war ein Mann im Wald unterwegs, der sich zu nah an die magische Grenze gewagt hat. Er war töricht und neugierig und wäre ein einfacher Fang für die *Finsteren* gewesen. Aber seine Abstammung hielt ihn davon ab, sofort getötet zu werden.«

»Seine Abstammung?« Norik lehnte sich vor.

»Er war einer der Regierenden aus Avena. Ein einflussreicher Fürst. Jemand, dessen Verschwinden nicht nur bemerkt, sondern dessen Wiederkehr reich belohnt werden würde. Deswegen haben die *Finsteren* ihn am Leben gelassen und ihn … für ihre Zwecke benutzt.«

»Woher sollen diese Gestalten denn überhaupt wissen, wer die Menschen sind?«, stellte Norik die Frage, mit der Scarlett gerechnet hatte. Sein Argwohn ging ihr auf den Geist, auch wenn sie es ihm nicht vorhalten konnte. Sie würde sich selbst auch nicht trauen.

»Jeder, der schon einmal mit schwarzer Magie in Berührung gekommen ist, kann von den *Finsteren* identifiziert werden. Die dunkle Magie ist wie ein riesiges Gebilde, in dem alle Fäden bei den *Finsteren* zusammenlaufen. Fürst Moran II kam aus Avena – in keinem Außenland von Brahmenien wird so viel schwarze Magie praktiziert wie dort. Er war … genau wie Elric fasziniert von dem, was hinter dem Licht lauert und ist zu tief in die Wälder eingedrungen.« Je länger Scarlett erzählte, desto mehr Erinnerungen drängten sich an die Oberfläche.

»Wenn die *Finsteren* ihn nicht geötet haben, was haben sie dann mit ihm angestellt?«, fragte Idalia.

Reflexartig wollten sich Scarletts Lippen in ein überhebliches Lächeln legen, was sie im letzten Moment noch verhindern konnte. Immerhin musste sie die beiden überzeugen, da sollte sie sich nicht gerade von ihrer schlechtesten Seite zeigen. »Sie wussten, dass die Familie des Fürsten bereit war, alles zu tun, um ihn wiederzubekommen. Deswegen haben sie ihn am Leben gelassen – *wenn auch ein bisschen verändert* – und dafür gesorgt, dass seine Stimme und seine Gestalt die Menschen, die nach ihm auf der Suche waren, näher an die magische Grenze heranrücken. So war es den *Finsteren* ein Leichtes, weitere Opfer zu bekommen, ihre Macht auszubauen, während sie den Fürsten als Geisel hielten.«

»Und dann? Haben sie ihn wieder freigelasssen?« Eine schwache Hoffnung sprach aus Idalias Stimme.

Scarletts Erinnerung arbeitete auf Hochtouren, doch das, was sie sah, durfte sie den beiden nicht sagen. Zumindest nicht genau so. »Ich weiß nicht, was mit ihm geschehen ist. Ich weiß aber, dass er hätte gerettet werden können, wenn jemand dagewesen wäre, der die *Finsteren* verstanden und ihnen die Stirn geboten hätte.«

»Elric ist seit sechs Monaten verschwunden«, hielt Norik dagegen. »Hättest du ihn nicht irgendwann auf der anderen Seite sehen müssen? Hätte es nicht längst irgendwelche Forderungen geben müssen?«

Scarlett lehnte sich, so gut es möglich war, zurück. »Das Gebiet der *Finsteren* ist gigantisch. Sie sind untereinander eng verbunden, was aber nicht bedeutet, dass ich alle Gefilde überblicken kann. Gut möglich, dass sie Elric irgendwo gefangen halten. Gut möglich, dass es Forderungen gegeben hat … Ich weiß es nicht.« Sie hob die gefesselten Hände.

Norik gab ein ernüchtertes Schnauben von sich, Idalia hatte den Blick auf den Boden gerichtet. Wenn Scarlett erfolgreich sein wollte, musste sie sich mehr ins Zeug legen.

»Ich bin mit den *Finsteren* großgeworden«, fuhr sie fort. »Ich weiß, wie sie denken, fühlen und handeln. Ich kenne sie besser als meinesgleichen, weil es viele Jahre so schien, als wäre ich eine von ihnen.« Sie zog die Beine an ihren Körper und bettete ihr Kinn auf die Knie. »Die *Finsteren* beobachten uns seit Jahren und wissen mehr über jeden von uns, als wir annehmen können.«

Norik zog die Augenbrauen zusammen. »Auf mich wirkten sie nicht besonders intelligent. Eher wie … gesichtslose Monstren, die sich auf dich stürzen und dir das Leben aus dem Leib saugen.«

»Sie sind so viel mehr«, murmelte Scarlett. *Und vielleicht war genau das das Problem. Weil sie, nach allem, was die Dunkelheit ihr angetan hatte, sie immer noch irgendwie bewunderte.*

»Die *Finsteren* würden Prinz Elric niemals töten«, sprach Scarlett das aus, was sie sagen musste, um die beiden auf ihre Seite zu ziehen. »Dafür ist er zu mächtig. Er ist der zukünftige König. Ich bin mir sicher, dass sie ihn als Druckmittel bei sich behalten.«

Idalias Blick lichtete sich. »Dann müssen wir ihn finden! Wenn auch nur die Chance besteht, dass er noch lebt …«

»Für den unwahrscheinlichen Fall, dass das stimmt …«, Norik richtete sich auf, »verstehe ich immer noch nicht, wieso wir dir helfen sollten, ihn zu suchen.«

Scarlett ballte die Hände zu Fäusten. »Mir geht es nicht um Prinz Elric«, sagte sie. »Mir ging es nie um ihn. Ich will nur die Krone. Und gleichzeitig …« Sie holte tief Luft. Immer wieder verschwamm ihre Sicht, weil der Schmerz, den ihre verletzte Nase verursachte, sie an den Rand der Belastbarkeit trieb. »Gleichzeitig finde ich, dass er derjenige sein sollte, der die Entscheidung trifft. Wenn wir ihn finden und befreien, soll er seine Braut wählen.«

Zwei verdutzte Augenpaare schauten sie an.

»Das glaubst du doch wohl selbst nicht.«

»Nun ja.« Unter einem Ächzen richtete sich Scarlett auf. »Wie gesagt, geht es mir nicht um den Mann.«

»Der Mann ist aber der zukünftige König und seine Braut wird Königin. Ich glaube kaum, dass du auf den Thron verzichtest, wenn er sich für Idalia entscheidet.«

»Für diesen unwahrscheinlichen Fall lässt sich bestimmt eine Lösung finden. Syllitist wäre nicht das erste Königreich mit einem geteilten Regierungssystem. Und so wie ich dich, Idalia, einschätze, interessierst du dich doch sowieso nicht für Politik.«

»Du hast keine Ahnung, wer ich bin«, erwiderte Idalia schmallippig. »Und dir steht nicht zu, mich einzuschätzen. Eines kann ich euch aber mit Sicherheit sagen.« Bedeutungsvoll sah sie zunächst Scarlett und dann Norik an. »Das Band, das Elric und mich verbindet, ist stark, weil wir es seit Kindertagen geknüpft haben. Der erste Brief, den ich je geschrieben habe, war an ihn gerichtet. Ich … weiß alles über ihn. Wir lieben uns, auch wenn wir uns nie gesehen haben.«

Scarlett konnte sich ein Lachen nicht verkneifen, weshalb sie einen Hustenanfall vortäuschte. Gern hätte sie Idalia gefragt, ob sie in den letzten sechs Monaten weitere Briefe von Prinz Elric bekommen hatte, aber andere Dinge waren jetzt wichtiger.

»Wenn ich Elric finde, wird er mich wählen. Immer. Daran glaube ich fest«, hauchte Idalia. Als niemand etwas sagte, stupste sie Norik in die Seite. »Hat er von mir erzählt? Du warst sein bester Freund, du musst es wissen.«

Zuerst senkte er den Blick, dann nickte er. »Er hat von dir erzählt. Und das nicht nur einmal.«

Kindliche Freude flammte in ihren Augen auf. »Ich wusste es! Wahrscheinlich könnt ihr es nicht nachempfinden, weil ihr euch nie in einer solchen Situation befunden habt, aber Elric und ich würden alles für den anderen tun. Ich habe mich nie einem Menschen so nah gefühlt …«

»Wundervoll«, unterbrach Scarlett ihren Redeschwall. »Dann machen wir es so. Wir begeben uns zu dritt auf die Suche nach dem Prinzen und lassen ihn seine Wahl treffen.«

»Moment.« Norik hob die Hand. »Was gibt mir die Sicherheit, dass du uns nicht mit deinen schwarzen Kräften tötest, sobald du den Wald betreten hast?«

»Wenn ich solche Kräfte besitzen würde, hätte ich schon vorher ganz andere Dinge getan. Du bist ein misstrauischer Mann, Norik.«

Er lachte. »Bei dir ist Vorsicht besser als Nachsicht. Wie ich es sehe, brauchen wir dich auf unserer Reise nicht. Idalia und ich ziehen allein los.«

Damit hatte Scarlett gerechnet. Sie wischte sich das Blut von der Nase, das endlich weniger stark floss. »Wie ich es sehe, würde genau das euren sicheren Tod bedeuten. Wenn ihr euch ohne mich zu den *Finsteren* wagt, werden sie euch töten – dich, Norik, sofort, Idalia vielleicht etwas später.« Nach einer Pause fügte sie hinzu: »Ihr braucht mich, um die Dunkelheit zu überleben. Und ich brauche euch, um Elric zu finden.«

»Das reicht mir nicht.« Abwägend verschränkte Norik die Arme vor der Brust. Scarlett hätte ihm am liebsten die Augen aus seinem ungläubigen Gesicht gekratzt. »Wenn wir erst im Wald sind, wirst du vielleicht zu Dingen in der Lage sein, die unseren Tod bedeuten. Wir wiederum haben nichts gegen dich aufzubieten.«

Scarlett dachte einen Moment nach. Ihre Fähigkeit zu lügen reichte hier nicht mehr aus. Dann aber nickte sie. »Es gibt eine Möglichkeit. Etwas, das ich dir geben kann, womit du mein Leben in der Hand hast. Aber ich habe es nicht bei mir.«

»Welch ein Zufall«, knurrte Norik spöttisch.

»Ich schlage Folgendes vor.« Scarlett lehnte sich nach vorn. »Wir begeben uns auf den Weg. Ich muss vorher ins Schloss und ein paar Dinge vorbereiten. Ich will Elrics Eltern zumindest eine Notiz hinterlassen, wo ich bin. Sie machen sich sonst zu viele Sorgen.«

»Und während du da bist, hetzt du die Wachen auf uns?«

Scarlett stöhnte. »Und was hätte ich davon? Ich habe doch eben deutlich genug gemacht, dass ich euch brauche, um die Stelle zu finden, an der Elric verloren gegangen ist.«

Norik sah alles andere als überzeugt aus. »Was meinst du?«, fragte er an Idalia gewandt.

»Was bleibt uns anderes übrig? Ich fürchte, wir müssen Scarlett einen Vertrauensvorschuss geben, auch wenn sie den nicht verdient hat.«

»Mir kommt es so vor, als liefen wir dem Wolf damit direkt in die Fänge.«

»Falls es dich beruhigt: Ich habe mich nie als Wolf gesehen. Eher als Fuchs.« Scarlett grinste, weil sie wusste, dass sie gewonnen hatte. »Außerdem habe ich kein Interesse daran, euch zu töten. So, was ist jetzt? Bringt ihr mich zum Schloss?«

27

IDALIA

Die Nacht war rabenschwarz, als sie sich auf dem Weg zum Palast befanden. Norik führte Scarlett an der Hand und hatte ihr wieder den Knebel in den Mund gesteckt. Seine Miene war undurchdringlich, und sein Gesicht hob sich kaum von den Schatten der Dunkelheit ab.

Idalia schlang die Arme um ihren Körper. In der Hektik des Aufbruches hatte sie kaum Zeit gehabt, sich etwas Vernünftiges überzuziehen, und fror in dem viel zu dünnen Umhang, den sie trug.

Sie wusste nicht, wie sie sich fühlen sollte, welche Empfindungen in einer Situation wie dieser angebracht waren. Zu viel wirbelte ihr im Kopf herum. Ihr erster Impuls bestand darin, die Gefühle von sich zu schieben und zu ignorieren, damit sie sich nicht mit ihnen befassen musste, aber die Mauer, die alles abschirmte, hatte bereits erste Risse bekommen.

Immer wieder starrte sie Scarlett an, die neben ihr herschlurfte. Wieso war ihr nie zuvor aufgefallen, wie sehr sie ihrer Mutter ähnelte? Wie konnte es sein, dass sie ihr Dutzende Male ins Gesicht geschaut hatte, ohne diese Details wahrzunehmen?

Eine Träne rann ihr die Wange hinab, ein Vorbote für den Krieg, der in ihrem Herzen tobte.

»Alles in Ordnung mit dir?«, fragte Norik sie prompt.

Idalia hob den Kopf, auch auf die Gefahr hin, dass er ihre Tränen sehen konnte.

»Nichts ist in Ordnung«, blaffte sie ihm entgegen und wurde schneller.

Sie wollte mit niemandem reden. Glücklicherweise zeichneten sich die Türme des Palasts bereits am Horizont ab.

Vor den Schlossmauern beobachtete Idalia, wie Norik widerstrebend Scarletts Fesseln löste und ihr das Stofftuch aus dem Mund nahm. Grob packte er sie am Kragen ihres Oberteils. »Du hast zehn Minuten. Du gehst rein, packst ein paar Sachen, hinterlässt einen kurzen Brief und sprichst mit niemandem. Dann kommst du sofort zurück. Hast du verstanden?«

Scarlett lachte dumpf. »Wie tief bin ich gesunken, dass ich von jemandem wie dir Befehle entgegennehme.«

Noriks Gesicht kam dem ihren bedrohlich nah; seine Kiefer mahlten.

»Du kannst mich ja begleiten.« Die Freude am Spiel blitzte in ihren Augen auf. Wann immer Scarlett mit Norik sprach, war es eine Mischung aus Koketterie und Verachtung. Ein Tanz über Scherben.

»Vielleicht solltest du wirklich mitgehen«, mischte Idalia sich ein. »Ich kann nicht rein, denn wenn die Wachen mich erkennen, dann …«

»Ich kann genauso wenig ins Schloss«, gestand Norik. Er lockerte den Griff um Scarletts Kragen. »Der König und die Königin vertrauen mir nicht mehr. Sie denken, ich hätte was mit Elrics Verschwinden zu tun.«

»Hast du ja auch.« Scarletts Grinsen wurde so breit, dass es ihr Gesicht beinahe sprengte.

»Wenn du was Dummes machst, bring ich dich um!« Norik presste die Zähne zusammen.

»Hat dir schon mal jemand gesagt, dass du Schwierigkeiten hast, deinen Groll in den Griff zu kriegen? Du hast mir in der letzten Stunde verdächtig oft gedroht.«

»Ich sage es dir ein letztes Mal …«

»Lass sie endlich gehen«, zischte Idalia. »Die Reise wird lang genug.«

Norik gab Scarlett mit einem knappen Nicken zu verstehen, dass sie sich entfernen durfte. Wie ein Schatten bewegte sie sich durch die Nacht, geräuschlos und elegant. Schon bald war sie nicht mehr zu sehen.

»Hoffentlich war das kein Fehler.« Norik stellte sich neben Idalia. »Was, wenn sie die Wachen holt und uns hinrichten lässt?«

»Dann wird sie Elric nie finden und hat keinen Anspruch auf den Thron.«

Der Thron, der ihr seit ihrer Geburt zusteht.

Die Erinnerung ließ Idalia schlucken. Für einen Moment schloss sie die Augen, doch öffnete sie wieder, als sie Noriks Hand auf ihrem Unterarm spürte.

»Wie geht es dir?«, wollte er wissen. Sein Blick war treu und aufrichtig – sie ertrug es nicht. Hektisch schüttelte sie seine Berührung ab.

»Ich habe keine Ahnung, wie ich mich fühlen soll«, gestand sie ihm. »Mir wurde gerade eröffnet, dass mein ganzes Leben eine einzige Lüge ist. Und als wäre das nicht schon genug, bin ich jetzt unterwegs mit einer Frau, die mich vergiftet und mein Pferd getötet hat und mit einem Mann, der Verrat an mir beging.«

»Ich habe dich nie verraten«, protestierte Norik.

»Wie würdest du es sonst nennen?«

»Dass ich dir nicht alles sofort erzählt habe. Idalia, wir waren quasi Fremde, als du mich nach Elric gefragt hast.«

»Ich habe dich aber nicht nur einmal nach ihm gefragt«, hielt sie dagegen. »Du wusstest, weswegen ich hier bin. Wem ich versprochen war. Du hast die ganze Zeit gewusst, dass Elric nicht hier ist. Dass er … Ach, verdammt!« Wütend stampfte sie mit dem Fuß auf.

Mit erhobenen Händen trat Norik auf sie zu. »Es tut mir leid, Idalia. Wirklich. Ich hätte es dir sagen müssen, habe aber einfach nicht den richtigen Moment gefunden.«

Sie schnaubte. »Was verkündest du mir als Nächstes? Dass du mit Scarlett unter einer Decke steckst? Dass das hier ein Spiel ist, um die Prinzessin hinters Licht zu führen?« Ihre Stimme brach, als sie ihren Fehler erkannte. »Wobei ich das ja nicht mal mehr bin. Und es eigentlich nie war.«

Idalia hasste sich für das Schluchzen, das ihre Kehle hochkroch. Sie wollte ihren Schmerz nicht zeigen. Schon gar nicht, wenn Norik sie so mitleidig ansah.

»Wag es nicht«, zischte sie, als er Anstalten machte, sich ihr zu nähern. »Das ist das Letzte, was ich will.«

»Schon in Ordnung.« Er blieb stehen. »Ich glaube einfach, dass du Zeit brauchst, um das Ganze zu verarbeiten.«

»*Zeit*?« Sie lachte hysterisch. »Wie soll mir bitte *Zeit* helfen? Die Umstände werden die gleichen bleiben, egal, wie viel Zeit vergeht.« Ihre Hände zitterten, und sie hätte gern etwas gehabt, an dem sie sich festhalten konnte.

Idalia schaffte es kaum, Norik ins Gesicht zu sehen. Nicht, weil sie seinen Blick nicht ertrug, sondern weil sie Angst hatte, dass er das in ihren Augen lesen könnte, was sie unter allen Umständen zu verbergen versuchte.

Denn jetzt, da sie wusste, dass Scarlett die rechtmäßige Königin war, hatte sie keine Ahnung, wie es weitergehen sollte. In ihrem Leben hatte es immer nur ein einziges Ziel und einen Plan gegeben. Und auch wenn sie Elric liebte, war es ihr nie nur darum gegangen: Sie wollte eine gute Königin sein. Anders, als Scarlett ihr unterstellt hatte, interessierte sie sich für Politik und hatte sich früh mit den Regierungsgeschäften ihrer Mutter befasst, um das Wissen am Hofe Syllitists umsetzen zu können.

Darauf war sie vorbereitet worden, das war ihre Perspektive gewesen.

Und jetzt lag alles in Scherben.

»Sie kommt zurück«, sagte Norik da und reckte den Hals.

»Sie ist allein«, erkannte Idalia.

Kaum war Scarlett bei ihnen angekommen, hatte Norik sie bei den Händen gepackt. »Rucksack aufmachen«, brummte er.

Idalia seufzte. »Kannst du sie bitte wie einen Menschen behandeln?«

Verwirrt wandte ihr Norik den Kopf zu. »Wir dürfen ihr nicht vertrauen.«

»Das weiß ich doch. Aber wenn du die ganze Reise über so mit ihr sprichst, verliere ich noch den Verstand. Wollen wir nicht wenigstens versuchen, das Kriegsbeil für die Zeit, in der wir Prinz Elric suchen, zu begraben? Ich glaube, sonst überstehen wir das nicht lebend.«

Widerstrebend ließ Norik Scarlett los. »Ich will trotzdem in den Rucksack schauen.«

»Mach das.« Scarlett warf ihm den braunen Beutel entgegen. »Mehr als etwas zu essen und ein bisschen Kleidung wirst du nicht finden. Und eine Decke gegen die Kälte. Falls das erlaubt ist.«

Norik prüfte den Inhalt doppelt, dann ließ er den Rucksack achtlos auf den Boden fallen. »Hast du mit jemandem gesprochen?«

»Nein. Und das ist dein Glück, sonst hätte ich meine lädierte Nase und den Kratzer an der Wange erklären müssen. Also, was ist jetzt? Können wir los?«

Dieses Mal sah Scarlett sie direkt an und Idalia wurde mit den widersprüchlichen Gefühlen konfrontiert, die sie ihr gegenüber empfand. Abscheu für das, was sie getan hatte. Fassungslosigkeit über das, was sie ihr eben eröffnet hatte. Und irgendwo tief in sich Bewunderung für die Art und Weise, wie sie mit kaputter Nase und blutender Wange einem Mann Paroli bot, der zwei Köpfe größer und wahrscheinlich doppelt so schwer war wie sie.

»Wir sollten nicht unüberlegt losziehen«, sagte Norik. »Wir brauchen alle etwas Schlaf.«

»Also?« Scarlett tippte nervös mit dem Fuß auf den Boden.

»Einem Freund von mir gehört eine Scheune nicht weit von hier. Wir können im Heu übernachten. Dort wird uns niemand finden und morgen vor Sonnenaufgang ziehen wir los. Vorher schauen wir bei Teja vorbei und holen Idalias Gepäck. Ich werde auch noch etwas zusammenschnüren. Irgendwelche Einwände?« Er sah zuerst Idalia, dann Scarlett an.

»Mir ist alles gleichgültig. Ich will einfach nur schlafen.«

»Großartiger Plan«, sagte Scarlett ironisch, beschwerte sich aber nicht weiter.

Norik starrte auf die Stricke in seiner Hand, mit denen er sie gefesselt hatte.

»Na los, mach schon. Scheint dich ja irgendwie aufzureizen, mich wie einen Hund an der Leine rumzuführen.« Begierig streckte sie ihm ihre Hände hin. Einen Moment schien er zu überlegen, dann schüttelte er den Kopf.

»Nenn es einen Vertrauensvorschuss. Aber wenn du wegläufst und …«

»Kommt jetzt wieder eine deiner berüchtigten Drohungen?«, erwiderte sie keck.

Norik knurrte. »Du hast mir besser gefallen, als du noch ein Tuch im Maul hattest.« Wutschnaubend lief er los, Scarlett dicht hinter ihm.

Idalia bildete die Nachhut. Sie hatte kein Interesse daran, mit den beiden zu reden. Ihr Herz wog schwer wie Blei. Und auch wenn sie wusste, dass er nichts an ihrem Zustand ändern würde, sehnte sie sich nach Schlaf.

Die Scheune lag am Stadtrand, an einem geschützten Ort in der Nähe eines Teichs, dessen Wasser das Licht des Mondes reflektierte. Der Geruch von Heu stieg Idalia in die Nase. Als sie die drei schwarzen Pferde sah, die ruhig auf der Weide vor dem Schober standen, bekam sie eine Gänsehaut.

Würde sie Barons Tod je überwinden?

»Da können wir schlafen.« Norik deutete auf eine grob zusammengezimmerte Leiter, die hinauf zum Heuboden führte. Mehrere Sprossen waren durchgebrochen, und auch abgesehen davon sah sie nicht besonders stabil aus.

Idalia kletterte als Erste nach oben, gefolgt von Scarlett und Norik.

Trotz der Umstände, in denen sie sich befanden, kam der Heuboden Idalia gemütlich vor. So zugig der untere Teil der Scheune auch gewirkt hatte, hier oben war es warm und trocken.

Ihre Augen waren ihr schon fast zugefallen, als sie noch sah, wie Norik Scarlett an einem Balken festband. Bevor er sich neben ihr aufs Heu legte, war sie bereits eingeschlafen.

28

Scarlett

Norik war ein Dummkopf.

Er hatte den Knoten ihrer Fesseln so locker gebunden, dass sie ihn im Handumdrehen lösen konnte. Was ihr zugutekam, denn ihre Gelenke schmerzten und brannten an den Stellen, an denen die Stricke ihre Haut aufgescheuert hatten.

Umständlich vergrub sie sich im Heu.

Der Mond schien nur schwach durch das an manchen Stellen löchrige Dach, aber das Licht reichte, um die zwei Gestalten neben sich zu erkennen.

Idalia, die so eng an die Wand gerückt war, dass sie beinahe eins mit ihr wurde, und Norik, der gerade so nah bei Idalia lag, dass es nicht als unschicklich galt.

Leise Schnarchlaute drangen an ihr Ohr.

Was für eine obskure, komische Situation, in der sie sich befand. Was für seltsame Menschen, mit denen sie jetzt unterwegs war. Scarlett richtete den Blick auf die Dachsparren über ihr, in deren

Winkeln Spinnen ihre Netze gewoben hatten, und merkte, wie sie müde wurde.

Obwohl sie sich durch das Leben im Palast daran gewöhnt hatte, lange zu schlafen, wachte sie am Morgen als Erste auf. Schwaches Sonnenlicht drang durch die Ritzen des Holzes und ließ sie mehrmals blinzeln. Schläfrig reckte sie die Arme und wühlte in ihrem Rucksack nach etwas Essbarem. Ihre letzte Mahlzeit lag viele Stunden zurück; zumindest einen Apfel wollte sie zu sich nehmen.

Nachdem der erste Hunger gestillt war, zog Scarlett ihr dunkles Cape aus dem Rucksack. Es war mit einer Kapuze versehen und lang genug, dass sie ihre Erscheinung würde verstecken können, solange sie in der Stadt unterwegs waren. Sie wollte nicht, dass sie jemand erkannte, ehe sie den Wald erreicht hatten.

Ihre Nase tat noch immer weh, und in der Menschenwelt würde es wohl Wochen dauern, bis sie verheilt war. Wenn sie Glück hatte, fand sie im Wald etwas, das den Prozess beschleunigte.

Im Heu neben ihr raschelte es, und im Augenwinkel erkannte Scarlett, dass Idalia wach wurde.

»Guten Morgen, Prinzessin«, wollte sie die dämliche Gans begrüßen, aber ihr blieb das letzte Wort im Hals stecken, als sie einen Blick auf Idalias Gesicht warf. Verstohlen wischte sie sich über die Augen.

Norik erwachte mit einem Seufzen. Verschlafen ging er sich durch die etwas zu langen Haare, in denen sich Heu verfangen hatte. Mit Genugtuung erkannte Scarlett, dass ihm nicht einmal auffiel, dass sie nicht mehr gefesselt war. Die beiden wären leichte Beute, wenn es erst einmal so weit war.

»Hast du gut geschlafen?«, fragte Norik Idalia. Seine übertriebene Fürsorglichkeit kotzte Scarlett an, aber sie war besser darin geworden, Dinge zu ignorieren.

»So gut man das auf Heu und neben mehreren Mäusen eben kann«, antwortete sie. »Und du?«

»Es war schon in Ordnung. Ich bin es gewohnt, an ungewöhnlichen Orten die Nacht zu verbringen.«

»Ich habe auch sehr gut geschlafen, danke«, kürzte Scarlett das Gespräch ab. »Jetzt, da wir das geklärt haben … Können wir endlich los?«

Norik warf ihr einen schneidenden Blick zu, stand aber auf und half Idalia auf die Beine. »Ich kann nicht einschätzen, wie lange wir unterwegs sein werden. Wir müssen in jedem Fall Wegzehrung besorgen.« Er fasste in die Tasche seiner wollenen Tunika und holte ein paar Münzen heraus, die zusammen für kaum mehr als einen Brotlaib reichen würden. Das hatte er auch soeben erkannt, denn seine Mundwinkel sackten herab.

Seufzend zog Scarlett die Bänder ihres Rucksacks auf und holte zwei Goldstücke hervor, die sie Norik entgegenwarf. Dieser war so überrascht, dass er sie nicht fing, sondern das Heu nach ihnen absuchen musste.

»Nimm das Geld und kauf uns was.«

»Ich werde Idalia gewiss nicht mit dir hier alleinlassen«, begehrte Norik auf, nachdem er die Münzen gefunden und in seine Tasche gesteckt hatte.

Idalia reckte das Kinn. »Du musst mich nicht ständig beschützen. Ich bin durchaus in der Lage, auf mich selbst aufzupassen.«

Das war sie nicht – und Noriks zweifelnder Blick bestätigte Scarletts Einschätzung.

»Scarlett kann hier keine Magie wirken – und sie ist auf deine Mithilfe angewiesen.«

»Trotzdem ist mir nicht wohl dabei.«

»Dann lass mich Verpflegung holen«, bot sich Idalia an. »Bis zum Bäcker ist es nicht weit.«

Nach einem Moment des Überlegens nickte Norik und reichte Idalia die Münzen. »Pass auf, dass dich niemand sieht.«

Ihre glatte Stirn, die von einem Leben ohne Anstrengung und körperliche Mühsal erzählte, legte sich in Falten. »Und was soll passieren, wenn mich jemand sieht? Mich kennt hier doch niemand.«

»Was, wenn Teja dir über den Weg läuft?«

Über Idalias Gesicht schob sich ein Schatten. »Ich habe ihr gestern Nacht einen kurzen Brief geschrieben, dass ich die Gänse nicht mehr hüten kann. Wobei ich mir gar nicht sicher bin, ob sie des Lesens mächtig ist.«

»Jetzt lass sie schon gehen«, sagte Scarlett zu Norik. »Mein Gott, sie ist eine eigenständige Frau und kein kleines Kind, das du rund um die Uhr beschützen musst.«

Sie hatte noch nicht zu Ende gesprochen, da war Idalia schon die Sprossen der Leiter hinabgeklettert.

»Das mache ich gar nicht«, hielt Norik dagegen, nachdem Idalia verschwunden war. »Sie beschützen, meine ich.«

»Ach nein? Wie nennst du es dann, dass du sie ständig überwachst und für sie sprichst?«

Er öffnete den Mund zu einer Widerrede.

»Jetzt mal ehrlich, du magst sie doch, oder? Und ich denke, dass auch ihr etwas an dir liegt. Dann darfst du sie nicht so bevormunden.«

»Und wieso sollte ich Ratschläge von dir entgegennehmen?«

Scarlett seufzte, dann setzte sie sich zu ihm ins Heu. »Keine Ahnung. Wahrscheinlich gibt es keinen Grund dafür. Ich sage dir ja auch nur, was ich sehe.«

Er drehte sich von ihr weg, offensichtlich nicht daran interessiert, das Gespräch fortzuführen.

»Idalia wurde mit der Überzeugung großgezogen, dass sie eine Prinzessin ist. Deswegen hatte sie nie die Möglichkeit, sich nach

Männern umzuschauen, die ihr gesellschaftlich nicht gleich- oder höhergestellt sind.«

»Was willst du damit sagen?« Widerwillen zeichnete sich auf seinen Zügen ab. Scarlett legte den Kopf schief. Norik war kein hässlicher Mann, auch wenn man seinem Gesicht ansah, dass er gelebt hatte. Gelebt, erlebt und überlebt. Immer wieder.

»Na ja – du bist offensichtlich an ihr interessiert.«

Seine Lider flatterten. »Wie kommst du darauf?«

»Weil ich gesunde Augen habe und nicht auf den Kopf gefallen bin.«

»Selbst wenn es so wäre.« Norik nahm sich eine Handvoll Heu und schleuderte es durch die Luft. »Ich würde nie für sie infragekommen. In ihren Gedanken ist nur Platz für Prinz Elric.«

»Hat er je über sie gesprochen?«

Das Holz über ihnen knackte. Nicht zum ersten Mal zweifelte Scarlett an der Stabilität des Daches.

»Das hat er. Mehrmals. Aber …« Norik fuhr sich durch das schulterlange Haar.

»Aber?«

»Es hat ihm Angst gemacht. Das Verheiratetwerden, ohne sie zu kennen. Die ganze Sache.«

Scarlett wurde hellhörig.

»Er hat es sich in seinen Briefen vielleicht nicht anmerken lassen und auch nie ein schlechtes Wort dazu gesagt, aber er hatte eine Heidenangst, dass die Hochzeit ein Fehler sein würde.«

»Erstaunlich«, sagte Scarlett einsilbig.

»Elric hätte sich niemals gegen seine Eltern gestellt. Er hätte Idalia geheiratet und wahrscheinlich wäre alles gutgegangen. Nur dass er … nicht ganz so überzeugt war wie sie.«

»Passen sie denn zusammen? Du bist der Einzige, der beide kennt.«

Ein Strahl der Morgensonne kämpfte sich durch die Ritzen zwischen den Dachsparren und fiel auf Noriks wettergebräuntes Gesicht. Er zog die Schultern hoch. »Elric kenne ich in- und auswendig, Idalia erst seit ein paar Wochen. Es fällt mir ehrlich gesagt schwer, das einzuschätzen.«

»Wenn ich dir einen Rat geben darf …«

»Darfst du nicht«, bremste er sie, aber das war Scarlett egal. Sie wusste, dass er ihr zuhören würde. Menschen wie Norik wollten sich anderen mitteilen, auch wenn sie gewohnt waren, alles in sich hineinzufressen und irgendwann daran zu ersticken.

»Wenn du sie wirklich magst, solltest du es ihr zeigen. Um zu erkennen, ob sie zu dir passt, solltest du ihr zumindest die Möglichkeit geben, dich als den zu sehen, der du bist.«

»Das könnte dir so passen. Dann hast du freie Bahn für Elric und erreichst dein Ziel, ohne etwas dafür tun zu müssen. Aber lass dir eins gesagt sein.« Er richtete sich im Heu auf und starrte sie mit einer Mischung aus Abscheu und Missfallen an. »Elric würde nie jemanden wie dich wählen. Gut möglich, dass Idalia nicht sein erster Wunsch ist, aber du wärst der letzte.«

Nur dass Tote gar nicht mehr wählen können.

Als Idalia mit Proviant für ein paar Tage zurückkam, brachen sie auf. Obwohl die meisten Bürger von Syllitist noch schliefen, entschied sich Scarlett für einen Weg abseits der belebten Straßen. Je weniger Menschen ihnen begegneten, desto besser.

Doch welche Richtung sie auch nahm, sie kamen nicht um das Stadttor herum. Was unweigerlich bedeutete, dass sie den Pferdekopf, der auf ihren Befehl dort oben hing und mit Geisteraugen auf sie herabsah, passieren würden.

Scarlett wusste es längst: Das, was sie Baron angetan hatte, war übertrieben und grausam gewesen. Ein unnötiger Racheakt, um ihre Macht zu demonstrieren. Da gab es einen Teil in ihr, der nicht so böse sein wollte – bloß war es schwer, gegen die Dunkelheit anzukämpfen, wenn sie einem in die Wiege gelegt worden war.

Deswegen hielt sie den Blick gesenkt, als sie durch das Tor gingen. Idalias Schlucken hörte sie dennoch.

Unwillkürlich wurde sie schneller. Die ersten Bäume waren in Sichtweite, und die Nähe des Waldes half ihr, ruhiger zu werden und sich auf ihre bevorstehende Mission zu konzentrieren. Erst als sie Zuflucht unter Birken und Eichen suchte, konnte sie aufatmen.

Obwohl sie zu echter Magie nur auf der Seite der *Finsteren* fähig war, spürte sie, wie die Natur ihre Kraftreserven auflud. Wie sie stärker und entschlossener wurde. Sie hatte viel zu viel Zeit in der Stadt verbracht.

»Wie gehen wir vor?«, fragte Idalia.

»Norik führt uns zu der Stelle, an der er Elric das letzte Mal gesehen hat«, meinte Scarlett. »Weißt du noch, wo das war?«

»Ja. Ich war seitdem noch ein paar Mal da, aber es gibt nichts zu sehen.«

»Das lass lieber mich entscheiden. Ihr habt nur eure menschlichen Augen.«

»Heißt das, du bist kein Mensch mehr?« Idalias Blick war forschend.

Scarlett zog die Schultern hoch. »Ich wurde als Mensch geboren, aber erst die Macht einer Hexe hat es möglich gemacht, dass ich überhaupt gezeugt werden konnte. Kurz nach meiner Geburt wurde ich von der Dunkelheit gekennzeichnet und schließlich von den *Finsteren* aufgezogen. Trotzdem … haben sie mich nie als eine der ihren akzeptiert, dafür sind wir zu unterschiedlich.«

Scarlett folgte Norik einen breiten Weg entlang.

»Wie war es, bei ihnen aufzuwachsen?«, erkundigte sich Idalia, die hinter den beiden ging.

»Was denkst du denn?«, herrschte Scarlett die falsche Prinzessin an. »Sie haben mich nicht gerade mit offenen Armen empfangen.« Dann besann sie sich eines Besseren. »Es war schwierig. Mir kam es vor, als würde ich dauerhaft zwischen den Welten stehen – weder Mensch noch *Finstere.* Ich habe mich nirgendwo zugehörig gefühlt.« Ertappt schloss Scarlett den Mund.

»Was ist mit deinen magischen Kräften?«, kam es von Norik. »Du kannst zaubern, wenn du im Wald bist.«

»Ich kann zaubern, wenn ich auf der Seite der *Finsteren* bin«, verbesserte Scarlett ihn, auch wenn das nicht vollkommen der Wahrheit entsprach. Einfache Zauber konnte sie auch in der Nähe der Grenze wirken, aber das musste er ja nicht unbedingt wissen. »Das hier ist ein gewöhnliches Waldstück, das mich genauso menschlich macht wie euch.«

Sie kletterten eine Anhöhe hinauf, die in zwei Abzweigungen endete, von denen Norik sich für die linke entschied. Dicht stehende Bäume säumten den Pfad, der von Blättern bedeckt war, obwohl der Herbst erst in einigen Wochen Einzug halten würde. Scarlett war schon ein paar Mal hier gewesen.

»Was genau ist passiert, als Elric verschwunden ist?«

Norik wurde langsamer. Scarlett sah sein Gesicht nur von der Seite, aber dennoch erkannte sie, wie sich seine Züge verhärteten.

»Es war ein kalter Tag im Februar. Elric hatte sich mit seinen Eltern gestritten; ich weiß gar nicht mehr, worum es ging.« Er schulterte seinen Rucksack. »Ich war gerade nach Syllitist gekommen. Wir sind zusammen in den Wald gegangen und wollten eigentlich nur ein bisschen reden. Aber Elric wurde übermütig.«

»Was hat er getan?«, kam es von Idalia.

Sie hatte zu den beiden aufgeschlossen. Ihre kleinen Hände steckten unter dem weiten Umhang, an ihren Füßen trug sie Schuhwerk, das ihr viel zu groß war. Zumindest erahnte das

Scarlett anhand ihres unsicheren Gangs. Es blieb abzuwarten, wie lange sie sich auf den Beinen halten würde.

»Das ist schwer zu erklären. Elric … wir haben herausgefunden, dass es zwar eine Grenze gibt, die die menschliche Welt von der der Kreaturen … der *Finsteren* … wie auch immer … trennt, dass sie aber nicht überall geschlossen ist. Es gibt wohl Tage im Jahr – oder auch nur bestimmte Stunden – in denen der Übergang durchlässig ist. Elric und ich waren tief im Wald, als wir auf einmal ein Surren gehört haben.«

»Ein Surren?« Idalia hob den Kopf.

»Ja. Oder ein Flüstern. Ich glaube nicht, dass es für das Geräusch ein Wort gibt. Jedenfalls erschien es uns so eigenartig, dass wir sofort wussten, dass es nicht der menschlichen Welt angehört. Während ich umkehren wollte, ist Elric immer neugieriger geworden. Er ist tiefer in den Wald eingedrungen, dem seltsamen Geräusch hinterher. Ich wollte ihn nicht alleinlassen, immerhin war ich derjenige, der ihn erst auf die Idee gebracht hat, die Welt der Dunklen zu erforschen.« Seine Stimme zitterte und er stützte sich an einen Baumstamm. Feine Schweißperlen bildeten sich auf seiner Stirn. »Ich sah das Wesen, da war es schon zu spät. Es baute sich vor Elric auf – eine gigantische, schattenhafte Gestalt mit leeren Augenhöhlen. So groß wie ein Bär. Mindestens.«

Angesichts seiner Übertreibung musste Scarlett schnauben, enthielt sich aber einer Bemerkung.

»Ich fing an zu rennen, wollte Elric irgendwie helfen, aber da hatte sich das Wesen schon auf ihn gestürzt. Danach …« Kraftlos rutschte Norik an dem Baumstamm hinab und setzte sich auf den Waldboden. »Es … die Gestalt hat Jagd auf mich gemacht. In dem Moment wusste ich, dass ich dem Tode geweiht bin, wenn ich nicht die Beine in die Hand nehme und um mein Leben laufe. Und genau das habe ich getan.« Rasselnd holte er Luft. »Ich wollte Elric retten – aber ich konnte nicht. Wie ein Feigling habe ich mich aus dem Staub gemacht.«

In dieser Situation hätte er nichts mehr gegen die *Finsteren* ausrichten können. Selbst wenn er es versucht hätte. Das wusste Scarlett, aber sie behielt es für sich. Stattdessen beobachtete sie, wie sich Idalia zu Norik kniete und sanft nach seiner Hand griff.

»Du trägst keine Schuld an all dem. Nur, weil du in dieser einen Situation nichts ausrichten konntest, bedeutet das nicht, dass du ein schlechter Mensch bist. Du hast mir das Leben gerettet, schon vergessen?«

Ein Teil der Härte wich aus seinem Gesicht, doch die Niedergeschlagenheit blieb.

»Als ich auf dem Weg nach Syllitist war, gab es ein ähnliches Vorkommnis«, erzählte Idalia. »Einer der *Finsteren* … wollte sich auf mich stürzen, aber Norik konnte ihn abwehren.«

»Er hat ihn abgewehrt?« Scarlett trat auf die beiden zu, die nebeneinander auf dem Waldboden kauerten.

»Er hat sich auf mich geworfen und damit den *Finsteren* davon abgehalten, mich zu berühren. Zumindest hat er das versucht. Ganz unbeschadet habe ich es nicht überstanden.«

Nachdenklich legte Scarlett den Kopf schief. »Aber das bedeutet, dass stattdessen Norik von der Dunkelheit gezeichnet wurde.«

»Das wurde ich.« Er nickte. »Ich bin dem Grauen mehrmals begegnet, aber es hat mich nie bekommen.«

29

Idalia

Das Feuer war nahezu heruntergebrannt, lediglich die Glut verbreitete einen Rest von Behaglichkeit. Seit ihrer letzten Übernachtung im Wald war es kälter geworden. Die Flickendecke, die sich Idalia um die Beine geschlungen hatte, hielt sie nur notdürftig warm, und sie wusste, dass es weiter abkühlen würde, je mehr die Nacht voranschritt.

Norik hatte sein Zelt neben ihr aufgebaut – es stand etwas schief und war nicht besonders sauber, aber es würde ihr den Schutz bieten, den sie brauchte. Auch wenn es gefühlt eine Ewigkeit gedauert hatte, bis Norik sie davon überzeugt hatte, dass sie beide dort schlafen könnten. Die alleinige Vorstellung trieb Idalia die Röte auf die Wangen, dabei war sie nicht länger eine Prinzessin – und je früher sie sich das eingestand, desto besser.

»Bist du dir sicher, dass du hier draußen bleiben willst?«, wandte sie sich an Scarlett. Diese richtete sich auf ihrem Nachtlager, das einzig aus einer dünnen Decke bestand, auf. »Es wird kalt werden.«

»Ich habe schon Schlimmeres überstanden«, brummte jene. »Es ist immer noch Sommer.«

Nachdenklich fuhr Idalia die Linien eines Ahornblattes mit einem Finger nach. Es könnte ihr gleichgültig sein, wo und ob Scarlett schlief, aber vielleicht war ihr Herz zu gut, um sich nicht um sie zu sorgen. Und vielleicht sollte sie ihr sogar den Platz im Zelt anbieten, jetzt, da sie wusste, dass die andere die wahre Prinzessin war. Andererseits … wollte sie ihr nicht kampflos das Feld überlassen. Nicht nach all dem, was hinter ihr lag und was sie ihr angetan hatte.

Scarlett legte sich wieder hin und schloss die Augen.

»Sie kommt zurecht.«

Idalia zuckte zusammen, als sich Noriks Hand auf ihre Schulter legte. Er trug sein Haar offen und nicht länger zum Zopf gebunden. »Wollen wir ins Zelt gehen?«

Sie nickte, plötzlich unsicher, wie sie ihm begegnen sollte. Mit gemischten Gefühlen nahm sie wahr, wie Norik das Feuer austrat und ihr dann eine schmale Stoffbahn des Zeltes öffnete.

Eine Öllampe spendete diffuses Licht, warf ihren Schein auf zwei Schlafplätze. Idalia entschied sich für die rechte Seite. Obwohl sie den ganzen Tag unterwegs gewesen waren und auch die letzte Nacht nicht besonders viel geschlafen hatte, kam ihr Körper nur schwer zur Ruhe. Die Tatsache, dass Norik sich neben sie setzte und sie unverwandt ansah, machte es nicht besser.

Verlegen rausperte sich Idalia. Das Zelt war groß genug für zwei Personen, aber das bedeutete nicht, dass sie seine Nähe nicht spürte. Sein Geruch nach Wald und Moos hing zwischen ihnen; sein Atem beschwerte auch ihre Brust.

»Ich hoffe, sie stellt da draußen nichts an.« Norik legte die Hand in seinen Nacken.

»Was soll sie schon tun?«

»Was weiß ich? Das ist ja das Schlimme: Ich habe keine Ahnung, wer sie ist und was sie vorhat.« Noriks Nerven schienen ziemlich angespannt.

Idalia lauschte in die Stille hinein. »Ich glaube, sie schläft. Und das sollten wir auch tun. Der Tag war lang.«

Widerstrebend nickte Norik. Er machte Anstalten, sich hinzulegen, hielt aber in der Bewegung inne. »Bist du noch wütend auf mich?«

»Wieso sollte ich?«

»Weil ich dir das mit Elric verschwiegen habe. Es hat einfach keinen guten Zeitpunkt …«

Bevor er zu Ende sprechen konnte, winkte Idalia ab. »Ist schon in Ordnung. Wahrscheinlich hätte ich an deiner Stelle nicht anders gehandelt.«

»Ich … will keine Geheimnisse mehr vor dir haben«, sagte er mit schwerer Stimme.

Idalia starrte auf seine Hand, die nur ein paar Zoll von ihrem Bein entfernt war. Seinen Fingern sah man an, dass Norik ein Mensch für harte Arbeit war, aber da war auch etwas Zärtliches, Beschützendes.

»Ich will auch keine Geheimnisse mehr vor dir haben.« Idalia hatte einen Kloß im Hals, als sie Norik betrachtete.

Im schwachen Schimmer der Lampe waren seine Züge weich, die Augen wie flüssiges Karamell. Sein Bart war dichter geworden, bedeckte fast sein gesamtes Kinn. Eine Sekunde zu lang sah sie ihn an.

»Du bist wunderschön, weißt du das?«, sagte er.

Verschämt senkte sie den Blick, doch der Finger, den sie mit einem Mal an ihrem Kinn spürte, zwang sie, ihn anzusehen. Gänsehaut kroch ihre Arme hinauf, überzog alsbald ihren gesamten Körper und setzte ein warmes Gefühl in ihr frei.

»Das wollte ich dir schon lange sagen. Aber auch dafür gab es bisher keinen guten Zeitpunkt.«

Er ließ ihr Kinn frei, dennoch starrte sie ihn weiterhin an. Rutschte ein Stück näher zu ihm – bloß einen Fingerbreit, aber der war es, der die unsichtbare Grenze überschritt.

Auf einmal war sein Gesicht dem ihren so nah, dass sie jede Facette darin wahrnehmen konnte. Die kleinen und großen Einzelheiten, die ihr aus der Entfernung bisher verborgen geblieben waren. Dass seine linke Augenbraue etwas höher stand als die rechte. Dass er Sommersprossen hatte, vier auf jeder Seite, die ihm trotz all der Verbitterung etwas Kindliches gaben. Dass seine Lippen bebten und sein Atem plötzlich abgehackt klang.

»Idalia«, keuchte er.

Norik, wollte sie sagen. *Wir dürfen das nicht. Auch wenn ich keine Prinzessin mehr bin, bin ich Prinz Elric versprochen. Wir lieben uns. Ich darf ihn nicht hintergehen.*

Doch ihre Lippen waren versiegelt, alle Wörter, die sie hätte aussprechen können, auf einmal nicht mehr so wichtig. Da war nur noch er – Norik, der ihren Atem zum Stocken brachte, ihre Hände zum Schwitzen, ihr Herz zum Rasen.

Mutig überbrückte sie die letzte Distanz, die noch zwischen ihnen bestand. Legte ihre zitternde Hand um seinen Nacken. Spürte seinen Herzschlag so intensiv, wie sie ihren eigenen fühlte.

Zärtlich strich er ihr eine Strähne hinters Ohr – und das war auch das Letzte, was sie sah. Denn um den Moment und das, was auf ihn folgte, vollständig fühlen zu können, musste sie die Augen schließen.

Dann blieb die Zeit stehen.

Sie blieb stehen, als er ihr Gesicht in beide Hände nahm. Als sein Atem ihre Haut zum Kribbeln brachte, ihre Ohren seine Stimme vernahmen, obwohl er nichts sprach.

Die Zeit blieb stehen, als er seine Lippen auf ihre presste – erst sanft, als wollte er sich ihr Einverständnis holen, dann mit mehr Nachdruck.

Ein Sturm tobte in Idalia – ein Zusammenspiel aus Schmetterlingen und schweren Steinen – und dieser war es, der die Zeit wieder in Gang setzte. Sie riss die Augen auf, wollte sich von ihm lösen, das Zelt verlassen – und er hielt sie nicht zurück.

Wieso blieb sie dennoch bei ihm?

»Prinz Elric«, flüsterte sie.

»Er ist nicht hier«, antwortete Norik schlicht – und so wenig zufriedenstellend seine Aussage auch war, sie reichte ihr.

Idalia schluckte, dann beugte sie sich nach vorn, um das Licht der Öllampe zu löschen. Erst, als die Dunkelheit sich um sie herum verdichtete, küsste sie ihn erneut. Nur dass dieses Mal sie diejenige war, die die Geschwindigkeit vorgab. Selbst wenn sie ihre Augen nun öffnete, war es finster. So dunkel, dass sie sich vorstellen konnte, jemand anderes zu sein. Nicht mehr Idalia. Keine betrogene Prinzessin, deren Zukunft in Scherben lag.

Sondern einfach ein Mädchen, das sich in einem löchrigen Zelt zum ersten Mal in seinem Leben richtig verliebte.

Ein Rascheln ließ sie auseinanderfahren – es kam so plötzlich, dass ihr Herz für einen Moment stehen blieb. Orientierungslos sah sich Idalia um, da hatte Norik sie bereits losgelassen und die Stoffbahn des Zelts zur Seite geschoben.

»Was ist da draußen?«, fragte sie angespannt, während ihr Kopf sie Bilder von Bestien, Räubern und den *Finsteren* sehen ließ.

Norik knurrte, dann verließ er das Zelt und erhob sich ruckartig. »Ich wusste, dass ihr nicht zu trauen ist.«

Erst, als sich Idalias Augen an die Finsternis gewöhnt hatten, konnte sie einen Blick auf Scarletts Nachtlager erhaschen. Die Decke lag zusammengeknäult auf dem Boden. Idalia ließ den Blick schweifen, doch von Scarlett fehlte jede Spur.

30

Scarlett

Vor ihr im Gebüsch hockte ein Fuchs, der sich mit der Zunge genüsslich übers Maul leckte, die Überreste einer Maus neben ihm im Gras. Scarlett beobachtete ihn eine Weile – konnte den Gedanken an Nokano nicht verdrängen und ging dann seufzend weiter.

Der Wald war heute Nacht überraschend ruhig, und obwohl sie sich eben noch auf der dunklen Seite aufgehalten hatte, spürte sie keine Gefahr. Die Angst vor dem Dickicht war ihr über die Jahre abhandengekommen, denn vor wem sollte sie sich schon fürchten, wenn sie selbst einen der Schrecken darstellte?

Scarlett umfasste die winzige Phiole mit ihren Händen. Gewonnen aus der Magie der *Finsteren,* war sie vielleicht das einzige Mittel, das Noriks Skepsis beseitigen konnte. Sofern er ihr überhaupt vertrauen wollte.

Eben hatte sie sich zudem um ihre verletzte Nase gekümmert, die jetzt schon weniger schmerzte.

»Lachst du über meine Schwäche?«, blaffte sie in die Stille hinein.

Der Wald lag reglos da, den Mann, der zwischen den hochgewachsenen Eichen stand, hatte sie trotzdem wahrgenommen. Mit vor der Brust verschränkten Armen wartete er auf sie.

»Was machst du hier?«

Der Edelmann verzog die Lippen zu einem geheimnisvollen Lächeln. »Ich habe dir schon einmal gesagt, dass ich da bin, wenn du mich brauchst.«

»Und wie kommst du auf die Idee, dass ich das tue?« Scarlett vermied den Blick in seine Augen, die auch in der Finsternis grün leuchteten. Demonstrativ ging sie an ihm vorbei und hörte bald seine Schritte hinter ihr.

Das war das Seltsame an ihm: Früher, kurz nachdem sie ihn sich ausgedacht hatte, hatte er kaum Substanz besessen. Jetzt, da er sie schon Jahre begleitete, wurde er immer menschlicher. Seine Stimme lauter, sein Lachen deutlicher, seine Berührungen fest und echt.

Scarlett konnte nur mutmaßen, was das bedeutete.

»Weil deine Gefühle dich gerade überfordern«, ging er auf ihre Frage ein, die sie gar nicht beantwortet wissen wollte. »Und du gern härter wärst, es aber nicht schaffst.«

Wie eine Furie schnellte sie zu ihm herum – und zuckte zusammen, als ihr Kopf gegen seine Brust prallte. Hastig trat sie ein paar Schritte zurück. »Was weißt du schon«, murmelte sie vor sich hin.

»Ich weiß, dass dir gerade bewusstwird, dass du vielleicht gar nicht so böse bist, wie du dich immer einschätzt. Oder wie ein Teil deines Herzens gern wäre. Sondern dass es die Umstände waren, die dich zu dem gemacht haben, was du heute bist.«

Scarlett biss die Zähne aufeinander, den Blick stoisch geradeaus gerichtet. Kurz überlegte sie, ihm einfach davonzurennen, aber da er ihre Schöpfung war, würde er sie leicht einholen. Das war der Nachteil an erfundenen Freunden: Sie waren immer da, auch wenn man sie gerade nicht ertragen konnte.

Deswegen ging Scarlett nur ein paar Schritte weiter, ehe sie auf einem umgestürzten Baumstamm Platz nahm und die Beine an den Körper zog. Seufzend bettete sie den Kopf auf ihre Arme.

Kurz darauf spürte sie seine Gegenwart neben sich.

»Denkst du manchmal an den Tag zurück, an dem du mich erschaffen hast?«, fragte er.

Sie wollte nicht mit ihm reden.

Sie wusste, dass sie es dennoch tun würde.

»Ich denke allgemein nicht gern an die Zeit zurück«, gestand sie ihm. »Ich war einsam und todtraurig. Nicht gerade die Sternstunde meines Lebens.«

Jetzt drehte sie sich doch zu ihm um. Treu erwiderte er ihren Blick, dann griff er nach ihrer Hand. »An was von diesem Tag kannst du dich erinnern?«

»Wieso ist das wichtig?« Sie kniff die Augen zusammen. »Ich brauchte einen Freund und auf einmal warst du da.«

Bestimmt schüttelte er den Kopf. »So einfach war es nicht.«

»Was tut das zur Sache?«

»Erinnere dich.«

Scarlett zuckte zusammen, denn auf einmal war es nicht mehr seine Stimme, die aus ihm sprach. Der Mann neben ihr verblasste, bis er nur noch eine Idee, ein diffuses Gebilde ohne Linien und Formen war. Die Hand, die ihre festgehalten hatte, verschwand – und auch ihre eigene veränderte sich, bis sie etwa auf die Hälfte ihrer ursprünglichen Größe geschrumpft war.

Verwirrt blickte Scarlett auf ihre kleinen Finger hinab und merkte gleichzeitig, dass sie mit den Beinen nicht mehr den Boden berühren konnte. Panisch überprüfte sie ihr Haar, das ihr nur bis zur Schulter reichte.

Und da verstand sie: Sie war wieder da – an dem Ort, an dem alles begonnen hatte. An dem Ort, an dem sie den Edelmann vor so vielen Jahren erschuf, weil die Einsamkeit sie beinahe umgebracht hatte.

Schweren Herzens kletterte sie vom Baumstamm und trat auf den Steinkreis zu, der sich am Rande der Lichtung befand. Sie wünschte sich nichts so sehr wie einen Freund. Jemanden, mit dem sie ihre guten und schlechten Momente teilen konnte, wenngleich letztere überwogen. Sie brauchte jemanden, der ihr Hoffnung machte, dass sie nicht für immer hier war.

Groß sollte er sein – groß und stattlich. Älter als sie, denn er musste mehr vom Leben verstehen, wenn er ihr helfen sollte. Ein Mann vielleicht, ein Prinz am besten. Denn so einen würde sie gern mal heiraten. Irgendwann, wenn sie diesen vermaledeiten Wald und seine Kreaturen verlassen hatte.

Braune Haare sollte er haben, grüne Augen und ein unwiderstehliches Lächeln. Er sollte gut gekleidet sein, sich tadellos verhalten – und sie als seinen einzigen Mittelpunkt verstehen.

Scarlett lächelte, als das Bild in ihren Gedanken immer konkreter wurde. Sie konnte den edlen Mann beinahe sehen, seine Stimme hören und wusste, wie es sich anfühlte, wenn er nach ihrer Hand griff. Für einen Moment erschien er ihr so real, dass sie beschämt den Kopf senkte, sodass er ihre hitzigen Wangen nicht bemerkte.

Verwirrt kniff Scarlett die Augen zusammen. Auf dem Boden unter ihr, auf dem wilden Gras der Wiese, lag etwas … eine goldene Taschenuhr. Umständlich bückte sie sich nach dem Gegenstand, der an einer feingliedrigen Kette hing. Andächtig strich sie über die schimmernde Oberfläche und drehte an einem Rädchen, das die Uhr aufklappen ließ. Zum Vorschein kam ein detailliert ausgearbeitetes Ziffernblatt. Auf die Rückseite war eine Kompassrose eingraviert, darunter ein Spruch, den Scarlett nicht lesen konnte.

Hektisch sah sie sich im Wald um. Wer auch immer diese Uhr verloren hatte, er musste wohlhabend und von hoher Herkunft sein. Sicherlich suchte er schon danach! Oder war er am Ende so reich, dass es ihn gar nicht kümmerte?

Sie sollte die Uhr wieder zurücklegen. So würde sie keinen Ärger bekommen. Aber der Gegenstand funkelte so schön – und nie zuvor hatte sie etwas so Wertvolles besessen. Ehe sie sich entscheiden konnte, kam ihr eine Erinnerung.

»Es war ein Spiel, mehr nicht«, beharrte Scarlett, als sie wieder sie selbst war.

Die Vergangenheit erschien ihr nur noch wie ein schwacher Nachhall, die Erinnerung an etwas, bei dem sie sich nicht sicher war, ob es sich tatsächlich so zugetragen hatte.

»Ich habe einfach jemanden zum Reden gesucht.«

»Und dann hast du ein magisches Ritual praktiziert und mich an deine Seite geholt.«

»Ich war ein kleines Mädchen und überhaupt nicht zur Magie fähig«, hielt sie dagegen und starrte angestrengt auf ihre Beine, sodass sie ihn nicht ansehen musste.

»Die *Finsteren* haben dich aufgenommen. Noch bevor du ein Wort sprechen konntest, hast du dunkle Magie geatmet. Die Kräfte wurden dir quasi in die Wiege gelegt.«

»Und dennoch bin ich nicht in der Lage, einen Menschen zu erschaffen. Zumindest keinen echten.« Sie könnte sich den Mund fusselig reden – er würde ihr ja doch nicht glauben.

»Aber dann hast du meine Taschenuhr gefunden. Und konntest sehen, was einmal sein wird.«

Jetzt hob sie doch den Blick – und bereute es sofort, als seine grünen Augen sich in ihre bohrten. Die Nacht war dunkel, dennoch schien er von innen heraus zu leuchten. Für einen Moment fehlten ihr die Worte; ein Umstand, der selten vorkam.

»Scarlett, sieh mich an.«

Er rückte näher an sie heran; sein menschliches Bein, das er gar nicht haben dürfte, berührte ihren Oberschenkel. »Du weißt es doch längst.«

»Was weiß ich?« Ihre Stimme, zerbrechlich und leise, wurde vom Wind davongetragen. Er hörte sie dennoch.

»Du weißt es, aber du bist eine Meisterin im Verdrängen. Das warst du schon immer.«

»Du hast keine Ahnung, wer ich bin.« In Rage erhob sie sich, stolperte prompt über ihren Mantel, der viel zu lang war und landete mit den Händen voran im Gras.

Zähneknirschend ließ sie sich von ihm aufhelfen. Zunächst berührte er sie nur am Arm, dann umschlang er ihre Hüfte und hob sie an. Der Prinz wirbelte sie einmal im Kreis, so schnell, dass Scarlett schwindlig wurde.

Als er sie wieder auf der Lichtung abstellte, näherte sich sein Mund dem ihren. Obwohl sie sich für ihre Schwäche hasste, kam sie nicht umhin, auf seine perfekten Lippen zu starren. Lippen, die ihre eigene Fantasie erschaffen hatte und auf die sie nur deswegen so stark reagierte.

Seit Jahren fragte sie sich, wie es wäre, ihn zu küssen. Wie er sich anfühlen würde, wie er schmecken würde, ob da Leidenschaft und Zügellosigkeit wären – oder eher Langsamkeit und Tiefe.

»Wieso hast du mich nie geküsst?«, fragte sie ihn – und wie jedes Mal blieb er ihr die Antwort schuldig.

Norik und Idalia waren so laut, dass Scarlett sie auf mehrere Fuß Entfernung hörte. Sie konnten von Glück reden, dass die beiden in dem Teil des Waldes, in dem sie sich aufhielten, nichts zu befürchten hatten. Dennoch legten sie alles darauf an, aufzufallen.

Zwischen zwei Tannen blieb Scarlett stehen und beobachtete die falsche Prinzessin und den Mann, der rettungslos in sie verliebt war. Wie aufgescheuchte Hühner liefen sie auf und ab, hatten offensichtlich bemerkt, dass Scarlett nicht mehr da war.

Nachdem sie sich von dem Prinzen verabschiedet hatte, hatte sie die Gelegenheit genutzt, um ein Mittel herzustellen, das den

Schmerz in ihrer Nase linderte. Wenn jetzt noch die Haut ihrer Handgelenke heilte, würde sie sich beinahe wie ein neuer Mensch fühlen.

»Wir müssen sie suchen.« Norik zerknüllte die Decke, die Scarlett zum Schlafen benutzt hatte, und schleuderte sie auf den Boden.

»Wir werden uns nur verirren, solange es so dunkel ist. Scarlett kennt sich aus – wir nicht.«

»Und was sollen wir stattdessen tun? Warten, bis es hell wird und sie womöglich schon ihre schwarze Armee um uns geschart hat?«

Ein Kichern bildete sich in Scarletts Kehle, das sie aber nicht über ihre Lippen ließ. Sie trat einen Schritt zurück, sodass der Schatten der Bäume ihre Gestalt vollständig verschluckte.

»Mir ist nicht wohl bei der Sache.« Norik stellte sich zu Idalia. »Wären wir nicht so tief im Wald, würde ich vorschlagen, dass wir zurückgehen. In der Stadt sind wir zumindest sicher …« Fahrig fuhr er sich übers Gesicht. »Wo könnte sie nur hingegangen sein?«

»Vielleicht … ist sie einfach spazieren gegangen«, mutmaßte Idalia. Ihre Haare, sonst zu ordentlichen Frisuren gesteckt, waren durcheinander und wild. In dem einfachen Kleid wirkte sie nicht mehr im Geringsten wie eine Prinzessin.

»Na klar, ich gehe auch mitten in der Nacht spazieren. Sie heckt etwas aus, da bin ich mir sicher! Du darfst solchen Menschen nicht trauen.«

»Du glaubst, ich traue ihr?« Idalias Stimme ging nach oben. »Scarlett wäre die letzte Person, der ich mein Vertrauen schenken würde. Und ich finde es wichtig, misstrauisch zu sein. Aber nicht wahnhaft.«

Norik schenkte ihr einen erzürnten Blick, der Scarlett abermals zum Lachen brachte. Gern hätte sie die beiden länger beobachtet, aber bevor einer auf Dummheiten kam und wirklich den Wald nach ihr durchsuchte, sollte sie sich lieber zeigen.

Sie holte die durchsichtige Phiole aus ihrer Manteltasche, dann pirschte sie sich an Norik heran. Die vielen Jahre im Wald hatten sie gelehrt, sich lautlos fortzubewegen – eine Fähigkeit, die Norik auch beherrschen sollte. Eine umso größere Freude war es, sein Zusammenzucken zu sehen, als sie sich hinter ihm aufbaute und ihm auf die Schulter klopfte.

Nachdem er panisch zu ihr herumgewirbelt war und seine drei Sekunden gebraucht hatte, um sie zu erkennen, verwandelte sich sein Gesicht in eine Fratze des Zorns.

»Wo zur Hölle bist du gewesen?«, blaffte er ihr entgegen – in einer Lautstärke, die jedes Tier im näheren Umkreis verscheuchen würde. »Wir haben dir nicht erlaubt, dich zu entfernen.«

»Ich bin nicht deine Gefangene. Und es geht dich nichts an, wo ich war.« Er wollte widersprechen, aber sie kam ihm zuvor. »Aber vielleicht interessiert dich das hier.« In einer theatralischen Geste steckte sie ihm die Phiole in die Hand.

»Was ist das?«

»Die Einlösung meines Versprechens.«

Mit spitzen Fingern entfernte er den Pfropfen der Flasche.

»Pass auf«, warnte sie ihn. »Du könntest Schaden anrichten.«

»Ist das wieder eins deiner Gifte? Wie das, das du an Idalia ausprobiert hast?«

»Was würde dir ein Gift nützen?«

»Was weiß ich?« Angestrengt starrte er auf den Inhalt des Gefäßes. In der Flasche befanden sich einzig zwei durchsichtige, winzige Kugeln.

»Du wolltest einen Beweis haben, dass ich euch nichts antun werde. Stattdessen habe ich dir eine Waffe gegeben, die du im Zweifelsfall gegen mich einsetzen kannst. Sollte ich euch verraten oder im Begriff sein, euch zu verletzen, ist eine dieser Kugeln alles, was du brauchst.«

Sofern möglich, wurde sein Blick noch zweifelnder. »Und das soll ich dir glauben?«

»Lass es mich dir zeigen.« Ehe er die Hand um die Phiole schließen konnte, griff sie nach dem Fläschchen und ließ eine der Kugeln auf ihre Handfläche fallen. Nur sehr vorsichtig, denn alles andere würde ein Unheil in Gang setzen, das sie nicht mehr aufhalten konnte. »Ich gebe dir eine Möglichkeit mich zu töten, Norik«, verkündete Scarlett.

Dann maß sie die nähere Umgebung mit ihren Blicken. Als sie eine Maus entdeckte, die aus einem Erdloch hervorlugte, lächelte sie zufrieden.

»Siehst du das Tier?«, fragte sie Norik hinter vorgehaltener Hand. Er nickte ungeduldig.

»Du holst aus …« Sie machte eine entsprechende Bewegung, »und dann schleuderst du die Kugel in Richtung deines Ziels. Der Schwung ist wichtig, denn nur so setzt sich der Zauber, der im Inneren gefangen gehalten wird, frei.«

Scarlett warf die Kugel in Richtung der ahnungslosen Maus. Für den Bruchteil einer Sekunde geschah gar nichts, dann begann der Boden unter ihnen zu beben, ehe das Säugetier zu Asche zerfiel. Sein erschrockenes Quieken schluckte der Wind.

Idalia sog scharf die Luft ein und sank auf die Knie, um dem Tier zu helfen. Doch von der Maus war nichts mehr übrig.

»Du bist widerwärtig!« Idalia schaute zu Scarlett hoch. »Das war doch wirklich nicht nötig! Du hättest auch … eine Pflanze nehmen können oder … oder …«

»Oder dich?« Scarlett grinste. »Ich glaube nicht, dass dein Geliebter mich dann noch zu Prinz Elric geführt hätte.«

»Er ist nicht mein Geliebter!«, protestierte Idalia.

»Reicht dir das?« Scarlett reichte Norik die verschlossene Phiole. Er sah sie eine Weile schweigend an, dann nickte er. »Dir ist aber schon klar, dass ich dich jetzt jederzeit töten könnte?«

Unbeeindruckt zog Scarlett die Schultern hoch. »Du wirst es nicht tun.«

Nachdenklich ließ er die Phiole von der einen in die andere Hand wandern. »Und was macht dich da so sicher?«

»Du bist ein Mensch. Du hast ein Herz aus Butter.«

»Du sagst das, als wäre es etwas Schlechtes!« Idalia war aufgestanden, Erde haftete an ihrem Mantel. »Jede Art von Menschlichkeit, jede Art von Mitgefühl ist für dich automatisch Schwäche. Dein Leben muss ganz schön schrecklich sein, wenn du wiederholt Tiere umbringen musst, nur um deine Macht zu demonstrieren.«

Tränen funkelten in ihren Augen. Sie würde keine zwei Tage allein im Wald überleben.

Kurz überlegte Scarlett, ob sie einen Streit mit ihr anfangen sollte, entschied sich aber dagegen. Das war vergebene Liebesmüh.

»Die Sonne geht in drei Stunden auf«, sagte sie stattdessen. »Wir sollten noch ein bisschen schlafen, damit wir am Tag bei Kräften sind.«

Scarlett tat so, als würde das, was Idalia eben gesagt hatte, ihr nicht zusetzen. Als wäre ihr gleichgültig, welchen Eindruck sie von ihr hatte. Doch in der Nacht lag Scarlett wach, wälzte sich unruhig von der einen auf die andere Seite, getrieben von Gedanken, die sie nicht zulassen wollte.

31

Idalia

Sie waren bei Sonnenaufgang aufgebrochen und hatten seitdem keine Pause gemacht. Was Idalia zunächst als vielversprechend empfunden hatte, raubte ihr jetzt alle Kraftreserven. Ihre Schuhe waren viel zu groß, was dazu führte, dass sie mit den Zehen unsanft hin- und herrutschte. An ihrer Ferse zeichnete sich eine münzengroße Blase ab, die ihr das Vorankommen erschwerte.

Doch sie wollte nicht die Schwache abgeben, vor allem, da Norik und Scarlett mit dem Tempo offensichtlich keine Schwierigkeiten hatten und auch jetzt, obwohl sie doch alles gab, schon ein Stück weit vor ihr liefen.

Norik war seltsam schweigsam an diesem Morgen. Jedes Mal, wenn Idalia einen Blick auf sein Gesicht erhaschte, war es kummervoll verzogen.

Da nicht viel gesprochen wurde, hatte sie ausreichend Zeit, sich mit ihren eigenen Gedanken zu befassen – auch wenn es genau die waren, die sie eigentlich hatte meiden wollen. Denn die letzte Nacht – und der ungeplante Kuss - hatten etwas in ihr in Gang gesetzt, das sie nicht mehr aufhalten konnte. Sie hatte in Norik stets einen Verbündeten gesehen, ihren Retter in der Not, einen guten Freund. Doch da gab es eine Grenze, die sie bisher nicht überschritten hatte, Terrain, auf das sie sich nicht begeben hatte.

Bis zur letzten Nacht.

Wenn sie jetzt an ihn dachte, war da ein Flattern in ihr. Ein vorsichtiges Sehnen, ein Ziehen in ihrem Unterleib – und sie hatte keinen Schimmer, was sie damit anfangen sollte.

Sie hatte nie an Norik denken können, ohne auch Prinz Elric zu sehen – ihre Zukunft, ihren Ehemann. Aber jetzt war es Noriks Bild, das sich in ihre Gedanken schob, wann immer sie sich mit Elric befasste.

»Es ist nicht mehr sonderlich weit«, sagte Norik in diesem Moment. Idalia hob den Kopf.

Der Wald war dunkler geworden, die Wege unebener und schmaler. Obwohl am Morgen die Sonne geschienen hatte, sah der Himmel jetzt eher nach einem nahenden Gewitter aus.

»Wie kannst du dich hier orientieren? Für mich sieht alles gleich aus.« Idalia bückte sich unter einem Ast hinweg.

»Das kann er nicht«, kam Scarlett ihm zuvor. »Es ist sein Gefühl.«

Norik schob die Augenbrauen zusammen. »Gefühl?«

»Wir bewegen uns immer näher auf die *Finsteren* zu. Das spürst du doch, oder?«

Widerwillig nickte er. »Ja. Es ist irgendwie … als würde die Luft dicker werden. Als könnte man nicht mehr richtig atmen.«

»Wundert es dich, wenn ich dir sage, dass es bei mir das Gegenteil ist?« Scarlett zupfte ihre Kapuze gerade, die verrutscht war. »Je tiefer ich in den Wald eindringe, desto freier fühle ich mich. In der Menschenwelt liegt manchmal ein Gewicht auf meiner Brust, das ich hier nicht mehr spüre.«

»Wieso bleibst du dann nicht im Wald?«, blaffte Norik, aber die Antwort lag auf der Hand.

Scarlett hatte jetzt eine Mission – und Idalia kam sich vor, als wäre sie nur noch schmückendes Beiwerk. Als würde es hierbei gar nicht mehr um sie gehen.

»Die Beziehung zwischen den *Finsteren* und mir ist schwer zu erklären«, fuhr Scarlett fort. »Ein großer Teil von mir verabscheut sie. Weil sie mich dauernd ausgeschlossen und sich über mich lustig gemacht haben. Mich ausgelacht haben. Aber da gibt es auch den Teil, der sie bewundert. Der ihnen dankbar dafür ist, dass sie mich zumindest angenommen und so mein Überleben gesichert haben. Und der sie manchmal in stillen Momenten beinahe … vermisst.« Sie senkte den Blick, als wäre ihr das Geständnis peinlich.

»Konntest du eigentlich mit ihnen sprechen? Haben sie überhaupt … eine Sprache?« Idalia holte zu Scarlett auf.

Wann immer sie sich so nah bei ihr befand, ergriff sie ein Schauer, den sie nicht genauer definieren konnte. Vielleicht, weil es ihr unmöglich war zu sagen, wie groß die Gefahr war, die von Scarlett ausging.

»Ihre Sprache klingt wie ein Zischen. Damit verständigen sie sich untereinander. Obwohl ich bei ihnen großgeworden bin, hatte ich keine Möglichkeit, sie zu verstehen. Ich denke nicht, dass das menschliche Ohr darauf ausgelegt ist. Aber … das muss es auch nicht. Denn sie selbst verstehen uns.«

»Ich glaube immer noch nicht, dass sie so intelligent sind.« Norik verließ den Weg und bog rechts auf einen Pfad ab, der bergauf führte.

»Die *Finsteren* haben ein natürliches Gespür dafür, alle Wesen zu verstehen und sich mit ihnen auszutauschen.« Scarlett wischte sich den Schweiß von der Stirn. »Sie können sogar unsere Sprache sprechen, auch wenn das etwas unbedarft klingt. Eher wie ein

Gedanke, den sie dir in den Kopf pflanzen. Das Ganze hat ihnen einen enormen Vorteil beschert, denn ich konnte sie nicht verstehen, und sie mussten nur mit mir reden, wenn ihnen danach war. Das macht es noch leichter, jemanden außen vor zu lassen.«

»Wie … wie haben sie dich ernährt? Du warst ein Neugeborenes …« Eigentlich widerstrebte es Idalia, Nachfragen zu stellen, weil sie so wenig wie möglich mit Scarlett zu tun haben wollte. Andererseits war sie gebannt von einer Kindheit, die so anders war als ihre eigene.

Scarlett hatte von klein auf gegen Ablehnung und Hänseleien kämpfen müssen, war an einem Ort großgeworden, der schwärzer war als die Nacht selbst – war es da nicht verständlich, dass sie zu dem geworden war, was sie heute darstellte?

»Ich habe keinerlei Erinnerung an meine ersten Jahre«, stellte Scarlett klar. »So wie jeder andere Mensch auch. Aber … irgendetwas zu essen hatten sie immer für mich. Ein paar Früchte, Pilze oder Wurzeln – ab und zu auch Fleisch.«

»Warum?«, stellte Norik die Frage, die auch Idalia auf der Zunge brannte. »Warum hat eine dunkle Macht ein neugeborenes Mädchen aufgezogen und jahrelang für es gesorgt? Sie hätten dich genauso gut verrotten lassen können.«

»Vielleicht wäre das für alle Beteiligten besser gewesen.« Scarlett lachte freudlos auf. »Aber ganz ehrlich? Ich weiß es nicht. Vielleicht waren sie neugierig. Vielleicht wollten sie mehr über die menschliche Gattung wissen, die ihnen selbst so unbekannt war. Vielleicht … dachten sie, ich könnte für sie arbeiten, wenn ich erst mündig bin.«

»Tust du das denn?« In Noriks Stimme lag etwas Lauerndes, das Scarlett zum Seufzen brachte.

»Ich bin weder ihre Geisel noch führe ich ihre Befehle aus. Ich bin ein freier Mensch, der seine eigenen Entscheidungen trifft.«

»Wie hast du erfahren, wer du wirklich bist?«, erkundigte sich Idalia.

Scarlett lächelte. »Durch die stärkste Magie auf der ganzen Welt: eine Geschichte. Die *Finsteren* haben mich manchmal abends zu ihren Festen eingeladen – Zusammenkünfte im Wald – und mir vom Königreich Ryzund erzählt. Von einer gestohlenen Prinzessin, die noch zu jung ist, um zu erkennen, wer sie wirklich ist und was in ihr steckt. Von einer Frau, die losziehen wird und einfordert, was ihr gehört. Sie haben mir die Geschichte über meine Herkunft ebenso vermittelt wie den Drang, das zu bekommen, das mir zusteht.«

»Aber wer hat dir all die menschlichen Gepflogenheiten beigebracht? Das Lesen und Schreiben? Die Manieren?«

Scarlett senkte den Blick. Ihr Prinz hatte sie nicht nur durch die Einsamkeit geführt.

»Ich habe dich beobachtet«, sagte sie stattdessen zu Idalia. »Jahrelang. Du warst das notwendige Übel, das zur Seite geschoben werden musste. Aber ich wollte nichts überstürzen. Weswegen ich mich an den Hof geschlichen habe, die niederen Dienste einer Magd annahm und dich kennenlernte.«

Idalia kletterte über einen Baumstamm. »Zu einer guten Königin gehört so viel mehr als die richtige Abstammung. Ich wurde über Jahre hinweg auf meine Rolle vorbereitet. Ich habe gelernt, was es heißt, ein Königreich zu regieren – ich habe Freude an Politik und bin bereit, Verantwortung zu übernehmen. Was macht dich so sicher, dass du es besser kannst?«

»Gar nichts«, erwiderte Scarlett. »Gut möglich, dass du die bessere Königin bist, eben weil du all dieses Wissen in dir trägst. Bloß hatte ich bisher keine Gelegenheit, mich auszuprobieren.«

»Dein Herz ist voller Hass.« Idalia presste die Lippen aufeinander. »Du wirst niemals eine gute Monarchin, wenn so viel Dunkelheit in dir ist.«

Scarlett neigte den Kopf. Erst jetzt fiel Idalia auf, dass sie stehen geblieben war. »Ich habe die Hoffnung, dass ein Teil der Schwärze von mir weichen wird, wenn ich mein Ziel erreicht habe. Außerdem …«

»Was ist das?« Norik blieb so abrupt stehen, dass Idalia beinahe mit ihm zusammengeprallt wäre. Mit den Augen folgte sie seinem Zeigefinger, der auf eine Stelle auf der linken Seite deutete.

Idalia erstarrte in dem Moment, in dem Scarlett sich wieder in Bewegung setzte.

»Willkommen auf der dunklen Seite«, murmelte sie – und lief schnurgerade auf das Grauen zu, das sich vor ihren Augen ausbreitete.

Es erinnerte Idalia an Nebel – nur sehr viel dichter gewoben, wie unendlich schwarze Schlieren, die in der Luft schwebten und eine gigantische Mauer ergaben, die sich durch den halben Wald zog, ihn in eine helle und eine dunkle Seite teilte.

»Ist das die Grenze?«, fragte sie, erhielt aber keine Antwort, denn Norik war zu Scarlett vorgeprescht.

»Warte!«, rief sie, dem unguten Gefühl in ihrer Brust folgend. Gänsehaut ließ ihren Körper kribbeln.

»Haltet Abstand!« Scarlett hob die Arme, drehte der schwarzen Wand für einen Moment den Rücken zu.

»Sind das die *Finsteren*?«, hauchte Idalia.

»Nein. Das ist das, was sie hinterlassen, wenn sie an ihr Ziel gekommen sind. Wenn sie jemanden erwischt haben.«

Idalia wusste nicht, was sie mehr schauderte – der Inhalt ihrer Worte oder die Art und Weise, *wie* sie es sagte. Zufrieden, mit leiser Genugtuung.

»Es waren mehrere, die zusammengewirkt haben«, erklärte sie und näherte sich dem wabernden Nebel. Der Geruch von Fäulnis lag in der Luft. »Sonst wäre die Fläche, die sie hinterlassen haben, nicht so groß. Aber sie beginnt schon zu verblassen. Schaut!« Mit der Hand zeigte sie auf eine Stelle, die in Grauschattierungen schimmerte.

»Wie sind sie auf die Menschenseite gekommen?«, verlangte Norik zu wissen. Seine Stimme klang erstickt.

War es ähnlich gewesen, damals, als Elric von den Wesen gefangen genommen worden war?

Scarlett zuckte nur mit den Schultern. »Die Grenze kann auf vielfältige Arten und Weisen geöffnet werden. Es gibt Schlupflöcher. Manchmal wird sie durchlässig, wenn jemand schwarze Magie oder ein Ritual praktiziert. Oder es gibt einfältige Menschen, die die *Finsteren* herausfordern.«

»Ein Kind.« Idalia schluckte. Ihre Hände ballten sich zu Fäusten. Der Nebel hatte sich so weit zurückgezogen, dass sie einen Blick auf den Boden erhaschen konnte. Und auf die Leiche, die gekrümmt zwischen Blättern und Erde lag.

Übelkeit stieg in Idalia auf, die sie dazu brachte, sich die Hand vor den Mund zu pressen. Das Mädchen, das tot zu ihren Füßen lag, war allerhöchstens fünf Jahre alt, hatte goldene, schimmernde Locken, zum Teil mit Morast und Dreck verklebt. Es trug ein braunes, einfaches Kleid, das es als jemand aus der Unterschicht kennzeichnete. Man hätte glauben können, dass es nur schlief, wäre da nicht der tote Blick der Augen gewesen.

Idalia schluchzte. Ohne lang zu überlegen, war sie auf die Knie gesunken und hatte die Lider des Kindes geschlossen. Scarletts gerufenes »Fass sie bloß nicht an!« kam einen Moment zu spät. Erschrocken wirbelte Idalia herum, während Eiseskälte durch ihren Körper zuckte.

»Sie sind noch nicht lange weg«, erklärte Scarlett gepresst. »Und jedes Mal, wenn ein *Finsterer* einen Menschen tötet, ist er mit ihm verbunden, bis der Nebel verschwindet.«

»Und was bedeutet das?« Idalia sah sich ängstlich um.

»Dass sie wissen, wo du bist. Und sie dich finden werden, solange du dich in ihrem Umkreis aufhältst.«

»Aber …«

Ihr blieb keine Zeit, einen Einwand hervorzubringen. Direkt hinter Scarlett offenbarte sich eine Gestalt – übermenschlich groß, so schwarz wie der Nebel, mit toten, übersinnlichen Augen, in die sie schon einmal geblickt hatte. Ein Zischen durchdrang die Luft, leiser zunächst und schließlich so laut, dass es sich in ihren Ohren festsetzte und sie taub für alles andere machte.

Idalia sah, wie Scarletts Blick gefror. Wie Norik mit den Armen in der Luft herumfuchtelte. Doch das Wesen interessierte sich nicht für sie, hatte seinen geisterhaften Blick einzig auf Idalia gerichtet. Da erkannte sie, dass derselbe schwarze Nebel auch ihre Hand befleckte, ihre Finger, mit denen sie die Lider des Mädchens geschlossen hatte.

Für einen Moment blieb die Zeit stehen.

Dann war es Scarletts Schrei, der die Taubheit ihrer Ohren durchbrach: »Flieh!«

Idalias Körper war schneller als ihr Kopf. Sie wirbelte herum, stolperte los, lief den Berg hinab, den sie eben erklommen hatte. Ihr Herzschlag hallte in ihren Ohren wider, unregelmäßig und schnell. Am liebsten hätte sie sich die Schuhe von den Füßen gerissen, aber sie durfte nicht stehen bleiben. Die Sicht verschwamm vor ihren Augen.

Und während sie um ihr Leben rannte, erinnerte sie sich an das erste Mal, als sie von einem *Finsteren* angegriffen worden war. Das, was bisher im Nebel gelegen hatte, offenbarte sich nun glasklar vor ihr.

Die schwarze Gestalt hatte sie zu Boden gerissen, sich auf sie gestürzt wie ein ausgehungertes Tier. Wäre Norik nicht da gewesen, hätte sie wahrscheinlich nicht überlebt – und er trug nun den Schaden davon, weil er sich wie ein Held verhalten und sie gerettet hatte.

Verbissen kniff Idalia die Lippen zusammen. Sie hatte es satt, gerettet werden zu müssen! Sie kam sich ja jetzt schon überflüssig vor.

Kurz atmete sie durch und blickte um sich. Es musste doch irgendetwas geben, das sie tun konnte. Irgendetwas, das sie nicht nur immer weglaufen, sondern sich dem Scheusal entgegenstellen ließ. Bisher hatte sie nur Geschichten von *Finsteren* gehört, die Menschen getötet und geschändet hatten. Aber sie selbst konnten doch nicht unsterblich sein?

Das Monstrum schnellte auf sie zu – und Idalia wusste, dass sie fliehen musste, wenn sie eine Chance haben wollte. An Ort und Stelle zu verharren, würde ihr nur den sicheren Tod bringen.

Sie wich nach links aus, dann hastete sie den Berg wieder hinauf, auch wenn das bedeutete, dass sie deutlich langsamer war. Doch sie hatte eine Idee – eine Ahnung, was sie tun könnte, das ihr vielleicht den Hauch einer Chance brachte.

»Norik!«, schrie sie, noch bevor sie ihn sah.

War es leichtsinnig, dass sie das Monstrum in seine Richtung lockte? Vielleicht. Allerdings schien die Gestalt so auf sie fixiert zu sein, dass sie nichts anderes wahrnahm.

»Norik, ich brauche die Phiole.«

Sie schaute sich hektisch um, aber fand sich allein auf weiter Flur. Wahrscheinlich hatten sich Norik und Scarlett in Sicherheit gebracht.

»Die Phiole!«, schrie Idalia weiter. »Das Mittel, das Scarlett dir gegeben hat! Vielleicht kann es die *Finsteren* töten!«

Sie flüchtete sich ins Dickicht. Vielleicht hielt Norik sich hier versteckt, vielleicht …

Ein umgestürzter Baum versperrte ihr den Weg und hinderte sie am Weiterkommen. Der Stamm war zu hoch, um ihn einfach zu erklimmen, und zu lang, als dass sie um ihn herumlaufen könnte.

Idalias Herz raste, als sie sich umdrehte. Irgendwo in ihr schwelte die Hoffnung, dass das Ungeheuer ihr nicht gefolgt war, aber da schwebte es: dicht und nachtschwarz direkt vor ihr. Mit leeren Augen, in denen dennoch der Hass tobte, scharfen Zähnen, die sie an Wildschweinhauer erinnerten und gigantischen Pranken, die sich aus seinem Mantel aus Dunkelheit erhoben.

Idalia schrie, die Barriere des Baumstamms hinter sich. Wenn sie jetzt hier starb, hatte sie es verdient. Sie war leichtsinnig gewesen und …

»Ich habe gesagt, du sollst verdammt noch mal wegrennen!«

Es war Scarletts Stimme, die durch ihre Wolke aus Angst drang. Scarletts Körper, den sie auf einmal vor sich spürte, sie enger gegen das Holz des Stamms presste und ihr die Luft zum Atmen raubte. Scarlett, die sich wie eine Amazone vor dem Wesen aufbaute, die Arme in einer theatralischen Geste erhoben. Obwohl sie nur ein wenig größer war als sie, wirkte sie in diesem Moment riesig. Ihr Haar wehte wie Feuerflammen im Wind, ihre Statur erzählte von vergangenen Kämpfen. Ein beängstigendes Gebrüll verließ ihren Mund.

»Duck dich!«, schrie sie Idalia entgegen.

Hektisch warf sich diese auf den Boden und schloss in Todesangst die Augen. Ihre Hände waren eiskalt, jede Sekunde dehnte sich ins Unendliche.

Lass sie nicht sterben, flehte sie zu einem Gott, an den sie sich viel zu selten wandte. *Bitte lass sie nicht meinetwegen sterben!*

Das Nächste, was sie hörte, war ein lang gezogenes Zischen, welches den Waldboden unter ihr erbeben ließ. Schmerzerfüllt presste sich Idalia die Hände auf die Ohren.

Plötzlich wurde sie von starken Armen auf die Füße gezogen.

»Ich hasse dich!«, schrie Scarlett. »Ich hasse dich, dass ich mich für dich in Lebensgefahr begeben habe! Wieso musstest du so dumm sein?«

Unter großer Kraftanstrengung öffnete Idalia die Augen und blickte in Scarletts zornverzerrtes Gesicht. Ein Teil des schwarzen Nebels hatte sich auf ihre Wangen gelegt.

»Was … wo … das Monstrum?«

»Es ist weg«, fauchte Scarlett. »Du hattest Glück, denn es war ohnehin dabei, sich aufzulösen. Nur deswegen konnte ich es aufhalten.« Wütend presste sie die Lippen aufeinander. Etwas sanfter dann fragte sie: »Bist du in Ordnung?«

Schwach nickte Idalia.

»Nun gut.« Scarlett holte mit der Hand aus und schlug Idalia mitten ins Gesicht. »Wenn du das noch einmal machst, kommst du nicht so glimpflich davon.« Sie ließ den Kleiderkragen, an dem sie Idalia festgehalten hatte, los, sodass jene zurück auf den kalten Boden fiel.

Tränen liefen ihr über die Wangen, Scarletts Schlag tat verteufelt weh, aber aus einem Akt der Gnade hatte sie ihre Nase verschont. Dennoch spürte sie ihre Finger überall auf ihrer Haut. Aus dem Augenwinkel sah sie, wie Norik zu ihr eilen wollte, aber sie biss die Zähne zusammen und kämpfte sich hoch.

»Warte!«, rief sie Scarlett hinterher, die dabei war, über den Stamm zu klettern.

Ein dunkelgrauer Schleier schien sie zu umgeben – die Überreste des *Finsteren*? Sah man nach einem Kampf immer so aus? Hatte Norik ebenfalls so ausgesehen, nachdem er sich auf sie gestürzt hatte?

»Scarlett, bitte!«

Die hielt in der Bewegung inne, dann drehte sie sich zu ihr um. Das Ausmaß des Hasses, der sich auf ihrem Gesicht spiegelte, raubte Idalia den Atem. Und dennoch hatte sie ihr gerade das Leben gerettet.

»Es tut mir leid. Ich wusste nicht, was ich tun sollte.«

Scarlett sprang vom Baumstamm und baute sich dicht vor ihr auf. Kurz hatte Idalia Angst, dass sie sie erneut schlagen würde, aber ihre zur Faust geballte Hand erhob sich nicht.

»Ich habe dir gesagt, was du tun sollst – weglaufen! Aber du bist so hohlköpfig und drehst auf halbem Weg um? Damit hast du nicht nur dein Leben, sondern auch das von Norik riskiert!«

»Ich … wollte nicht immer wieder wegrennen.« Das Geständnis kostete Idalia Überwindung, und als sie sah, wie Scarlett die Augenbrauen hochzog, fuhr sie fort. »Ich komme mir so überflüssig vor. Ich kann zu dieser Reise nichts beitragen. Manchmal frage ich mich, wieso ich überhaupt mitgekommen bin. Ich wollte … einmal etwas tun, was uns hilft. Ich dachte, wenn ich das Wesen töten kann …«

»Töten?« Scarlett trat einen Schritt auf sie zu. »Merk dir eins: Du kannst die *Finsteren* nicht töten. Nie.«

»Aber sie können doch nicht unsterblich sein.«

»Das sind sie auch nicht. Aber als Mensch wirst du ihnen nichts anhaben können. Sie sind bewegliche, schwarze Masse. Wenn du sie berührst, gleitet deine Hand durch sie hindurch. Nichts, was du ihnen antun kannst, würde ihnen schaden.«

Der Schatten, den Idalia neben sich auf dem Boden sah, zeigte ihr, dass Norik sich zu ihnen gestellt hatte. Sie wagte es noch nicht, ihn anzuschauen.

»Du hast Norik das Mittel gegeben, das die Maus getötet hat«, fuhr sie fort. »Es war so stark. Vielleicht kann es auch die *Finsteren* töten.«

»Das Mittel wurde durch ihre Magie gewonnen und hergestellt – also wird es ihresgleichen sicherlich nicht töten«, erklärte Scarlett. Ihre Stimme klang nicht mehr ganz so schneidend.

»Ich habe zu überstürzt reagiert. Es tut mir leid. Ich habe es nur satt, dauernd wegzulaufen.«

Je mehr Zeit verging, desto mehr von dem schwarzen Schatten, der Scarlett umgeben hatte, verschwand.

Irgendwann war sie wieder ganz sie selbst – und sah beinahe ein bisschen erschöpft aus. »Nur, weil wir dich hier im Wald nicht gebrauchen können, heißt das nicht, dass du keine Fähigkeiten hast. Aber das hier ist mein Terrain. Niemand kennt sich so gut aus wie ich – und wenn ihr klug seid, haltet ihr euch an das, was ich euch sage.«

32

Scarlett

Sie wollte es den beiden nicht sagen, aber die Begegnung mit dem *Finsteren* hatte ihr Angst gemacht. Er war größer gewesen als seine Artgenossen, und hätte er sich nicht rechtzeitig aufgelöst, hätte Scarlett nicht gewusst, was sie tun sollte. Auch jetzt saß ihr der Schrecken noch im Nacken, weshalb sie schweigend hinter Norik und Idalia herging.

»Ich hätte nicht zugelassen, dass er dich bekommt«, ertönte da eine Stimme. Sie warf einen Blick über die Schulter, in der Hoffnung, ihn sich eingebildet zu haben – aber da stand er: ihr dunkler Prinz.

»Was machst du hier?«, zischte sie ihm zu, gerade so laut, dass er es hören konnte.

Nie zuvor hatte er sich gezeigt, wenn sie mit anderen unterwegs war. Seine ständige Gegenwart machte sie unruhig, weil sie nicht wusste, was sie zu bedeuten hatte.

»Der Wald ist mein Zuhause. Wo sollte ich sonst sein?«

»Ich komm allein klar.«

Als Scarlett ihr Tempo steigerte, drehte sich Idalia zu ihr um. »Was hast du gesagt?«

»Dass ich im Gefühl habe, dass Norik uns im Kreis führt. Wir kommen gar nicht voran.«

Sie warf einen letzten Blick nach hinten. Der Prinz lehnte an einem Baumstamm mit vor der Brust verschränkten Armen und sah sie gönnerhaft an. Glücklicherweise war er für andere unsichtbar.

»Dann wird es dich freuen zu erfahren, dass wir da sind.«

Es lag etwas Unnahbares in Noriks Stimme, das sie nicht einordnen konnte. Je näher sie dem Ziel kamen, desto wortkarger war er geworden. Irgendwann hatte er sogar aufgehört, sich mit Idalia zu unterhalten.

Als er anhielt, war seine Miene kummerverhangen. Der Verlust seines besten Freundes und seine angebliche Schuld machten ihm schwer zu schaffen. Ob Elric wirklich noch am Leben war? Die Chancen standen, und das wusste Scarlett, schlecht. Aber vielleicht würden auch seine Überreste Norik helfen, endlich damit abzuschließen.

Mit dem Zeigefinger deutete er auf ein Stück Wald, das sich links des Weges befand und deutlich verwüsteter anmutete als der Rest. Äste sowie Stämme lagen kreuz und quer, als hätte es vor nicht allzu langer Zeit einen Sturm gegeben. Der Boden war von Steinen unterschiedlicher Größe bedeckt.

Sich die Kapuze tiefer ins Gesicht ziehend half Norik Idalia über einen Baumstamm, der den Weg versperrte, und blieb vor einer Höhle stehen, deren Eingang von Felsbrocken verschüttet war.

»Hier ist es passiert«, erklärte er – und viel mehr musste er auch gar nicht sagen, denn der Geruch von schwarzer Magie sammelte sich in der Luft und setzte sich wie ein schweres Gewicht auf Scarletts Brust. Sie hustete mehrmals, dann kniete sie sich vor die Steine auf den Boden, um sie zu untersuchen.

»Wie ist es abgelaufen?«

Sie nahm einen der Gesteinsbrocken in die Hand.

»Was ist das hier?« Idalia lief an ihr vorbei zu einer Stelle, die sich weiter links befand. Ein schmales Holzkreuz steckte im Boden, umrahmt von einer Handvoll Kieselsteine.

»Die letzte Ehre, die ich ihm erweisen konnte. Ein Grab, mehr eine Gedenkstätte.«

Aus den Augenwinkeln sah Scarlett, wie Idalia auf die Knie sank. Es wirkte, als würde sie jetzt schon trauern.

»Was ist damals genau passiert?«, wandte sie sich erneut an Norik, der sich zu ihr gesellte.

»Das habe ich dir schon alles erzählt. Elric wurde an dieser Stelle von dem Monster überwältigt. Es hat sich auf ihn gestürzt – und als ich den Mut hatte, zurückzukehren, war er bereits tot.« Norik zog die Augenbrauen zusammen. »Wobei ich seine Leiche nie gesehen habe.«

Scarlett wog den Stein in ihren Händen, als würde er die Antworten auf ihre unzähligen Fragen finden. Nachdenklich kaute sie auf ihrer Lippe herum. Wenn Elric an dieser Stelle von den *Finsteren* überwältigt und getötet worden war, mussten sich seine Überreste in der Nähe befinden. Die Kreaturen der dunklen Seite waren nicht interessiert daran, die Leichen zu verstecken oder sie verschwinden zu lassen. Und selbst wenn das, was von seinem Körper übrig war, von einem wilden Tier zerrissen wurde, müssten irgendwo noch Knochen liegen.

»Ich war Dutzende Male an diesem Ort, seit es geschehen ist«, erzählte Norik. »Ich habe auch alle Plätze in der Umgebung abgesucht, allerdings erfolglos. Wenn ich seinen Eltern wenigstens die Sicherheit geben könnte, dass er tot ist.« Seufzend schüttelte er den Kopf.

»Du hast gesagt, dass die *Finsteren* ihn niemals getötet hätten, weil sie wissen, wer er ist«, richtete sich Idalia an Scarlett. »Wenn sie ihn gefangen halten – an welchem Ort wäre das? Und wie kommen wir dahin?«

Unter einem Ächzen erhob sich Scarlett und streckte ihre steifen Beine durch. Noch einmal maß sie die Umgebung mit Blicken. Der Geruch nach schwarzer Magie hing in der Luft, das stimmte, aber das lag daran, dass die Grenze zur dunklen Seite hier sehr durchlässig war.

Die Erinnerungsstätte selbst und die Höhle, vor der die beiden standen, setzten keinerlei Erinnerung in ihr frei. Es bestand die kleine Chance, dass Elrics Überreste auf der dunklen Seite lagen. Dass sie durch Zufall dort hingekommen waren. Doch die Suche wäre langwierig und nicht unbedingt von Erfolg gekrönt.

Für den Bruchteil einer Sekunde kam Scarlett ein böser Gedanke. Wieso machte sie es sich überhaupt so schwer? Wenn sie dem König und der Königin menschliche Knochen brachte, würden sie doch ohnehin nicht wissen, von wem diese stammten. So weit war die Medizin nicht, dass sie eindeutig feststellen konnte, ob ein Skelett zu einer bestimmten Person gehörte.

Und nicht weit von ihr befand sich ein Mann in Elrics Alter, der sowieso von niemandem gesucht werden würde, wenn er nicht mehr da wäre. Jemanden, den sie mit einer List überwältigen könnte, noch bevor er eine Chance hätte, das Gift in der Phiole gegen sie einzusetzen. Wobei das sowieso nicht stark genug war, um einen Menschen zu töten.

»Du machst es dir wirklich nicht leicht, Scarlett.«

»Sei endlich still«, zischte sie dem Prinzen zu, der direkt neben Elrics Grab saß. Dass er beliebig aus dem Nichts auftauchen konnte, war ebenfalls neu. »Du kennst doch längst die Lösung.«

Wütend presste sie die Lippen aufeinander, versuchte über seine Anwesenheit hinwegzusehen. Was gar nicht so einfach war, weil sie ihn so geschaffen hatte, wie sie ihn haben wollte. Weil seine Nähe ihr die Knie weich und das Herz schwer machte.

»Mit wem sprichst du?«

Idalia starrte genau dorthin, wo der Prinz saß – doch seine grünen Augen waren auf Scarlett gerichtet.

»Ein paar Tage nach Elrics vermeintlichem Tod habe ich den Stofffetzen seiner Hose hier gefunden«, erzählte Norik. »Ich habe es nicht übers Herz gebracht, ihn seinen Eltern zu zeigen.«

»Wo bringen die *Finsteren* ihre Gefangenen hin?«, wiederholte Idalia ihre Frage. »Gibt es ein unterirdisches Reich?«

»Mit einem Gefängnis?« Scarlett lachte. »Gewiss nicht.«

»Was ist es dann?«

Ja, was war es? Wohin brachten die *Finsteren* jene Menschen, die sie nicht sofort töteten? Sie wusste es schlichtweg nicht.

»Wie sieht dein Plan aus?« Norik ging auf sie zu, Ungeduld zeichnete sich auf seinem Gesicht ab, dabei war er es gewesen, der sie stundenlang durch den Wald geführt hatte. »Gehen wir auf die dunkle Seite und suchen nach ihm?«

»Du sagst das, als könnte man einfach so losziehen und die schwarzen Gefilde durchforsten.«

»Was tun wir stattdessen?« Er stellte sich so dicht vor sie, dass sie nicht klar denken konnte.

Hinzu kam, dass der Prinz noch immer neben Elrics Grab saß, die Szenerie beobachtete und sich anscheinend köstlich zu amüsieren schien. Wütend stampfte Scarlett mit dem Fuß auf. Langsam, aber sicher verlor sie den Verstand. Wenn sie es nicht mal mehr schaffte, ihre erdachten Freunde aus ihren Gedanken zu bannen, stand es um ihre geistige Gesundheit nicht besonders gut.

»Gibt mir einen Moment, um nachzudenken«, bat sie.

Da beobachtete sie, wie der Prinz eine goldene Feder auf Elrics Gedenkstätte legte. Abwartend sah sie ihn an, doch seine Miene war teilnahmslos.

Idalia hatte die Feder bereits entdeckt. »Wie kommt die denn hierher? Die sieht genauso aus wie die, die mir die Szenen meiner Geburt gezeigt haben.«

»Wie haben sie funktioniert?« Scarlett sank zu ihr auf den Boden.

»Ich musste sie nur in die Hand nehmen … und war plötzlich an einem anderen Ort. Aber das klappt bei dieser nicht.« Sie zog die Schultern hoch.

Der unsichtbare Prinz lächelte.

Scarlett riss Idalia die Feder aus der Hand und strich über ihren Schaft. Die Innen- und Außenfahne waren beinahe perfekt ausgebildet. Überlegend schürzte sie die Lippen.

»Hier ist noch eine«, sagte Norik da und deutete auf eine Weide, die nicht weit vom Grab stand.

Der Moment, in dem er sich nach der Feder bückte, war auch der, in dem der Prinz verschwand.

»Hier hinten liegt auch eine.« Idalia sprang auf, lief auf eine winzige Feder zu, die halb verborgen unter einem Steinhügel lag.

»Wenn es so viele gibt, deuten sie eher darauf hin, dass hier ein Vogel gestorben ist. Vielleicht finden wir seine Überreste irgendwo.« Bloß, dass sie kein Tier kannte, das goldenes Gefieder hatte. Anstelle eines Leichnams entdeckte Scarlett zwei weitere Federn.

»Und was machen wir damit?«, fragte Norik, als sie zehn an der Zahl gefunden hatten und im Halbkreis beieinanderstanden.

»Vielleicht … muss man sie miteinander verbinden.«

So funktioniert Magie nicht, wollte Scarlett ihr sagen, da hatte Idalia Norik und ihr die Federn bereits aus der Hand genommen und übereinandergelegt. Kritisch musterte sie die Auswahl, drehte und wendete sie. Gerade, als es so aussah, als wollte sie aufgeben, riss sie die Augen auf.

»Ich habe etwas gesehen!«

»Was meinst du?« Scarlett stellte sich neben sie und starrte auf das Sammelsurium.

»Eine …Gruft oder so. Und einen riesigen Sarg.«

Argwöhnisch blickte sie Idalia von der Seite an und fragte sich, ob die Fantasie mit jener durchgegangen war.

»Was noch?« Norik drückte sanft ihre Schulter.

»Ich … weiß es nicht. Das Bild war nur ganz kurz da – aber vielleicht war das der Platz, an dem sich der Prinz befindet? Nur dass das bedeuten würde, dass er tot ist.« Sie schluckte.

»Eine Gruft?« Scarlett schüttelte den Kopf. »So etwas gibt es bei den *Finsteren* nicht. Außerdem hätte ich etwas davon mitbekommen. Vielleicht war es einfach … ein Wunsch von dir, der sich gezeigt hat.«

Idalia schüttelte den Kopf. »Nein, ich habe es glasklar gesehen.« Mehrmals richtete sie die Federn neu an, änderte ihre Reihenfolge, drehte sie um – aber nichts geschah.

»Und was sollen wir jetzt tun?« Norik verlagerte das Gewicht vom einen Bein auf das andere. »Noch mehr Federn suchen?«

»Du bist dir sicher, dass du dir das nicht eingebildet hast?«, fragte Scarlett Idalia eindringlich. Sie nickte.

»Dann lass mich etwas versuchen.« Sie nahm ihr die Federn aus der Hand, ging ein paar Schritte nach Osten, bis die unsichtbare Grenze zur dunklen Seite direkt vor ihr lag.

Mit erschrockenem Blick sah sie, wie die Federn zu schweben begannen, wenige Fingerbreit über ihrer Handfläche flogen. Neun von ihnen stiegen in die Luft, eine einzelne blieb an Ort und Stelle liegen. Scarlett trat noch einen Schritt näher, aber gebot Idalia und Norik mit einer Handbewegung, Abstand zu halten.

Gebannt beobachtete sie, wie die Federn sich in der Luft vermehrten, ehe sie sich schließlich miteinander verbanden und ein großes, goldenes Stück Stoff ergaben.

»Ein Umhang«, erkannte Idalia.

»Nicht nur irgendein Umhang.« Scarlett bückte sich nach dem Stoff, der auf den Boden gefallen war. »Er ist aus dunkler Magie gewoben, aber er wird uns helfen. Stellt euch nebeneinander.«

Norik und Idalia tauschten einen fragenden Blick, taten aber wie geheißen. Mit einer ausladenden Geste breitete Scarlett das Cape über ihnen aus. Als nichts geschah, schürzte sie die Lippen.

»Und jetzt?«, fragte Norik, dessen Körper komplett unter dem weiten Umhang verborgen war. Dann löste sich selbiger in Luft auf.

»Na, geht doch«, sagte Scarlett selbstgefällig.

»Was … was passiert hier?« Sie konnte Idalia hören, sie aber nicht mehr sehen. Auf den ersten Blick schien es, als wäre Scarlett die einzige Menschenseele weit und breit.

»Könnt ihr euch noch sehen?«, fragte sie, und als die beiden verneinten, wusste Scarlett, dass der Stoff funktionierte.

In einer galanten Handbewegung riss sie den beiden den Umhang vom Kopf, der wieder sichtbar wurde, sobald er ihre Körper nicht mehr berührte.

»Sehr gut. Damit haben wir eine Möglichkeit, euch auf die dunkle Seite zu bekommen.«

»Aber wie …?« Norik starrte auf seine Beine hinab, als sähe er sie zum ersten Mal.

»Trotzdem wissen wir noch nicht, in welche Richtung wir müssen«, gab Scarlett zu bedenken.

»Vielleicht wissen wir das doch. Hier liegt noch eine Feder.«

Im Eifer des Gefechts war sie heruntergefallen, und schwebte jetzt knapp über dem Boden. Doch nicht nur das: Sie schien sich direkt auf die unsichtbare Grenze zuzubewegen.

»Ein Kompass?«, riet Idalia. »Der uns vielleicht zu Elrics Sarg führt.« Aufgeregt sah sie Norik und Scarlett an.

»Woher wissen wir, dass diese Dinge nicht von der Gegenseite kommen?«, fragte Norik. »Dass sie uns gutgesinnt sind.«

»Das wissen wir nicht«, stellte Scarlett klar. »Aber wie ich das sehe, sind sie unsere einzige Möglichkeit. Seid ihr bereit, auf die dunkle Seite hinüberzugehen?«

33

Idalia

Es war nur ein Stück Stoff, das ihre Körper bedeckte – und doch fühlte es sich nach so viel mehr an. Nach einer Möglichkeit, die Welt da draußen auszuschließen und sich nur auf sich selbst zu konzentrieren. Auf sich selbst – und den Mann neben ihr.

Der Stoff des Umhangs war so grobmaschig gewoben, dass sie durch ihn hindurchsehen konnte, beinahe wie durch ein Spinnennetz. Das führte dazu, dass sie ihre Umgebung wahrnahm, sich selbst aber nicht mehr erkannte. Wenn sie an sich hinabblickte, war da nur das verwaschene Grün der Wiese.

»Alles in Ordnung?«, drang Noriks Stimme an ihr Ohr.

Idalia nickte, bis ihr bewusstwurde, dass er das nicht sehen konnte.

»Alles gut«, sagte sie deswegen.

»Bevor wir losgehen, solltet ihr eins wissen.« Idalia sah, dass Scarlett sich mit verschränkten Armen vor sie stellte. »Die *Finsteren* reagieren auf menschliche Wesen. Damit sind aber vor allem Körper gemeint. Und Gerüche. Beides Dinge, die der Umhang abdecken kann. Sie sind weniger auf Geräusche aus. Ich habe jahrelang gebraucht, um zu erkennen, dass ihr Gehörsinn nicht besonders gut ausgeprägt ist, weswegen sie ihn auch am wenigsten nutzen.«

»Das bedeutet, dass wir reden dürfen«, mutmaßte Norik.

Scarlett nickte. »Verhaltet euch dennoch leise. Je weniger wir auffallen, desto besser.«

»Und du?« Idalia duckte sich kurz, weil der Stoff des Capes sie am Kopf kratzte. »Machst du dich auch unsichtbar?«

Scarlett verneinte. »Das ist nicht nötig. Die *Finsteren* in diesem Teil des Waldes kennen mich. Sie wissen, wer ich bin, und werden mich nicht weiter beachten.«

»Aber ist es nicht seltsam, dass du wieder in ihr Reich eindringst, jetzt, da du eigentlich in der Menschenwelt lebst?«

»Ich bin immer zwischen den Welten gewechselt. Und habe auch nicht damit aufgehört, als ich zu dir an den Hof gekommen bin. Der dunkle Teil des Waldes ist meine Kindheit. Hier bin ich groß geworden – und er ist nicht nur mit Schlechtem behaftet.«

Idalia wollte einen Blick mit Norik tauschen, aber als sie neben sich schaute, war da nichts. Dann aber sog sie scharf die Luft ein, als sie eine Berührung an ihrer Hand spürte. Noriks Finger verschränkten sich mit ihren und jagten ein warmes Gefühl durch ihren Unterleib. Sie wartete darauf, dass er etwas sagte, aber er blieb still.

»Bleibt dicht hinter mir. Weicht nicht von meiner Seite. Jeder Fehltritt kann euren Tod bedeuten.« Scarletts Stimme war scharf und gnadenlos, aber Idalia erkannte, dass sie nicht mehr dieselbe Wirkung auf sie hatte wie am Anfang.

Noch vor ein paar Tagen hatte sie sich vor der früheren Magd gefürchtet – jetzt war sie vielmehr neugierig auf all die Gefühle, die jene unter ihrer Hülle aus Abwehr verbarg.

Scarlett führte sie zu einer Stelle im Wald, die abseits aller Wanderwege lag. Nicht ein Geräusch durchdrang die Stille, die sich in ihrer Brust festsetzte und ihren eigenen Herzschlag übermäßig laut werden ließ.

»Hast du Angst?«, flüsterte Norik.

Erneut beging sie den Fehler und schüttelte den Kopf. »Ich habe nur keine Ahnung, was mich erwartet, das ist alles.«

Ihr fiel auf, dass Norik lange nicht mehr von einer Falle gesprochen hatte oder davon, dass Scarlett etwas gegen sie im Schilde führte. Vielleicht hatte er endlich gelernt, seine Vorbehalte beiseitezuschieben.

Und Idalia? Sie vertraute Scarlett auf eine Weise, die sie selbst ein wenig beunruhigte. Doch zumindest glaubte sie, für die Dauer der Reise sicher zu sein – sonst hätte Scarlett ihr nicht das Leben gerettet.

»Kannst du jederzeit das Reich der *Finsteren* betreten?«, fragte sie leise. Kurz war sie sich unsicher, ob ihre Stimme durch den Umhang drang, aber dann nickte Scarlett.

»Weil ich bei ihnen aufgewachsen bin, trage ich einen Teil von ihnen in mir. Ich kann jederzeit zu ihnen. Aber für euch ist es einfacher, wenn wir uns eine Stelle für den Übergang suchen, an der die Dunkelheit nicht so dicht gewoben ist. Den Unterschied werdet ihr sowieso merken.«

Scarlett atmete tief durch. Vor zwei Trauerweiden, die, nur fußbreit voneinander entfernt, nebeneinanderstanden, blieb sie stehen. Hinter ihr zeichnete sich Buschwerk ab, das in einen Tannenwald überging. Idalia war sich nicht sicher, ob es bereits dämmerte, oder ob das Gebiet, in dem sie sich befanden, immer so dunkel war.

»Da ihr beide noch nie im Reich der *Finsteren* wart, solltet ihr eine Sache wissen.« Scarlett kam auf den Umhang zu und zog ihn ein Stück nach unten, sodass er den Waldboden berührte. »Dort drüben gibt es keine Freude. Keine Leichtigkeit. Ihr werdet die Veränderung der Gefühlsstimmung bemerken, wenn ihr das Reich betretet. Es wird euch … sprichwörtlich herunterziehen. Ich bin es mittlerweile gewohnt und auf mich wirkt es nicht mehr so heftig wie zu Anfang.«

»Wie ist das möglich?«, erkundigte sich Norik.

Er hielt noch immer Idalias Hand, und ein Teil von ihr bedauerte, dass sie es nicht sehen konnte. Sie machte einen Schritt nach vorn, bis ihre Nasenspitze den Stoff des Umhangs berührte.

»Die Gefühlswelt der *Finsteren* funktioniert anders als bei uns. Da sie keine Menschen sind, sehnen sie sich zum Beispiel auch nicht nach guten und schönen Empfindungen. Sie brauchen kein Licht, keine Freude, keine Helligkeit.« Sehr viel leiser fügte sie hinzu: »Jahrelang habe ich gedacht, dass ich das auch nicht brauche. Aber jetzt kommt, wir müssen weiter.« Scarlett straffte die Schultern, drehte ihnen den Rücken zu und schlängelte sich zwischen den beiden Weiden hindurch.

Idalia war verblüfft, als sie sah, wie Scarletts Gestalt, kurz bevor sie den Spalt passiert hatte, durchlässig, beinahe unsichtbar wurde. Gänsehaut breitete sich auf ihren Armen aus.

Um zwischen den Weiden durchzupassen, mussten sie hintereinander gehen. Idalia schritt voran, ihr klopfendes Herz ignorierend. Ein Sirren setzte sich in ihren Ohren fest, dessen Ursprung sie nicht benennen konnte. Erst als sie Scarlett wieder sehen konnte, die vor einem großen Stein auf sie wartete, wagte sie es, Luft zu holen.

Idalia ließ den Blick schweifen. »Sieht genau gleich aus«, erkannte sie, doch die wahre Veränderung bezog sich nicht auf das, was vor ihr lag. Sondern auf ihr Inneres.

Wenige Sekunden in der Welt der *Finsteren* reichten aus, und ihr Herz zog sich schmerzhaft zusammen. Alle Luft wurde aus ihren Lungen gedrückt, und ihre Hände begannen zu zittern, ohne dass sie wusste, wieso.

»Was zur Hölle«, stieß Norik aus. Seine Finger waren eiskalt geworden. »Was … ist das?«

»Das …« Scarlett breitete ihre Arme in einer gespenstischen Geste aus, »… ist das Reich der Dunkelheit.«

»Es fühlt sich an, als würde mich etwas hinabziehen«, presste Norik hervor. »Und das Sprechen … ist so anstrengend.«

Idalia stiegen Tränen in die Augen, die sie mehrmals blinzeln ließen. Der Wald um sie herum hatte sich nicht verändert, dennoch kam er ihr wie der traurigste und einsamste Ort auf der ganzen Welt vor. Seit dem Tod ihrer Mutter war sie nicht mehr so verzweifelt gewesen – und selbst da hatte sie keine solche Hoffnungslosigkeit verspürt.

»Was … was geschieht mit mir?« Ihre Stimme war dünn wie Seidenpapier; ein Schluchzen löste sich aus ihrer Kehle.

»Das ist die Wirkung des Waldes«, erklärte Scarlett. »Er entzieht dir alles Gute und macht dich zu einem Sklaven der Nacht.«

»Wie … wie hast du es hier nur ausgehalten?« In Idalia entstand der Wunsch, sich auf dem Boden zu einer Kugel zusammenzurollen. Allein das Stehen strengte sie an, und dann der Gedanke, gleich wieder laufen zu müssen.

»So bitter es klingt, aber man gewöhnt sich daran. Und je länger ihr hier seid, desto leichter wird es euch fallen. Das Schöne an uns Menschen ist, dass wir sehr anpassungsfähig sind – vor allem auf Ebene der Gefühle.«

»Mir ist so kalt«, klagte Idalia.

»Im Reich der *Finsteren* scheint keine Sonne.« Scarlett fasste ihre roten Locken im Nacken zu einem Zopf zusammen. »Wenn ich das Licht sehen wollte, musste ich in die Menschenwelt wechseln.«

»Was für ein schrecklicher Ort.« Noriks Oberarm streifte ihren. »Wenn du nichts dagegen hast, würde ich ihn schnellstmöglich wieder verlassen.«

»Da vorn.« Bang deutete Idalia auf einen Fleck hinter Scarletts Schulter. Hatte sich dort etwas bewegt? Oder spielten ihre Augen ihr einen Streich? »Was war das?«

Sie erwartete, dass Scarlett sich umdrehte und nachsah. Stattdessen verschränkte sie nur die Arme vor der Brust. »Das waren *sie*. Sie sind überall. Je länger du dich hier aufhältst, desto schärfer wird dein Blick. In fünf Minuten wirst du erkennen, dass es hier von ihnen wimmelt.«

»Was … aber wie …«

Scarlett gab ihnen das Zeichen, ihr zu folgen. »Es ist ein bisschen wie der Blick in den Sternenhimmel – nur in der düsteren Version. Je länger du zum Firmament schaust, desto mehr Sterne erkennst du.«

Idalia stolperte über einen Stein auf dem Boden, doch Norik hielt sie fest, bevor sie fallen konnte. »Danke«, flüsterte sie angestrengt.

Als sie den Blick wieder auf den Weg vor sich richtete, erkannte sie, wovon Scarlett gesprochen hatte. In Todesangst presste sie sich die Hand vor den Mund. Überall um sie herum schwebten schwarze Gestalten, Schatten, Wesen, die so unwirklich erschienen, dass sie sich gar nicht sicher war, ob sie wirklich da waren.

Jedes Mal, wenn eins an ihr vorbeiflog, konnte sie in sein totes Gesicht blicken. Seine weißen Pupillen, denen keine Regung zu entnehmen war. Ihr Herz schlug ihr bis zum Hals.

Die *Finsteren* stießen gespenstische Töne aus – eine Melodie, irgendwo zwischen Singen und Kreischen angesiedelt.

»Wie sehr willst du Elric finden?«, raunte Norik. »Denn wenn es nicht von äußerster Wichtigkeit für dich ist, würde ich sagen …«

»Wohin zeigt die Feder?«, wandte sich Idalia an Scarlett.

»Geradeaus. Folgt mir und macht keinen Lärm.«

Eines der Wesen flog so dicht an ihr vorbei, dass es den Stoff des Umhangs berührte. Der bloße Anblick weckte Übelkeit in Idalia. Sie brauchte ein paar Sekunden, bis ihre Beine sich in Bewegung setzten, doch dann merkte sie, dass sie die Einzige war, die ging. Der Stoff des Umhangs spannte über ihr.

»Norik«, zischte sie. »Komm.«

Sie streckte ihre Hand nach hinten aus, und wartete auf den Moment, in dem sich kalte Finger um sie schlossen. »Ich ... bin wie erstarrt. Ich ... kann nicht aufhören, sie anzusehen«, flüsterte er.

»Dafür haben wir keine Zeit. Beeil dich.« Mit Nachdruck zog sie an seiner Hand und atmete erleichtert aus, als er sich endlich vorwärts bewegte.

Das Sirren der *Finsteren* brachte ihre Ohren zum Klingen. Hinzu kam die grenzenlose Erschöpfung, die ihren Körper träge und antriebslos machte. Von der Traurigkeit, die sich wie eine zweite Haut über ihre Knochen spannte, wollte sie gar nicht erst anfangen.

»Ich fass es nicht, dass du diese Welt erkunden wolltest. Dass du dich zu ihr hingezogen gefühlt hast«, sagte sie zu Norik. Vor allem, weil sie wusste, dass sie in Bewegung bleiben musste. Und dass es ihr leichter fiel, zu laufen, wenn sie ein Gesprächsthema hatte. Denn wenn sie nach ihrem Körper ging, würde sie in sich zusammenfallen und an Ort und Stelle einschlafen.

»Es ist die Anziehungskraft der Dinge, die du dir nicht erklären kannst.« Norik wurde schneller, weil Scarlett ebenfalls ihr Tempo erhöht hatte. »Als ich ein kleiner Junge war, hat manchmal eine ältere Frau auf mich aufgepasst. Ihr Name war Morlen und sie hat mir von Magie erzählt.«

»Magie?«

»Sie meinte, dass die Menschen sich vor vielen Jahren gegen die dunklen Künste gestellt haben und sogar so weit gegangen sind, ihr Vorhandensein zu leugnen. Weil es leichter für sie war, sich nicht mit *dem, was sein könnte* zu beschäftigen.«

Idalia sah nach links und versuchte sich sein Gesicht vorzustellen.

Sie hatte Norik als offenes Buch kennengelernt, als einen Mann, der sein Herz auf der Zunge trug. Ihr gemeinsames Abenteuer jedoch hatte ihn immer verschlossener gemacht, seinem Gesicht die Leichtigkeit genommen.

»Morlen hat mir erzählt, dass es da draußen eine ganze Welt gibt, die uns Menschen verborgen ist. Und dass sie in den Wäldern anfängt. Sie hat gesagt, dass diese Welt dunkel und grausam ist, aber dass in jedem Schrecken auch Schönheit liegt.«

Vielleicht war es Zufall, dass Idalia in diesem Moment Scarlett ansah. Scarlett, die ein Stück weit vor ihnen lief, die Locken gebändigt, der Gang erhaben, der Schritt forsch. Als sie sich zu ihr umdrehte, war ihr Ausdruck fragend, aber nicht unfreundlich.

Die Schönheit im Schrecken.

Vielleicht war sie es. Das Mädchen, das im Dunkel herangewachsen war, dem Schatten getrotzt hatte und jetzt irgendwo zwischen Licht und Finsternis wandelte. Wie ein Wanderer, der nirgendwo richtig zu Hause war.

Scarlett sah ihrer Mutter so schmerzlich ähnlich, dass sie sich fragte, wieso es ihr nie zuvor aufgefallen war. Und auch ihre Mutter hatte lange Zeit nicht gewusst, wo sie hingehörte.

Aus einem fremden Königreich stammend, viele Tagesreisen von zu Hause entfernt, um einen Mann zu heiraten, den sie kaum kannte.

Es hatte Jahre gedauert, um gegen das Heimweh anzukommen, das sie in stillen Momenten überwältigte.

Idalia sah Scarlett an – einen unendlich scheinenden, zeitlosen Moment. Bis etwas geschah, das Idalia für ein Hirngespinst hielt, noch bevor es vorüber war: Scarlett lächelte.

Stundenlang durchkämmten sie das Reich der *Finsteren*. Rasteten nicht, weil es zu gefährlich war, zu lange zu verweilen. Idalias Füße schmerzten, aber sie beklagte sich nicht. Stattdessen schaute sie unentwegt auf die kleine, goldene Feder, die ihnen wie ein Pfeil die Richtung wies.

Das Gelände wurde unebener, der Weg steiler und schmaler. Da sie an Höhe gewannen, wuchs der Abgrund zu ihrer Linken. Immer wieder zog sie Norik zu sich heran, aus Sorge, dass ein unüberlegter Schritt ihn in die Tiefe reißen könnte. Und jedes Mal, wenn ein Wesen an ihr vorbeiflog, sie aus diesen schaurigen Augen ansah, betete sie, dass der Umhang halten und nicht verrutschen würde. Die Angst, die sie am Anfang gespürt hatte, war einem Gefühl der Unbehaglichkeit gewichen, das sie in dauerhafte Alarmbereitschaft versetzte, sie aber nicht mehr die nackte Panik empfinden ließ.

»Glaubst du, er lebt noch?«, fragte sie Norik, als sich die Stille zwischen ihnen verdichtete.

Er seufzte. »Ich kann es mir nicht vorstellen. Auch wenn ich es mir natürlich für dich wünsche.«

»Tust du das?« Sie zog die Augenbrauen hoch.

»Du bist in ihn verliebt, seit du denken kannst. Und … er scheint deine Gefühle zu erwidern. Wenn … er sich also für dich entscheidet …«

»… ändert das immer noch nichts daran, dass Scarlett die rechtmäßige Thronerbin ist.«

»Das nicht.« Er machte eine kurze Pause. »Aber ich kenne Elric. Er hat die Wünsche seiner Eltern zwar geachtet, aber eine Heirat ohne Liebe käme für ihn nie infrage.«

Idalia schlang die Arme um ihren Oberkörper. Unter dem Cape ließ es sich schwer atmen, das zusätzliche Gewicht drückte sie nieder. »In meinem Leben gab es immer zwei Dinge, derer ich mir absolut sicher war«, begann sie. »Dass ich, sobald ich das heiratsfähige Alter erreicht habe, nach Syllitist reisen werde, um die Königreiche miteinander zu verbinden. Und dass ich Prinz Elric liebe.«

»Es ist schön, dass du dir so sicher bist.«

Idalia wirbelte zu ihm herum, was den Umhang zum Schwingen brachte. »Ist es das? Kann ich das überhaupt sagen? Norik, ich habe diesen Mann nie gesehen.«

Abrupt blieb er stehen, und sie hätte einiges dafür gegeben, um in diesem Moment sein Gesicht sehen zu können. »Aber … du hast gesagt, dass du ihn liebst, seit …«

»Ich … musste ihn lieben. Weil es für mich immer nur eine mögliche Zukunft gab. Und auf diese habe ich hingearbeitet. Ich habe mich dazu entschieden, in ihn verliebt zu sein.« Sie seufzte. »Elric war mein Märchenprinz.«

»Aber?«

»Aber …« Sie schluckte. »In den letzten Tagen ist mir bewusst geworden, dass ich ihn gar nicht kenne. Dass die wenigen Briefe, die wir geschrieben haben, bei Weitem nicht ausreichen, um sagen zu können, was für ein Mensch er ist. Was ist, wenn ich ihn treffe und ihn nicht mal mag?«

Norik stieß einen Laut aus, der entfernt an ein Lachen erinnerte. Unsanft stieß Idalia ihm in die Seite. »Ich hab einfach Angst, verstehst du?«

»Angst davor, dass du nicht glücklich mit ihm wirst? Dass er sich nicht in dich verliebt? Dass Scarlett ihr Anrecht auf den Thron geltend macht?«

»Das … und tausend andere Sachen. Mein Kopf steht kurz vor dem Auseinanderbersten.«

»Und dein Herz?«

Wenn er sie sehen könnte, hätte sie jetzt den Blick gesenkt. Weil sie wusste, dass man in ihrem Gesicht lesen konnte.

Ihr Herz?

Ja, was wollte es, ihr vermaledeites, verräterisches Herz?

Eben hatte es noch aus Furcht vor den *Finsteren* geschlagen, aber jetzt, da die Gefahr zwar nicht gebannt, aber kontrollierbar war, fing es an, andere Dinge zu fühlen. Nervosität. Unruhe. Ein Flattern.

»Idalia?« Noriks Stimme war nur ein Hauch.

Bevor sie weiterlaufen konnte, hatte er seine Hand gegen ihre Brust gepresst.

»Was sagt es – dein Herz?«

»Es spricht nicht mit mir«, sagte sie. »Es sendet nur dauernd irgendwelche Signale, die ich nicht verstehe.«

»Vielleicht, weil du sie nicht verstehen willst?«

Sie spürte seinen Atem auf ihrem Gesicht und erkannte, dass er näher getreten war. Idalia schluckte.

»Ich denke ständig an diesen Kuss im Zelt«, gestand sie. »Und ich weiß, dass es falsch ist, aber ich stelle mir vor, wie es wäre, wenn wir das Ganze wiederholen würden.«

Seine Finger berührten ihre Wange, streichelten die Haut, streichelten ihr Gesicht, ihren Hals und fanden den Weg in ihr Haar. »Sag mir, wie es wäre.«

Idalia wollte schon den Kopf schütteln, da hatte er seinen Arm um sie geschlungen und an sich herangezogen. Ihr Herz pochte verräterisch.

»Sag es mir«, wiederholte er, während seine Lippen über ihren schwebten. Dafür musste sie ihn nicht sehen. Das *spürte* sie.

»Zeig es mir«, bat sie ihn schließlich.

Und noch bevor Noriks Lippen sich auf ihre senkten, fühlte sie sein Lächeln. Einen einzigen Glücksfunken, der in der Welt der *Finsteren* unter anderen Umständen schnell verpufft wäre, sich aber auf sie übertrug und in ein regelrechtes Feuerwerk verwandelte.

Norik küsste sie schnell und stürmisch. Leidenschaftlich und voller Begierde. Sie spürte seine Berührung überall in ihrem Körper. Ihre Brust hob und senkte sich hektisch, während sie sich enger an ihn schmiegte.

Auf einmal wusste sie, was es bedeutete, wenn Liebende sagten, dass es im Moment eines Kusses nur noch sie beide gab. Nicht mehr die Welt um sie herum, nicht mehr den Schrecken, dem sie sich stellen mussten – nur noch den Augenblick.

Idalia seufzte, drängte sich ihm entgegen, und als sie sich voneinander lösten, hauchte sie: »Es war besser, als ich es mir vorgestellt hatte.«

34

Scarlett

Besorgt nahm Scarlett wahr, dass der Umhang, der Idalia und Norik versteckte, sichtbar und zunehmend immer kleiner wurde. Noch vor ein paar Stunden war er ausreichend groß und undurchlässig gewesen, aber je länger sie unterwegs waren, desto mehr schien er zu schrumpfen. Und auch der Stoff wurde dünner und dünner – wahrscheinlich, weil die Magie, die in ihm lebte, nicht für Reisen wie diese gemacht war.

So gut es ging, versuchte sie den Zauber aufrechtzuhalten. Mit ihrer eigenen Kraft, auf die sie in der Welt der *Finsteren* zugreifen konnte, den Stoff dichter zu spinnen, aber sie würde nicht vollständig gegen den Verfall ankommen. Und das bedeutete, dass ihnen nicht mehr viel Zeit blieb. Wenn sich der Umhang hier auflösen würde, hätte sie nicht genügend Kraft, um die beiden vor der dunklen Gefahr zu schützen.

Scarlett hatte sich dagegen entschieden, es ihnen zu sagen. Sie konnten ja doch nichts tun, und es würde nur unnötig Ängste schüren. Außerdem wollte sie die beiden nicht aus dem Moment reißen. Zwar hatte Scarlett nicht gesehen, was unter dem Mantel vorgegangen war, ihre Gespräche aber verstehen können. Und vielleicht war es der letzte helle Teil in ihr, der das Glück der beiden nicht zerstören wollte.

Dennoch wurde sie selbst immer unruhiger. Wenigstens zeigten die *Finsteren* noch kein Interesse an ihnen. Sie schwebten zwar um sie herum, nahmen sie aber kaum zur Kenntnis.

»Wir müssen uns beeilen«, sagte Scarlett, auch im Hinblick auf die Zeit.

Der Abend würde bald anbrechen, außerdem hatte sie bemerkt, dass Norik und Idalia langsamer geworden waren. Sie würden es nicht schaffen, die ganze Nacht hindurch weiterzulaufen, weshalb es nötig war, dass sie noch einmal in die menschliche Welt wechselten und dort ihr Lager aufbauten.

Die goldene Feder schwebte unbeirrt vor ihr her, zeigte eine Richtung an, der sie folgte, ohne dass sie genau wusste, wohin der Weg führen würde. Sie traute ihr nicht ganz, und doch war sie der einzige Anhaltspunkt, den sie hatten. Scarlett vergrub die Hände in den Manteltaschen. Je später es wurde, desto mehr Betriebsamkeit wiesen die *Finsteren* auf. Die Nacht war ihre Zeit.

Anfangs hatte sie geglaubt, die Wesen unmöglich voneinander unterscheiden zu können, weil sie sich äußerlich glichen. Doch nach und nach hatte sie gelernt, dass jedes von ihnen eine Besonderheit besaß – in Farbe, Form oder Klang der Stimme, sodass sie zumindest zu ein paar von ihnen eine Bindung aufbauen konnte.

Und zu ihrem König.

Scarlett war froh, dass er noch nicht ihren Weg gekreuzt hatte. Sein Domizil befand sich höher im Wald, weiter nördlich – in einer Richtung, die sie hoffentlich nicht einschlagen würden.

Als der Wind kälter wurde und Scarlett die Umgebung um sich herum nur noch schemenhaft wahrnehmen konnte, lotste sie

Idalia und Norik zu einer Lichtung, die sich in der Nähe befand, aber nicht mehr der Welt der *Finsteren* angehörte. Dort konnten sie ihr Zelt aufschlagen und die Nacht verbringen.

Mit einer einzigen, schwungvollen Handbewegung riss Scarlett den beiden den Umhang herunter. Der Stoff, der daraufhin zu Boden fiel, war um ein Vielfaches kleiner als noch vor wenigen Stunden. Hastig schob sie ihn mit ihrem Stiefel zur Seite.

»Warum machen wir Pause?« Norik fuhr sich durch die Haare, die in alle Richtungen abstanden.

Idalia blinzelte mehrmals.

»Weil die *Finsteren* in der Nacht stärker sind und weil eure Kräfte nachlassen.«

»Das stimmt nicht«, begehrte Norik auf. »Also das Erste vielleicht, aber das Zweite …«

»Ihr wart nur noch halb so schnell wie am Anfang. Aber das ist in Ordnung. Stellt das Zelt auf, ich suche alles für ein Feuer zusammen. Wie viel Essen haben wir noch?«

Unter einem Ächzen setzte Norik den Rucksack ab. Idalia löste die Bänder und spähte hinein. »Etwas Brot ist noch da. Außerdem zwei Äpfel, eine Pflaume und ein Krapfen.«

Scarlett runzelte die Stirn. »Das ist zu wenig für uns drei. Ich werde in den Wald gehen und uns etwas jagen.«

»Das kann ich auch machen«, bot sich Norik an. Seine Hand wanderte zu dem kleinen Dolch, den er an seinem Gürtel trug.

»Die dunkle Seite ist so nah, dass ich nicht riskieren will, dass du aus Versehen dort landest. Bleibt, wo ihr seid, da kann euch nichts passieren. Ich bin bald wieder da.« Die Jagd war nichts Neues für sie, auch früher schon hatte sie um ihr Überleben kämpfen müssen und Tiere erlegt.

»Pass auf dich auf«, sagte Idalia, bevor Scarlett sich von den beiden entfernte.

Sie kletterte über einen Baumstamm und schlug den ersten Pfad in Richtung Westen ein. Dabei achtete sie darauf, die Grenze zur anderen Welt nicht zu berühren.

Scarlett wagte sich ins Unterholz, schob Äste zur Seite und lauschte in die Stille hinein. Ihr Gehör war ausgezeichnet, weswegen ihr nicht die kleinste Regung entgehen würde.

Schon legte sich ihre Hand an ihr Messer, das in einer Halterung an ihrer Hüfte steckte. Sie bemühte sich um eine flache Atmung und pirschte durchs Dickicht. Da vorn im Busch bewegte sich etwas – in jedem Fall zu wild, um als Wind durchzugehen. Vielleicht eine Maus – oder, wenn ihr das Glück hold war – ein kleiner Hase. Vorsichtig beugte sie sich vor und visierte das Ziel an.

In diesem Moment schoss die goldene Feder, die Scarlett in ihre Manteltasche gesteckt hatte, nach oben, drehte sich dreimal in der Luft, ehe sie links von ihr verharrte.

Scarlett machte einen unbedachten Schritt; der Ast unter ihrem Fuß knackte, im Busch vor ihr raschelte es und ein brauner Hase hoppelte davon.

»Mist!«, fluchte sie und wollte die Feder am liebsten in ihre Einzelteile zerreißen. Wütend biss sie die Zähne zusammen und umschlang das Heft des Messers in ihrer rechten Hand fester. Da setzte sich die Feder wieder in Bewegung.

»Ich will jetzt nicht zu den *Finsteren*«, zischte Scarlett, während sie über ihre eigene Dummheit den Kopf schüttelte.

Redete sie da gerade mit einer Feder? Nun ja, eigentlich musste sie sich nicht wundern, denn sie hatte jahrelang mit einem ausgedachten Mann gesprochen.

»Ich bin nicht ausgedacht.«

Er tauchte so plötzlich neben ihr auf, dass sie herumwirbelte, das Messer aus der Scheide zog und ihm die Klinge direkt an die Kehle setzte.

»Allerdings ausgedacht genug, dass du mir hiermit nichts tun kannst.« Grinsend trat der Prinz einen Schritt zurück. Scarlett ließ das Messer sinken.

»Wenn ich mir das nächste Mal einen Freund erschaffe, werde ich ihm Manieren andichten.« Ihre Kiefer mahlten. »Und ich werde ihn weniger anhänglich machen.«

Der Prinz lächelte.

»Soll ich dich fragen, was du hier machst oder bekomme ich wieder keine Antwort?«

»Ich wollte dich begleiten«, sagte er schlicht. »Ein letztes Mal.«

Scarlett zog die Augenbrauen zusammen. »Und wohin?«

Mit seinem behandschuhten Zeigefinger deutete er auf die goldene Feder, die ein paar Schritte vor ihnen schwebte.

»Ich gehe heute Nacht nicht mehr auf die andere Seite. Idalia und Norik sind müde, wir brauchen alle etwas Schlaf …«

»Wer sagt, dass die Feder dich auf die andere Seite führt?« Eine Locke seines dichten Haares hing ihm in die Stirn. Der Prinz legte den Kopf schief. »Die *Finsteren* hätten Prinz Elric nicht am Leben gelassen. Bei ihnen wirst du ihn nicht finden.«

»Aber wenn ich der Feder folge – wohin bringt sie mich?«

Seine Antwort, ein Schulterzucken, ließ sie aufstöhnen.

»Na schön. Ich zeig es dir.«

Scarlett ging auf die Feder zu, die sich jetzt, da sie ihren Kurs aufgenommen hatte, sofort wieder in Bewegung setzte und zielgenau auf die unsichtbare Grenze zuflog.

»Habe ich es dir doch gesagt«, murmelte Scarlett, verstummte aber, als die Feder einen eleganten Bogen nach links machte und stattdessen einen Pfad einschlug, der tiefer in den Wald der Menschen hineinführte.

Verwirrt verfolgte Scarlett sie mit Blicken, dann schaute sie auf den von Wolken verhangenen Himmel.

»Es ist schon spät«, sagte sie. »Heute werde ich gar nichts mehr machen. Morgen früh sind …« Sie hielt inne.

Wieso belog sie sich selbst? *Natürlich* würde sie der Feder folgen – auch jetzt, kurz bevor die Nacht sich über den Wald senkte. Sie war viel zu neugierig, um es nicht zu tun.

Seufzend lief sie los, des Prinzen Schritte verlässlich neben ihr.

»Weißt du noch, was du gesagt hast, als du mich damals erschaffen hast?«

»Du wirst es mir bestimmt gleich verraten.«

»Dass du dir einen Gefährten wünschst, an dessen Seite du älter werden kannst, der sich aber selbst nicht verändert. Der immer derselbe für dich ist, in allen Situationen. Der Beständigkeit in dein unsicheres Leben bringt.«

»Ganz schön viele Worte für ein fünfjähriges Kind.«

»Scarlett.« Seine Hand legte sich auf ihren Oberarm, und obwohl er Handschuhe trug und sie selbst in einen dicken Mantel gehüllt war, konnte sie seine Berührung auf ihrer Haut spüren.

Langsam drehte sie sich zu ihm um. Um ihn zu erreichen, musste sie sich auf die Zehenspitzen stellen. Das war eine Sache, die sie damals vergessen hatte, denn eigentlich hätte sie es schöner gefunden, wenn sie gleich groß oder sogar ein bisschen größer als er gewesen wäre.

Seine grünen Augen blickten aufrichtig auf sie hinab, aber um seinen Mund lag ein trauriger Zug. »Ich werde nicht auf ewig so sein«, raunte er. »Auch mich wird die Zeit einholen.«

»Wie denn?«, flüsterte sie. »Du bist ein Geschöpf meiner Fantasie.«

»Du weißt, dass das nicht stimmt. Du weißt längst, wer ich bin – vielleicht hast du es immer schon gewusst.«

Scarlett presste die Lippen aufeinander. Wollte den Blick senken, aber das würde nur bedeuten, dass sie verloren hatte. »Es ist nicht möglich«, beteuerte sie und ließ zum ersten Mal den

Gedanken zu, der ihr in den letzten Wochen wieder und wieder gekommen war, nachdem sie das Bild von Prinz Elric im Schloss gesehen hatte.

»Ich weiß, dass Magie zu vielem fähig ist – aber nicht dazu.«

Statt einer Antwort breitete der dunkle Prinz seine Arme aus und zog sie so nah an sich heran, dass sie für einen Moment nicht mehr wusste, wie man atmete. »Du hast mich vielleicht erschaffen, aber du sollst wissen, dass ich mich immer für dich entschieden hätte. Du hast mich vor einem sehr großen Unheil bewahrt. Und auch wenn du vielleicht noch nicht alles verstehst, will ich dir schon jetzt danken.«

Verräterische Tränen bildeten sich in ihren Augenwinkeln, die sie hastig wegblinzelte. Seine Umarmung machte sie angreifbar und schwach. Dennoch rührte sie sich nicht. »Ich bin die letzte Person, der man danken sollte. Man darf mir nicht vertrauen. Ich trage die Dunkelheit in mir …«

Der Prinz löste sich von ihr und sah ihr mitten ins Gesicht. »Du weißt doch selbst, dass das Unfug ist. Du bist nicht böse, warst es nie. Du hast ein paar Fehler gemacht, das mag stimmen, aber die Dunkelheit, die du in dir siehst, ist nur ein Schatten, der sich über dein helles Herz gelegt hat.«

»Du spinnst.« Jetzt senkte sie doch den Blick. Der Prinz griff nach ihrer Hand.

»Wenn ich an dich denke, sehe ich das kleine rothaarige Mädchen, das mit mir in den Wäldern getanzt hat. Das Gesicht voller Sommersprossen, den Kopf voller verrückter Ideen. Und ich höre dein Lachen. Es ist selten geworden in letzter Zeit.«

Scarletts Hände ballten sich zu Fäusten, doch es war keine Kraft in ihnen, um die Spannung zu halten. Sie machte einen Schritt nach hinten, wollte nach der Feder sehen, aber der Prinz ließ sie noch nicht gehen.

»Du hast mir nie einen Namen gegeben. Wieso nicht?«

»Vielleicht hatte ich Angst, dass du dadurch zu körperlich, zu fassbar für mich wirst.«

Seine Mundwinkel kräuselten sich. »Dabei weißt du doch, wie ich heiße.«

»Wir sollten weitergehen, bevor es zu dunkel wird.« Sie richtete den Blick auf die Tannen vor sich.

Der Prinz hob ihr Kinn an und stellte sich so, dass sein Gesicht zu großen Teilen im Schatten lag und nur seine Augenpartie leicht schimmerte.

»Sag meinen Namen«, forderte er sie auf.

Es begann zu regnen. Dicke Tropfen prasselten auf die Erde, verwandelten den trockenen Waldboden in eine Mischung aus Schlamm und Matsch. Der Himmel wurde zunehmend finsterer, der Mond zeigte sich heute Nacht gar nicht. Scarlett zog die Kapuze des Mantels tiefer in ihr Gesicht und auch der Prinz hatte Schutz unter einem roten Umhang gesucht – dabei dürfte ihm das Regenwetter eigentlich nichts anhaben.

So wie der Feder, die unbeirrt die Richtung angab und an der die Tropfen einfach abprallten. In der vollkommenen Finsternis war sie ein goldenes Licht.

Sie befanden sich in einem Teil des Waldes, der Scarlett fremd war – und das, obwohl sie jahrelang alles durchkämmt und abgesucht hatte. Doch nichts hier kam ihr bekannt vor, kein Baum, kein Strauch und keine Quelle.

»Es ist an der Zeit«, sagte der Prinz plötzlich.

In den letzten Minuten hatte sie seine Anwesenheit beinahe vergessen, so tief war sie in Gedanken versunken gewesen. Die Feder flog noch zwei Fußlängen geradeaus, dann löste sie sich in Luft auf.

»Was … wie …«, murmelte Scarlett.

Erst da erfasste sie, wo sie gelandet war. Sie stand vor einer gigantischen steinernen Höhle, die in pechschwarze Finsternis führte.

Fragend drehte sie sich zu ihrem Begleiter um und riss die Augen auf, als sie erkannte, dass er nur noch ein schwaches Abbild seiner selbst war. Beinahe schien es, als würde sich sein Körper in seine Bestandteile auflösen und immer durchsichtiger werden.

Erschrocken presste Scarlett sich die Hand vor den Mund. »Was passiert mit dir?«, fragte sie mit erstickter Stimme. »Wohin gehst du?«

»An den Ort, an dem alle Fantasien begraben werden.« Er zog die Mundwinkel nach oben, aber das Lächeln erreichte seine Augen nicht. Und auch seine Stimme hatte sich geändert, war weniger fest als sonst.

Scarlett trat auf ihn zu, umklammerte seine Hände.

»Ich will nicht, dass du gehst«, wurde ihr klar. »Ich … kann das nicht ohne dich. Du warst das einzig Beständige in meinem Leben. Derjenige, auf den ich mich verlassen konnte, auch wenn ich dich so oft zum Teufel geschickt habe.«

»Scht.« Er legte ihr seinen Zeigefinger auf die Lippen. »Ab hier schaffst du es allein. Ich würde nicht gehen, wenn ich mir nicht sicher wäre, dass du es hinbekommst.«

»Bitte … bleib bei mir«, flehte sie, auch wenn sie spürte, dass es aussichtslos war.

»Nimm das mit.« Der Prinz schnippte mit den Fingern – eine Bewegung, die schon keinen Laut mehr hervorbrachte.

Kurz darauf lag die goldene Taschenuhr in Scarletts Hand. Jene, die sie gefunden hatte, bevor sie ihn erschuf. Der Zeitmesser leuchtete in der Nacht.

»Trag sie bei dir, wenn du in die Höhle gehst. Sie wird dir den richtigen Weg zeigen.«

Seine Stimme war nun so leise, dass sie sie kaum mehr verstehen konnte. Als sie abermals nach seiner Hand griff, ging ihre Berührung ins Leere.

»Du löst dich auf«, rief sie panisch. »Du … bist fast nicht mehr da. Was geht hier vor sich?«

Sie sah noch, wie sich seine Lippen zu einer Antwort öffneten, da drang ein Surren durch die Luft. Erschrocken drehte sie sich um, in der Erwartung, gleich einem *Finsteren* gegenüberzustehen. Erst da erkannte sie, dass der Laut sein Verschwinden ankündigte.

Als sie hinter sich blickte, war der Prinz nicht mehr da.

Doch die Taschenuhr in ihrer Hand pulsierte, als wäre sie lebendig.

Absichtlich beschäftigte sie sich nicht mit den Gefühlen, die in ihr tobten. Stattdessen trat sie auf den gewaltigen Höhleneingang zu, der sie alsbald verschluckte und selbst zu einem Schatten machte.

Mit dem Licht der Taschenuhr leuchtete sie den Weg ab, fühlte sich winzig klein angesichts der hohen, steinernen Wände, die um sie herum aufragten. Schier endlos lief sie geradeaus, hörte auf jedes noch so kleine Geräusch, nur um zu begreifen, dass die Stille allgegenwärtig war.

Der Weg führte nach unten, zunächst nur allmählich, bis er dann steil und uneben wurde. Immer wieder musste sie sich an der Wand festhalten, um nicht das Gleichgewicht zu verlieren.

Als sie sich umdrehte, konnte sie den Ausgang der Höhle schon nicht mehr sehen.

Was war das hier? Eine Falle, der sie auf den Leim gegangen war? Ein gut durchdachter Plan, den sie nur nicht verstand?

Das Atmen fiel ihr schwer; die Luft wurde immer dünner. Hätte sie doch nur auf ihr Gefühl gehört und wäre umgekehrt. Aber irgendetwas hatte das hier zu bedeuten – und sie würde es herausfinden.

Entschlossen ging Scarlett weiter – immer tiefer in die Seele der Höhle hinein. Zeit ihres Lebens hatte sie Dutzende Höhlen erkundet, und sie wusste instinktiv, dass diese anders war. Unbewohnt und beinahe gespenstisch leer. Mittlerweile befand sie sich so tief unter der Erde, dass sie jegliches Gefühl für die Zeit verlor.

Um ihr rasendes Herz zu beruhigen, strich sie über die Oberfläche der Taschenuhr. Dachte an den Prinzen, der sie ihr gegeben hatte und den, dem sie einst gehört hatte. Und als sie längst nicht mehr wusste, wo sie war und wie lange sie schon lief, erhob sich eine riesige Tür vor ihr. Sie war aus Eisen, doppelflügelig und direkt in den Stein eingelassen.

Ob sie auch das Ende der Höhle markierte? Oder ging es weiter?

Scarlett schloss ihre Hand um die Stange und zog zweimal fest daran. Mit einem Knirschen sprang die Tür auf und gab die Sicht auf einen Saal frei, in dem es taghell war, obwohl kein einziges Licht in ihm brannte.

Kaum hatte sie das Gewölbe betreten, fiel die Tür zu. Das Geräusch setzte sich in ihren Ohren fest, spielte sich doppelt und dreifach in ihrem Bewusstsein ab, bis ihre Aufmerksamkeit von etwas anderem eingefangen wurde.

Ohne sich davon zu überzeugen, ob sie nun eingeschlossen war, ging Scarlett auf den gläsernen Sarg zu, der in der Mitte des Raumes stand. Eine dicke Schicht Staub lag auf ihm, die sie mit der Hand zur Seite wischte.

Ihre Finger zitterten, ihr wurde übel, dennoch zwang sie sich dazu, einen Blick durch das Glas zu werfen - und auf die Person, die seit mehr als einem halben Jahr dort lag, der die Zeit aber nichts hatte anhaben können.

Ihr wunderschöner, dunkler Prinz.

Vielleicht hatte er recht gehabt. Vielleicht hatte sie es die ganze Zeit gewusst. Und vielleicht war dieser Moment nur für sie beide geschaffen worden, um sich endlich zu finden, um endlich die Gefühle zu leben, die schon seit Jahren in ihnen schwelten, aber nie ausbrechen konnten.

Seine Augen waren geschlossen, die Hände auf seiner Brust gefaltet. Sie kannte den silbernen Anzug, den er trug, hatte sie ihn doch dutzendfach in ihm gesehen. Die Krone auf seinem Kopf saß etwas schief.

Prinz Elric.

Ihr dunkler Prinz.

Noch verstand Scarlett nicht, wie die vielen Teile sich in ihrem Kopf zu einem vollständigen Bild zusammenfügen sollten. Denn manche Geschichten waren noch nicht geschrieben.

35

IDALIA

Spätestens als die goldene Feder neben ihr aufgetaucht war, wusste sie, dass sie etwas tun musste. Als selbige aufgestiegen und in die Richtung geflogen war, in die auch Scarlett verschwunden war, ahnte sie, dass sie ihr folgen sollte.

Es hatte gedauert, Norik zu überreden, aber schließlich war er mit ihr gekommen – den Umhang in der rechten Hand, damit sie rechtzeitig reagieren konnten, falls sie auf die dunkle Seite wechseln mussten.

Doch die Feder schien andere Pläne zu haben, schwebte gemächlich durch den Wald, der trotz der Finsternis nicht bedrohlich wirkte. Erst vor einer beeindruckend großen Höhle, die sich in einem Felsen gebildet hatte, hielt sie inne. Dann zerfiel die Feder.

Noriks Laterne spendete nur schwaches Licht; der Weg durch die Höhle führte allerdings stetig geradeaus, sodass sie sich nicht verirren konnten. Idalias Herz klopfte. Ständig glaubte sie, dass jemand ihnen folgte, aber wenn sie sich umdrehte, war da nur alles verschlingende Schwärze.

Vor einer monumentalen Tür blieben sie stehen. Norik leuchtete nach einem Schloss, konnte jedoch nichts finden. Mit vereinten Kräften gelang es ihnen, die Tür aufzustoßen. Norik war sprachlos, als sie sich kurz darauf in einem taghellen Raum wiederfanden.

Zwei Dinge gleichzeitig fesselten Idalias Aufmerksamkeit: der riesige, gläserne Sarg, der die Mitte des Saals markierte und wie ein stummes Mahnmal auf sie wirkte – und die kleine Gestalt, die davor kauerte, die Arme um die angezogenen Beine geschlungen.

»Scarlett!« Ohne dem Sarg größere Beachtung zu schenken, sank sie auf die Knie und berührte Scarlett sanft an der Schulter. Diese zuckte zusammen, ließ Idalias Hand aber verweilen.

»Was macht ihr hier?«, fragte sie gehetzt. »Wie seid ihr hierhergekommen?«

Noriks Schluchzen riss sie aus dem Moment. Er hatte sich über den Sarg gebeugt; seine Lippen bebten. »Das ist also das Ende«, flüsterte er. »Ich hätte nicht gedacht, dass wir uns noch mal wiedersehen«, sprach er zu dem, der im Sarg lag, und als Idalia aufstand und sich neben Norik stellte, bekam auch sie die Bestätigung.

Erschrocken schlug sie sich die Hand vor den Mund.

»Prinz Elric«, flüsterte sie.

Er sah nicht tot aus, eher so, als würde er schlafen, auch wenn seine Haut etwas Gespenstisches hatte. Seine Hände waren über der Brust gefaltet, die Locken nahezu perfekt gerichtet. Eine schwere, goldene Kette hing um seinen Hals, an den Fingern trug er mehrere Siegelringe.

Idalia wusste nicht, was sie tun sollte: Da war die Trauer um einen Mann, den sie nie kennengelernt hatte – und neben ihr stand ein anderer, der den Tod seines besten Freundes beweinte. Ehe sie es sich versah, hatte sie die Arme um Norik geschlungen und ihn an sich gezogen.

»Es ist schon in Ordnung«, beteuerte er, doch sein Blick war tränenverhangen. »Ich habe ja geahnt, dass er nicht mehr lebt. Jetzt die Gewissheit zu haben ... es tut weh, aber es ist in Ordnung.«

Idalia sah ihn ermutigend an, dann löste sie ihre Umarmung und trat näher an den Sarg heran. Nach ihrer Mutter war Prinz Elric der zweite tote Mensch, den sie sah – und neben der tiefen Traurigkeit war da auch ein Gefühl des Schauderns.

»Du hast gesagt, dass er noch leben würde«, wandte sie sich jetzt an Scarlett, die ebenfalls aufgestanden war. Ihre Augen waren umschattet; sie wirkte unglaublich müde. »Du hast gesagt, dass die *Finsteren* jemanden wie ihn niemals töten würden!« Ihre Stimme besaß nicht die Schärfe, die sie gern gehabt hätte.

»Ich habe euch von Anfang an gesagt, dass ich mir nicht sicher bin«, erinnerte Scarlett sie.

»Aber ...« Idalia presste die Lippen aufeinander.

»Ich kann an seinem Schicksal nichts ändern.«

Traurig senkte Idalia den Blick.

»Das ist doch seltsam.« Norik ging um den Sarg herum. »Dieser ganze Saal ... der Sarg ... all das sieht aus, als hätte sich jemand Mühe gegeben. So schätze ich die *Finsteren* nicht ein. Ihnen ist es doch gleichgültig, wie sie jemanden töten, sie wollen nur ihre Triebe befriedigen.«

»Ich glaube nicht, dass das hier die *Finsteren* waren. Zumindest nicht ausschließlich.« Auf einmal wirkte Scarlett sehr klein. Von ihrer einstigen Bedrohlichkeit schien nicht mehr viel übrig zu sein.

»Wer hat ihn dann in diesen Sarg gebracht?«, fragte Idalia.

»Ich glaube, das war ich.«

»Du? Aber ... Wenn du das die ganze Zeit gewusst hast ...«

Schnell schüttelte Scarlett den Kopf. »Ich bin selbst noch dabei, all das zu verstehen. Aber ich ... ich kenne Prinz Elric. Seit ich ein kleines Mädchen war und er mich in den Wäldern besucht hat.«

Idalia schürzte die Lippen. »Ich glaube dir gar nichts mehr.« Den Blick von Scarlett abgewandt beugte sie sich abermals über den Sarg.

Sie wartete darauf, dass sich ihr Herz zusammenzog, dass die tiefen Gefühle, die sie für Prinz Elric hegte, sie übermannten, doch nichts dergleichen geschah. Zwar war sie traurig, dass er nicht mehr lebte – doch ihr eigenes Herz blieb davon unberührt. Vielleicht, weil der Mann, dem es längst gehörte, neben ihr stand.

Idalia griff nach Noriks Hand, verschränkte ihre Finger mit seinen und atmete tief durch.

»Was machen wir jetzt?«

»Seine Eltern wären uns mehr als dankbar, wenn wir ihn nach Syllitist bringen. Doch der Weg ist weit. Allein ihn durch die Höhle zu tragen, kommt einem immensen Kraftakt gleich, den ...«

»Schaut ihn euch an«, sagte Scarlett mit seltsam sonorer Stimme. »Sieht so jemand aus, der seit einem halben Jahr tot ist?« Gleichmütig schüttelte sie den Kopf, dann kniete sie sich hin und öffnete die beiden Scharniere an der linken Seite, die den Sarg zusammenhielten.

Ehe Idalia ein erschrockenes *Lass das!* von sich geben konnte, hatte Scarlett die Glaswand bereits nach oben geklappt.

Idalia wartete auf den Verwesungsgeruch, den Leichen oft schon nach wenigen Stunden absonderten, aber die Luft um sie herum blieb frisch und klar. Dennoch trat sie einen Schritt zurück.

»Was hast du vor?«, fragte sie in Scarletts Richtung.

»Nicht ich. Du«, meinte diese. Idalias Finger verkrampften sich, als sie nach ihrer Hand griff. »Ich erkenne einen Toten, wenn ich ihn sehe. Da ist noch Leben in Prinz Elric – auch wenn er nicht atmet. Er wäre nicht hier, würde nicht so aussehen, wie er aussieht, wenn es nicht noch eine Aufgabe für uns zu tun gäbe.« Ihr Blick huschte zu Norik, ehe er sich wieder auf Idalia richtete. »Weck ihn auf.«

»Wie bitte?«

»Weck ihn auf«, wiederholte Scarlett. »Ich glaube, er ist noch hier.«

»Das … ist unmöglich.«

»Du glaubst immer noch, dass es unmögliche Dinge gibt, nachdem du so lange mit mir unterwegs warst? Hör auf dein Herz, Idalia. Was sagt es dir?«

Idalia atmete tief durch. Machte einen weiteren Schritt auf den Sarg zu. Sie wollte den Prinzen nicht berühren, zu groß war die Angst vor seinem kalten, leblosen Körper. Andererseits hatten sie all die Mühen und Strapazen auf sich genommen, nur um Elric zu finden – da sollte sie nichts unversucht lassen. Sie ignorierte ihr rasendes Herz, griff nach der Hand des Prinzen – und zuckte erschrocken zurück, weil sie warm war.

»Er … das ist … unmöglich«, hauchte sie und machte einen neuen Versuch. Dieses Mal war ihr Griff nachdrücklicher, ihr Mut größer. Mit der Hand wanderte sie über seinen Körper, seinen Hals hinauf bis zu seinem Gesicht.

Seinem wunderschönen Gesicht, das doch nichts in ihr auslöste. Sie strich ihm durch die Haare, über die geschlossenen Lider, bis sie schließlich an seinen Lippen verharrte.

»Na los«, drängte Scarlett sanft, aber bestimmt. »Das ist deine Chance, den Prinzen zu bekommen, den du immer haben wolltest.«

»Ich … soll …« *Ihn küssen,* wurde ihr klar.

Aber würde sie es schaffen? Würde sie es wollen? Und was passierte, wenn Elric wirklich wach wurde?

Überfordert tauschte sie einen Blick mit Norik, doch dessen Miene war verschlossen.

Schließlich stellte Idalia sich auf die Zehenspitzen und beugte sich über den Prinzen. Ihr Mund prickelte, und als sie ihre Lippen auf seine presste, die im Gegensatz zu seiner Hand kalt waren, geschah … absolut nichts. Bloß, dass sie einen säuerlichen Geschmack im Mund hatte und sich wieder von Elric löste.

»Das ist seltsam«, murmelte Scarlett. »Versuch es noch mal.«

Doch Idalia schüttelte den Kopf. »Wir sollten die Toten ruhen lassen. Prinz Elric weilt nicht mehr unter uns. Wir werden seinen Eltern Bescheid geben und ihnen einen Beweis mitbringen. Vielleicht die Krone, die er trägt …«

»Vielleicht solltest *du* es versuchen«, mischte sich da Norik ein. Sein Blick war unbeirrbar auf Scarlett gerichtet, die schwer schluckte. »Immerhin du bist die rechtmäßige Königin.«

»Aber du wolltest ihn nie«, kam es von Idalia. »Es war dir immer egal, was aus ihm wird. Du wolltest nur die Krone und die Macht, die mit ihr verbunden ist.«

Auf Scarletts Lippen legte sich ein nachdenkliches Lächeln. »So wie es aussieht, willst du ihn ja auch nicht mehr. Und das, was du gesagt hast, stimmt nicht. Zumindest nicht ganz.« Sie griff nach der Hand des Prinzen und legte einen goldenen Gegenstand auf seine Handfläche.

Während Idalia noch zu verstehen versuchte, worum es sich dabei handelte, sog Norik scharf die Luft ein.

»Das königliche Wappen von Syllitist! Wo hast du die Taschenuhr her?«

»Durch sie konnte ich ihn erst erschaffen«, hauchte Scarlett. »Und ihn mit meiner Magie vor der dunklen Seite bewahren. Über Jahre hinweg. Obwohl ich damals noch ein kleines Mädchen war.«

»Wie ist das möglich?«

Idalias Frage blieb ungehört, stattdessen beugte sich Scarlett nun über den Sarg. »Du hast unrecht«, wiederholte sie das, was sie eben schon angedeutet hatte. »Vielleicht war Elric das Einzige, das ich immer wollte. Nur dass er mir nie seinen Namen genannt hat.

Und …« Ihre Lippen schwebten über seinen. »… dass er mich nie geküsst hat. Vielleicht weiß ich jetzt, warum.«

Scarlett schloss die Augen, dann senkte sie ihren Mund auf den des Prinzen, wo er mehrere Sekunden verharrte.

Idalia sah, dass Scarlett die Hände zu Fäusten geballt hatte, erkannte, wie angespannt ihr Körper war. Und auch sie war seltsam nervös. Gebannt beobachtete sie, was geschah, nachdem Scarlett sich von ihm gelöst hatte.

»Also wenn ihr es alle versucht, dann melde ich mich ebenfalls«, versuchte sich Norik an einem Scherz, der aber seine Wirkung verfehlte, als ein Beben durch den Körper des Prinzen ging.

Dessen Hände begannen zu zittern, sein linker Fuß zuckte, ehe seine Brust sich in heftigen Atemzügen hob und senkte.

Idalia sah fassungslos von Norik zu Scarlett.

»Wach auf«, flüsterte diese in Elrics Richtung.

Das war der Moment, in dem er die Augen aufschlug.

36

Scarlett

Freude und Angst lagen manchmal so nah beieinander, dass man sie nur schwer voneinander unterscheiden konnte. Das spürte Scarlett in dem Moment, in dem grüne Augen verwirrt hin und her schauten, bis sie an ihrem Gesicht hängen blieben.

Ihr Mund öffnete sich, um etwas zu sagen, aber nicht ein Wort schaffte es über ihre Lippen. Ihre Lippen, die gerade seine geküsst hatten – zum ersten Mal nach all den Jahren. Nach all der Zeit.

Wie hätte sie wissen können, dass sie sich genau das gewünscht hatte? Und wieso fühlte sie sich auf einmal so leicht und unbeschwert, wo die Situation doch weiterhin verzwickt war?

In diesem Moment gab es nur sie – und den fremden Mann, der im Sarg lag und sich unter einem Ächzen aufrichtete. Eigentlich hätte er sich nach über sechs Monaten der Bewegungslosigkeit gar nicht mehr rühren dürfen können, aber alles an ihm – die Tatsache, dass er noch lebte, der gläserne Sarg in der Höhle, seine zweite Existenz als dunkler Prinz – war ihrer Magie geschuldet, mit der sie als Mädchen einen regelrechten Flächenbrand entfacht hatte.

»Wo … bin ich?« Elric sah sich verwirrt um.

Und – es war *seine* Stimme. Scarletts ganzer Körper wurde von Gänsehaut überzogen, ihr Herz hüpfte so wild in ihrem Brustkorb, dass sie glaubte, es würde ihn sprengen.

Überfordert von all den neuen Gefühlen trat sie einen Schritt zurück.

»Elric, bist du es wirklich?« Norik wartete die Antwort des Prinzen nicht ab, sondern schlang seine Arme um dessen Oberkörper und half ihm, sich vollständig aufzurichten. Dann löste er die Scharniere auf der anderen Seite des Sargs.

Umständlich schwang Elric seine Beine nach links und lehnte sich gegen Norik, der sich neben ihn gesetzt hatte.

»Wie geht es dir? Wo … wo warst du so lange?«

Scarlett stellte sich so, dass sie die beiden beobachten konnte, selbst aber nicht im Mittelpunkt stand. Idalia gesellte sich zu ihr, auf ihrem Gesicht ein Ausdruck tiefer Verwirrung.

»Wenn ich das wüsste, würde ich es dir sagen.« Fahrig ging er sich durch die Haare.

Er wirkte weniger selbstsicher als der dunkle Prinz, doch das schmälerte nicht seine Wirkung auf sie.

»Wo bin ich hier überhaupt? Und wer … wer ist das?«

Sein Blick war jetzt auf Idalia gerichtet, die offensichtlich nicht wusste, wohin sie schauen sollte. Unruhig knetete sie ihre Hände.

»Das ist Idalia«, stellte Norik sie vor. »Die Prinzessin aus Ryzund.«

Eventuell kam ihm der Gedanke, dass das nicht mehr stimmte, aber er verzichtete darauf, etwas hinzuzufügen.

Elric versuchte aufzustehen, jedoch noch bevor seine Beine die Chance bekamen, ihn zu tragen, sackte er in sich zusammen und landete auf dem Boden. »Mir geht's gut«, beteuerte er, da hatte Norik sich schon vor ihn gekniet und ihm hochgeholfen.

Er legte die Arme um die Hüfte des Prinzen, begleitete ihn die vier Schritte, bis er vor Idalia stehen blieb.

Auf deren Wangen hatte sich eine sanfte Röte gebildet. Verlegen räusperte sie sich.

»Ich hatte gehofft, dass wir uns unter schöneren Umständen treffen«, sagte Elric.

Etwas linkisch streckte er ihr die Hand entgegen, die sie zaghaft nahm.

»Ich habe so viele Fragen«, gestand er. Als seine Beine zu zittern begannen, setzte er sich schnell wieder hin. »Mir kommt es vor, als hätte ich keine Ahnung mehr, wer ich überhaupt bin.« Ein Lachen zupfte an seinen Mundwinkeln, nur dass es sich nicht ausbreiten konnte.

»Was ist das Letzte, an das du dich erinnerst?«, half Norik ihm auf die Sprünge.

Der Prinz hatte jedoch seinen Blick auf Scarlett geheftet. Ein fragender Ausdruck besiedelte sein Gesicht, Verwunderung spiegelte sich in seinen Augen – aber da war mehr. Scarlett fasste sich ein Herz und trat auf ihn zu. Normalerweise hatte sie keine Probleme damit, sich stark zu zeigen, jetzt jedoch kam jeder Schritt einer Überwindung gleich.

Kurz vor dem gläsernen Sarg blieb sie stehen.

»Wer bist du?«, fragte Prinz Elric.

Sie war nicht verwundert, dass er sich nicht an sie erinnerte, denn möglicherweise hatte es ihre gemeinsame Zeit nie gegeben. Und doch hinterließ auch etwas, das nicht wirklich war, manchmal Spuren.

Ohne ein Wort zu sagen, griff Scarlett nach Elrics Hand. Verwob ihre Finger mit seinen und führte sie zu ihrem Herzen. Sie war sich Noriks und Idalias Anwesenheit bewusst, was es nicht leichter machte.

»Ich … kenn dich …« Elrics Augen verengten sich zu Schlitzen. »Ich … haben wir uns schon mal gesehen?«

Scarlett lächelte. »Ein paar Mal.«

Erneut versuchte er aufzustehen, und dieses Mal gelang es ihm. Er war genauso groß wie der dunkle Prinz, überragte sie um etwa einen Kopf. Scarlett stellte sich auf die Zehenspitzen.

»Es fühlt sich an wie ein Traum«, sagte er mit rauer Stimme. »Wie ein … Jahre dauernder Traum.«

»Ich werde dir die Geschichte erzählen. *Unsere* Geschichte.«

Elric legte den Kopf schief.

Ohne Krone sah er haargenau aus wie der Mann, der mit ihr durch die Wälder getanzt hatte.

Scarlett widerstand dem Impuls, ihre Hände in seinen Haaren zu vergraben. »Ich wusste nicht, dass es dich wirklich gibt«, hauchte sie. Sein Atem kitzelte ihr Gesicht. »Ich dachte, ich hätte dich erfunden, aber …«

Ein Schatten schob sich vor seine Züge. »Wir haben getanzt. Im Schnee. Alles war weiß und du hattest ein braunes Kleid an.«

Scarlett blinzelte gegen die Tränen an, die sich in ihren Augenwinkeln zeigten.

»Wie lange habe ich geschlafen? Und … wie geht es jetzt weiter?«

»Eins nach dem anderen.« Norik schlang den Arm um seinen besten Freund. »Erst müssen wir dich hier rausschaffen. Es ist ein weiter Weg bis zum Königsschloss …«

»Das Schloss …« Erneut zuckte eine Erinnerung über Prinz Elrics Gesicht. »Meine Eltern … wie geht es ihnen?«

»Sie werden außer sich vor Freude sein, dich wiederzusehen.« Norik strahlte. »Und vielleicht werden sie mich danach sogar wieder im Schloss willkommen heißen, wer weiß.«

Er lachte – und Scarlett wurde bewusst, dass er nie so befreit geklungen hatte. Er wirkte, als wäre eine schwere Last von seinen Schultern genommen worden.

Und sie selbst? Sie war unruhig wie ein verliebtes Mädchen … mit so viel Sonne im Herzen, dass sie ihren Körper zum Glühen brachte.

Sie kamen nur langsam voran. Prinz Elric war nach der langen Zeit, die er im Sarg verbracht hatte, kaum belastbar und konnte immer nur ein paar Schritte gehen, bevor er Hilfe brauchte. Norik nahm ihn eine Weile huckepack, aber spätestens nach einer halben Stunde benötigte er ebenfalls eine Pause.

Besorgt nahm Scarlett wahr, wie die Schweißtropfen auf seiner Stirn immer mehr wurden und sein Gesicht die Farbe eines überreifen Apfels annahm.

»Kannst du nicht irgendwas zaubern? Er wiegt so viel wie ein Pferdefuhrwerk.«

»Du solltest meine Fähigkeiten mittlerweile gut genug kennen, um zu wissen, dass …«

»… aber irgendwie hast du ja auch die Gruft erschaffen. Obwohl sie sich nicht auf der Seite der *Finsteren* befindet«, setzte Norik entgegen.

»Was das angeht, bin ich nicht unbedingt schlauer als du.« Scarlett sah sich um; mittlerweile befanden sie sich wieder im Wald und es war tiefste Nacht.

Glücklicherweise hatten sie die Grenze zur Finsterwelt weit hinter sich gelassen, sodass ihnen keine Gefahr mehr drohte.

»Es bringt nichts, die Nacht durchzulaufen«, sagte sie. »Wir waren schon am Ende unserer Kräfte, bevor wir Elric gesucht haben und …«

Zunächst sah es aus, als wollte Norik widersprechen, dann aber nickte er. »Das erscheint mir vernünftig.«

Idalia erwiderte nichts. Nicht zum ersten Mal fiel Scarlett auf, dass sie die Gesellschaft der anderen mied, abseits ging und den Blick auf den Boden gerichtet hatte. In einem anderen Leben hätte sie ihr vielleicht Beistand geleistet – aber was sollte sie schon sagen? Sie war ja selbst überfordert mit der Situation.

Immer wieder fielen Elric die Lider zu; die Erschöpfung hatte von seinem Körper Besitz ergriffen wie ein wildes Tier.

Scarlett fand einen Rastplatz in der Nähe eines Flusses. Während Norik das Zelt aufbaute, trug sie Holz und Steine zusammen, um ein Lagerfeuer zu errichten. Die lange Zeit an der frischen Luft hatte ihre Hände kalt gemacht; ihr Körper war durchfroren und steif.

Ihre Konzentration reichte nicht aus, um auf die Jagd zu gehen, weswegen sie lediglich ein paar Wurzeln sammelte und dunkle Beeren von einem Strauch pflückte. Das müsste fürs Erste genügen. Morgen früh konnten sie sich um Fleisch kümmern.

Mit vollen Händen kam sie zu der Wiese zurück, auf der Norik das Zelt aufgebaut hatte.

Elric lehnte an einem Baumstamm, seine goldene Taschenuhr, die Scarlett vor so vielen Jahren im Wald gefunden hatte, auf seinem Schoß. Nachdenklich klappte er sie auf und strich mit den Fingern über das Ziffernblatt.

Idalia hatte sich an den Fluss gesetzt, die Beine an den Körper gezogen. Sie musste frieren, denn ihren Mantel trug jetzt Elric. Scarlett fasste sich ein Herz und ging zu ihr.

»Hilfst du mir mit dem Feuer?«, fragte sie Idalia.

Als jene sich zu Scarlett umdrehte, erkannte diese, dass sie geweint hatte. Unfähig, etwas Tröstendes zu sagen, drückte sie Idalia Holzscheite in die Hand und zeigte ihr, wie sie das Feuer entfachen und schüren konnte. Vielleicht ging es ihr besser, wenn sie etwas zu tun hatte.

»Kennst du diese Beeren?«, fragte Scarlett, um das Gespräch in Gang zu bringen. Demonstrativ streckte sie ihr drei der dunklen Früchte entgegen.

Idalia schüttelte stumm den Kopf, während sie zwei Feuersteine gegeneinanderschlug.

»Hör zu.« Scarlett kniete sich zu ihr ins Gras und berührte sie kurz am Oberarm. »Ich weiß, dass das hier belastend und schwierig ist.«

Zu ihrer Überraschung lachte Idalia auf. »Das trifft es nicht ansatzweise.«

»Wir finden eine Lösung, das verspreche ich dir.«

»Wie viel ist dein Wort schon wert?« Mit funkelnden Augen sah sie sie an, was Scarlett ein Seufzen entlockte. »Du hast mir alles genommen, was mir je etwas bedeutet hat.« Schutzsuchend schlang sie die Arme um ihren Oberkörper.

Scarlett ließ die Holzscheite fallen und rückte näher an Idalia heran. »Das mag dir im Moment vielleicht so erscheinen, aber es stimmt nicht.«

»Ach ja? Also sitzt auf meinem Kopf eine Krone und ich bin mit Prinz Elric verheiratet?« Seinen Namen sagte sie leise, sodass er nicht auf sie aufmerksam wurde.

»Streng genommen hat der Prinz seine Wahl noch nicht getroffen«, erinnerte Scarlett sie an ihre ursprüngliche Abmachung. »Er braucht ein bisschen Zeit.«

»Es ist offensichtlich, dass er mich *nicht* nimmt«, zischte Idalia. »Er hat mich, seit er mir die Hand gegeben hat, nicht ein einziges Mal mehr angesehen. Stattdessen starrt er dich an, als würde sein Überleben von dir abhängen.«

Röte schoss in Scarletts Wangen, sie konnte nichts dagegen tun. Nervös strich sie mit den Fingern über die Grashalme, bis sie sich wieder gefangen hatte. »Du willst ihn doch gar nicht, Idalia«, sagte sie dann.

»Und das weißt du, weil?« Trotzig reckte sie das Kinn.

»Weil ich Augen im Kopf habe. Deswegen. Es tut mir leid, was passiert ist. Ich … wollte dir nicht dein ganzes Leben nehmen.«

»Und doch hast du es getan.« Idalia machte Anstalten, aufzustehen, aber Scarlett packte ihre Hand. »Wir finden eine Lösung. Da bin ich mir sicher. Aber du solltest aufhören, dich selbst zu belügen. Und ein Leben zu führen, das du gar nicht haben willst.«

Mit diesen Worten ließ sie sie gehen, nicht sicher, ob sie ihre Wirkung entfaltet hatten.

Als das Feuer flackerte und seine Flammen die Kälte der Nacht vertrieben, begann Scarlett zu erzählen. Zunächst war es schwierig, die Bruchstücke in ihrem Kopf zu ordnen, aber irgendwann ergaben sie ein ganzes Bild, das immer klarer wurde. Ihr Blick war auf die Flammen gerichtet, dennoch wusste sie, dass die drei ihr zuhörten. Und sie hoffte, dass sie verstehen würden – eine Wahrheit, die ihr selbst erst jetzt bewusstwurde.

Nachdem sie ihren Hunger mit Wurzeln und Beeren zwar nicht gestillt, aber zumindest gedämpft hatten, gingen sie schlafen. Norik bot Elric den Platz im Zelt an, aber nach seiner langen Zeit im Sarg wollte er unter freiem Himmel schlafen.

Scarlett sah Idalia und Norik im Zelt verschwinden und hoffte, dass es ihnen endlich gelang, zu ihren Gefühlen zu stehen und einen Weg für sich zu finden.

Verwirrt hielt sie inne. Seit wann wünschte sie anderen Menschen Glück? Seit wann waren ihr andere Menschen überhaupt wichtig? Wo war ihr berechnendes Wesen geblieben, ihre Abgebrühtheit?

Im Wasser des Flusses vor ihr sah sie ihr eigenes Spiegelbild. Äußerlich hatte sich nicht viel getan, aber innerlich … schien es, als wäre sie ein ganz neuer Mensch geworden.

Das machte ihr Angst – ebenso wie der Mann, der plötzlich neben ihrem Spiegelbild erschien und ihr eine Hand auf die Schulter legte.

»Willst du nicht schlafen gehen?«, fragte Elric.

Als sie nichts erwiderte, führte er sie von dem Gewässer weg bis zu ihren Schlafplätzen. In Ermangelung einer Decke hatte Elric ihre Mäntel bekommen.

Das Feuer war unterdessen heruntergebrannt, hatte einzig schwarze Asche übrig gelassen. Scarlett legte sich auf ihre Decke, den Blick in den Himmel gerichtet. Es war das erste Mal, seit sie mit Idalia und Norik unterwegs war, dass Sterne am Firmament standen.

Obwohl sie ihn nicht sehen konnte, wusste sie, dass Elric sich neben sie gelegt hatte und sie anstarrte. Seine Anwesenheit machte sie auf eine Weise nervös, die ihr neu war.

»Ich habe nachgedacht«, durchbrach seine Stimme die Stille. »Seit du ein kleines Mädchen warst, passt du auf mich auf. Du hast mich unbewusst immer beschützt. Eigentlich sind wir einander versprochen, seit du meine Taschenuhr gefunden hast.«

Jetzt drehte sich Scarlett doch zu ihm um und bemerkte, dass der Abstand zwischen ihnen nicht mehr ganz so groß war.

»Ich fühle mich dir so nah – dabei lerne ich dich gerade erst kennen«, fuhr Elric fort. »Ich kann das Gefühl nicht ganz in Worte fassen. Es ist komplett neu für mich.« Lächelnd schüttelte er den Kopf. »Du hast mir von so vielen Dingen erzählt, die wir gemeinsam unternommen haben – und ich kann mich nicht an sie erinnern. Aber … ich fühle sie.« Eine Falte zeigte sich auf seiner Stirn. »Hört sich das sehr merkwürdig an?«

Scarlett schüttelte den Kopf. Sie verstand ihre eigenen Gefühle ja selbst nicht. Aber eins wusste sie: Dieser Mann, der neben ihr lag, die Augen offen, der Blick klar, löste etwas in ihr aus, das sie nicht kontrollieren konnte. Etwas, das schon existiert hatte, als er noch ein Gespinst ihrer Fantasie gewesen war, und jetzt, da er in Fleisch und Blut bei ihr war, unaufhaltsam wuchs.

Scarlett hatte sich nie viel aus Liebe gemacht, auch Verliebtheit war allenfalls eine Nebensächlichkeit für sie.

Doch als sie den Arm ausstreckte, mit spitzen Fingern über seine Brust strich und er sie dann so heftig an sich heranzog, als hätte er Angst, sie zu verlieren, ahnte sie, dass sie sich vielleicht ihr Leben lang belogen hatte.

Sein Lächeln sprang auf sie über, seine Leichtigkeit, mit der er sie küsste, säte eine Wiese voller Blumen auf verbranntem Terrain. Und als sie sein Seufzen hörte, wusste sie, dass es ihr liebstes Geräusch war. *Für immer.*

Zwischenspiel:

Ein Fund mit Folgen

Scarlett

Sie hatte immer gedacht, dass sie nicht allein sein könnte, wenn es jemanden gab, der bei ihr war. Und tatsächlich war sie zu nahezu jeder Tages- und Nachtzeit von den *Finsteren* umgeben, die sich um sie kümmerten und auf sie aufpassten – auf ihre eigene, krude Art und Weise. Sie war Teil einer Gemeinschaft, Teil eines Daseins, das sich dennoch nicht wie ein Zuhause anfühlte.

Immer wieder griff die Einsamkeit nach ihr, legte ihre knochigen Spinnenfinger um ihren Hals. Drückte jedes Mal ein bisschen mehr zu, bis sie irgendwann gar nicht mehr würde atmen können.

Oft hatte sie darüber nachgedacht, auszubrechen. Wegzulaufen, alles hinter sich zu lassen. Aber wo sollte sie schon hin? Ohne die *Finsteren* war sie mittellos; außerdem wusste sie so gut wie nichts über die Welt dort draußen.

Aber sie wusste, dass sie einsam war. Schrecklich einsam. Und dass sie einen Freund brauchte. Jemanden, mit dem sie reden konnte und der ihre Sorgen ernst nahm. Wenn sie das Gespräch mit den *Finsteren* suchte, wurden ihre Nöte mit gespenstischem

Gelächter quittiert, aber niemals als echtes Problem angesehen. Sie hatte es satt, ausgelacht zu werden!

Wütend verließ sie das Reich der Dunkelheit, welches sie herunterzog und ihr schlechte Laune bereitete. Manchmal war es so erdrückend, dass sie vergaß, dass es auch anderes gab als Schmerz und Unheil. Umso mehr genoss sie die Sonne, die vom Himmel schien und den Wald um sie herum weichzeichnete.

Als sie ein Reh hinter einem Busch erspähte, ging sie in die Knie, ehe sie es zu sich rief. Die Tiere des Waldes hatten schnell Vertrauen zu ihr gefasst.

Ein Lächeln legte sich auf ihre Lippen, als sie durch das warme, braune Fell des Kitzes strich. Seine Mutter war bestimmt in der Nähe, ließ ihr Junges nie länger als ein paar Minuten aus den Augen.

Sich die Erde vom Kleid klopfend stand sie auf und ging den sonnenbeschienenen Pfad entlang, der zu einem Hügel führte, von dem aus man über ganz Ryzund blicken konnte.

Ein seltsames Gefühl ergriff von ihr Besitz, sobald sie die Spitze des Berges erreicht hatte und auf das Königsschloss hinabschaute, das sich vor ihrem Auge erhob. Obwohl sie selbst nie dort gewesen war, fühlte sie sich zu dem Palast hingezogen. Beinahe so, als würde ein Teil von ihr hinter den schweren Mauern wohnen und in den uralten Gängen umherwandern. Ihre Hand ballte sich zur Faust, in ihrer Kehle wurde es eng.

Sie war oft niedergeschlagen in letzter Zeit – und es strengte sie an, dauerhaft nach einem Grund suchen zu müssen, den sie dann doch nicht verstand.

Aber jedes Mal, wenn sie das Schloss sah, war sie gleichzeitig glücklich und traurig – und sie fragte sich, was das zu bedeuten hatte.

Seufzend nahm sie auf einem Stein Platz, auf dem das Moos wucherte.

Ihr Blick glitt über das Gras, das zu dieser frühen Stunde mit Tau benetzt war.

Aber was war das? Neben einer braunen Wildblume lag etwas Goldenes, das nicht in den Wald gehörte. Das sah sie auf den ersten Blick.

Neugierig stand sie auf, und erkannte, dass es sich um eine Taschenuhr handelte. Schwer lag sie in ihren kleinen Händen, verheißungsvoll und magisch. Es brauchte eine Weile, bis sie den Mechanismus verstand, der die Uhr aufklappen ließ. Staunend verfolgte sie den Zeiger, der sich kontinuierlich rechts herum im Kreis bewegte. Ihr kam es vor, als hätte sie nie etwas Wertvolleres in der Hand gehalten.

Wie wohl die Person aussah, der diese Uhr gehörte? Welcher Beschäftigung ging sie nach? Wie sah ihr Leben aus?

Für den Bruchteil einer Sekunde wurde ein Bild in ihr lebendig: große, grüne Augen, ein verschmitztes Lächeln, dichte, dunkle Locken.

Ein Edelmann, vielleicht sogar ein Prinz. Gekleidet in feinste Stoffe, viel Gold, Silber, Dunkelblau und Rot. Ein stattlicher Körper. Sanfte Hände.

Sie konnte sein Lachen beinahe *hören*.

Erschrocken zuckte sie zusammen. Was war das gewesen? Hatte sie gerade eine Berührung an ihrem Arm gespürt? Ihr Herz schlug schneller, panisch sah sie sich um. So sehr sie sich auch nach menschlicher Nähe sehnte, so wenig wollte sie von jemandem gesehen werden.

Die *Finsteren* hatten sie vor der menschlichen Welt gewarnt, weil sie aus Gefahren und Heimtücke bestand. Hier im Wald war sie sicher. Hier im Wald würde ihr nichts geschehen.

Aber was, wenn der Wald irgendwann nicht mehr genug war? Was, wenn ihre Haut irgendwann zu eng war, um all das, was sie fühlte, speichern zu können?

Die Hände um die Taschenuhr gelegt, rannte sie den Hügel hinab, den Pfad entlang bis zu den Tannen, die die Grenze zum Reich der Dunkelheit markierten. Erst, als sie in Gegenwart der *Finsteren* war, wagte sie es, aufzuatmen.

Die Uhr vergrub sie in der feuchten Erde und kennzeichnete die Stelle mit einem Kreuz. Vielleicht würde sie irgendwann bereit sein, sich damit zu beschäftigen. Noch war sie nicht so weit.

In dieser Nacht fand sie keinen Schlaf. Es hatte zu regnen begonnen, und die Höhle, in der sie lag, war kaum groß genug, um ihren Körper vor den Wassermassen zu schützen. Ihr war kalt und sie hatte nichts, an dem sie sich wärmen konnte. Die *Finsteren* froren nicht und hatten kein Verständnis für ihre Schwäche.

Aber dieses Mal schaffte sie es nicht, stark zu sein. Vielleicht weil ihre Gedanken unaufhörlich um die goldene Uhr kreisten, die nur wenige Fußlängen von ihr entfernt lag. Und um den Menschen, dem sie gehörte und der sie vielleicht schon suchte.

Es nützte ja doch nichts!

Entschieden schlug sie die löchrige Decke beiseite und lief hinaus in den Regen. Dicke Tropfen prasselten auf ihre Haut, durchnässten ihr Haar. Eisiger Wind peitschte ihr ins Gesicht, doch das spielte alles keine Rolle mehr, als sie die Taschenuhr in den Händen hielt. Sie war ein bisschen schmutzig geworden, funktionierte aber tadellos.

Aus unerfindlichen Gründen konnte sie nicht aufhören, an ihn zu denken. An den Mann, den ihre Fantasie erschaffen hatte und der vielleicht der Besitzer dieser Uhr war. Wieder schloss sie die Augen, um sein Bild in ihr lebendig werden zu lassen. Ihm fehlten noch ein paar Ecken und Kanten, etwas mehr Schärfe im Profil – doch davon abgesehen erschien er ihr wie ein Mensch.

Ein echter Mensch.

Ein Freund.

Bot sich ihr vielleicht eine Möglichkeit, nicht mehr ganz so allein zu sein? Jemanden an ihrer Seite zu haben, auch wenn er nur in ihrer Fantasie existierte?

Es war besser als nichts, entschied sie.

Mit dem Entschluss kam die Aufregung. Die Nervosität, die sich in ihr festsetzte. Sie hatte jetzt also einen Freund – aber wie machte man das mit Freunden überhaupt? Konnte sie einfach so mit ihm reden? Ihm alles erzählen? Oder mussten sie sich erst kennenlernen?

Mit der Taschenuhr in der Hand lief sie blindlings durch die Dunkelheit. Sie wollte nicht hier mit ihm sprechen, wollte ihn an einem Ort treffen, der nicht den *Finsteren* gehörte. Allerdings war es so düster, dass man kaum etwas sehen konnte und …

Ein Ast schlug ihr gegen das Gesicht, streifte ihr Auge und ließ sie fluchen. Schmerz explodierte in ihrer Pupille und machte sie für einen Moment blind.

Die goldene Taschenuhr fiel ihr aus der Hand. Sie kniete sich auf den regennassen Boden und tastete mit den Händen danach. Da fiel ihr auf, dass etwas neben ihr silbern schimmerte. Funkelnde Teilchen, beinahe wie Staub, die taghell leuchteten. Ein paar von ihnen legten sich direkt auf die Taschenuhr.

Als sie nach ihr griff, zuckte ein Blitz über den Himmel. Fast gleichzeitig vibrierte der Boden unter ihr – ebenso wie die Uhr in ihrer Hand.

Erschrocken riss sie die Augen auf.

Der Regen hatte aufgehört, allerdings nur dort, wo sie sich befand. Wie war das möglich?

Aus einem inneren Impuls heraus klappte sie die Uhr auf. Das Ziffernblatt war hell erleuchtet, zeigte aber keine Zahlen mehr, sondern zwei Menschen, die sie freundlich anlächelten.

Den Mann erkannte sie sofort, denn es war derjenige, an den sie schon den ganzen Tag denken musste. Es dauerte eine Weile, bis sie verstand, wer sich hinter der Frau verbarg, und als sie begriff, dass sie selbst es war, allerdings um einige Jahre älter, begann sie am ganzen Leib zu zittern.

Ging ihre Fantasie mit ihr durch oder geschah das wirklich? Was hatte das zu bedeuten?

Als der Mann auf dem Ziffernblatt seinen Kopf leicht nach links neigte, ließ sie die Taschenuhr erschrocken fallen.

Hektisch stand sie auf, taumelte ein paar Schritte nach hinten, ehe eine Stimme sie innehalten ließ.

»Komm zu mir, Scarlett.«

Sie wusste nicht, was sie mehr in Aufregung versetzte. Die Tatsache, dass ihr ausgedachter Freund auf einmal zu sprechen begann und sie ihn *mit ihren Ohren* hören konnte – oder die Art und Weise, wie er ihren Namen sagte … den Namen, den sie sich selbst irgendwann gegeben hatte, weil die *Finsteren* es nicht für nötig hielten, sie irgendwie zu benennen. Auf der Suche nach ihrem Selbst hatte sie sich schließlich selbst eines gegeben.

Und er wusste, wie sie hieß.

Nur dass das gar nicht möglich sein konnte.

Und dennoch war sie fasziniert von seiner Stimme, gefangen von seiner Nähe, die sie spürte, obwohl sie ihn noch nicht sah. Mit gerafften Röcken rannte Scarlett los, verließ die Dunkelheit, die Welt der *Finsteren* – und trat ins Licht.

Der Mond erhellte eine Wiese, die menschenleer und verlassen dalag. Scarlett hatte schon viele Stunden auf ihr verbracht, kannte jeden Winkel und liebte besonders den Wasserfall, auf dessen Tropfen sich die Sonnenstrahlen in unterschiedlichen Farben brachen und je nach Lichteinfall magisch schimmerten.

Vor dem Wasserfall befand sich eine Reihe breiter Kieselsteine, die über einen Bach führten.

Direkt daneben stand *er*.

Scarlett schluckte. Dass sie eine lebhafte Fantasie hatte, war nicht neu für sie. Dass sie so *greifbar* war, allerdings schon.

Ihr brach der Schweiß aus, als sie den Fuß auf die Lichtung setzte und auf den fremden Mann zulief.

Er war mehrere Köpfe größer als sie – und mindestens fünfzehn Jahre älter. Scarletts Herz schlug schneller.

Schon bald trennte sie nur noch eine Armeslänge, aber irgendetwas in ihr hielt sie davon ab, die letzte Distanz zu überbrücken. Der Prinz trug einen dunkelblauen Anzug, der mit silbernen Nähten verziert war. Seine Locken waren genau so, wie sie sie sich vorgestellt hatte.

Er verneigte sich vor ihr, was Scarlett unweigerlich zum Kichern brachte.

Wieso dieser Aufstand? Sie war ein gewöhnliches Bauernmädchen; die Ehre, die er ihr entgegenbrachte, gebührte ihm selbst.

Dennoch genoss sie es, von ihm hofiert zu werden.

Entschlossen griff sie nach seiner ausgestreckten Hand. Sie fühlte sich ein bisschen konturlos an, beinahe so, als würde sie durch ihn hindurchgreifen. Aber wenn sie die Augen schloss und sich fest auf den Moment konzentrierte, konnte Scarlett daran glauben, dass er echt war.

»Darf ich um diesen Tanz bitten?«, fragte er dunkel.

Kaum hatte sie genickt, hörte sie Fidelmusik, die aus dem Untergrund zu kommen schien. Abermals vibrierte der Boden, nur dass dieses Mal nicht das Gewitter daran schuld war. Und als Scarlett die Augen öffnete, erkannte sie, dass es nach wie vor nicht regnete, dort, wo sie sich aufhielt.

»Wie kommt es, dass du hier bist?«, fragte sie den Prinzen und stellte sich auf die Zehenspitzen, um etwas größer zu sein. Er legte die freie Hand auf ihren Rücken, wiegte sie im Takt der Musik hin und her, ehe er sie einmal im Kreis drehte.

»Du hast mich gefunden – und ein Gefühl sagt mir, dass wir von jetzt an für immer verbunden sind.«

»Verbunden?«

Er nickte. »Hast du nicht den Stern gesehen, der vom Himmel gefallen ist?«

Scarlett legte den Kopf schief.

»Sie sagen, so etwas passiert nur einmal alle tausend Jahre – und heute Nacht war es so weit. Ein Stern ist vom Himmel gestürzt, sein funkelnder Staub hat sich auf dich gelegt – *auf uns*. So sind wir für immer verbunden.«

»Aber was bedeutet das?«, hakte sie nach, ehe sie sich fragte, *woher* diese Geschichte kam, denn sie war nicht in ihrem Kopf entstanden.

Während sie mit dem Prinzen tanzte, sah sie ihn neugierig an. Was würde als Nächstes passieren? Müsste sie das nicht eigentlich wissen?

Sein Lächeln war hinreißend und ließ seine Augen strahlen. »Es wird eine Zeit geben, in der ich dich mehr brauche als du mich. Wirst du für mich da sein, wenn es so weit ist? Mich vor der Dunkelheit beschützen?«

Sie nickte – denn was hätte sie auch schon anderes tun können? Sie war wie gefangen von seiner Anwesenheit, seinem Wesen, seinen blitzenden Augen.

»Eines Tages«, raunte er ihr ins Ohr. Scarlett schauderte. »Eines Tages wirst du die Dunkelheit *sein* – und gleichzeitig diejenige, die mich vor ihr rettet.«

37

Idalia

Idalia nahm das, was um sie herum geschah, wie durch einen Schleier wahr.

Während sie durch den Wald lief, in Richtung Syllitist, beobachtete sie Scarlett, Norik und Elric aus der Entfernung. Trotz der Umstände war die Stimmung der drei ausgelassen, beinahe fröhlich. Norik und Elric alberten miteinander herum, und Scarlett fügte sich mühelos in eine Gruppe, die nie für sie vorgesehen war.

Norik schien seinen Gram ihr gegenüber abgelegt haben, lachte hier und da sogar über ihre Witze.

Auf den ersten Blick wirkte es wie ein glückliches Ende – zumindest für drei von vier.

Idalia schlang die Arme um ihren Oberkörper. Ihre Füße taten verteufelt weh, aber ihr Herz wog schwerer. Bis Syllitist war es nicht mehr weit, die Spitzen der Schlosstürme zeichneten sich bereits am Horizont ab.

Einerseits freute sie sich, die *Finsteren* und alles, was mit ihnen zusammenhing, hinter sich lassen zu können.

Andererseits bedeutete nach Syllitist zu kommen auch, dass sie sich unweigerlich mit dem *Danach* beschäftigen musste. Jenem Teil ihres Lebens, den sie bisher erfolgreich von sich geschoben hatte.

Doch jetzt, im Nebel eines Tages, der noch so frisch war, dass die Sonne es nicht an den Himmel geschafft hatte, holten die Sorgen sie mit voller Wucht ein. Sie konnte nicht zurück in ihre Rolle als Gänsemagd. Ohnehin hatte sie die Aufgabe nur übergangsweise angenommen, bis sie so weit war, Scarlett die Stirn zu bieten. Bloß, dass sie jetzt wusste, dass Scarlett die rechtmäßige Königin war und sie nur die Tochter eines Bauernehepaares, welches sie nicht mehr kennenlernen konnte. Die Hochzeit von Scarlett und Elric würde die beiden Reiche miteinander verbinden.

Sie könnte zurückgehen nach Ryzund. Nur was sollte sie dort tun? Sie hatte ja nicht einmal mehr Anspruch auf ihre früheren Besitztümer.

Idalia versuchte, stark zu sein. Wollte sich von der unsicheren Zukunft nicht beunruhigen lassen. Nur konnte selbst eine rosarote Brille die schwarzen Farben lediglich überdecken, aber nicht gänzlich auslöschen.

»Gleich haben wir es geschafft.« Norik tauchte so unmittelbar an ihrer Seite auf, dass sie zusammenschreckte. Auf seinen Lippen lag ein Lächeln, das seine Augen nicht ganz erreichte. »Bist du aufgeregt?«

»Weswegen sollte ich aufgeregt sein? Der König und die Königin werden sich freuen, Elric wiederzusehen.«

Norik nickte. »Das werden sie. Und ich werde mich nach vielen Monaten endlich mal wieder ins Schloss wagen. Hoffentlich werde ich nicht hingerichtet, noch bevor ich den Fuß über die Schwelle gesetzt habe.«

Schwach lächelte sie ihn an. »Ich denke, sie werden gnädig sein.«

Ein Rabe setzte sich krächzend auf den dünnen Ast eines Baumes. Aus schwarzen Augen sah er Idalia unverwandt an. In den Büchern, die sie in Ryzund gelesen hatte, galt der Rabe als Überbringer schlechter Nachrichten. Als Ankündiger einer dunklen Zeit. Idalia presste die Lippen aufeinander.

»Wie geht es dir?«, wollte Norik wissen. Seine Hand legte sich sanft auf ihre Schulter.

»Soll ich ehrlich sein? Ich fühle mich wie das fünfte Rad am Wagen. Und ein bisschen wie die Verliererin.« Sie sah, dass er etwas erwidern wollte, hielt ihn aber mit einer Handbewegung auf. »Ich brauche kein Mitleid. Nur etwas Zeit, um über all das nachzudenken.«

»Ich verstehe, dass das schwer für dich ist …«

»Nein, Norik, du verstehst es nicht, weil du es nicht verstehen kannst.« Ihre Stimme war schärfer als beabsichtigt. »Du weißt nicht, wie es ist, wenn du von klein auf auf eine Aufgabe vorbereitet wurdest, die dir dann einfach weggenommen wird. Ich … war nie etwas anderes als Prinzessin Idalia, die Prinz Elric heiraten und mit ihm über die beiden Königreiche regieren wird.« Etwas leiser fügte sie hinzu: »Mir kommt es vor, als wurde mir mein Ich gestohlen.«

Norik hob ihr Kinn an. Der Blick aus seinen braunen Augen war entschlossen. »Verstehst du nicht, dass das auch eine Chance ist? Denn auf einmal *musst* du nicht mehr die Prinzessin sein.«

»Was ist, wenn ich genau das sein wollte?«, hielt sie dagegen und machte einen Schritt zurück.

»Du hattest nie die Möglichkeit, dich für etwas anderes zu entscheiden. Jetzt schon.«

»Und was soll ich werden? Eine Gänsemagd? Eine Bäckerin? Die Zofe einer Adligen?«

Norik breitete die Arme aus. »Was immer du willst.«

»In unserer Welt? Du bist klug genug, zu wissen, dass das nicht so einfach geht. Wir werden in einen Stand hineingeboren, den wir bis zu unserem Tod innehaben müssen.«

»Nur, weil die Welt immer so war, heißt es nicht, dass sie so bleiben muss«, erwiderte Norik.

Bevor sie die Augen verdrehen konnte, hatte er seine Lippen auf ihre gepresst, so schnell und überstürzt, dass sie kaum klar denken konnte.

»Sei mutig«, flüsterte er ihr ins Ohr.

Auf dem Weg zum Schloss wurde sie immer unruhiger. Norik hatte sie an seine Seite genommen, sodass sie nicht noch weiter zurückfiel.

Sie sah die Wachen, die vor dem gigantischen Tor standen und ihre Hellebarden umklammerten. Die Brust herausgestreckt, die Haltung erhaben, bewachten sie den Palast vor Eindringlingen. Zumindest so lange, bis sie auf sie aufmerksam wurden.

»Prinzessin Idalia?«, rief der Größere von ihnen und näherte sich Scarlett. Lauter rief er dann: »Die Prinzessin ist wieder da!«, was den Zweiten dazu veranlasste, die Kunde ins Schloss zu tragen.

Scarlett löste sich aus der Vierergruppe und trat auf den Mann in schimmernder Rüstung zu. »Sagt dem König und der Königin, dass ich wieder hier bin. Und dass ich ihren Sohn mitgebracht habe.« Mit dem Finger deutete Scarlett auf Elric.

Dem Wachmann klappte die Kinnlade herunter, ehe er in eine schnelle Verbeugung sank. »Prinz Elric«, sagte er mit bebender Stimme. »Ihr seid es wirklich.«

Sie wurden von einem Diener in einen großen Saal geführt, der mit teurem Holzboden ausgelegt war und dessen Decke sich meterhoch über ihnen spannte. Eine Tafel markierte die Mitte des

Raums, auf der linken Seite befanden sich mehrere gepolsterte Sitzmöbel, gruppiert vor einem Kamin, dessen Feuer Wärme spendete.

Mit verkrampften Händen nahm Idalia neben Norik Platz. Scarlett und Elric saßen ihnen gegenüber.

Staunend schaute sie sich im Saal um, und bevor sie es sich versah, drängte sich ihr ein Gedanke auf, den sie eigentlich gar nicht zulassen wollte: Um ein Haar hätte all das hier ihr gehört. Um ein Haar wäre sie Königin über dieses Schloss, dieses Land und all diese Menschen gewesen.

Sie begegnete Scarletts Blick, in dem etwas lag, das neu für sie war: Reue.

Schritte auf dem Korridor wurden laut, mit Schwung wurde die Tür aufgerissen. Königin Valeria stürmte mit geröteten Wangen in den Raum. Getriebenheit lag in ihren Augen, als sie die Umgebung mit ihren Blicken maß.

Der Moment, in dem sie Prinz Elric entdeckte, war der Moment, in dem ihre Beine unter ihr nachgaben. Mit einem Schluchzen glitt sie zu Boden.

Hastig stand Elric auf, lief auf sie zu. Der König hatte mittlerweile ebenfalls den Raum betreten, blickte überfordert zwischen seiner Frau und seinem heimgekehrten Sohn hin und her. Dann sank er ebenfalls auf die Knie, und die drei lagen sich alsbald in den Armen.

Idalia kam es vor, als wäre sie Zeugin eines vertrauten Zusammentreffens, das sie eigentlich gar nichts anging. Gleichzeitig spürte sie, wie die Freude über das Wiedersehen der drei sich auch in ihr ausbreitete, unabhängig davon, ob sie an der Seite von Prinz Elric war oder nicht. Aus den Augenwinkeln sah sie, wie Norik sich eine Träne aus dem Gesicht wischte.

»Es … tut mir schrecklich leid«, beteuerte Königin Valeria, als sie sich aufgerichtet hatte und durch ihre Haare fuhr. »Für einen Augenblick habe ich gedacht, wir wären allein.« Sie half erst ihrem Mann, dann ihrem Sohn hoch, ehe sie sich auf einen der freien Stühle setzte. Als sie Norik sah, weiteten sich ihre Pupillen.

Norik räusperte sich und schob seinen Stuhl zurück. Dann ging er vor der Königin auf die Knie. »Ich bitte inständig um Verzeihung, Euer Schloss ohne Eure Erlaubnis betreten zu haben.«

»Hast *du* ihn mir wiedergebracht?« Die Stimme der Königin war scharf, aber man hörte ihr ebenso die unterdrückten Tränen an.

Norik hob den Blick. »Das habe ich. Gemeinsam mit Prinzessin … Idalia und … Scarlett«, er stockte hörbar, als er die Namen nannte, »habe ich mich auf die Reise begeben.«

»Dann sei dir in aller Aufrichtigkeit verziehen. Ab jetzt und für immer wirst du in diesem Schloss ein gern gesehener Gast und jederzeit willkommen sein. Erhebe dich!«

Stolz haftete seinen Zügen an, als Norik aufstand. »Danke für Eure Gnade, Eure Hoheit.«

»Und wer ist das?« Die aufmerksamen Augen der Königin richteten sich auf Idalia, die auf ihrem Stuhl immer kleiner wurde.

»Ohne sie hätten wir Prinz Elric nicht gefunden«, kam Scarlett ihr zu Hilfe. »Sie war uns ein großer Beistand auf der Reise.«

»Das freut uns«, meldete der König sich zu Wort. »Auch du bist fortan ein gern gesehener Gast in unserem Schloss. Wie heißt du?«

Idalias Mund öffnete sich, ohne dass etwas über ihre Lippen kam.

Stattdessen fragte Scarlett: »Seid ihr in der Stimmung für eine Geschichte? Denn es gibt einiges zu erzählen.«

König und Königin bestanden darauf, Idalia und Norik zum Abendessen einzuladen. Während sie darauf warteten, dass die

Speisen zubereitet und aufgetragen wurden, führte sie eine Magd namens Ilia durch den Palast, zeigte ihnen die einzelnen Räume, den Ballsaal, den Garten und die Stallungen, in die Idalia kaum einen Fuß setzen konnte. Und auch sonst fiel ihr jeder Schritt schwer. All das zu sehen, was ihr fast gehört hätte, tat weh. Anfangs bemühte sie sich noch, Fragen zu stellen und interessiert dreinzuschauen, wurde gegen Ende jedoch immer schweigsamer und zog sich in sich selbst zurück.

Selbst das Abendessen, so opulent und üppig es auch war, wollte ihr nicht richtig schmecken. Nur der Wein schaffte es, ihre dunklen Gedanken ein wenig zu vertreiben.

Es war nach Mitternacht, als sie sich voneinander verabschiedeten. Norik bot an, sie zurück in die Stadt zu bringen, damit sie nicht allein durch die Dunkelheit laufen musste.

»Sofern Teja überhaupt noch ein Zimmer für mich hat«, merkte Idalia an.

»Glaub mir, so schnell findet sich keine neue Gänsemagd«, erwiderte Norik leichthin.

Idalia seufzte. »So soll es jetzt also weitergehen? Ich hüte tagein tagaus die Gänse und … ja, was passiert dann?«

Er zog die Schultern hoch. »Ist es nicht genau das, was das Leben so interessant macht?«

Normalerweise mochte sie das Funkeln in seinen Augen, doch jetzt gerade strengte es sie nur an. »*Dein* Leben vielleicht. Du liebst es, nicht zu wissen, was als Nächstes kommt. Immer in der Schwebe zu sein und das nächste Abenteuer freudig entgegenzunehmen.« Sie stieß die Luft aus. »Wo du Freiheit willst, suche ich nach Beständigkeit. Nach Sicherheit. Wurzeln.«

Sie liefen an einem Kornfeld vorbei, dessen Ähren vom Licht des Mondes beschienen wurden. Die Nacht war frisch, aber nicht kalt. In einem anderen Leben hätte Idalia sich an dem Sternenhimmel erfreut.

»Von allen Möglichkeiten, wie unsere Geschichte hätte enden können, hätte ich mit dieser nicht gerechnet«, gestand Idalia Norik.

»Du sprichst über das Ende, dabei hat dein Leben noch gar nicht richtig angefangen. Du bist achtzehn Jahre alt. Du hast noch so viel Zeit, all die Dinge zu tun, die du tun willst.«

»Und du?«

Auf Höhe einer Fichte blieb er stehen. »Ich?«

»Wie wird es bei dir weitergehen?«

Er lehnte sich an den Stamm und sah für einen Moment an ihr vorbei. »Ganz ehrlich? Ich weiß es nicht. Die Sache mit Elric hat mich innerlich die ganze Zeit belastet und ich konnte nicht ruhen, bevor er nicht gefunden war. Gleichzeitig … habe ich nie damit gerechnet, dass er wirklich noch leben könnte. Wahrscheinlich muss ich mich an den Gedanken erst wieder gewöhnen.«

»Aber was ist mit dir?«, bohrte Idalia.

»Ich denke, ich werde mein Leben, so wie es vorher war, wieder aufnehmen. Hier und da einkehren, aber nirgendwo richtig wohnen. Menschen helfen, die mich brauchen.«

Obwohl Idalia mit dieser Antwort gerechnet hatte, fühlte sie einen klitzekleinen Stich der Enttäuschung. Und dennoch wollte sie dem jetzt nicht auf den Grund gehen. Stattdessen setzte sie sich wieder in Bewegung, und hörte kurz darauf Noriks Schritte hinter ihr.

Eine Weile lief er neben ihr her, wobei er immer wieder Luft holte, so als wollte er etwas sagen, zu dem ihm dann aber doch der Mut fehlte.

Irgendwann tauchten die ersten Häuser der Stadt auf, und bald fanden sie sich auf dem Marktplatz wieder, der bis auf ein paar Betrunkene, die aus der Schenke kamen, verlassen dalag.

Neben dem Brunnen hielten Idalia und Norik an.

»Von hier aus schaffe ich es allein«, sagte sie. »Danke, dass du mich zurück in die Stadt gebracht hast.«

Er nickte abwesend. »Idalia …«

»Und nicht nur dafür. Du hast in den letzten Wochen so viel für mich getan. Viel mehr, als ich dir je zurückzahlen kann.« Ihr Blick verdüsterte sich. »Vor allem, da ich es dir jetzt nicht mal mehr mit Gold vergelten kann.«

Norik griff nach ihrer Hand, mit der sie sich am Brunnen festgehalten hatte. Seine Finger waren eiskalt. »Ich mag dich«, sagte er dann – gepresst und schnell, so als müsste er es unbedingt loswerden.

»Ich … mag dich auch«, erwiderte Idalia, schaffte es aber nicht, den Blick zu heben. »Du bist zu einem wahrhaft guten Freund für mich geworden.«

Jetzt, da er schnaubte, sah sie ihn doch an. »Zu einem guten Freund? Wirklich?«

»Na ja, du hast mir immer wieder geholfen und …«

»Wir haben uns geküsst!«, sagte er – entschieden eine Spur zu laut.

Ein dunkelhaariger Mann mit Schnurrbart schlurfte an ihnen vorbei und warf anzügliche Blicke in ihre Richtung.

Idalia räusperte sich.

»Ich … habe im Gefühl, dass ich es ansprechen muss, weil es sonst niemand tut«, fuhr Norik fort.

Er zog sie in eine Seitengasse, die vom Marktplatz abging und die von Häusern gesäumt wurde, in deren Fenstern kein Licht mehr brannte. Eine Leine mit frischer Wäsche spannte sich über ihren Köpfen.

»Ich will, dass du weißt, wie ich für dich empfinde.«

»Norik, ich …«

»Nein, lass mich ausreden.« Seine Brust hob und senkte sich unregelmäßig. »Ich habe es so genossen, mit dir unterwegs zu sein. Auch wenn es schwierig und gefährlich und zeitweise wirklich anstrengend war. Aber … wir zwei sind gut miteinander ausgekommen. Ich habe schon früh so etwas wie eine … Verbindung gespürt.«

Idalias Körper verkrampfte sich.

»Anfangs dachte ich, dass ich dich einfach sehr gern habe. Aber es ist schnell mehr geworden. Zumindest von meiner Seite aus. Und als wir uns dann schließlich geküsst haben … wusste ich, dass es mehr ist als normale Freundschaft. Dass ich dich nicht nur sehr gern habe, sondern … Was hast du denn?«

Idalia wollte wegschauen, damit er ihre Tränen nicht sah, aber dafür war es zu spät. Sein Daumen strich vorsichtig über ihre Wange. »Was ist los?«, erkundigte er sich zärtlich.

»Ich glaube, ich bin gerade etwas angeschlagen wegen all der Geschehnisse. In den letzten Wochen ist so unheimlich viel passiert und ich hatte bisher keinerlei Gelegenheit, darüber nachzudenken. Ich …« Unruhig spielte sie an ihren Fingern herum. »Ich glaube, es wäre besser, wenn ich jetzt zu Teja gehe und etwas schlafe.«

Er nickte. »Ja. Nachdem du dir angehört hast, was ich zu sagen habe.« Sein Blick duldete keinen Widerspruch.

»Ich liebe dich, Idalia«, sagte er dann. »Und ich will mein Leben mit dir verbringen. Ich weiß nicht, ob du das auch möchtest – und ich werde dich zu nichts drängen, aber es ist wichtig, dass du es weißt.«

Während Norik ausatmete, bekam sie keine Luft mehr.

Vielleicht, weil sein Geständnis Gefühle in ihr freisetzte, gegen die sie immer weniger ankämpfen konnte.

Vielleicht, weil sie sich während des Gesprächs wie selbstverständlich näher aufeinander zubewegt hatten und jetzt so nah beieinanderstanden, dass sein vertrauter Geruch sie einhüllte und sie völlig für sich einnahm.

Vielleicht, weil sie schon den Kopf zur Seite neigte, in der Erwartung, dass er sie küssen würde.

Bis die Wirklichkeit zuschlug – mit all den Zweifeln und Fragen, die sie mit sich herumtrug. Mit all den Unsicherheiten und schwarzen Löchern.

»Ich muss jetzt weg, Norik«, sagte sie außer Atem, ehe sie die Gasse entlanglief, als wäre sie auf der Flucht.

38

Scarlett

Es fühlte sich an wie Nachhausekommen – auch wenn sie in dem pompösen Schloss nie ein Heim gesehen hatte. Nur dass sie jetzt nicht mehr allein war und auch nicht mehr allein kämpfen musste.

Als Scarlett auf dem Balkon stand und ihren Blick über den Schlossgarten schweifen ließ, der im morgendlichen Nebel dalag, breitete sich ein warmes Gefühl in ihr aus. Auch das war etwas, an das sie sich erst gewöhnen musste: Dass ihr Herz sich auf eine Weise geöffnet hatte, die ihr vorher nicht möglich schien.

Und als sie die groß gewachsene Gestalt sah, die durch den Nebel trat und die Pforten des Palasts ansteuerte, konnte sie nichts gegen das Lächeln auf ihren Lippen tun. Scarletts Hände stützten sich auf die Brüstung.

Ihr Prinz. Ihr dunkler, wunderschöner Prinz.

Er hatte sich im Morgengrauen aus dem Schloss geschlichen, um sich von Norik zu verabschieden, der die Stadt verlassen würde. Die beiden Freunde hatten sich gerade erst wiedergefunden, was Elric traurig stimmte, aber er wusste, dass es nur ein Abschied auf Zeit war. Ein *Auf Wiedersehen*, kein *Leb wohl*.

Immerhin hatte Norik jetzt einen guten Grund, nach Syllitist zurückzukehren. Scarlett freute sich, dass er den Groll ihr gegenüber abgelegt hatte und sie normal miteinander reden konnten. Spätestens zur Hochzeit wollten sie sich wiedersehen – was in nicht einmal zwei Monaten war.

Schwer atmend trat sie von der Brüstung zurück und ging in ihr Zimmer, um sich aufzuwärmen. Zeit ihres Lebens waren ihr Dinge wie eine Liebesbeziehung oder gar eine Heirat unwichtig gewesen, jetzt zitterte sie allein bei dem Gedanken daran. Aber nicht, weil sie Angst hatte, dass etwas schiefgehen würde, sondern weil die Aussicht, ihr Leben lang an Elric gebunden zu sein, sie gleichzeitig fröhlich und nervös stimmte.

In seiner Gegenwart fühlte sie sich verletzlich und unvollkommen – eine weitere Sache, an die sie sich erst gewöhnen musste.

Die Prinzessin schlüpfte in ihren dunkelblauen Umhang und band das Haar zu einem losen Zopf zusammen. Sie hatte gerade ihre Stiefel angezogen, als die Tür aufgerissen wurde.

Elrics Haare waren ein heilloses Durcheinander, wie immer, wenn er länger draußen unterwegs war. Seine Wangen zeigten eine sanfte Röte, und in seinen Augen lag ein Ausdruck, der zwischen Abschiedsschmerz und Wiedersehensfreude schwankte.

Wann immer sie ihn sah, machte ihr Herz einen Satz. Sie konnte nichts dagegen tun, es war, als würde ihr Körper wie automatisch auf seine Gegenwart reagieren. Wogegen sie am Anfang noch angekämpft hatte, genoss sie jetzt in vollen Zügen.

»Ich habe auf dich gewartet.« Sie hauchte ihm einen Kuss auf die Stirn, just in dem Moment, in dem er seine Arme um sie schlang und sie an sich zog. Sein Herz schlug gegen ihre Brust, seine Lippen fanden ihren Mund.

»Wie lange war ich weg? Eine Stunde?«

»Viel zu lange«, lachte sie.

Elric drängte sie nach hinten, auf das große Bett, in dem sie schon lange nebeneinander schliefen, auch wenn das in Syllitist erst nach der Hochzeit erlaubt war. Aber wer sollte sie schon abhalten? Wer sollte sich gegen ihr Glück stellen, das sie gerade erst gefunden hatten und in vollen Zügen auskosten wollten? Zwar gingen sie abends in getrennte Gemächer, doch sobald die Dienerschaft, König und Königin sich schlafen gelegt hatten, schlich Elric zu ihr ins Bett.

Scarlett liebte das Gefühl, das er ihr gab, wenn sie eng umschlungen beieinander lagen, ihre Körper sich wie natürlich miteinander verschmolzen, als wären sie für das, und nur für das gemacht. Die Prinzessin hatte mittlerweile verstanden, dass man einen Menschen nur richtig kennenlernen konnte, wenn man alle Facetten von ihm in sich aufgenommen hatte. Wenn man wusste, wie es war, bei ihm zu liegen, bei ihm zu schlafen, ihn zu beobachten, wie er träumte, wie er wach wurde, wie er sie ansah.

Und *wie* er sie ansah. So, als hätte er sein Leben lang nach ihr gesucht und könnte sein Glück kaum fassen, jetzt, da er sie gefunden hatte. So als hätte er einen vom Himmel gefallenen Stern geborgen und ihn Scarlett genannt.

Manchmal zweifelte sie an der Echtheit ihrer Situation. Es kam ihr zu perfekt, zu fehlerlos vor. Aber vielleicht war das auch nur ihr Gefühl nach jahrelanger Entbehrung.

Und die Situation war nicht perfekt, kam ihr da ein Gedanke. Denn Scarlett wusste, dass es in ihrem Abenteuer auch eine Verliererin gab. Jemanden, den sie durch die Hölle geschickt hatte und der sich vielleicht immer noch dort befand. Jemand, dem sie alles genommen – und nichts zurückgegeben hatte.

Scarletts Blick gefror. Von all den neuen Gefühlen, die das Leben in der Menschenwelt sie gelehrt hatte, kam sie mit Reue am schlechtesten zurecht. Mit der Sicherheit, zu weit gegangen zu sein, jemanden verletzt zu haben.

Elric strich mit seinen Händen über ihr Dekolleté. Ihre Kleiderwahl war kein Zufall, wusste sie doch, wie sehr er Dunkelgrün an ihr liebte und dass er wahnsinnig nach ihr wurde, wenn sie etwas mehr Haut als gewöhnlich zeigte. Ungeduldig zerrte er an den Bändern, die das Kleid zusammenhielten.

Wärme pulsierte in ihrem Unterleib, was sie dazu brachte, sich noch enger an ihn zu drängen. Ein Seufzen kam über ihre Lippen, als er den ersten Knoten gelöst hatte. An seiner Atmung erkannte sie, dass er immer ungeduldiger wurde – und ihr ging es nicht anders.

»Elric«, hauchte sie, während die Lust wie eine Welle über sie hinwegbrandete. »Hör auf.«

Verwirrt hielt er in der Bewegung inne.

»Ich … hab noch was zu erledigen.«

Bevor sie in seinen umschatteten Augen versinken konnte, kämpfte sie sich aus seinem Griff frei und richtete sich auf dem Bett auf. Ein Spitzenkissen fiel zu Boden.

Räuspernd richtete sie ihr Kleid, band die Bänder neu zusammen und stellte sich vor den silbern gerahmten Spiegel. »Ich muss noch mal los.«

»Jetzt, wo ich hier bin?« Die Erregung in seiner Stimme ließ sie kichern – und der ungewohnte Laut innehalten.

Seit wann war sie so albern geworden? Und seit wann gefiel es ihr so gut?

»Gib mir zwei Stunden, dann bin ich wieder da.«

Ohne auf seine Einwände einzugehen, warf sie das Kissen nach ihm und verließ ihr Gemach.

Auf dem Weg nach unten bangte sie, Elrics Eltern nicht zu begegnen.

Horten wartete vor dem Schloss auf sie. Zwei prächtige weiße Pferde waren vor die Kutsche gespannt, die sie gleich in die Stadt bringen würde.

»Prinzessin Scarlett.« Er nahm den Hut von seinem Kopf und verneigte sich vor ihr.

Es hatte eine Weile gedauert, bis sich alle Bediensteten an ihren neuen Namen gewöhnt hatten. Vor allem Königin Valeria schien es schwerzufallen. Noch immer rutschte ihr in unbedachten Momenten ein *Idalia* heraus. Und jedes Mal, wenn Scarlett deren Namen hörte, wusste sie, dass sie noch eine Rechnung offen hatte.

Horten zupfte an seiner braunen Tunika, dann öffnete er Scarlett die Kutschentür und half ihr die drei Stufen nach oben. Im Innenraum war es stickig und beengt, aber alle anderen Kutschen erschienen ihr für eine Person zu groß.

Scarlett ließ sich auf die mit rotem Stoff bezogene Sitzbank sinken und lehnte sich gegen das Rückenpolster. Aus dem Fenster sah sie, wie Horten auf den Kutschbock stieg und die Pferde antraben ließ. Ruckelnd setzte sich der Wagen in Bewegung.

Auf ihrer ersten Fahrt war Scarlett übel geworden. Sie hatten mitten im Wald halten und eine Pause einlegen müssen. Mittlerweile hatte sie sich an das Schwanken des Gefährts gewöhnt, außerdem war es bis zur Stadtmitte nicht weit.

Zügig trieb die Kutsche voran, entlang an Feldern und Wäldern, die im immer noch andauernden Nebel mystisch anmuteten.

Mitten auf dem Marktplatz hielten sie an. Bevor Horten ihr die Tür öffnen konnte, hatte sie die Kutsche bereits verlassen. Eines der Pferde wieherte, als es Scarlett sah – und es kostete sie große Überwindung, den Blick aus seinen großen, schwarzen Augen zu erwidern.

»Nur keine Scheu. Elana ist zutraulich und liebenswürdig.«

»Daran liegt es nicht«, murmelte Scarlett.

Sondern daran, dass sie kein Pferd mehr anschauen konnte, ohne dass sie Baron vor sich sah. Seine vor Angst geweiteten Pupillen, seinen verzweifelten Versuch, wegzulaufen und der Hinrichtung zu entkommen. Wenige Tage, nachdem sie nach Syllitist zurückgekehrt war, hatte sie sich um ein Begräbnis für den Hengst gekümmert. Damit er nicht weiter wie ein Mahnmal am Stadttor hängen und jeden an ihre Gräueltaten erinnern musste. Es war das Mindeste, was sie tun konnte – und doch viel zu wenig. Deswegen hoffte sie inständig, dass Idalia ihr Angebot annahm.

Scarlett streckte die Hand aus, schaffte es aber nicht, Elana zu berühren. Auf halbem Weg zog sie den Arm zurück.

»Ich gehe lieber los«, sagte sie zu Horten, der am Brunnen einen Eimer mit Wasser gefüllt hatte, welchen er vor den Pferden abstellte.

»Sicher, dass ich Euch nicht begleiten soll?«

Scarlett nickte. »Ganz sicher. Wir treffen uns in einer Stunde wieder hier. Du kannst ja so lange ins … Wirtshaus gehen. Oder was du sonst so tust.«

Seine Antwort war ein schallendes Lachen, das seinen dicken Bauch zum Beben brachte. Zum Abschied hob er die Hand.

Scarlett zog die Kapuze tiefer ins Gesicht. Zwar war es ihr nicht unangenehm, gesehen und erkannt zu werden, doch es kostete jedes Mal Zeit, sich mit den Untertanen zu unterhalten und ihre neugierigen Fragen zu beantworten. Deswegen zog sie es vor, unerkannt durch die Gassen der Stadt zu laufen.

Sie hatte sich zuvor nach dem Weg erkundigt, dennoch brauchte sie recht lang, bis sie die Wiese endlich erreicht hatte.

Außer Atem lehnte sie sich gegen einen Baum, ehe sie den Blick über das Gras gleiten ließ. Als sie am Rand ihres Sichtfeldes eine Schar Gänse ausmachte, wusste sie, dass sie richtig war.

Scarlett fand Idalia neben einer Quelle, die frisches Wasser über flache Steine plätschern ließ. Die frühere Prinzessin zupfte an einem Gänseblümchen herum und schien in Gedanken versunken. Ihre Haarpracht hatte sie unter einem beigen Tuch verborgen; sie trug ein Kleid, welches ihrer Schönheit nicht gerecht wurde.

Irgendetwas an ihrem Anblick tat Scarlett weh. Mit einem Räuspern machte sie auf sich aufmerksam.

Verwundert hob Idalia den Blick; und ihre Verwirrung wuchs, als sie Scarlett erkannte. Achtlos warf sie das Gänseblümchen fort. »Was machst du hier?«

»Ich wollte dich besuchen«, antwortete sie, auch wenn das nur ein Teil der Wahrheit war.

Weil es ihr falsch vorkam, stehen zu bleiben und auf Idalia hinabzuschauen, setzte sie sich zu ihr ins Gras. Eine neugierige Gans kam auf sie zugewatschelt.

»Wir haben uns schon länger nicht mehr gesehen. Es ist über drei Wochen her.«

Eine Falte zeichnete sich auf Idalias Stirn ab. »Hattest du denn vor, dass wir uns regelmäßig sehen?«

»Nein.« Scarlett verschränkte die Hände im Schoß. »Und doch wollte ich nach dir sehen und schauen, wie es dir geht.«

»Dafür hast du den weiten Weg auf dich genommen?«

»Mit der Kutsche dauert es nicht allzu lang. Du bist ... immer noch Gänsemagd?«

Idalia sah an ihr vorbei. Alles an ihrem Gesicht deutete darauf hin, dass sie dieses Gespräch nicht führen wollte. Schließlich fasste sie sich doch ein Herz. »Eigentlich nicht. Ich passe nur noch hier und da auf die Tiere auf, wenn Benjo, der neue Hüter, nicht kann.«

»Und was machst du stattdessen?«

Der Argwohn blieb, aber immerhin antwortete sie. »Ich habe eine Lehre bei Freya angefangen. Sie hat die Gewandschneiderei in Syllitist.«

»Oh, das ist wundervoll! Dann kannst du deine eigenen Kleider nähen!«

Idalias Kopf schoss zu ihr herum. »Es ist ganz und gar nicht *wundervoll*. Ich hasse die Arbeit mit Nadel und Faden und bin schrecklich ungeschickt. Erst gestern habe ich ein Kleid komplett ruiniert und beim Bügeln sogar noch ein Loch hineingebrannt.« Seufzend warf sie ihren Kopf in den Nacken. »Freya sagt, dass es alles eine Sache der Übung ist, aber langsam verliert sie die Geduld mit mir.«

»Wer hat dir die Stelle vermittelt?«

»Teja, der die Gänse gehören, und ich haben uns zusammengesetzt und überlegt, wo ich arbeiten könnte. Ich finde es nicht weiter schlimm, auf die Gänse aufzupassen, aber es ist nichts, was ich mein Leben lang machen möchte.« Sie zog die Beine an den Körper.

Scarletts Blick fiel auf das Loch in ihrem Unterrock.

»Ich mag Kleider«, fuhr Idalia fort. »Und die Nähkunst hat mich schon immer begeistert, wenn auch nur aus der Ferne. Also sind Teja und ich zu Freya gegangen, die sich über Unterstützung gefreut hat. Da wusste sie noch nicht, welchen Klotz sie sich ans Bein bindet.« Idalia lächelte kaum merklich.

»Du wirst sicher schnell besser werden«, sagte Scarlett, doch Idalia schüttelte den Kopf.

»Ich weiß gar nicht, ob ich das will. Es macht mir keine Freude. Ich mag schöne Kleider, aber nur, wenn ich sie selbst tragen darf. Nicht, wenn ich sie für irgendwelche reichen Menschen nähen muss.«

»Es gibt noch einen anderen Grund, aus dem ich hier bin«, sagte Scarlett schließlich.

»Und der wäre?«

»Ich habe in den letzten Wochen viel Zeit zum Nachdenken gehabt. Mir ist bewusst geworden, dass ich mich nie bei dir entschuldigt habe. Und angesichts all der Dinge, die ich dir angetan habe, ist das mehr als angebracht.« Sie atmete tief durch. Das Geständnis verlangte ihr mehr ab, als sie zunächst angenommen hatte. »Ich war zerfressen von Hass. Habe nichts anderes gesehen als mein Ziel. Meine Kindheit bei den *Finsteren* hat es nicht besser gemacht, aber ich möchte sie nicht als Rechtfertigung für mein Handeln sehen. Denn letztlich bin *ich* es gewesen und ich muss für meine Taten geradestehen.« Scarlett drehte sich Idalia zu. »Es tut mir leid, was ich dir angetan habe. Und ich weiß, dass Worte es nicht gutmachen können. Aber vielleicht sind sie ein Anfang.«

»Das Schlimme ist …« Idalia sah sie über die Schulter hinweg an. »Dass ich in deiner Lage wahrscheinlich genauso gehandelt hätte. Vielleicht nicht ganz so … grausam, aber ich hätte ebenso das zurückgefordert, was mir zusteht. Von daher kann irgendein Teil in mir dich verstehen.«

»Ich habe lange darüber nachgedacht, was ich tun kann, um dir zu helfen.«

»Das musst du nicht«, sagte Idalia, bevor sie zu Ende sprechen konnte. »Ich komme zurecht. Es ist nicht deine Aufgabe …«

»Vielleicht ist es nicht meine Aufgabe.« Scarlett nahm all ihren Mut zusammen und fasste nach Idalias Hand, die sich wie ein Fremdkörper in ihrer eigenen anfühlte. »Aber ich möchte dir helfen. Und mir ist etwas eingefallen.«

Neugierde flammte in Idalias Blick auf.

»Damals im Wald hast du etwas zu mir gesagt, was mir nicht mehr aus dem Kopf gegangen ist. Dass, auch wenn der Thron mir zusteht, das noch lange nicht bedeutet, dass ich eine gute Königin sein werde. Weil mir das Herz fehlt. Und eventuell auch der Weitblick.« Ein Wind zog auf, der ihr die Kapuze vom Kopf riss. »Seit ich wusste, dass ich die wahre Prinzessin bin, habe ich auf die Krone hingearbeitet. Ich kannte nur noch das eine Ziel und habe vollständig außer Acht gelassen, dass ich die Fähigkeiten, die eine solche Aufgabe erfordert, gar nicht mitbringe.«

»Das musst du nicht. Prinz Elric kennt sich aus.« Idalia schüttelte Scarletts Hand ab.

»Nur dass Prinz Elric nicht der Einzige sein wird, der regiert. Das habe ich schon seinen Eltern klargemacht und ihm auch. Ich will, dass wir uns diese Aufgabe teilen – und zwar vollständig. Sein Wort hat ebenso viel Gewicht wie meins.«

»Wieso solltest du das wollen? Du kannst dich doch einfach aus allem zurückziehen, den Reichtum genießen und deine Intrigen im Geheimen spinnen.«

»Ob du es glaubst oder nicht: Ich bin nicht mehr sonderlich interessiert daran, Intrigen zu spinnen. Aber was ich möchte, ist, eine gute Königin zu werden.«

Idalia richtete sich auf, sodass sie für einen Moment größer war als Scarlett. »Was hat das mit mir zu tun?«

»Niemand kennt Ryzund so gut wie du. Auch über Syllitist weißt du sehr viel mehr als ich. Du bist in die Rolle einer Prinzessin hineingeboren worden, hast Unterricht erhalten, der dich auf deine Zukunft vorbereitet hat. All das Wissen, das mir fehlt, bringst du mit.« Scarlett stand auf und verdeutlichte Idalia mit einer Geste, es ihr gleichzutun.

Mühsam erhob sie sich.

»Ich bin nicht so naiv zu glauben, dass ich es allein schaffe. Ich werde Hilfe brauchen und bin bereit, sie anzunehmen. Jede Königin hat einen Kreis engster Berater um sich herum. Drei Menschen, die sie in allen Fragen unterstützen, damit sie die beste Entscheidung treffen kann.«

Idalia legte den Kopf schief. Fragen tanzten über ihr Gesicht.

Scarlett griff in die Tasche ihres Umhangs und förderte eine goldene Brosche zutage, die das Wappen von Syllitist, eine blühende Auruna, zeigte. »Willst du mir helfen?«, fragte sie Idalia.

»Als deine Beraterin? Das ist unmöglich. Nur Männer sind in der Rolle erlaubt.«

Scarlett lachte. »Glaub mir, es wird sich einiges ändern, wenn ich erst an der Macht bin. Unter anderem auch, dass das Geschlecht keine Rolle mehr spielt, sondern die Befähigung.« Auffordernd streckte sie Idalia die Brosche entgegen. »Was ist? Hast du Lust, das Land mit mir zu regieren?«

»Tust du das nur, um dein schlechtes Gewissen zu erleichtern?«, fragte sie misstrauisch nach.

»Ja.« Scarlett legte eine dramatische Pause ein, ehe sie grinste. »Natürlich ist das nicht der einzige Grund. Ich bin mir sicher, dass deine Weitsicht mir helfen kann. Außerdem glaube ich, dass die Rolle zu dir passt.«

Zaghaft nahm Idalia die Brosche entgegen und besah sie von allen Seiten. »Wieso solltest du mich dauerhaft um dich herum haben wollen?«

»Wer sagt, dass ich das will? Du würdest im Schloss leben, aber das bedeutet nicht, dass wir uns ständig sehen müssen. Wir sind schließlich keine Freundinnen – das habe ich nicht vergessen. Und doch …«, sie atmete tief durch, »… glaube ich, dass es gelingen kann. Als meine engste Beraterin genießt du alle Vorrechte, die auch mir zuteilwerden. Da macht es fast keinen Unterschied mehr, dass du nicht von Geburt an blaublütig bist. Man wird dich behandeln, als wärst du adlig.«

Idalia schluckte. Kurz sah es aus, als wollte sie Scarlett die Brosche zurückgeben, doch sie behielt sie bei sich.

»Ich weiß, dass es vielleicht nur ein schwacher Trost ist, aber …«

»Ist es nicht.« Sie schüttelte den Kopf. »Um ehrlich zu sein, gefällt mir die Vorstellung ziemlich gut. Aber ich brauche Zeit, um darüber nachzudenken.«

Scarletts Blick hellte sich auf. »Nimm sie dir. So lang du brauchst. Und falls du dich irgendwann entschieden hast, schick einen Boten und wir senden dir eine Kutsche. Dir soll es fortan an nichts mehr fehlen.«

»Es geht mir nicht um den Reichtum«, stellte Idalia klar. »Ich habe mich längst an ein Leben voller Entbehrungen gewöhnt. Ich mache mir nichts aus Gold und Juwelen. Aber den Gedanken, dass meine *Fähigkeiten* gebraucht werden, mag ich.«

»Da ist noch etwas.« Scarlett trat von einem Bein aufs andere. »Ich habe ein Pferd für dich gekauft. Ich weiß, dass es Baron niemals ersetzen kann und meine Tat nicht wiedergutmacht, aber ich wollte dir so viel zurückgeben, wie ich kann.« Als Idalia nicht reagierte, fügte sie hinzu: »Ihr Name ist Alessia und sie ist noch sehr jung. Du kannst ihr alles von klein auf beibringen, wenn du das möchtest.« Scarlett warf ihr einen letzten Blick zu, dann verließ sie die Wiese.

39

Idalia

Ihr Kleid war aus dunkelblauem Stoff gefertigt, über den sich goldene Sprenkel zogen, als wäre es der Nachthimmel selbst, den sie trug. Wenn sie sich im Kreis drehte, bauschte sich der Stoff und funkelte geheimnisvoll. Das Gewand lag an der Taille eng an, das Dekolleté war mit Perlen und leuchtenden Steinen besetzt. Um ihren Hals lag ein wertvolles Geschmeide, das einmal Königin Valeria gehört hatte und jetzt in ihren Besitz übergegangen war. Ihre Haare waren hochgesteckt, was ihr Gesicht schmaler erscheinen ließ.

Sie hatte sich schon lange nicht mehr so hübsch gefühlt, dabei ging es an diesem Tag gar nicht um sie.

Sondern um Scarlett, die Prinz Elric heute das Jawort und damit das Versprechen für ein gemeinsames Leben geben würde. Obwohl es nicht ihr eigene Hochzeit war, verspürte sie Aufregung.

Idalia stand erst seit ein paar Wochen in Scarletts Diensten, und am Anfang hatte es ihr Angst gemacht, ihr untergeordnet zu sein. Ein Teil von ihr hatte sogar damit gerechnet, von Scarlett angefeindet und niedergemacht zu werden, sobald sich die Gelegenheit bot.

Aber die frühere Magd schien gewachsen zu sein. Aus ihnen würden keine Freundinnen werden, dafür war zu viel passiert. Dennoch schafften sie es, sich auf einer kundigen, aufgeklärten Ebene zu begegnen.

Idalia konnte sich des Eindrucks nicht erwehren, dass Scarlett tatsächlich an ihrer Meinung interessiert war. Sie wurde in die Regierungsgeschäfte einbezogen und konnte sich bald auch in einer Runde von einst zweiflerischen Männern behaupten. Zwar ging sie jedes Mal mit Herzklopfen in die Besprechungen hinein, verließ sie aber immer öfter stolz und mit erhobenem Kopf.

Auch mit Elric hatte sie sich ausgesprochen. Tatsächlich war es ihr schwerer gefallen, ihm zu begegnen als Scarlett, weil zwischen ihnen ein Versprechen stand, das sich ihre Eltern gegeben hatten, als sie kaum auf der Welt gewesen war und ihre Verbundenheit Jahre angedauert hatte. Aber sowohl Elric als auch Idalia mussten sich eingestehen, dass sie auf gefühlsmäßiger Ebene nicht genug verband – und dass es in Ordnung war, seinen Kinderschuhen zu entschlüpfen und erwachsen zu werden.

Elric war – wenn man es so nennen konnte – ein Freund geworden. Jemand, dessen Anwesenheit sie schätzte, dem sie aber nie auf jene Weise nah gekommen war, die ehemals für sie vorgesehen war.

»Es ist so weit!« Ferra, Scarletts Zofe, erschien mit geröteten Wangen im Türrahmen. »Ihr werdet unten erwartet.«

Idalia warf ihrem Spiegelbild einen letzten, prüfenden Blick zu, dann folgte sie dem Mädchen durch die geschmückten Gänge.

Seit Wochen waren die Bediensteten mit den Vorbereitungen beschäftigt und auch sie konnte den Tag kaum erwarten. Nicht nur, weil Scarlett und Elric offiziell miteinander vermählt wurden, sondern auch, weil sie nach all der Zeit endlich ihre Amme wiedersehen würde. Es hatte unzählige Briefe gebraucht, um ihr die missliche Lage, in die sie geraten war, erklären zu können. Und da auf dem schriftlichen Weg immer eine Menge verloren ging, freute sie sich auf das Treffen.

Wenn Idalia an das Mädchen dachte, das Ryzund vor ein paar Monaten verlassen hatte, um in die Fremde zu ziehen, wusste sie, dass nicht mehr viel von ihm übrig war. Dass sie sich verändert hatte – und dass das gut so war.

Ihr Kleid berührte den Boden, sodass sie es anheben musste, um nicht zu stolpern. Während sie die breite Treppe hinabging, erhaschte sie einen Blick aus dem Fenster. Wo eben noch die Sonne am Himmel gestanden hatte, regnete es jetzt wie aus Eimern.

»Ganz wie es Prinzessin Scarlett gewünscht hat«, kommentierte Ferra, die Idalias Blick aufgefangen hatte.

»Niemand verlässt seine Haut je vollständig«, murmelte diese vor sich hin, nahm die letzten Stufen nach unten und betrat die Empfangshalle, in der sich Dutzende Gäste eingefunden hatten. In die feinsten Stoffe gehüllt warteten sie gespannt auf das Brautpaar und plauderten derweil miteinander.

Ferra führte Idalia in den Ballsaal, in dem die Trauung stattfinden sollte. Den Gedanken, Scarletts Brautjungfer zu werden, hatte sie schnell verworfen, auch wenn Königin Valeria genau das vorgeschlagen hatte. Es wäre ihr unpassend vorgekommen. Außerdem brauchte Scarlett niemanden, der sie zum Altar führte.

Deswegen nahm Idalia ihren Platz in der ersten Reihe ein und ließ den Blick neugierig über die Anwesenden schweifen. Wann immer sie ein bekanntes Gesicht aus Ryzund sah, stockte ihr der Atem. Es würde mehr als ein Gespräch brauchen, um all die Fragen zu beantworten.

In den folgenden Minuten füllte sich der Saal, bis nicht ein einziger Platz mehr frei war. Ein Orchester, bestehend aus Harfen, Lauten und Bläsern, die sich auf der Empore eingefunden hatten, spielte eine langsame Melodie, bis sich die breiten Pforten öffneten und König Udan und Königin Valeria den Raum betraten. Vor dem Altar, an dem schon der Geistliche, ein groß gewachsener Mann in weißem Gewand, wartete, blieben sie stehen.

Unruhig rutschte Idalia auf ihrem Stuhl hin und her, schaffte es kaum, den Blick auf die Tür zu richten. Beinahe so, als würde sie ahnen, was geschehen würde, bevor ihre Augen es wussten.

Und auf einmal war er da.

In seinem edlen Anzug und einem weißen Hemd, das mit goldenen Spangen aufgewertet war, hätte sie ihn fast nicht erkannt. Seine Haare waren ordentlich nach hinten gekämmt und zu einem Zopf im Nacken zusammengefasst. Nach dem Bart suchte sie vergeblich; sein Kinn war glatt rasiert.

In den letzten Tagen hatte sich Idalia diesen Moment wohl dutzendfach vorgestellt. Sich gefragt, wie es sein würde, ihn nach längerer Zeit wiederzusehen. Ob sie immer noch so heftig auf ihn reagieren würde.

Ihr pochendes Herz war Antwort genug, und doch versuchte sie krampfhaft, sich nichts anmerken zu lassen. Mit scheinbarem Gleichmut verfolgte sie, wie Norik durch den Saal lief, den Mittelgang entlang, bis er am Altar angekommen war und sich auf die freie Seite stellte. Sein Adamsapfel hüpfte auf und ab; ein Zeichen, dass er mindestens genauso aufgeregt war wie sie. Die Hände hatte er linkisch vor dem Bauch verschränkt.

Sie gab sich Mühe, ihn nicht so offensichtlich anzustarren, nur war das gar nicht so einfach. Es wäre eine Lüge, zu behaupten, dass sie nicht mehr an ihn gedacht hatte. Gerade in den ersten Tagen nach seinem eiligen Aufbruch war er wie ein Trugbild durch ihren Kopf gegeistert und hatte auch vor ihren Träumen nicht Halt gemacht.

Dennoch hatte ein Teil von ihr geglaubt, darüber stehen zu können. Aber als er sie jetzt ansah, in einem Moment, in dem er jede hätte ansehen können, stolperte ihr Herz.

Idalia hasste sich dafür, dass sie den Blick abwandte. Hitze schoss in ihre Wangen, und sie atmete erleichtert aus, als Elric endlich durch die Tür trat.

Die Musik wurde lauter, begleitete seinen Gang durch den Saal, bis er auf Höhe des Geistlichen stehen blieb. Sein schlanker Körper war in einen grau schimmernden Anzug gehüllt. Das Haar trug er etwas kürzer, aber die Locken, die Scarlett über alles liebte, waren erhalten geblieben. Er tauschte einen nervösen Blick mit Norik, der ihm aufmunternd zulächelte.

Die Anspannung im Raum nahm zu, war regelrecht mit Händen greifbar. Erwartungsvoll richteten sich die Blicke der Gäste auf die offenen Türen, und der Moment, in dem Scarlett in den Raum rauschte – wie ein Gewitter, ein aufkommender Sturm, machte alle sprachlos.

Idalia hatte mitbekommen, wie lange sie mit der Königin diskutieren musste, um dieses Kleid zu tragen. Schwarz auf einer Hochzeit? Man musste nicht abergläubisch sein, um dahinter ein böses Omen zu vermuten. Bloß dass Scarlett das herzlich egal war und sie sich – wie bei so vielem anderen auch – durchgesetzt hatte.

Jetzt verstand Idalia auch, warum.

In ihrem Ballkleid kam sie einer Naturgewalt gleich. Ihre roten Locken fielen offen ihren Rücken hinab, ungezähmt wie Feuer, während das Schwarz des Gewands sie dunkel und unnahbar wirken ließ. Das Dekolletee war mit dunklen Federn geschmückt, die sich auch am Rücken und Saum wiederfanden. Um ihren Hals lag nicht nur ein schweres Geschmeide, sondern auch die goldene Taschenuhr, die Elric und sie seit Jahren aneinanderband.

Mit der Eleganz einer Elfe und der Unbarmherzigkeit einer Amazone schritt sie durch den Saal, in der absoluten Sicherheit, dass alle Blicke auf ihr lagen. Ein siegessicheres Lächeln breitete sich auf ihren Lippen aus. In ihren Händen trug sie einen Strauß, der aus sieben grauen Aurunen bestand – jenen Blumen, die nur in Syllitist wuchsen und auch dem strengsten Winter trotzten.

Kaum hatte Scarlett den Altar erreicht, erstarb die Musik. Ein dunkelhaariger Mann mit einer Fidel trat nach vorn und spielte eine Melodie, die Idalia in den letzten Tagen oft vernommen hatte, und die, sofern man Scarlett Glauben schenken konnte, das Lied war, das sie in den Wäldern gehört hatte, als sie zum ersten Mal mit Elric getanzt hatte.

»Liebe Gäste, wir haben uns heute hier versammelt, um zwei Menschen auf ihrem Weg in ein gemeinsames Leben zu begleiten«, begann der Geistliche mit sonorer Stimme. Wohlwollend wandte er sich den Anwesenden zu.

Unauffällig schielte Idalia zu Norik – zumindest war das der Plan, doch kaum hatte sie ihn in Augenschein genommen, sah sie, dass er ihren Blick erwiderte. Scharf sog sie die Luft ein.

War er wütend auf sie? Neugierig auf das, was sie erlebt hatte, seit er gegangen war? Sie konnte es nicht genau sagen. Doch sie sollte Zeit bekommen, es herauszufinden, denn während der Geistliche von der Beziehung zwischen Scarlett und Elric sprach, ließ er sie nicht einmal aus den Augen.

Eine blasse Mondsichel stand am Himmel, die Nacht hatte längst Einzug gehalten, doch die Feier war noch in vollem Gang. Ausgelassen tanzten die Gäste im Ballsaal, aßen an der üppigen Festtafel oder standen in Grüppchen zusammen und sprachen über die Hochzeit des Jahres.

Idalia schwirrte von all den Unterredungen der Kopf, und nachdem sie jeden begrüßt hatte, den sie wiedersehen wollte und genug Zeit mit ihrer Amme verbracht hatte, verließ sie den Saal. Ihre Abwesenheit würde niemandem auffallen, und so nutzte sie die Möglichkeit, hinaus in den Schlossgarten zu gehen.

Der Regen war mittlerweile abgeklungen, das Gras aber immer noch nass. Fackeln wiesen ihr den Weg zu den Stallungen. Es fiel ihr immer noch schwer, die Pferde zu besuchen, aber Alessia, ihre neue Stute, machte es ihr leichter.

Der vertraute Geruch nach Heu und Stroh stieg ihr in die Nase. Sie zündete eine der Laternen an, die auf der Anrichte neben Futter und Hufeisen standen und trat an die erste Box heran, in der Alessia, das schwarze Pferd, ungeduldig auf sie wartete.

Lächelnd nahm sie wahr, wie das Tier sie wiehernd begrüßte, sobald es auf sie aufmerksam geworden war. Idalia vergrub ihre Hände in der dichten Mähne und lehnte ihren Kopf gegen die große Stirn. Sie vermisste Baron noch immer, doch die Nähe zu Alessia machte den Schmerz erträglicher. Ihr Fell war warm und weich, und der Moment, in dem sie ihre Schnauze gegen sie stieß, ließ sie kichern.

Idalia genoss die Ruhe, die hier draußen herrschte. So sehr sie den Trubel im Schloss mochte, teilweise wurde er ihr zu viel.

Mit der Laterne in der Hand verließ sie die Stallungen, und bremste im letzten Moment ab, weil sie sonst in die Gestalt hereingerannt wäre, die draußen auf sie wartete.

Sie musste ihm nicht ins Gesicht sehen, um ihn zu erkennen. Es war unweigerlich *er* – und die Tatsache, dass sie mit ihm allein war, ließ ihre Knie weich werden.

»Was machst du hier?«, fragte sie Norik.

»Warum gehst du mir aus dem Weg?«

Idalia schaute an ihm vorbei, wobei er das im Dunkel der Nacht wahrscheinlich nicht einmal sehen konnte. »Das tue ich doch gar nicht.«

»Ach ja? Es war unmöglich, drinnen mit dir zu reden. Ständig warst du im Gespräch mit jemandem – und wenn du nichts zu tun hattest und mich gesehen hast, bist du vor mir davongelaufen.«

Idalia biss sich auf die Lippen. In ihrem Kopf hatte sie sich souveräner verhalten.

»Was willst du von mir?«, fragte sie ihn geradeheraus.

Norik seufzte. »Wenn ich das nur wüsste.«

Er setzte sich in Bewegung, und weil alles andere unfreundlich gewesen wäre, folgte sie ihm. Hoffentlich sah er nicht, wie sehr die Laterne in ihrer Hand zitterte.

Eine Weile liefen sie durch den Schlossgarten, ohne dass einer von ihnen ein Wort sagte.

Vor einer verwaisten Bank blieb Norik stehen. »Wollen wir uns setzen?«

Idalia wusste nicht, wieso sie solch eine Angst vor ihm hatte. Wieso sie in seiner Gegenwart so schwer atmen konnte, dabei hatte seine Anwesenheit ihr einst so viel Sicherheit vermittelt.

Mit einer Armlänge Abstand zu ihm nahm sie Platz und spürte gleichzeitig, dass das nicht richtig war. Er und sie, auf einer verlassenen Bank, in einer steifen Gesprächssituation. Das passte nicht zu ihnen.

»Lass uns in mein Zimmer gehen«, schlug Idalia vor und beobachtete, wie Noriks Stirn sich in Falten legte, er aber nickte.

»Du wohnst in der Nähe?«

»Ja.« Sie nickte. »Um genau zu sein, lebe ich im Schloss.« Nach einer Pause fügte sie hinzu: »Ich bin Scarletts engste Beraterin.«

Norik stieß ein Geräusch aus, das irgendwo zwischen Bewunderung und Erstaunen angesiedelt war. »Diese Geschichte wirst du mir irgendwann erzählen müssen.«

»Da gibt es nicht besonders viel zu erzählen. Ich war auf der Suche nach einer Aufgabe, die mich erfüllt – und Scarlett hatte ein Angebot, das ich nicht ausschlagen konnte.«

»Erstaunlich.« Die Dunkelheit machte es schwer, seine Miene zu lesen. »Das heißt, du kommst mit ihr aus?«

»Was unsere Aufgaben und Ziele betrifft, ja. Es ist tatsächlich angenehm, mit ihr zu arbeiten.« Das überraschte sie selbst jeden Tag aufs Neue.

Vor den breiten Schlosstüren blieben sie stehen. Ein Großteil der Gäste befand sich im Ballsaal, nur einige wenige standen in Grüppchen vor dem Palast.

Scheu senkte Idalia den Blick, ehe sie Norik die Stufen nach oben bis in das erste Stockwerk lotste, wo sich ihr Zimmer befand. Auch wenn sie keine unanständigen Absichten hatte, geziemte es sich nicht, mit einem unverheirateten Mann in ihrem Gemach zu verschwinden. Glücklicherweise lag der Korridor wie verlassen da.

»Folg mir«, flüsterte sie Norik zu, huschte über den Gang und drehte am Knauf, der die Tür öffnete.

Schnell schloss Idalia sie hinter ihnen und zündete zwei der Öllampen an, die den Raum in ein sanftes Licht tauchten.

Jedes Mal, wenn sie sich nach einem anstrengenden Tag hier zurückzog, staunte sie über den Luxus, der ihr zuteilwurde, obwohl sie offiziell nicht mehr zur königlichen Familie gehörte. Zwar war ihre Position als erste Beraterin eine hohe, dennoch rechtfertigte sie kaum das ausladende Himmelbett, die begehbare Kleiderkammer oder den Balkon, der sich hinter großen Fenstern befand. Sie wusste, dass Scarlett ein gutes Wort für sie eingelegt hatte.

War es draußen noch unmöglich, Noriks Miene zu lesen, erschien er ihr jetzt wie ein offenes Buch.

»Hier wohnst du?«, fragte er überrascht.

Als Antwort zog Idalia ihm einen Stuhl zurecht, besann sich aber eines Besseren, weil auch *das* nicht zu ihnen passte: Zwiesprache zu halten am Tisch, sich gegenübersitzend wie zwei Fremde.

Deswegen nahm sie auf ihrem Bett Platz und klopfte neben sich. Die Matratze gab wunderbar weich unter ihr nach.

Und als er schließlich neben ihr saß, fühlte sich das weitläufige Zimmer zum ersten Mal beklemmend klein an.

»Ich war mir nicht sicher, ob ich dich überhaupt wiedersehen würde – zumindest nicht auf der Hochzeit. Ich hätte noch bei Teja vorbeigeschaut …«, ein Lächeln purzelte von seinem Mundwinkel, »aber das ist anscheinend nicht nötig.«

»Ich bin dankbar für dieses Leben.« Wieso klang ihre Stimme so gepresst? Idalia griff sich an den Hals. »Ich glaube, dass ich endlich etwas gefunden habe, das mir behagt und für das ich mich eigne. Und es tut gut, sich zur Abwechslung mal nützlich zu machen.« Sie lachte, aber auch das hörte sich nicht echt an.

Als Norik nichts erwiderte, fragte sie: »Wie ist es dir ergangen? Was hast du erlebt?«

»Alles und nichts. Ich war … viel unterwegs, in Wäldern und Städten. Ein paar Tage war ich in Brahmenien und habe meinen Freund Jorin besucht. Davon abgesehen …«, sein Blick schweifte zu ihr, »hat sich alles ein bisschen sinnlos angefühlt. In den letzten Monaten war ich unentwegt auf der Suche nach Elric. Auch wenn ich selbst kaum daran geglaubt habe, dass er noch lebt. Dennoch … hat mir das Ganze eine Aufgabe gegeben, die weggebrochen ist, als ich Syllitist verlassen habe.« Norik schnaubte. »Ich habe versucht, mein altes Leben wieder aufzunehmen, bis ich erkannt habe, dass es das nicht mehr gibt. Dafür ist zu viel passiert.«

Da lag etwas Unausgesprochenes in seinen braunen Augen, das es noch nicht über seine Lippen schaffte. Das vielleicht für immer dort schwelen und verharren würde, wenn Idalia nicht den Mut fand, es selbst auszuführen.

Sie atmete tief durch.

»Du hast mir gefehlt«, sagte sie. »Ich … habe dagegen angekämpft, aber es hat nicht besonders gut geklappt.«

Sein Lachen irritierte sie.

»Was ist daran so lustig?« Sie stieß ihn in die Seite.

»Weil das unvergleichbar *du* bist. Wieso wehrst du dich immer gegen das, was du fühlst?«

Idalia schob die Lippe vor. »Das tue ich gar nicht.« *Tat sie doch. Und das wusste sie.* »Aber du warst weit weg und was bringt es mir, hier Trübsal zu blasen?«

»Nun ja.« Norik rutschte näher an sie heran. Der Moment, in dem er nach ihrer Hand griff, schnürte ihr die Kehle zu. »Jetzt bin ich nicht mehr weit weg.«

»Aber du wirst nicht für immer hierbleiben.«

Nachdenklich legte er den Kopf schief. »Wieso ist es dir immer so wichtig, die Zukunft zu kennen? Wir wissen ja nicht mal, was morgen passiert, wieso sollten wir uns dann mit dem beschäftigen, das noch viel weiter weg ist?«

»Ich bin einfach gern auf der sicheren Seite.« Sie sah, wie sich sein Mund öffnete, kam ihm jedoch zuvor. »Und ich weiß, was du mir jetzt sagen willst: dass es keine Sicherheit gibt. Dass die letzten Monate mich genau das gelehrt haben sollten. Trotzdem sehne ich mich danach.«

Es war das erste Mal, dass er sie an diesem Abend anlächelte. Idalia vergrub die Hände unter ihren Oberschenkeln, weil das Bedürfnis, ihn zu berühren, übermächtig wurde.

»Dann lass mich dir ein bisschen Sicherheit geben.« Sein Blick irrte im Zimmer umher, über die stuckbesetzte Decke bis zum fliederfarbenen Teppich, ehe er auf ihr verweilte. »Von den vierundachtzig Tagen, an denen wir uns nicht gesehen haben, habe ich an vierundachtzig an dich gedacht. Und ich bin vierundachtzig Mal zu dem Entschluss gekommen, dass mir das, was wir haben, nicht reicht.« Wie von einer inneren Unruhe getrieben, stand er auf.

Als er Idalia die Hand entgegenstreckte, nahm sie sie zaghaft entgegen.

»Ich kann dir nicht sagen, was in einem Monat ist oder in einem Jahr. Aber ich kann dir sagen, dass du seit weit mehr als vierundachtzig Tagen in meinen Gedanken bist und ich dich nicht mehr loswerde.« Er presste die Lippen aufeinander. »Und wenn ich ehrlich bin, habe ich es nicht einmal versucht.«

Idalia schluckte, während sie gleichzeitig spürte, wie etwas in ihr zu wachsen begann. Etwas, das einen Raum in ihr einnahm, den sie bisher für niemanden geöffnet hatte.

Norik führte sie an der Hand bis zum Fenster. Er öffnete die Balkontüren, und sie stolperten nach draußen. Ein kreisrunder Mond stand am Himmel, der Licht auf all die dunklen Stellen schickte.

»Norik, ich …«, begann Idalia.

»Nein, sag nichts. Ich will es nicht hören. Nicht, bevor ich dich überzeugt habe.« Seine Hand landete auf ihrem Rücken. Sanft zog er sie näher an sich heran.

Wie sollte sie auch nur einen klaren Gedanken fassen, jetzt, da sie ihm so nah war? Jetzt, da sein Geruch ihren Widerstand im Keim erstickte.

»Ich glaube, dass wir beide gemeinsam es schaffen können«, fuhr er fort. Seine Wangen waren gerötet. »Wir hatten noch keine Zeit, uns als Paar kennenzulernen, aber ich bin zuversichtlich …«

»Norik …«

»Nein, nicht jetzt!« Er hob die Hand, um sie zum Schweigen zu bringen. »Ich denke wirklich …«

»Kannst du endlich aufhören zu reden?« Seinen verwunderten Blick ausnutzend stellte sie sich auf die Zehenspitzen und drückte ihre Lippen auf seine. Genoss den Moment, in dem seine Augen sich vor Verblüffung weiteten, ehe sie diesen verklärt-entflammten Ausdruck annahmen, den sie so sehr an ihm liebte.

Idalia lächelte, während das, was in ihr zu wachsen begonnen hatte, riesengroß wurde.

Sie hatte längst beschlossen, sich nicht länger zu belügen, sondern zu dem zu stehen, was sie empfand. Sie hatte es satt, sich nächtelang in den Schlaf zu weinen und einer Person nachzutrauern, die sie grundlos von sich gestoßen hatte. Sie wollte keine Angst mehr haben.

Befreit schlang Idalia ihre Arme um seinen Hals und verstärkte den Kuss. Was auch immer die Zukunft für sie bereithielt, sie wollte sie an Noriks Seite erleben.

40

Scarlett

War es unangebracht, von der eigenen Hochzeit zu fliehen? Vielleicht. Doch die vielen Menschen, die sie umarmen wollten, mit ihr redeten und ihr Kleid bestaunten, trieben sie langsam, aber sicher in den Wahnsinn. Die Wände des Ballsaals fühlten sich so eng an, dass sie das Gefühl hatte, nicht mehr atmen zu können.

Hier draußen war es besser. Wie ein sanfter Schleier senkte sich die Nacht über sie und ließ sie zur Ruhe kommen. Scarlett trank ihr Weinglas leer und versteckte sich in einem Teil des Gartens, der nicht beleuchtet war. So wie sie die Königin kannte, würde es nicht lange dauern, bis sie sich auf die Suche nach ihr begab, weswegen sie die kostbaren Minuten allein genießen wollte.

Ihr Kleid war am Saum eingerissen – je später die Uhrzeit, desto wilder die Tänze, und auch ihre Frisur saß schon lange nicht mehr perfekt. Sie war erhitzt – innen wie außen – und immer noch ein wenig nervös.

Doch vor allem war sie glücklich. Jetzt gehörte sie offiziell zu Elric und dieses wunderschöne Land würde bald ihr eigen sein. Wobei es ihr darum gar nicht mehr ging.

Ein Lachen riss sie aus dem Moment und ließ Scarlett den Kopf heben. Idalias Balkon lag direkt über ihr, und es brauchte eine Weile, bis sie in den sich bewegenden Schatten zwei Menschen erkannte.

Unbemerkt trat Scarlett näher an das Schloss heran und spitzte die Ohren. Das, was gesagt wurde, konnte sie nicht verstehen, die Stimmen jedoch eindeutig zuordnen.

Sie verzog die Lippen zu einem Lächeln.

Am Ende siegte eben doch das Schicksal. Egal, wie dunkel die Welt manchmal schien – da draußen gab es Licht, das verlangte, gesehen zu werden.

Scarlett freute sich für Idalia und Norik. Für das frische Glück, das sie hatten. Auch wenn sie gleichzeitig wusste, dass es nicht von langer Dauer sein würde.

Sie hatte Noriks Narben gesehen, die er vom Kampf mit den *Finsteren* davongetragen hatte. Sie kannte seine Verletzungen und wusste, dass ihm nicht mehr viel Zeit blieb. Sein Körper war bereits vom Tod gezeichnet, auch wenn er es noch nicht merkte.

Vielleicht ein Jahr, dachte sie.

Vielleicht bleibt ihnen ein glückliches Jahr.

Ende

DANK

Seit ich »Eispalast«, den vierten Band meiner »Der Fluch der sechs Prinzessinnen«-Reihe geschrieben habe, hatte ich keine zwei Protagonistinnen mehr. Neu an »Federgold« ist, dass ich die Geschichte sowohl aus der Sicht der Heldin als auch aus der der Antiheldin erzähle. Und ich kann nicht leugnen, dass ich mich während des Schreibens mit Haut und Haaren in beide verliebt habe – vor allem aber in Scarlett. Scarlett, die so abgrundtief böse erscheint, weil ihr in ihrer Kindheit vermittelt wurde, dass sie anders im Leben nicht bestehen kann, und dann doch Stück für Stück entdeckt, dass mehr in ihr steckt.

Ich habe es sehr genossen, mit Idalia und Scarlett gemeinsam auf die Reise gehen zu dürfen und sie in ein Märchen einzubetten, das ich in meiner Kindheit besonders gemocht habe: *Die Gänsemagd*. Ich hoffe, es hat euch genauso viel Spaß gemacht wie mir. Wenn ihr mehr über meine Geschichten und mich erfahren wollt, folgt mir gern auf Instagram, TikTok und Patreon. Ich freue mich auf eure Nachrichten und danke euch für all die Unterstützung, die ihr mir zukommen lasst.

Ebenfalls danke ich dem Sternensand Verlag für das große Vertrauen, das er meinen Büchern entgegenbringt. »Federgold« ist mein mittlerweile elftes Buch, das dort erscheint. Ich freue mich, ein so schönes Zuhause für meine Fantasygeschichten gefunden zu haben.

Danke an alle, die an dem Buch mitgewirkt haben. Und danke an alle, die es lesen, lieben und weiterempfehlen.

Alles Liebe,
Regina

Über die Autorin

Regina Meißner wurde in einer Kleinstadt in Hessen geboren. Als Autorin für Fantasy hat sie bereits viele Romane veröffentlicht.

Regina arbeitet als Social-Media-Managerin. In ihrer Freizeit liebt sie neben dem Schreiben das Lesen, das Reisen und ihren Dackel Frodo.

Kontakt:

- TikTok: www.tiktok.com/@regina_meissner_author
- Instagram: www.instagram.com/regina_meissner_author

Mehr von der Autorin

Der Fluch der sechs Prinzessinnen

Märchenadaption, Reihe

Als Taschenbuch und E-Book

Klappentext Band 1:
Am Tag ein Schwan, in der Nacht ein Mensch, gefangen an einem einsamen See mitten im Wald. Das ist das Schicksal der verwunschenen Prinzessin Estelle. Es erscheint ihr aussichtslos, den Fluch zu brechen. Der Sinn der rätselhaften Worte auf einem geheimnisvollen Pergament, das der einzige Schlüssel ist, bleibt ihr verborgen. Erst als der junge Jäger Ayden am Schwanensee auftaucht, erhält sie neue Hoffnung. Womöglich gelingt es mit seiner Hilfe, das Rätsel zu lösen und den Weg zu beschreiten, der Estelles Dasein als Schwanenprinzessin beenden könnte? Doch was wird dann aus ihren Schwestern, die ebenfalls von einem Fluch befallen zu sein scheinen?

Snowdrop Manor

Dark Fantasy, Einzelband

Als Taschenbuch und E-Book

Klappentext:
Lausche dem Krächzen der Krähen, aber sieh ihnen nicht in die Augen. Denn was du dort erblickst, könnte dich in die Dunkelheit ziehen.
Ein schwerer Schicksalsschlag zerstört von einem Tag auf den anderen das Leben der zwanzigjährigen Lauren. Sie ist plötzlich auf sich allein gestellt – in einer Gesellschaft, in der Frauen es schwer haben, auf eigenen Beinen zu stehen. Als ein Fremder auftaucht und sich als ihr Onkel ausgibt, ist sie zunächst misstrauisch. Aber Wesley Cunningham ist alles, was sie noch hat, also folgt sie ihm auf das Anwesen Snowdrop Manor. Doch in dem alten Herrenhaus ist nichts so, wie es scheint, und Lauren sieht sich bald Geheimnissen und Intrigen gegenüber, die ihr erneut den Boden unter den Füßen wegzureißen drohen. Und dann wäre da noch der charismatische Lord Beaufort, der mehr über Magie weiß, als sie sich jemals vorgestellt hat.

Venturia

Märchen, Dilogie

Als Taschenbuch und E-Book

Klappentext Band 1:
Die siebzehnjährige Tiana führt ein beschauliches Leben im Schloss von Bel Aniz. In der Prinzessin glüht der Wunsch nach Freiheit und nach Antworten auf Ungereimtheiten, die ihr immer häufiger auffallen. Was ist das geheimnisvolle Land Venturia, über das niemand im Schloss reden darf? Warum ist der König so abweisend, sobald das Gespräch auf Magie gelenkt wird?
Doch statt Tianas Fragen zu klären, planen ihre Eltern sechs Bälle, um einen geeigneten Gemahl für ihre Tochter zu finden. Nachdem der erste Ball allerdings vollkommen anders als geplant verläuft, findet sich die Prinzessin auf einmal in einem Strudel aus Ereignissen wieder, der alles, was sie bisher geglaubt hat, als Lüge entlarvt und sowohl ihre Zukunft als auch ihre Vergangenheit infrage stellt.
Als sie von einem Fremden verschleppt wird, ist das nur noch der letzte Windhauch, der ihre heile Welt zum Einsturz bringt. Wird es ihr gelingen, aus diesen Trümmern zu entkommen und herauszufinden, wer sie wirklich ist?

Das verskunene Reich Nysolis

Urban Fantasy, Dilogie

Als Taschenbuch und E-Book

Klappentext Band 1:
Finlay O'Sullivan lebt mit seinem Onkel in einer kleinen Stadt an der irischen Küste. Das Schicksal hat dem Achtzehnjährigen übel mitgespielt, er wuchs ohne Eltern auf und wird von den Mitschülern aufgrund seines Aussehens schikaniert. Als er eines Nachts mitten im Meer einen Palast sieht, traut er seinen Augen kaum. Dann lernt er die wunderschöne Prinzessin Aurora kennen und mit ihr ein magisches Volk, das es eigentlich gar nicht geben dürfte. Nicht nur, weil noch kein menschliches Auge den Palast je sah, sondern auch, weil das Königreich Nysolis vor über zweihundert Jahren im Meer versank. Finlay möchte der Prinzessin helfen, doch dafür muss er erst selbst herausfinden, wer er ist. Und was es mit den schrecklichen Morden auf sich hat, die regelmäßig am Strand geschehen.

STERNENSAND
VERLAG

Besucht uns im Netz:

www.sternensand-verlag.ch

www.facebook.com/sternensandverlag

www.instagram.com/sternensandverlag